Fantasy

Herausgegeben von Friedel Wahren

Von **L. E. Modesitt** jr. erscheinen in der Reihe
HEYNE SCIENCE FICTION & FANTASY:

Der Recluce-Zyklus

1. *Magische Insel* · 06/9050
2. *Türme der Dämmerung* · 06/9051
3. *Magische Maschinen* · 06/9052
4. *Krieg der Ordnung* · 06/9053
5. *Kampf dem Chaos* · 06/9054
6. *Sturz der Engel* · 06/9055
7. *Der Chaos-Pakt* · 06/9056
8. *Die Weiße Ordnung* · 06/9057
9. *Die Farben des Chaos* · 06/9097
10. *Der Magier von Fairhaven* · 06/9098
11. *Sturm der Barbaren* · 06/9099
12. *Freiheit für Cyador* · 06/9100 (in Vorb.)
13. *Die Waffenhändler von Hamor* · 06/9101 (in Vorb.)
14. *Der Malachit-Thron* · 06/9102 (in Vorb.)

L. E. MODESITT JR.

Sturm der Barbaren

Elfter Roman
des Recluce-Zyklus

Deutsche Erstausgabe

WILHELM HEYNE VERLAG
MÜNCHEN

HEYNE SCIENCE FICTION & FANTASY
06/9099

Titel der Originalausgabe
MAGI'I OF CYADOR
1. Teil
Übersetzung aus dem amerikanischen Englisch
von Siglinde Müller

Das Umschlagbild malte Don Maitz/Agentur Schlück

Umwelthinweis:
Dieses Buch wurde auf chlor- und
säurefreiem Papier gedruckt.

Deutsche Erstausgabe 1/2002
Redaktion: Angela Kuepper

Erstausgabe bei Tom Doherty Associates, Inc., New York
(A Tor Book)
Dieses Werk wurde vermittelt durch die
literarische Agentur Thomas Schlück GmbH, Garbsen.

http://www.heyne.de
Printed in Germany 2001
Umschlaggestaltung: Nele Schütz Design, München
Technische Betreuung: M. Spinola
Satz: Schaber Satz- und Datentechnik, Wels
Druck und Bindung: Elsnerdruck, Berlin

ISBN 3-453-18808-X

Für
Robert Edward Janes
zur Erinnerung an seine Träume

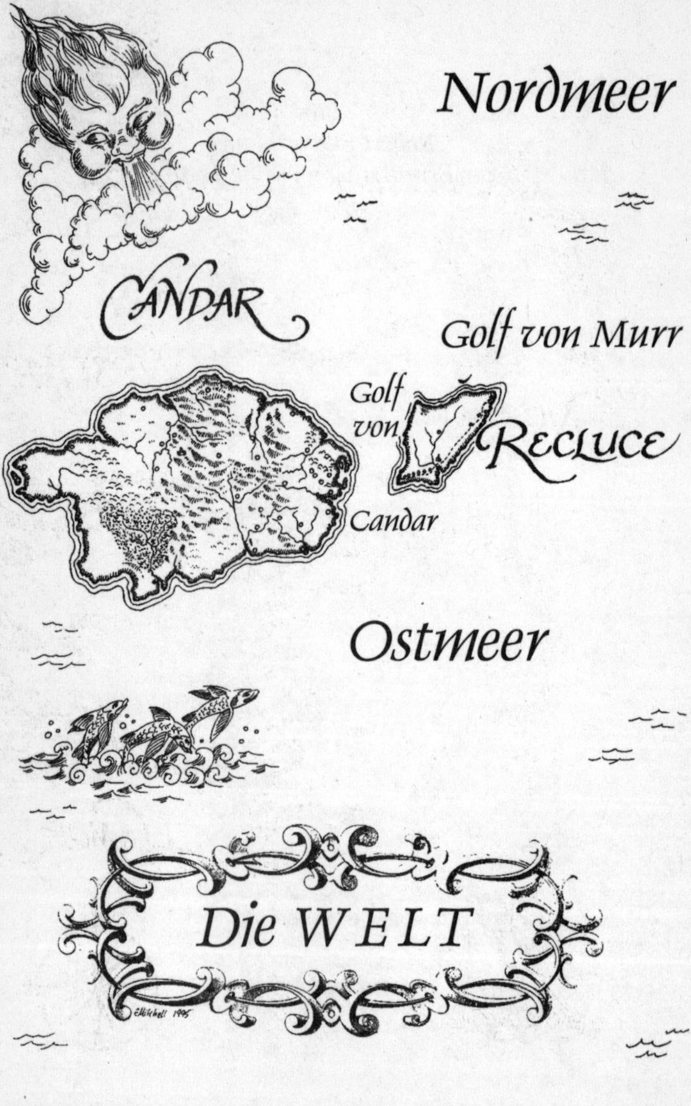
Nordmeer
CANDAR
Golf von Murr
Golf von
RECLUCE
Candar
Ostmeer
Die WELT

Golf
von
Austra
Austra
Brysta
Valmurl
Westmeer
Nordla
Swartheld
Luba
Cigoerne
Afrit
Atla
Merowey
Hamor

GANDAR
Devalonia
Armat
Rulyarth
Bleyans
Ruinen
Westklippen
Dosai
SUTHYA
Große Steppe
Carpa
West-
hörner
SARRONNYN
Lornth
Mitteltal
Jera
Bornt
Sarron
Eisen-
holzwald
JERYNA
Nordfluss
Rohrn
WEST-
WIND
Biehl
Berlitos
Fenard
JERANS
Dach der Welt
DELAPRA
Südfluss
Clynya
Die
Steinhügel
Sommerhafen
Dellash
(Esalia)
CERLYN
SÜDWIND
Kupfer-
mine
West-
hörner
MILDR
Südhafen
Steinhügel
NACLOS
Der Große Wald
Grasland
Rybatta
Das
Leere
Land
Große Wüste
Diehl
Westmeer

Nordmeer
Kap Devalin
Golf von Murr
Landende
Schwarze Residenz
Extina
Alberth
Reflin
Lydkler
Alaren
Eisenmine
Feyn
Mattra
PIDLAR
Kleth
Quend
Ost-hörner
Tyrhavven
SLIGO
Golf von Candar
Rytel
Lavah
CERTIS
Jellico
MONTGREN
Vergren
Gr.
Nord-bucht
Freistadt
Passera
Hydolar
OHYDE
Meltosia
FREISTADT
(LYDIAR)
Wandernicht
Clarion
Einstronn
Nylan
Sigil
Südkap
RECLUCE
KYPHROS
HYDLEN
Renklaar
Dasir
Telsen
Jikoya
Arastia
Asula
Pyrdya
Sunta
Lythga
Fakla
Sturbal
Gr. Wüste
Ruzor
Worrak
Ostmeer

Inhalt

PERSONENVERZEICHNIS

KIEN	Magier, Oberlektor, »Vierter Magier«
LORN	Sohn des Magiers Kien
VERNT	Jüngster Sohn des Kien
JERIAL	Ältestes Kind und Tochter des Kien
MYRYAN	Jüngstes Kind und Tochter des Kien
NYRYAH	Gemahlin des Kien
TOZIEL'ELTH'ALT'MER	Kaiser von Cyador
RYENYEL	Gemahlin des Toziel'elth'alt'mer, Kaiserin von Cyador

MAGI'I

CHYENFEL	Erster Magier und Hochlektor
KHARL	Zweiter Magier und Oberlektor
LIATAPHI	Dritter Magier und Oberlektor
ABRAM	Oberlektor
CIESRT	Schüler/Magier
HYRIST	Oberlektor
RUSTYL	Schüler/Magier
TYRSAL	Schüler/Magier

LANZENREITER

RYNST	Major-Kommandant, Spiegellanzenkämpfer
LUSS	Hauptmann-Kommandant, Spiegellanzenkämpfer
ALLYRN	Schüler/Lanzenkämpfer-Unteroffizier
BREVYL	Sub-Major (führt das Kommando in Isahl)
DETTAUR	Schüler/Lanzenkämpferoffizier
EGHYR	Hauptmann
HELKAR	Hauptmann
JOSTYN	Hauptmann
KYL	Unteroffizier

Maran	Major (Patrouillen-Kommandant, Geliendra)
Thiataphi	Kommandant (Syadtar)

ANDERE

Bluoyal	Handelsberater des Kaisers
Eileyt	Buchhalter
Fuyol	Oberhaupt des Yuryan-Klans
Ryalth	Händlerin
Shevelt	Händler-Erbe (Yuryan-Klan)
Veljan	Händler (Yuryan-Klan)

Lorn'elth, Cyad

I

Der Mann trägt weiße Hosen und eine weiße Tunika, die mit weißem Leder gegürtet und mit einer glänzenden weißen Metallspange gesichert ist. Seine Stiefel sind weiß bis zu den dicken Ledersohlen und seine Hände stecken in weißen Handschuhen. Die einzigen Farbtupfer stellen die zwei goldenen Kometenschweife dar – einer auf jeder Seite des kurzen eckigen Kragens der Tunika.

Ein dunkelhaariger Junge, der schimmernde graue Hosen und ein kurzärmeliges Hemd aus dem gleichen schimmernden Stoff trägt, hält die linke Hand des Mannes. Beide gehen einen Flur entlang. Fußböden, Wände und Decken glänzen in weißem Granit, nur ein Fenster ist anders als die anderen, es ist aus einem so dunklen, glasähnlichen Material, dass es beinahe schwarz wirkt. Dieses Fenster befindet sich zur Rechten des Mannes, genau in der Mitte zwischen den zwei Metalltüren, die beide aus dem gleichen glänzend weißen Metall geschmiedet sind.

Als die beiden das Fenster erreichen, bleibt der Mann stehen, bückt sich und hebt den Jungen hoch. Er hält ihn so, dass ihre Köpfe auf gleicher Höhe sind. Der Mann neigt den Kopf vor dem dunklen Glas. »Dort. Dort ist der Erste Turm.«

Der dunkelhaarige Junge – seine bernsteinfarbenen Augen sind durch das alte, dunkle Glas geschützt – starrt auf das glitzernde Lichttrapez jenseits der Mauer. Die dunkle Durchsichtigkeit filtert alles heraus, was hinter der Mauer liegt, nur nicht das glühende Licht, das der Turm ist.

»Eines Tages«, sagt der Mann, »eines Tages, Lorn'elth …

werdet ihr, du und dein Bruder, Magi'i der Rationalen Sterne sein. Eines Tages werdet ihr die Oberhand über die Türme des Lichts führen und damit die Macht des Chaos für euch arbeiten lassen, um weiterhin Frieden und Wohlstand nach Cyad zu bringen und damit für alle Einwohner Cyadors.«

Plötzlich schaudert der Junge, er fängt sich jedoch gleich wieder und wendet den Blick nicht vom Chaos-Licht des Turmes ab.

»Um ein Magi'i zu werden ... muss man einen langen, steinigen Weg zurücklegen.« Der Mann lächelt seinen Sohn an, sogar seine sonnengoldenen Augen lächeln dabei. »Aber wenn du einmal älter bist, wirst du feststellen, dass es die Mühe wert ist, denn nichts ist vergleichbar mit der Herrlichkeit Cyads und dem Frieden und der Anmut seiner Bewohner.«

Der Magier setzt Lorn'elth behutsam auf dem glänzenden weißen Steinfußboden ab und nimmt ihn wieder an die Hand. Sie gehen weiter den Flur entlang bis zur zweiten Tür, wo der Vater die Hand hebt. Ein Strahl aus goldener Energie flammt von einem Punkt direkt über den Handschuhen zur Tür. Dann schiebt der Mann die Tür in die vorgesehene Nische zu seiner Linken. Die beiden betreten den zweiten Flur und der Magier schließt die Tür hinter ihnen.

Dort erwartet sie in der Mitte des zweiten weißen Steinflurs ein weiteres Fenster.

An diesem Fenster hebt der Mann seinen Sohn erneut hoch und spricht sanft zu ihm. »Ihr werdet diejenigen sein, die die reine Chaos-Energie von den Türmen auf die Feuerschiffe, Feuerwagen und Feuerlanzen Cyadors übertragen. Ihr werdet dafür sorgen, dass die Stadt so schön bleibt, wie sie ist, und dass die Bewohner den Kaiser und die Magi'i der Rationalen Sterne weiterhin preisen.«

Durch das verdunkelte Glas – es ist jedoch nicht ganz so dunkel wie das im ersten Flur – beobachtet der Junge mit ernstem Blick den sechsrädrigen Feuerwagen, der lautlos durch die schimmernde Umzäunung rollt, die den mächtigen Turm umgibt. Dunkle Gestalten huschen umher, sie laden die eckigen Zellen von den Ladeflächen der Fuhrwerke ab und ersetzen sie durch andere Zellen, die beinahe glitzern. Dann rollt der Feuerwagen wieder hinaus, ein anderer fährt hinein und hält an.

»Das ist das Herz von Cyad und ganz Cyador und es kann dein sein, Lorn'elth.« Der Vater setzt den Sohn wieder auf dem Fußboden ab. »Es wird dein sein.«

Die zwei verfolgen den Weg zurück, den sie gekommen sind; die schweren Stiefel flüstern nur leise auf den harten Steinen des Flurs.

II

Im Süden über dem Westmeer und der Bucht steigen dicke Wolken auf, doch sie sind nicht grau genug, um mit baldigem Regen drohen zu können. Noch steigen sie hoch, um die Sonne zu vernebeln, die ihr mittägliches Herbstlicht auf das Spielfeld wirft, das schon vor Generationen am Hang angelegt wurde. In der frischen Meeresbrise laufen abwechselnd etwa zwanzig Schüler über das Feld und bleiben dann abrupt stehen; ihre polierten Holzschläger glänzen, während sie sich eine günstige Ausgangsposition auf dem roten Spielfeld zu verschaffen suchen. Alle tragen weiße Hosen und Untertuniken, Letztere jedoch sind mit grünen Krägen und ebensolchen Borten an den Ärmeln verziert.

»Lorn!«, ruft ein Schüler, während das hölzerne Oval von seinem Schläger zu dem anderen Jungen rutscht.

»Danke!« Mit dem dunkelbraunen Haar und der drahtigen Figur ist Lorn weder der Größte noch der Kleinste auf dem Spielfeld, aber er flitzt blitzschnell an einem Verteidiger vorbei, und sein Schläger trifft mit blinder Sicherheit das Oval, das nicht sehr rund rollt. Lorn schlüpft auf die eine Seite und das Oval entscheidet sich für die andere, aber beide, Lorn und das Oval, treffen sich mit hoher Geschwindigkeit hinter dem Verteidiger wieder. Dann läuft Lorn nach innen und auf den trapezförmigen Rahmen in der Mitte des runden Spielfelds zu. Seine Augen erfassen den letzten Verteidiger und den kleinen, rothaarigen Spieler, der auf das Tor zurennt. Lorn lacht und bewegt den Schläger locker aus dem Handgelenk: »Tyrsal, das ist deiner!«

Lorns Schläger trifft das Oval und es schlittert über den gestampften Lehm zu Tyrsal.

Der kleine, rothaarige Tyrsal saust um den größeren und muskulöseren jungen Verteidiger herum und schwingt den Schläger. Das Oval wird herumgewirbelt, es hebt sich vom Lehmboden ab und beschleunigt in Richtung des Trapeztors. Es trifft auf den Pfosten des Torrahmens, wird zur Seite abgelenkt und rollt schließlich doch noch ins Netz.

»Tooor!« Der Rotschopf macht einen Freudensprung. »Ich hab's geschafft, Dett!«

»Das ist das letzte Mal, Tyrsal!« Der große, mit Muskeln bepackte blonde Schüler lässt seinen Schläger fallen und greift den Rotschopf an, dessen polierter Holzschläger über den roten Lehm schlittert, als beide Schüler zu Boden gehen.

Obwohl sich Tyrsal tapfer wehrt, wirft Dett den Kleineren auf den Lehmboden und holt aus.

»Auf ihn! Los!« Vier andere Schüler stürzen sich auf die zwei, die schon am Boden liegen.

Der dunkelhaarige Lorn wirft sich als Nächster auf den Haufen, aber er ist der Erste, der dem größeren Dett Schulter und Ellbogen in die Seite rammt.

»... uuuhhfff ...«

Dett nimmt die Hände von Tyrsal, der sich unter ihm windet, um den versteckten Angriff abzuwehren.

Eine leise Stimme flüstert ins Ohr des starken Jungen: »Tu das nie wieder, Dett. Nie wieder.«

»Wer sagt das?« Der Raufbold stemmt die Knie und eine Hand auf den Lehm und will sich mit den Ellbogen den Weg freikämpfen; er weiß nicht, wer die Worte gesprochen hat.

Brüllend und mit wuchtigen Schlägen befreit er sich von den anderen Schülern, dann richtet er sich schwankend auf und hält eine verletzte Hand in die Höhe; zwei Finger sind bereits geschwollen. »Barbaren! Ihr Schafe bumsenden Säufer!« Dett wendet sich den Schülern zu, die sich auf ihn geworfen haben. »Feiglinge! Wartet nur … Ihr werdet schon noch sehen.«

»Dett … die Hand verletzt.«

»… hätte keinen Besseren treffen können …«

»… hat uns schon genug schikaniert … hat es verdient …«

»… vorsichtig … kriegt dich am Ende …«

Noch bevor er aufsteht, nicht als Erster und auch nicht als Letzter, schiebt Lorn die zwei glatten Holzstöcke zurück in seinen Gürtel. Er hinkt leicht, als er zu seinem Schläger geht, bückt sich jedoch anmutig und hebt ihn mit der linken Hand auf.

Tyrsal, der sich als Letzter aufrappelt, verbannt rasch das Grinsen von seinem Gesicht und vermeidet es tunlichst, den verletzten Dett anzublicken.

»Das war's! Schluss jetzt!«, befiehlt ein Schulhof-Aufseher, ein ziemlich großer Mann mit Spitzbart und welligem schwarzem Haar, das widerspenstig vom Kopf absteht. »Ihr alle kennt die Regeln. Prügeln ist verboten!«

Die Schüler trotten langsam zu dem Aufseher, der vor den Säulen des niedrigen weißen Steingebäudes steht. Keiner macht Anstalten, sich die schmierigen roten Lehmflecken von der Schülerkleidung zu klopfen; dem schimmernden Weiß des Palastes, der weiter im Süden steht und den sanften Hang zum Hafen hinunter beherrscht, schenken sie keine Beachtung, auch nicht den weißen Bauten, die oberhalb der Schule aus dem Hang ragen: die Wohnungen der ranghohen Magi'i und der Kommandanten der Spiegellanzenkämpfer.

»Stellt euch auf! Alle.«

Lorn findet sich in der zweiten Reihe wieder, fast in der Mitte, und setzt eine ernsthafte Miene auf.

»Was ist geschehen? Wie kam es dazu, dass Dettaur'alts Hand verletzt wurde?«, will der Aufseher wissen. Sein Blick wandert durch die Reihen und heftet sich schließlich auf einen stämmigen Schüler. »Allyrn'alt? Du weißt doch sonst immer alles.«

»Ser … Dett fiel auf Tyrsal und dann sind alle über die beiden gestolpert. Als wir uns wieder entwirrt haben, hat Dett seine Hand gehalten. Wahrscheinlich ist er unglücklich gestürzt.« Allyrn'alts Miene bleibt regungslos.

»Tyrsal'elth?«

»Ich habe ein Tor geschossen und bin herumgesprungen. Ich muss auf Dett geprallt sein, Ser. Wir alle haben uns irgendwie ineinander verheddert. Vielleicht wurde Detts Hand durch den versehentlichen Tritt eines Stiefels verletzt.« Der kleine Rotschopf blickt den Aufseher reuevoll an.

»Ciesrt'elth?«

»Ser … ich war nicht einmal in die Rauferei verwickelt, Ser.«

»… das ist er doch nie …«, murmelt einer.

»Ruhe!« Der Aufseher wendet sich an einen anderen Schüler. »Shalk'mer?«

»Ser … ich bin da hineingeraten, aber ich habe nichts gesehen.« Der breitgesichtige Sohn eines Händlers sieht dem Aufseher ins Gesicht.

»Lorn'elth? Du weißt nicht zufällig etwas … aber nein, natürlich nicht.« Der Aufseher schüttelt den Kopf. »Du siehst nie etwas.«

»Tut mir Leid, Ser.« Lorn blickt den Aufseher zerknirscht an.

»Ihr geht alle, bis auf Dettaur'alt, zurück in eure Studierzimmer.« Der Aufseher seufzt und bedeutet dem großen, angeschlagenen Schüler, ihm ins Heilerzimmer zu folgen.

Bevor er sich abwendet, um sich dem Aufseher anzuschließen, wirft Dettaur'alt noch schnell einen Blick auf seine Mitschüler. Jeder von ihnen begegnet seinen wütenden Augen offen und ohne mit der Wimper zu zucken.

III

Cyador ist ein Paradox, eingehüllt in ein Enigma, als ein Denkspiel offenbart es sich der Welt, die es beherrscht durch seine bloße Kraft des Seins. Kein Land und kein Herrscher kann Cyador die Macht streitig machen, die Bewohner jedoch unterscheiden sich nicht von anderen Völkern, außer durch Gewand und Haltung.

Die Chaos-Türme sanken aus den Rationalen Sternen hernieder, und doch dienen sie denen zu Wasser und zu Land, denen, die das entfernte Chaos dieser Sterne nur beobachten, und auch denen, die das Chaos gegen ihre Widersacher zu schleudern vermögen.

Besitzt das Weiße Kaiserreich nicht die Kriegsfeuerschiffe, die alle anderen Schiffe zerstören können? Aber die Handelsschiffe, die in Cyad, Fyrad und Sommerhafen einlaufen, werden dorthin durch ihre Segel getragen und nicht durch die Macht des Chaos.

Rollen nicht die Feuerwagen unablässig über die besten Granitstraßen, die das ganze Kaiserreich verbinden, und transportieren Passagiere und Ladung gleichermaßen behutsam und schnell? Aber sind im mächtigen Cyad die weißen Straßen der großen Stadt nicht bevölkert von Eselkarren und Pferdekutschen, von Männern auf Pferderücken und Frauen zu Fuß, statt von Feuerwagen?

Befehligt nicht der Kaiser, der Hüter der Stufen zum Paradies, der Herrscher über die Chaos-Türme, die Feuerlanzen, vor denen die Barbaren aus dem Norden und Osten zittern? Doch diese Feuerlanzen werden getragen von Lanzenkämpfern, die auf den gleichen Pferden reiten wie die Barbaren, und diese Lanzenkämpfer tragen auch Schwerter, auch wenn diese Klingen aus Weißem Cupridium geschmiedet sind, gegen welches das minderwertige Eisen aus Candar nicht bestehen kann.

Senden nicht die Chaos-Türme so helles Licht aus, dass nur massiver Stein es abschirmen kann? Doch der Palast des Ewigen Lichts wird beleuchtet durch das verschwommene Licht der Sonne und das nur schwache Chaos der Öllampen.

Ist nicht der Kaiser selbst die Verkörperung von Macht und Majestät? Doch alle, die an der Macht sind, fürchten, dass es erneut einen Kaiser geben könnte, der wahrhaftig mächtig ist, wie jener, den die Mächtigsten in Cyad nur selten erwähnen.

Die Fortführung dieses Paradox, dieses Enigmas, das Cyad ist, das ist die Aufgabe der Magi'i und die Pflicht eines jeden Magiers, der jemals gelebt hat und noch leben wird, jetzt und für alle Zeit …

Paradox des Kaiserreichs
Bern'elth, Erster Magier
Cyad, 157 N.G.

IV

»Lasset uns danken für das, was wir empfangen, für den Segen und die Wärme des Chaos, für den Wohlstand, den es mit sich bringt, und für die Erhaltung des Guten unseres Erbes, ganz gleich ob Magier-, Lanzenkämpfer- oder Händlergeschlecht.« Der silberhaarige Mann am oberen Ende des Tisches hebt den Kopf und lächelt.

Die Familie sitzt um den Esstisch auf dem überdachten oberen Balkon, von wo aus man nach Süden hinunter auf den Hafen und nach Westen und oben zum Palast des Ewigen Lichts blicken kann. Obwohl die Sonne schon untergegangen ist, leuchtet der Himmel noch immer in dem purpurfarbenen Licht, das der Nacht vorausgeht, und die weißen Steinpiere des Hafens glitzern vor dem Hintergrund des dunklen Westmeers. Der Palast schimmert weiß, was von dem weißen Sonnenstein herrührt, aus dem er vor scheinbar unendlich vielen Jahren gebaut wurde, und von den unzähligen Lampen, die die endlosen Flure und Gewölbe stets in helles Licht tauchen.

Der Esstisch, um den die Familie sitzt, wird nur schwach von zwei Lampen beleuchtet, die in einer Halterung aus glänzendem Cupridium stecken. Beide sind an den Säulen befestigt, die jeweils den Tischenden am nächsten stehen. Keinen der Anwesenden scheint die Düsternis zu stören. Nyryah mit ihrem mahagonifarbenen Haar, die am Tischende gegenüber vom silberhaarigen Kien'elth sitzt, hebt ein Silbertablett hoch, auf dem sich Schwarzbrot und Sonnennussbrot häufen, und reicht es vorsichtig an den jungen Mann mit dem sandfarbenen Haar zu ihrer Linken weiter. »Bedien dich, Vernt.«

»Oh … danke.«

»Und nimm nicht das ganze Sonnennussbrot«, ermahnt ihn Myryan, die dem schlaksigen Vernt gegenübersitzt. »Wir wollen auch etwas davon.«

»Es ist genug da, Kinder«, sagt Nyryah, »in der Küche liegt noch ein ganzer Laib davon.«

Vernt grinst und nimmt sich eine Scheibe von jeder Brotsorte, dann reicht er das Tablett weiter an Lorn, der sich nur eine Scheibe Schwarzbrot genehmigt, bevor er das Brot an seinen Vater weiterreicht. Kien'elth nimmt genau wie sein jüngster Sohn eine Scheibe von jeder Sorte und übergibt das Tablett an Jerial, das dunkelhaarige älteste Kind. Sie bedient sich wie Lorn nur mit einer Scheibe Schwarzbrot und lächelt zu ihm hinüber, während sie das Tablett an Myryan weiterreicht, die ebenso schwarzhaarig und außerdem das jüngste der vier Geschwister ist. Myryan nimmt sich eine Scheibe von dem Sonnennussbrot und gibt das Tablett an ihre Mutter zurück.

Der Geflügelschmortopf, den man vor Kien'elth gestellt hat, macht seine Runde um den Tisch, alle nehmen sich etwa gleich große Portionen; man müsste sie schon wiegen, um festzustellen, welche die größte ist – oder die kleinste. Nach dem Schmortopf kommt eine Schüssel mit gebutterten Bohnen und Nüssen auf den Tisch.

Als Myryan den Servierlöffel zurück in die Schüssel Bohnen legt, fangen alle sechs an zu essen, zuerst schweigend, bis jeder zumindest ein paar Happen gekostet hat.

»Du warst ein wenig spät heute, Liebster«, sagt Nyryah.

»Wir mussten zusätzliche Feuerwagen mit Chaos bestücken«, antwortet Kien'elth. »Die zwei neuen Kompanien Spiegellanzenkämpfer werden morgen auf die Große Oststraße geschickt. Die Barbaren im Nordosten haben versucht, die Cupritminen anzugreifen. Sie konnten zwar zurückgeschlagen werden über die Hügel des Endlosen Grases, aber der Kaiser hat angeordnet, dass die Lanzenkämpfer im Nordosten verstärkt werden sollen, um den Barbaren damit eindeutig zu zeigen, dass solche Attacken auch weiterhin aussichtslos sind.«

Myryan lächelt.

»Das findest du lustig?«, fragt Vernt.

»Der Name ist lustig«, lacht sie. »Nichts ist endlos, nicht einmal die Rationalen Sterne. Wie kann dann Gras endlos sein?«

»Barbaren gibt es ohne Ende«, erwidert Vernt. »Jedes Jahr werden es mehr.«

»Mehr bedeutet nicht zugleich endlos.«

»Und sie sind jedes Jahr gleich dumm. Dutzende von Zügen versuchen immer wieder die Grenze zu überqueren und die meisten von ihnen sterben.« Vernt sieht seinen Vater an. »Es müssen viel mehr als sonst gewesen sein, wenn mehr Feuerwagen mit Chaos zu bestücken waren.«

»Man hat mir versichert, dass die Lanzenkämpfer alles im Griff haben«, antwortet das Familienoberhaupt.

»Und sie werden die Barbaren über die nicht ganz so endlosen Grashügel zurückschlagen«, setzt Myryan hinzu, »ganz gleich wie die Barbaren das Gras auch bezeichnen.«

»Darüber haben wir doch schon einmal gesprochen, oder?«, bemerkt Kien'elth freundlich. »Wir haben damals entschieden, dass es sich bei dem Namen um eine barbarische Vorliebe handelt.« Er räuspert sich und führt einen Löffel mit geschmortem Huhn zum Mund; er nickt, während er es kostet.

»Wir sollten einfach ganz Candar besetzen – den Westen jedenfalls«, meint Vernt. »Dann müssten wir uns wenigstens keine Gedanken mehr um die stinkenden Barbaren machen.«

»Die Chaos-Türme können nicht bewegt werden«, erklärt Lorn. »Deshalb hat Kaiser …«

»Lorn«, unterbricht ihn Kien'elth eilig. »Nicht beim Essen.«

»Ja, Ser.«

»Wir müssen die Türme nicht bewegen«, fährt Vernt fort, offenbar hat er die Warnung des Vaters nicht vernommen. »Die barbarischen Eisenklingen sind so weich, dass eine Cupridiumklinge sie mühelos zerstören kann.« Der jüngere Sohn schnaubt. »Wir brauchen keine Feuerwagen und Straßen, um sie zu erobern.«

»Nein, aber würdest du in einer Lehmhütte oder einem Zelt leben wollen?« Kien'elth lacht. »Du würdest dort keine Speisen wie diese vorgesetzt bekommen oder gar auf Städte wie Cyad, Fyrad oder Sommerhafen treffen.«

»Solche Wortwechsel kennen wir doch auch schon«, wirft Jerial ein. »Cyador verfügt bereits über mehr Land, als wir jemals brauchen werden, und die Barbaren auch. Sie greifen uns nicht deshalb an, weil sie dazu gezwungen sind, sondern weil sie so eigensinnig und querköpfig sind. Sie wollen das, was wir gebaut haben, weil sie zu faul und zu dumm sind, selbst so etwas zuwege zu bringen.«

»Sie besitzen keine Chaos-Türme, auch könnten sie etwas Derartiges nicht einfach herstellen, selbst wenn sie es wollten«, meint der Vater sanft.

»Aber deswegen müssen sie doch nicht wie die Schweine leben«, hält Vernt dagegen. »Man kann sie meilenweit riechen.«

»Sie haben nicht das Glück, in ein so wohlhabendes Umfeld wie du hineingeboren zu sein«, gibt Kien'elth zu bedenken.

»Wir haben Lehrer nach Norden und Osten geschickt.« Vernt erhebt seine Stimme. »Und die, die nicht getötet wurden, mussten Barbaren töten, um mit dem Leben davonzukommen …«

»Vielleicht wollen sie nicht lernen«, meint Jerial mit lachender Stimme. »Sie mögen Bücher nicht so gern wie du.«

Lorn isst schweigend sein Huhn auf, und während die anderen auf Vernt und Jerial blicken und seine Mutter hinausgeht, um die Nachspeise zu holen, legt er blitzschnell noch eine Scheibe von dem Sonnennussbrot auf seinen Teller. Er vertilgt es mit bedächtigen, gleichmäßigen Kaubewegungen, bevor er schließlich spricht. »Sie glauben immer noch, dass wir ihnen ihr Land weggenommen haben.«

»Wir haben doch nichts genommen, oder?«, fragt Myryan. »Ich dachte, auf dem Gebiet von Cyador stand nur der Verwunschene Wald, bis die Gründer kamen.

Und er tötete Barbaren und unsere Leute gleichermaßen, wann immer es ihm gelang. Sie haben nicht hier gelebt. Sie können gar nicht hier gelebt haben.« Sie schüttelt den Kopf. »Das ergibt keinen Sinn. Wir nennen schließlich nicht ein Land unser Eigen, auf dem sie früher die Felder bestellt oder Tiere gehütet haben. Ich stimme mit Jerial überein. Sie sind nur faul.«

»Sie sind so, wie sie sind«, gibt Kien'elth zur Antwort, »und wir werden nichts daran ändern. Wir können uns nur um uns selbst kümmern.« Er räuspert sich. »Lorn … kennst du Aleyar? Sie ist die zweitjüngste Tochter des Oberlektors Liataphi.«

»Er kennt sie alle.« Vernt gluckst.

Lorn gelingt es, nicht rot zu werden. »Sie ist blond, glaube ich, und gut erzogen.«

»Ich hab's euch doch gesagt«, zischt Vernt.

»Vater …«, meldet sich Jerial zu Wort.

Kien'elth wendet sich seiner ältesten Tochter zu. »Liataphi hat keine Söhne. Ich verlange nicht, dass Lorn das Mädchen gleich heiratet. Ich bitte ihn nur darum, mit der jungen Dame einmal zu sprechen. Es kann nicht schaden herauszufinden, ob er an einer infrage kommenden jungen Dame vielleicht Gefallen findet.«

»… und es wäre sehr barmherzig«, sagt Myryan mit einem traurigen Lächeln.

»Weil ihre ältere Schwester Syreal mit diesem Händler durchgebrannt ist. Heißt das, dass sie ihren Stand unter den Magi'i verlieren wird, wenn sie keinen Magi'i heiratet?«, fragt Jerial.

»Das stimmt«, antwortet Myryan. »Wir haben's gut. Wir haben Brüder, die in den Stand der Magi'i treten. Aleyar hat dieses Glück nicht und sie ist nett.«

»Du kennst sie?«, fragt Nyryah.

»Ich mag sie«, erwidert Myryan. »Sie ist zu sanftmütig, um mit einem Lanzenkämpfer oder Händler verheiratet zu werden.« Sie sieht Lorn an. »Und sie ist hübsch.«

Lorn rutscht beinahe unmerklich auf seinem Stuhl herum, dann lächelt er. »Ich werde mit ihr sprechen.«

»Mehr verlange ich nicht«, sagt Kien'elth und lächelt Myryan an. »Lektor Kharl'elth sagte, dass sein Sohn nur von einer jungen Dame spricht – und das bist du.«

»Ciesrt?« Myryans Gesichtsausdruck lässt lediglich auf höfliches Interesse schließen.

Lorns Augen wandern zwischen seinem Vater und Myryan hin und her, der Vater hingegen blickt nur auf Myryan und ihr welliges Haar.

»Ciesrt'elth«, verbessert Kien'elth. »Kennst du ihn, Lorn?«

»Er ist in meiner Klasse«, räumt Lorn ein.

»Er lernt sehr viel«, fügt Vernt hinzu. »Lektor Hyrist'elth sagt, er wünschte, alle Schüler würden so viel lernen.«

Gegenüber von Lorn verhärten sich Myryans Gesichtszüge.

»Er ist ziemlich ernst«, fügt Lorn hinzu.

»Dies sind auch ernste Zeiten«, meint Kien'elth und räuspert sich. Lorn kennt den Ton und weiß, dass nun ein langer Vortrag folgt.

»Das scheint mir der rechte Augenblick für etwas Süßes zu sein.« Nyryah stellt den großen, weiß glasierten Teller in die Mitte des Tisches und setzt sich wieder. »Gebackene Birnapfeltörtchen mit Sahne.« Sie lächelt ihren Gemahl an. »Über die ernsten Zeiten kannst du nach dem Nachtisch auch noch reden, mein Lieber.«

Kien'elth lacht. »Geschlagen am eigenen Tisch.«

»Ein guter Nachtisch kann nicht warten«, erklärt Nyryah, »sonst wird man kein Törtchen mehr ergattern, bei dieser gierigen Meute hier.«

Myryan und Vernt lachen. Lorn und Jerial nicken sich kurz zu und Lorns Mundwinkel wandern nach oben, als er das warme Lächeln bemerkt, das seine Mutter dem Vater schenkt.

»Köstlich!« Kien'elth strahlt, als er das erste Törtchen

nimmt. »Weder Barbaren noch ernsthafte Menschen können mit etwas Vergleichbarem aufwarten.«

»Sie könnten schon.« Vernt runzelt nachdenklich die Stirn, dann fügt er hinzu: »Aber wahrscheinlich werden sie es nicht tun.«

»Du musst immer mehrere Standpunkt vertreten, Vernt«, sagt Jerial nach dem ersten süßen Bissen. »Vielleicht solltest du Berater werden. Sie tun genau das – die Dinge immer von allen Seiten beleuchten.«

»Oder den Posten der *Hand* des Kaisers einnehmen?«, fragt Myryan arglos.

»Myryan«, mahnt Nyryah. »Man spricht nicht über die *Hand*.«

»Besonders da niemand weiß, wer es ist«, fügt Jerial trocken hinzu. »Das war nicht klug.«

Kien'elth, der den Mund gerade voller Sahne hat, schüttelt den Kopf und schluckt schließlich. »Streitlustige Berater werden als Gesandte zu den Barbaren geschickt. Außerdem sollte ein Magi'i niemals aufhören, auch ein Berater zu sein. Meist sind sie es, die zwischen den Händlern vermitteln.«

Alle um den Tisch herum lächeln amüsiert, danach folgt Schweigen, denn alle verzehren ihre Törtchen mit Genuss.

»Es sind noch ein paar übrig«, verkündet Nyryah, als alle fertig sind, und blickt dabei Lorn an, »und da du nicht so viel von dem Sonnennussbrot genommen hast ...« Dann sieht sie Vernt an, auf dessen Stirn ein Runzeln erscheint, das aber schnell wieder verschwindet, »und da du ja ständig fast am Verhungern bist, Vernt ...«

Myryan zieht die Augenbrauen hoch.

»... und du noch im Wachstum bist, meine jüngste Tochter«, Nyryah lächelt Myryan an und beendet ihren Satz, »gibt es für alle von euch noch ein zweites Törtchen.«

»Das Letzte, was ich gebrauchen kann, ist ein zweites

Törtchen«, bemerkt Jerial und blickt hinunter auf ihre Wespentaille. »Ich hätte das eine schon nicht essen sollen.«

»Du könntest jeden Abend drei davon essen und man würde es kaum bemerken«, entgegnet ihre Mutter, »aber ich weiß, wie du dich fühlst …«

Kien'elth wirft seiner Gemahlin einen Blick zu. Nyryah zieht die Augenbrauen hoch und schließt schnell den Mund.

Anmutig verzehrt Lorn ein zweites Törtchen, seine Bewegungen sind weder hastig noch trödelig, auf Fingern oder Mund bleibt kein Krümel zurück. »Ausgezeichnet. Das musst du Elthya ausrichten.« Er lächelt seine Mutter an. »Wenn ich dir nicht zuvorkomme.«

»Du wirst es ihr nicht nur sagen, Lorn, du wirst ihr mit deinem Charme auch noch ein drittes abluchsen«, behauptet Jerial.

»Und ein viertes«, setzt Myryan noch eins drauf. »Ich wette einen Silberling, dass er heute Nachmittag schon eins gegessen hat, während sie beim Abkühlen standen.« Sie schenkt Lorn ein warmes Lächeln.

Er zuckt die Schultern. »Das könnte sein.«

Die Schwestern lachen. Sogar Vernt, der neben Myryan sitzt, kann sich ein Lächeln nicht verkneifen. Wie auch Nyryah; es ist ein wissendes Lächeln, das sich auf dem Gesicht der Frau mit den mahagonifarbenen Haaren zeigt.

Als sich die Familie vom Tisch erhebt und Elthya und das jüngere Dienstmädchen aus dem Schatten treten, um den Tisch abzuräumen, winkt Kien'elth seinen Sohn Lorn zu sich. »Ich möchte mit dir sprechen, Lorn.«

»Ja, Ser.« Lorn, der etwas größer ist als sein Vater und auch größer als sein jüngerer Bruder und zudem über den weiteren Brustumfang verfügt, folgt Kien'elth über den äußeren, oberen Säulengang, bis sie die offen stehende Tür des Arbeitszimmers erreichen.

Das Arbeitszimmer wird von zwei Öllampen zu beiden Seiten des hellen Eichenschreibtischs beleuchtet. Die silbernen Lampenschirme tauchen den Raum in ein gleichmäßiges, mattes Licht, sodass nur schwache Schatten auf die warme, helle Holztäfelung und die bernsteinfarbenen Lederrücken der Bücher im eingebauten Schrank fallen. Der Duft von Freesien und gebackenen Birnäpfeln liegt noch in der Luft und erinnert Lorn an die glasierten Törtchen, den Abschluss des Abendessens.

Kien'elth dreht sich um und steht zwischen Schreibtisch, der bis auf die Lampen leer ist, und Pult, auf dem der schimmernde weiße Cupridiumfüller steht, der ein weiteres Zeichen seines Magierstandes darstellt. Das polierte Kästchen aus Weißeiche, in dem er sein Chaos-Glas aufbewahrt, steht auf einem kleinen, achteckigen Tisch neben dem eigentlichen Schreibtisch.

Lorns Blick streift das Glas, schon oft hat er die Macht gespürt, wenn sein Vater ihn aus der Ferne damit beobachtet hat.

Nach einem Augenblick der Stille wendet sich der Magier an seinen dunkelhaarigen Sohn. »Ich habe mit Lektor Hyrist'elth gesprochen.«

Lorn nickt und wartet ab, was sein Vater zu sagen hat.

»Er ist nicht unzufrieden mit deinen Leistungen, Lorn, aber er ist auch nicht restlos zufrieden damit. Er und ich, wir glauben beide, dass du nur lernst – und zwar alles, was man dir vorlegt, und noch mehr –, weil es einfacher für dich ist zu lernen, statt dich gegen uns zu stellen.« Kien'elth lächelt. »Ich habe dich auf dem Korfalfeld beobachtet. Dort wirkst du wie entfesselt, fast erleichtert. Ich wünschte, du würdest solche Freude am Lernen und an deinen Studien zeigen.«

»Ich lerne, so viel ich kann, Ser«, antwortet Lorn bedächtig. Er weiß, dass er seine Worte nun mit größter Sorgfalt wählen muss, denn sein Vater spürt jede noch so kleine Unwahrheit – so wie übrigens alle in der Familie –, und Lorn will auf keinen Fall, dass sein Vater ihn ständig mit dem Chaos-Glas verfolgt. Er kann es fühlen, wenn Kien'elth – oder ein anderer Magi'i – ihm mit dem Glas nachspürt. Zwar gibt es nichts, was er verbergen müsste, jedoch will er seinen Vater auch nicht zu genaueren Beobachtungen ermuntern. »Es stimmt, dass mir das Lernen gegenwärtig keine so große Freude bereitet, aber ich werde beharrlich weitermachen, bis das wieder der Fall ist.«

»Ganz Cyador ruht auf den Schultern der Magi'i«, behauptet der ältere Mann. »Ohne die Chaos-Türme könnten die Feuerwagen nicht angetrieben werden, und weder Lanzenkämpfer noch Fußsoldaten noch die Ernten könnten dorthin gebracht werden, wo sie gebraucht werden. Die Lastkähne könnten den Großen Kanal nicht befahren. Ohne die Chaos-Hammer müssten die Steine für die Straßen von Hand behauen werden, und es würden Jahre vergehen, bis eine einzige Straßenmeile gepflastert wäre. Allein die Große Oststraße ... Ohne die Chaos-Gläser könnten wir die Stürme nicht vorhersehen oder die großen Angriffe der Barbaren ...«

Lorn hört seinem Vater geduldig zu.

»... und deshalb ist es eine große Ehre und deine erhabene Pflicht, ein Magier zu werden. Das ist das Ziel, das du anstreben solltest.«

»Ich verstehe, Vater.«

»Lorn ... du nickst höflich und du beschäftigst dich fleißig mit den verschiedensten Dingen; du beherrschst die Kunst der Chaos-Übertragung, ja sogar mehr als das, und du hast sogar die Grundzüge des Heilens von Jerial gelernt, obwohl dies mehr eine dienende Kunst denn eine magische ist. Und du besitzt, das weiß ich, die Fähigkeit, die Wahrheit zu lesen, und das ist etwas, was nur wenige jemals wirklich beherrschen.«

»Ist es nicht genau das, was von mir verlangt wird, Ser?«

»Du bist zu mehr fähig, zu viel mehr. Du besitzt

das Talent, einer der ganz großen Magier zu werden. Doch dazu bedarf es mehr als nur der Begabung.« Kien'elth sieht seinem ältesten Sohn eindringlich in die Augen. »Ich habe immer gehofft, dass du das erkennen würdest.« Er zuckt die Schultern. »Ich habe Lektor Hyrist'elth gesagt, dass ich dich – falls du dich auch weiterhin deinen Studien nicht mit mehr Hingabe widmest – die Offizierslaufbahn bei den Spiegellanzenkämpfern einschlagen lasse. Du verfügst bereits jetzt über die Fähigkeit, die Lanzen einer ganzen Kompanie zu führen, und vielleicht trägt die Zeit an den Grenzen dazu bei, deine Liebe für das Chaos wieder zu entfachen.«

Lorn erwidert den forschenden Blick seines Herrn und Gebieters. »Ich werde im bevorstehenden Jahr mein Bestes geben, Ser, aber ich kann nur Fleiß und harte Arbeit versprechen.«

»Daran glaube ich, Lorn.« Kien'elth schüttelt langsam den Kopf. »Aber jeder einzelne der Magi'i muss das Chaos-Feuer in sich selbst verspüren, oder das Chaos, mit dem er arbeitet, wird ihn verzehren, so sicher wie eine Feuerlanze alles verzehrt, was ihr in den Weg kommt. Wenn du keine solche Leidenschaft in dir finden kannst, ganz gleich wie groß dein Talent auch sein mag, dann tust du besser daran, ein Offizier der Spiegellanzenkämpfer zu werden und nicht einer der Höchsten der Magi'i.« Kien'elths mit Silberhaar umrahmtes, faltiges Gesicht verbirgt die Traurigkeit nicht, während er seinen ältesten Sohn anblickt.

»Ich verstehe, Vater. Ich werde tun, was ich kann.«

Kien'elth nickt. »Ich weiß.«

Lorn muss unweigerlich die Stirn runzeln, als er die polierte Holztür hinter sich schließt und auf dem offenen, von Säulen gesäumten Bogengang steht, der um das ganze obere Stockwerk des Hauses verläuft. Wie er schon vorausgeahnt hatte, wartet Jerial im Schatten der Mauer auf ihn. Lorn blickt seine ältere Schwester an.

»Wie geht es Vater?«, fragt Jerial. »Er war sehr ruhig

beim Abendessen und du runzelst die Stirn. Es muss ein ernsthaftes Gespräch gewesen sein.«

»Das war es. Wir sprachen darüber, dass die Große Oststraße und die Große Nordstraße noch immer im Bau wären, wenn es die Magi'i nicht gäbe«, lacht Lorn, »denn selbst die Nordstraße ist vierhundertundneunzig Meilen lang. Wir sprachen auch darüber, dass ich einen neuen Chaos-Turm bauen soll, wenn ich mit dem Studium fertig bin.«

»Lorn ... eines Tages wirst du ernsthaft werden müssen.«

»Ich bin ernsthaft.« Der dunkelhaarige junge Mann lächelt seine ältere Schwester an. »Ich bin immer ernsthaft.« Das Lächeln verschwindet. »Zu ernsthaft, was meine Studien betrifft, sagt Vater. Er will, dass ich mich ihnen als Liebhaber hingebe.«

»Nun ja ...«, Jerial grinst, »darin hast du ja schon genug Erfahrung, lieber Bruder. Gewiss ... gewiss ...«

Lorn lacht. »Ach ... wenn ich nur könnte.«

Jerial lächelt und geht.

Lorn wartet noch ein wenig, dann zuckt er mit den Schultern und steigt die Stufen zum Garten hinunter, vorbei an den Obstbäumen und der Weinlaube. In der schützenden Dunkelheit des hinteren Tors bleibt er stehen und konzentriert sich auf die Chaos-Übertragung.

Mit einem Zischen springt ein kleiner Feuerstrahl von seinem Finger auf den weißen Stein und lodert gut zwei Spannen hoch in die Dunkelheit, so als wären es flüssige Flammen.

Lorn springt schnell auf den Zweig, der Feuer gefangen hat, und löscht die kleinen Flammen mit den schweren weißen Stiefeln. »Vorsicht ...« Er sieht sich um, aber außer dem Stimmengemurmel, das aus dem Dienstbotenflügel hinter dem Garten dringt, hört er nichts. Er hätte nicht so viel Chaos einsetzen dürfen.

Nach einem letzten Blick auf das Haus geht er durch das hintere Tor und über die gepflasterte, makellose

Gasse zur Straße, über der die drei Stockwerke des Hauses seiner Familie thronen.

Lorn schlendert die Straße des Fortwährenden Lichts entlang nach Osten, fort von den Gasthäusern, die von den höherrangigen Lanzenkämpfern besucht werden, und den Weinschenken, in denen sich die Schüler treffen. Die Cylarbäume, die ihre Äste schützend über die weiß gepflasterte Straße beugen, flüstern leise im Abendwind und der Herbstduft der purpurroten Aramyden erfüllt die kühle Luft.

Lorn fühlt dunkelrotes Chaos – etwas Unangenehmes ist im Anmarsch – und fragt sich, was es wohl sein mag. Seine Augen sehen bei Nacht ebenso gut wie in der Dämmerung und er wandert zielstrebig weiter nach Osten. Die rötliche Weiße, die sich ihm nähert, ist ihm beinahe willkommen – nach diesem Gespräch mit dem Vater.

Ein Pärchen kommt ihm entgegen, sie gehen in der Mitte des leuchtend weißen Gehweges, der an der Straße entlang führt. Lorn erkennt an den schimmernden blauen Gewändern, dass beide dem Stand der Händler angehören. Der Mann ist schlank und er widmet seine Aufmerksamkeit völlig der rothaarigen Frau in seiner Begleitung. Hinter ihnen lauert das Chaos fast unsichtbar im Schatten der Bäume in der Gestalt eines ungeschlachten Kerls, der ihnen folgt.

Lorn wechselt auf die Straßenseite des Herumtreibers, der sich nun auf das Paar zubewegt. Aber der Magierschüler kommt zu spät, der große und schwere Mann macht einen Satz und schlägt mit einem Holzknüppel auf den Händler ein. Der Händler bricht zusammen und die Frau will fliehen, aber der Angreifer packt sie am Arm.

»Halthor! Lass mich los!«, schreit sie. »Hilfe! Patrouille!«

Der Mann mit Namen Halthor lässt den Knüppel fallen und erstickt ihre Schreie mit seiner übergroßen Pranke.

Lorn tritt aus dem Schatten, er bückt sich und hebt

den Knüppel auf; da lässt Halthor die Frau los. Als hätte er die große Faust auf sich zukommen sehen, dreht er sich unter dem Arm des Riesen zur Seite und versetzt ihm mit dem hölzernen Knüppel einen Schlag zwischen die Rippen. Man hört es krachen. Der Riese steht unbeweglich da und schnappt nach Luft.

Lorns Augen funkeln golden, während er zu Halthor spricht: »Am besten wäre, du würdest von der südlichsten Pier in den Hafen springen und so viel Wasser wie möglich einatmen.«

Der große Mann zittert, er dreht sich schwer atmend um und flieht über die Straße des Fortwährenden Lichts; dem am Boden liegenden Händler, der Frau und Lorn schenkt er nicht einen Blick mehr.

Ein kurzer, stechender Schmerz fährt durch Lorns Kopf, er lässt den Knüppel fallen und wendet sich der Frau in dem schimmernd blauen Gewand zu: »Ich hoffe, Euch ist nichts geschehen.«

»Ich … ich glaube nicht.« Sie zittert ein wenig, als sie sich über den Mann am Boden beugt.

Verschwommen nimmt Lorn wahr, dass sie rote Haare hat, einige hübsche Sommersprossen auf der hellen Haut und eine gute Figur unter der blauen Tunika.

»Was habt Ihr getan?«, fragt sie. »Er … hat sich einfach umgedreht und ist weggelaufen.«

»Habe ihm nur meine Meinung gesagt …« Lorns Lachen klingt unbeschwert. »Er wird so schnell keinen mehr belästigen.« Mit einem warmen, freundlichen Lächeln wendet er sich nun dem gestürzten jungen Händler zu. »Wir müssen uns um Euren Freund kümmern.«

Der Mann schlägt die Augen auf, rollt herum und stemmt sich auf die Knie. Er sieht zuerst die Frau an und dann Lorn. »Was habt Ihr mit Halthor gemacht? Er wird Euch umbringen, Magierschüler.« Er versucht aufzustehen, aber er zittert und taumelt.

Lorn streckt die Hand aus. »Wie ich Eurer Freundin

schon berichtet habe, habe ich ihm lediglich gesagt, dass er sich zum Teufel scheren soll.«

»Er hört niemals auf den Rat anderer.« Der Händler stöhnt, als er sich aufrichtet. »Er hat mir wohl den Schädel gespalten.«

»Dieser … junge Mann«, sagt die Frau, »hat ziemlich überzeugend gesprochen. Halthor hat auf dem Absatz kehrtgemacht. Er muss mindestens eine gebrochene Rippe haben.«

Der Händler senkt den Kopf und hält ihn zwischen den Händen. »Mein Kopf zerspringt gleich.«

»Ich bin sicher, er fühlt sich nur so an«, beruhigt ihn die Frau.

Lorns Finger fahren über den Schädel des Mannes.

»Das tut gut«, stöhnt der verwundete Händler.

Auf gewisse Weise verringert die Heilkraft, die Lorn dem Händler einflößen kann, auch seine eigenen Kopfschmerzen, wenn auch nur geringfügig.

»Seid Ihr ein Heiler, junger Ser?«, fragt die Frau.

»Ich?« Lorn schüttelt heftig den Kopf. »Ich habe ein wenig von meiner älteren Schwester gelernt, sie beherrscht die Kunst des Heilens vollkommen, aber leider bin ich im Vergleich zu ihr nur ein armseliger Pfuscher.«

Lorn blickt auf die weißen Steine der Straße, vorbei an zwei Pärchen, die gemütlich auf der Querstraße zu den kleinen Pavillons schlendern, die im Strandpark auf sie warten. »Ich solltet Euch so bald wie möglich hinlegen. Befindet sich Eure … Unterkunft weit von hier?«

»Nein. Nur zwei Straßen weiter.« Der Händler macht einen Schritt nach vorne, er wird blass, dann wagt er den nächsten.

»Seid Ihr sicher, dass es gehen wird, Alyet?«, fragt die Frau besorgt.

»Für zwei Straßen schon.«

Lorn nimmt den Arm des Mannes. »Stützt Euch auf mich.«

»Und auf mich.« Die Frau hält den anderen Arm, und

die drei gehen langsam die Straße entlang, bis sie zu einem Torbogen an der Hangseite des Weges gelangen.

»Da …«, murmelt Alyet. »Wir sind da.«

Die Frau und Lorn führen den Händler drei Stufen hinauf zu einem dunklen Eingang auf der linken Seite. Sie sucht einen glänzenden Messingschlüssel aus Alyets Gürteltasche und schließt die Tür auf.

Gemeinsam durchqueren sie das kleine Wohnzimmer, in dem nur ein winziger Tisch mit zwei Stühlen steht und ein niedriges Sofa unter dem hohen Fenster. Das Schlafzimmer, gerade groß genug für ein Bett und eine Kommode, befindet sich hinter einem schmalen Durchgang.

Sie helfen Alyet aufs Bett, auf dem eine dunkelblaue Tagesdecke ausgebreitet liegt.

»Seid Ihr sicher, dass ihm nichts fehlt?«, fragt die Frau.

»Er hat einige böse Schrammen und eine Beule auf dem Kopf, aber es ist nichts gebrochen, glaube ich«, stellt Lorn fest, »nur der Kopf wird ihm die nächsten Tage wehtun.«

»Ryalth … seid vorsichtig … es tut mir Leid … ich glaube nicht, dass ich Euch nach Hause bringen kann«, entschuldigt sich Alyet.

»Ich werde mich schon um Eure Dame kümmern«, verspricht Lorn. »Macht Euch keine Sorgen.«

Ryalth hebt die fein geschwungenen, schmalen Augenbrauen. Sie hat nichts dagegen einzuwenden, denn sie verlassen gemeinsam Alyets Wohnung.

Zurück auf der Straße des Fortwährenden Lichts unter dem Gewölbe aus weißem Stein – es handelt sich nur um Alabaster, nicht um Sonnenstein –, wendet sich Lorn an Ryalth: »Wir sollten uns überlegen, was wir heute Nacht noch unternehmen wollen.«

Sie zieht die Augenbrauen ein zweites Mal hoch. »Ich kenne Euch nicht, Ser, und Ihr scheint mir ein Schüler zu sein.«

»So ist es, und gerade deshalb müsst Ihr Euch keine

Gedanken machen. Außerdem solltet Ihr den Abend nicht mit einer solch verstörenden Begebenheit ausklingen lassen.« Lorn nimmt die Hand der jungen Frau und lächelt gewinnend.

V

Das kalte Licht der Wintersonne fällt durch die hohen Fenster auf die durch die Jahre und das Chaos weiß gewordenen Granitwände hoch über den Köpfen der fünf Gestalten im Klassenzimmer und taucht den Raum in ein seltsam kraftvolles Licht. Vier Magi'i-Schüler sitzen auf den unbequemen Stühlen mit dem Gesicht zum Lektor, der vor ihnen in seiner schimmernden weißen Kleidung steht: weiße Tunika und Hose, weißer Gürtel und weiße Stiefel.

Lorn fragt sich – und das nicht zum ersten Mal –, ob die Unterwäsche des Lektors wohl auch so schimmert; er weiß, dass die seines Vaters es nicht tut – doch irgendwie wirkt ein Lektor, der die eigenen Studien überwacht, abschreckender.

Ciesrt'elth rutscht auf seinem Stuhl hin und her, worauf dieser knarrt. Lektor Abram'elth übergeht das Geräusch und blickt die Vierergruppe mit golden funkelnden Augen an; die meisten der hochrangigen Magi'i haben golden glänzende Augen. »Die Zeit ist gekommen. Noch einmal sollt ihr die Chaos-Türme betrachten, und zwar mit all euren Sinnen, nicht nur mit den Augen. Ihr werdet jeweils zu zweit gehen, ich begleite euch. Ciesrt'elth und Rystel'elth, ihr seid die Ersten. Tyrsal'elth und Lorn'elth gehen danach. Ihr aus der zweiten Gruppe werdet hier warten.«

Nachdem die Goldeichentür ins Schloss gefallen ist, wirft Tyrsal Lorn einen fragenden Blick zu. »Warum sollte er nun anders aussehen als vorher? Der Turm, meine ich.«

»Wir haben schon einen gesehen und auch die Zeichnungen davon. Wahrscheinlich sieht er immer noch genauso aus und die Zeichnungen auch, außer vielleicht, dass er vor Chaos glüht. Es ist ein Chaos-Turm. Vielleicht ist es das, was der Lektor wissen möchte: ob wir das Chaos fühlen können.« Lorn lacht leise.

»Vielleicht sieht er ja, mit den Chaos-Sinnen betrachtet, ganz anders aus. Vielleicht haben wir uns beim ersten Mal nur eingebildet, einen Turm gesehen zu haben.«

»Warum sollten sie uns täuschen? Das wäre Zeitverschwendung.«

»Sie sagen, dass keine der Hallen im Palast des Ewigen Lichts wirklich so ist, wie die Leute sie zeichnen«, entgegnet Tyrsal. »Und dass sie sich ständig verändern.«

»Das ist etwas anderes. Jeder kann um eine Audienz beim Kaiser ersuchen, oder bei seiner Stimme oder seinem Berater. Sie wissen nicht, wer da kommt, und ich glaube, der Kaiser kann es sich nicht erlauben, jemandem zu trauen. Außer der *Hand* vielleicht, und das nur, weil niemand weiß, wer das ist. Die höchsten und fähigsten Magi'i könnten mit einem Chaos-Glas den ganzen Palast durchleuchten. Deshalb steht hinter jedem Glas im Palast ein Lanzenkämpfer mit Feuerlanze. Wir hier … sind die Einzigen, die den Turm sehen, die Magi'i und die älteren Schüler.«

»Besitzt du … ein Chaos-Glas?« Tyrsal stottert fast.

»Wohl kaum. Wenn mich mein Vater dafür noch nicht bestraft hätte, dann hätten es die Lektoren mit Sicherheit längst getan, und ich weiß nicht, was ärger wäre.«

»Aha …« Tyrsal schluckt und fragt schnell: »Was ist mit dem Innenleben der Feuerschiffe und Feuerwagen? Sie sind versiegelt, und wer es wagt, sie zu öffnen, wird vom Chaos verbrannt, nur die Magier nicht.«

»So ist es«, stimmt Lorn zu.

»Ich glaube, du hast Recht«, gibt Tyrsal zu.

»Vielleicht auch nicht, das werden wir bald herausfinden.«

»Weißt du, ob wir den gleichen Turm noch einmal sehen werden oder einen anderen Turm der Magi'i?«

»Den gleichen, vermute ich.«

»Sie müssen alle hier in der Nähe sein, glaubst du nicht?«

Lorn zuckt die Schultern. »Sie können überall in diesem Viertel stehen. Sie müssen nur von schwerem Granit und Sonnenstein umgeben sein, aber im Magi'i-Viertel ist alles aus diesem Material gebaut.«

»Das stimmt.« Tyrsal versinkt in Schweigen.

Planmäßig geht die Tür zum Klassenzimmer auf und Lektor Abram'elth tritt hinter den zwei Schülern wieder ein. Er lässt die Holztür zum Flur offen stehen.

»Nicht ein Wort«, meint der Lektor zu Ciesrt und Rustyl, »nicht, bis wir wieder draußen sind.« Er winkt Lorn und Tyrsal zu sich.

Die zwei Schüler stehen auf und Ciesrt und Rustyl setzen sich im kühlen Mittagslicht des Winters, das jeder einzelne Stein des Gebäudes noch auf seltsame Weise verstärkt.

Ohne ein Wort geleitet der Lektor Lorn und Tyrsal aus dem Klassenzimmer hinaus und den Flur entlang, der zu den privaten Studierzimmern der Magi'i führt, dann durch eine glänzende Cupridiumtür hindurch und noch einen engeren Gang entlang, der an einer weiteren Cupridiumtür endet, die weder über einen Riegel noch über eine Türklinke, noch über einen Türknauf verfügt.

Lorn weiß, was als Nächstes kommt, und beobachtet den Lektor mit seinen Sinnen, als dieser die Hand hebt. Ein Blitz aus goldener Energie zuckt aus der Hand, und Lorn unterdrückt ein verständiges Nicken, als Abram'elth die schwere Tür aufschiebt. Die drei betreten den Flur dahinter, dessen Fußboden, Wände und Decke aus weißem Granit gebaut sind, so wie es Lorn noch in Erinnerung hat.

Abram'elth bleibt stehen und blickt die zwei Schüler an. »Da vorne steht der schwarze Schild. Wenn ihr durch ihn hindurchseht, werdet ihr den Turm der Magi'i erkennen – den Turm, der die Chaos-Zellen mit Energie versorgt, die in der Schule und im Palast des Ewigen Lichts verwendet werden.« Der Lektor hält inne und fügt dann hinzu: »Studiert den Turm genau, nicht nur mit den Augen, sondern auch mit den Sinnen, und erkennt die verschiedenen Arten des Chaos, die es gibt. Denkt nicht einmal daran, Chaos zu bewegen. Wenn ihr es tut, werden ich und der Turm euch mit ungebremstem Chaos vernichten.«

»Ja, Ser.« Lorn und Tyrsal antworten beinahe gleichzeitig.

»Tyrsal'elth, du gehst zuerst.«

»Ja, Ser.« Der Rotschopf nimmt seinen Platz vor dem dunklen Viereck ein, das weder aus Glas noch aus Metall besteht, noch aus einem Material, das während der letzten Jahrhunderte in Cyador hergestellt wurde. Es ist eine durchgehende Scheibe, so dunkel, dass sie fast schwarz wirkt. Tyrsal steht dort sehr lange, dann tritt er zur Seite.

Abram'elths Augen und Sinne wandern von Tyrsal zu Lorn. »Lorn'elth.« Die Stimme des Lektors donnert durch den Granitflur.

Lorn geht zum Fensterschild und studiert durch die dunkle Öffnung den schimmernden Turm, der umringt ist von den gedämmten Granitmauern des Chaos-Kraftwerks. Er erinnert sich an ein ähnliches Bild – oder täuscht er sich? –, das er vor vielen Jahren gesehen haben muss, lange bevor er als Magierschüler zum ersten Mal den Turm erblickte.

Mit diesem Wissen konzentriert er sich, aber seine Augen eröffnen ihm nicht viel mehr als die grellen Umrisse des Turmes. Seine Chaos-Sinne bündeln sich auf das rötlich weiße Chaos, das eine blauweiße Barriere umgibt, welche den Kern von allem abschirmt, sogar von der Luft, die ihn umgibt. Er fühlt – weiß jedoch nicht, warum –, dass dieser Turm schwankt und vor einem Abgrund steht … vor dem Nichts … Es ist, als würde er gleich in die Welt fallen – oder aus ihr heraus. Das rote und blaue Chaos berühren einander jedoch nicht, obwohl sich beide, so scheint es, aufeinander zubewegen.

Nach einer Weile tritt auch Lorn zurück, sein Gesicht zeigt keine Regung.

Der Lektor betrachtet Lorns Gesicht, dann Tyrsals, dann fragt er: »Was habt ihr gefühlt?«

»Den Puls des Chaos«, sagt Lorn ruhig. »Er ist gleichmäßig und verändert sich doch ständig.«

»Er pulsiert gleichmäßig innerhalb der Chaos-Grenzen«, versichert der Lektor. »Er erzeugt stets die gleiche Menge an Chaos-Energie.« Damit wendet er sich an Tyrsal.

»Das Chaos umgibt den Kern«, eröffnet Tyrsal.

»Es gibt jedoch eine Barriere«, fügt Lorn hinzu.

Abram'elth nickt langsam. »So ist es, und diese Barriere muss bestehen, damit der Turm weiterhin arbeiten kann.«

»Was passiert, wenn es diese Barriere nicht mehr gibt, Ser?«, fragt Tyrsal.

»Dann wird der Turm aufhören zu bestehen.« Der Lektor runzelt die Stirn. »Das müsstest du aus dem Unterricht eigentlich schon wissen.«

»Ja, Ser.« Tyrsal senkt den Blick.

Lorn begreift, dass er nun etwas sagen muss, um den Lektor abzulenken. Mit einem arglosen Lächeln meint er langsam: »Aber auf der anderen Seite der Barriere befindet sich ebenfalls Chaos oder etwas Ähnliches. Würde es nicht entfleuchen?«

Die Falten auf der Stirn des Lektors vertiefen sich

noch, als sein Blick auf den dunkelhaarigen Magierschüler fällt. »Woher weißt du das?«

»Ihr habt uns gesagt, dass es verschiedene Arten von Chaos gibt, und uns aufgetragen, sie mit unseren Chaos-Sinnen zu bestimmen«, antwortet Lorn gelassen. »Das Chaos hinter der Barriere fühlt sich anders an, so wie Ihr gesagt habt.«

»Das habe ich in der Tat gesagt«, meint der Lektor nachdenklich, mehr zu sich selbst als zu Lorn, dann richtet er sich auf. »Niemand weiß, was passiert, wenn die Barriere versagt, und kein Turm hat je versagt in der Zeit seit der Gründung Cyads vor fast zweihundert Jahren. Es gehört zu den Aufgaben der Magi'i, wie ihr noch feststellen werdet, dafür zu sorgen, dass alle Türme funktionstüchtig bleiben.«

Tyrsal und Lorn verzichten darauf, Blicke auszutauschen, obwohl ihnen danach zu Mute ist, denn Lorn weiß, dass der Lektor sie mit seiner letzten Behauptung täuschen will; es ist keine richtige Lüge, doch nahe daran, und Lorn weiß, dass auch Tyrsal das erkannt hat. Lorn weiß auch, dass Abram'elth nicht ahnt, dass Lorn und Tyrsal seine Behauptung als Unwahrheit erkennen können; die meisten Schüler vermögen nicht zu fühlen, wenn die Wahrheit auf diese Weise überschattet wird.

»Denkt daran, die Türme bilden das Herz von Cyad und Cyador.«

»Ja, Ser.«

Der Lektor glaubt an seinen letzten Satz, und dieser Glaube beunruhigt Lorn mehr als die vorangegangene Behauptung.

Die zwei folgen dem Lektor zurück über den langen Flur bis zur Tür, an der Abram'elth erneut den Arm hebt und Chaos bündelt, bevor sich die Tür lautlos öffnet.

Als die drei alle weißen Granitflure hinter sich gelassen haben und wieder im Klassenzimmer sitzen, in dem Ciesrt und Rustyl artig gewartet haben, lässt der Lektor den Blick über seine vier Schüler schweifen.

»Morgen werdet ihr mit den fortgeschrittenen Chaos-Übertragungs-Übungen beginnen, und zwar in der Halle der Feuerwagen. Denkt über das nach, was ihr gesehen habt. Ihr dürft darüber nur zu anderen Magi'i sprechen oder zu gleich fortgeschrittenen Schülern, aber zu niemand anderem. Wir werden es erfahren, wenn ihr mit Unbefugten darüber redet. Ihr könnt gehen.«

VI

Kaiser Toziel'elth'alt'mer blickt durch die getönten Glasfenster des Palastes. Seine Augen sind auf den Hafen Cyads gerichtet und auf die Piere, an denen die Weiße Flotte festgemacht hat – nur zwei der Feuerschiffe mit den weißen Rümpfen liegen gegenwärtig dort vor Anker. Neben den Feuerschiffen liegen einige Küstenschoner, eine Brigg, die die Fahne von Brysta gehisst hat, und zwei andere hochseetüchtige Schiffe ohne Flaggen oder Fahnen.

Zwischen Pier und Palast leuchten die mit Sonnenstein gepflasterten Straßen. Die Häuser im westlichen Teil der Stadt protzen mit grünen und weißen Markisen, unter denen sich die Kaffeehäuser und Bäckereien verstecken, für die Cyad berühmt ist. Die Fußgänger in den Straßen sind gut gekleidet, man sieht die glänzenden Stoffe, wie sie die Magi'i, die reicheren Händler, die Offiziere der Lanzenreiter – und deren Bedienstete – tragen, und die dicht gewebte, raue Baumwolle der gewöhnlichen Leute.

»Selbst die Menschen aus den niedrigsten Volksschichten sind besser gekleidet als die Edelmänner der Barbaren und leben in größerem Luxus und in saubereren Häusern als sie«, murmelt der Kaiser. »Und so soll es auch bleiben.« Er dreht sich um und durchquert die

Große Halle, schreitet durch die drei Stockwerke hohen vergoldeten Türen, die sich so leise und schnell öffnen, dass ein Beobachter, der gerade zwinkert, den Vorgang übersehen könnte. Zwei Gestalten folgen ihm, sie stecken in grünen Uniformen mit silbernen Verzierungen, beide tragen Handfeuerlanzen – die nur von der Palastwache und den Spiegellanzenkämpfern benutzt werden, die den Palast des Lichts bewachen.

Kaiser Toziel – er selbst lässt die vielen Namenszusätze weg, wenn er von sich spricht – schreitet durch die sich lautlos öffnende, mit Cupridium verkleidete Tür, die zum Geheimgang führt, welcher ihn zum kleinen Audienzsaal bringt. Nach einem kurzen Augenblick der Besinnung durchschreitet er den Torbogen und lässt sich auf dem reich mit Malachiten und Silber verzierten Stuhl auf einem Podium nieder. Er blickt in einen Raum mit Marmorfußboden, der lediglich groß genug ist für zwei oder drei der cyadorischen Feuerwagen, die ohne Unterlass über die Große Nordstraße fahren.

Die Wartenden begeben sich über die schimmernden, tadellos sauberen, weißen Kacheln nach vorn, verbeugen sich vor dem Podium und überbringen ihre Ehrerbietung.

»Eure Majestät …«

»Majestät …«

Toziel winkt den Major-Kommandanten der Lanzenkämpfer heran, der zur Linken derer steht, die auf seinen Bericht warten. »Wenn Ihr so freundlich wärt, Rynst'alt …«

»Etwa zehn Züge boten die Barbaren für ihren Angriff auf Pemedra auf und fast genauso viele für den Angriff auf Inividra. Derartige Angriffe haben wir noch nicht erlebt, nicht auf die Außenposten, nicht in vielen Jahren. Die Spiegellanzenkämpfer töteten ungefähr die Hälfte der Barbaren im ersten Angriff, etwa ein Drittel im zweiten. Die Barbaren verschwanden, wie erwartet, in den Grashügeln. Sie scheinen so zahlreich zu sein wie die

Grashalme auf jenen Hügeln.« Der grauhaarige Offizier in der beige-grünen Uniform verbeugt sich leicht bei seinen letzten Worten, als wollte er sich entschuldigen. »Wir haben zusätzliche reich bestückte Feuerlanzen nach Norden geschickt und auch neue Lanzenkämpfer.«

»Danke, Rynst'alt.« Die in Silber gekleidete Gestalt mit dem müden Gesicht verlagert das Gewicht auf dem verzierten Silberstuhl und dreht den Kopf zum goldäugigen Magier, der gekreuzte Cupridiumblitze auf der Brust seiner Tunika trägt.

»Der Versorgungsturm produziert weiterhin das Chaos für die Lanzen und Feuerwagen, Majestät. Wir mussten diesen Herbst beinahe doppelt so viele Wagen bestücken, verglichen mit den Jahren der letzten Generation.«

Toziel nickt. »Hochlektor Chyenfel'elth, können wir einen der Türme, die den Verwunschenen Wald bewachen, von der Stelle bewegen?«

»Nein, Majestät.« Chyenfel'elth verbeugt sich. »Der Versuch, sie zu bewegen, würde ein viel zu großes Wagnis bedeuten.«

»Könnte man vielleicht die Lanzen mit Chaos aus diesen Türmen versorgen? Sie könnten dann auf dem Großen Kanal hinunter nach Fyrad geschafft werden.«

»Das wird uns jetzt gelingen. Aber für wie viele Jahre, wissen wir nicht. Ihr solltet daran denken, Majestät, dass zwei der Wachtürme schon ausgefallen sind. Wir werden das gesamte Chaos aus den verbliebenen Türmen brauchen, um die dauerhafte Sperre aufrechtzuerhalten, der Ihr zugestimmt habt, Majestät.«

»Ihr wisst also nicht einmal, ob Ihr diese Aufgabe überhaupt erfüllen könnt«, stellt Toziel fest.

»Wir müssen es versuchen, Majestät. Die Türme werden nicht ewig von Bestand sein.«

»Und wenn ich meine Zustimmung widerrufe?«

»Ihr tut, was Ihr für richtig haltet, Majestät. Die Magi'i werden gehorchen.«

»Wie lange wird es dauern, diese Sperre aufzubauen?«

»Genau genommen ist es keine Sperre«, äußert Chyenfel vorsichtig.

»Aber sie wird doch den Verwunschenen Wald in Schach halten können, oder nicht?«

»Ja, Majestät. Wir können aber nicht sagen, wie lange der Vorgang dauern wird. Wir rechnen mit vollen zwei Jahreszeiten, wenn alles gut geht.«

»Und das wird dem Reich des Chaos für die kommenden Generationen Schutz bieten? Und den Wald davon abhalten, Cyador zurückzuerobern?«

»So wie schon besprochen …«, meint Chyenfel leise.

»In geringerem Umfang natürlich, ich weiß.«

»Ja, Majestät.«

»Ich werde es überdenken und mit der *Hand* darüber sprechen.« Toziel wendet sich an den nächsten Besucher, der in glänzendes Blau gekleidet ist. »Wie steht es mit den Lagerhäusern, Bluoyal'mer?«

Bluoyal verbeugt sich ungelenk. »Alle wurden geprüft und die Bestände aufgelistet … dieser Herbst unterscheidet sich ein wenig von den vorangegangenen Jahren …«

»Konntet Ihr noch zusätzliches Cuprit erwerben?«

»Ja, Majestät, doch bei den geforderten Mengen mussten wir für … den Erwerb nahezu tausend Goldstücke mehr ausgeben als ursprünglich angenommen. Ihr erinnert Euch vielleicht, Majestät, dass wir über diesen Fall bereits gesprochen haben.«

»Das haben wir.« Die müden Augen des Kaisers beobachten jeden Einzelnen der Besucher, die sich wahrlich so verhalten, als wollten sie ihm und Cyador dienen.

VII

Ein kühler Nebel hüllt Cyad ein, ein Nebel, der den Geruch von salziger Luft mit sich führt, den Duft der spät blühenden Aramyden und einen leicht bitteren Dunst, der Lorn an Chaos erinnert; ein beißender Geruch, der im Viertel der Magi'i noch viel stärker und in der ganzen Weißen Stadt stets allgegenwärtig ist – wenn auch in geringerem Maße. Gelegentlich fallen einzelne Tropfen aus dem silbernen Nebel und die weißen Steine der Häuser und Straßen Cyads sind grau vor Feuchtigkeit.

Lorn schleicht den überdachten Säulengang um das erste Stockwerk entlang und dann die Außentreppe hinunter in den Garten; dabei drückt er sich dicht an die Mauer. In der linken Hand trägt er ein lose zusammengerolltes Bündel, es scheint ein Handtuch zu sein. Im Garten angekommen, schlägt er den Weg zur Mauer ein, auf das Seitentor zu. Dieser Weg führt unmittelbar unter dem Fenster seiner Mutter vorbei, aber solange sie sich nicht aus dem Fenster lehnt, kann sie ihn nicht vorbeischleichen sehen.

Vor dem hinteren Tor steht eine Bank, wo sich Elthya und die anderen Bediensteten oft zu einem Schwatz einfinden, doch dort wird niemand sein, solange das Abendessen vorbereitet wird. Lorn zieht im Dämmerlicht des späten Nachmittags das Tor hinter sich zu und entledigt sich eilig seiner weißgrünen Schülerkleidung, dann streift er die schimmernd blaue Händlertunika und die blauen Hosen über, er tauscht die weißen Stiefel gegen die dunkelblauen und bindet sich schließlich den blauen Gürtel um. Die weißen Sachen rollt er zusammen und legt sie zusammen mit den Stiefeln in einen mit Pech bestrichenen Korb, den er schon vorher unter einem schützenden Nadelbaum hinter dem Tor versteckt hat.

Er schreitet rasch die Gasse entlang und überquert die Straße des Fortwährenden Lichts; weiter geht es die Gasse hinunter, vorbei an zwei anderen Straßen, bis er nach Westen einbiegt in die Straße des Lauteren Handels. Die schweren Absätze der Händlerstiefel machen kaum Geräusche auf dem steinernen Gehweg. Er bewegt sich in der gleichen Art wie die anderen jungen Händler vorwärts, die sofort springen, wenn sie ein Zeichen bekommen.

Er kommt am *Leeren Viertel* vorbei – ein Kaffeehaus, in dem die jüngsten Lehrlinge der einheimischen Händler und der ausländischen Seehandelsleute verkehren – und nickt den zwei Lehrlingen zu, die in dem fast leeren Gasthaus sitzen; er schickt ihnen ein flüchtiges, freundschaftliches Lächeln hinüber.

»Wer ist das?«

»Irgendso ein junger Buchhalter ... Freund von Alyet und Ryalth ... rettete Alyet eines Nachts vor Halthor, der zu viel getrunken hatte ...«

»... kann mir gar nicht vorstellen, wie Halthor ertrinken konnte ...«

»... da würde jeder ertrinken ... säuft sich voll und läuft an der Pier entlang ...«

»... sieht jung aus für einen Buchhalter ...«

»... Ryalth sagt, er ist gut ...«

»... worin?«

Lorn unterdrückt ein Grinsen, während er die Straße des Lauteren Handels weitereilt, bis diese den Ersten Hafenweg kreuzt. Auf Schildern, die an den südwestlichen Wänden des Lagerhauses angebracht sind, steht in eckigen Anglorat-Schriftzeichen der Name der Kreuzung. Nur im Händlerviertel Cyads gibt es solche Schilder. Anderswo muss man den Weg ohne diese finden.

An der Nordwestseite des Hauses wartet unter der Markise des *Ehrlichen Steins* – dem Kaffeehaus, das als Treffpunkt der Händler im Lagerhausbezirk von Cyad gilt – eine Frau in schimmernder blauer Kleidung auf Lorn.

Lorn winkt und lächelt ihr zu.

»Ich habe schon gedacht, du kommst gar nicht mehr«, schnaubt Ryalth verärgert. »Nach all dem, was du gesagt hast.«

»Es tut mir Leid.« Lorn schenkt ihr ein fröhliches, entschuldigendes Lächeln. »Ich bin gekommen, so schnell ich konnte.«

»Wir sollten jetzt gehen. Aljak erwartet uns beim achten Glockenschlag.« Ryalth schlägt den Weg Richtung Hafen ein. Sie geht auf der rechten Seite des weiß gepflasterten Ersten Hafenweges, weil sie es so gewohnt ist und auch, um dem lautlosen Karren auf der linken Seite nicht in die Quere zu kommen, der von einem weißen Pony den Hügel hinaufgezogen wird.

Lorn verneigt den Kopf vor dem bärtigen Fuhrmann, der neben dem Pony hergeht, dann sagt er leise zu Ryalth: »Wir haben Zeit.«

Ryalth blickt über die Schulter, als befürchtete sie, es könnte ihnen jemand folgen.

»Mach dir keine Sorgen«, beruhigt Lorn sie. »Wir tun nichts Schlimmes, wir kaufen nur Baumwolle.«

»Mit unserem eigenen Geld, nicht mit dem Geld unserer Familien, und keiner wird uns unterstützen, wenn sie nichts taugt.«

»Deshalb bin ich ja hier, weißt du nicht mehr?«, beschwichtigt Lorn sie.

»Du kannst einfach zurück in dein mächtiges Elternhaus gehen, wenn das hier fehlschlägt.«

»Es ist uns doch vorher schon gelungen. Warum sollte es heute anders sein?«

»Weil es hamorische Baumwolle ist. Zumindest hat Aljak das behauptet. Man kann ihm nicht trauen, noch weniger als Jiulko.«

»Jiulko? War das der mit dem Öl?« Lorn berührt Ryalths Arm, sanft, um sie zu beruhigen.

»Ich weiß nicht, warum ich mich von dir habe überreden lassen«, murmelt Ryalth.

»Damit du dein eigenes Handelshaus aufbauen kannst.

Anerkannte Händlerinnen können eine Heirat ablehnen oder sich einen Mann aussuchen, wenn sie ein eigenes Handelshaus besitzen, das mehr als fünfhundert Goldstücke wert ist. Weißt du nicht mehr?«

»Erinnere mich nicht daran.«

»Meine Schwestern würden eine solche Wahlmöglichkeit sehr schätzen«, wirft Lorn leise ein.

»Warum? Sie stehen doch unter eurem Schutz.«

Lorn lächelt kaum merkbar und beschließt, nicht mit ihr zu streiten. »Wenn wir diese Baumwolle von Aljak nun kaufen – *wenn* wir sie kaufen –, haben wir dann einen Wagen, um sie zu transportieren?«

»Das Lagerhaus nebenan gehört Sormet … er wird uns einen seiner Handkarren leihen und mir ein Silberstück für die Lagerung in Rechnung stellen, bis ich die Baumwolle verkaufen kann, wenn es nicht länger als eine Jahreszeit dauert.« Ryalth grinst. »Beim Öl hat er das Silberstück für einen Achttag bekommen. Er wird also froh sein.«

»Wenn die Baumwolle gut ist.«

»Etwas davon wird gut sein«, sagt Ryalth voraus.

Die beiden weichen einem zweispännigen Wagen aus, der den Hügel hinauffährt. Die Ladefläche ist verdeckt, so wie es in Cyad verlangt wird, doch die Plane kann den scharfen Geruch der Farben nicht verdecken, die in den kleinen Fässern transportiert werden.

»Grüne Farbe«, murmelt Lorn.

»Manchmal könnte man meinen, du wärst der Sohn eines Händlers, und dann wieder …« Ryalth schüttelt den Kopf.

»Deshalb arbeiten wir zusammen.«

Ryalth lacht. »Nein … wir arbeiten zusammen, weil du mit mir schlafen willst, und du glaubst, es ist der einzige Weg, damit du mich weiterhin treffen kannst.«

Lorn lächelt ein ganz klein wenig. »Nun ja … du triffst dich noch immer mit mir und du besitzt viel mehr Gold als vorher.«

»Alyet sagt, dass du mich verlassen wirst, sobald du als Magier anerkannt bist.«

»Wahrscheinlicher ist jedoch, dass du mich verlassen wirst«, setzt Lorn dagegen und lacht. »Ich bin zu jung für dich. Das hast du mir schon oft genug zu verstehen gegeben.«

Ryalth schlägt nun eine andere Richtung ein, diesmal biegt sie in die Straße des Zweiten Kais ein, welche die zweite Querstraße zu der Steinpier ist, an der die Handelsschiffe festmachen.

Die Straße ist zwar sauber, was in Cyad selbstverständlich Vorschrift ist, aber irgendwie wirkt sie verlassen und schmaler als in Wirklichkeit, wenn man den Verlauf zwischen den hohen und meist fensterlosen Lagerhäusern aus grauem Stein betrachtet. Der beißende Geruch von alten, mit Chaos behauenen Steinen steigt Lorn in die Nase, ein Geruch, den – wie er festgestellt hat – nur wenige andere außer ihm wahrnehmen können.

»Alyet hat sein Lagerhaus an der nächsten Ecke, an der dem Hafen abgewandten Seite.«

»Werden diese Lagerhäuser noch benutzt?« Lorn zeigt auf das Lagerhaus auf der rechten Seite.

»Die meisten stehen leer. Aljak zahlt wahrscheinlich nicht einmal ein Goldstück für den Achttag als Miete. Es gehört dem Jekseng-Klan, aber sie besitzen nur noch zwei hochseetüchtige Schoner und ein Küstenschiff.« Trocken fügt sie hinzu: »Ich wünschte, ich besäße *nur* noch zwei hochseetüchtige Schoner und ein Küstenschiff.«

»Ist es das?« Lorn zeigt auf den halb offenen, mit Balken abgestützten Eingang, der von verwittertem Granit eingerahmt wird. Das Gestein ist zu einem schmutzigen Grau verkommen und wirkt oben vom Hügel aus ansehnlicher als von unten betrachtet.

»Ja.« Ryalth richtet die Schultern gerade und streicht mit der Hand über ihre Gürteltasche, während sie forsch auf die offene Tür zuschreitet.

Lorn folgt Ryalth durch die etwa fünf Ellen weit geöffnete Schiebetür. Er hält einen Schritt Abstand und gibt sich mittels seiner Haltung als ihr Lakai oder als angestellter Buchhalter aus. Seine Chaos-Sinne untersuchen die verkommenen Lagerbestände; für einen Augenblick bleibt sein Blick auf den Fässern mit Kernöl haften, die links von der Tür zu einem Rechteck aufgetürmt sind. Er bewegt den Kopf nicht, aber seine Augen funkeln, während er die anderen Gegenstände betrachtet: eine Palette mit dunklem Bauholz, fünf große Amphoren, eine davon mit einem Sprung, aus dem eine dunkle Flüssigkeit sickert, ein Stapel riesiger Wollknäuel und neun geschwungene Behälter, etwa halb so groß wie die Amphoren …

»Aah … die Händlerdame aus dem Haus der Niederen Händler.« Aljak tritt aus der Dunkelheit im hinteren Teil des höhlenartigen Gebäudes und begibt sich zu den wenigen Waren, die gleich neben der offenen Tür gestapelt liegen.

Lorn richtet den Blick auf den großen, dicken Händler mit dem öligen, gewellten schwarzen Haar und dem buschigen Bart. Um die massigen Handgelenke trägt er dicke Bronzearmbänder.

»Händler Aljak.« Ryalth verneigt den Kopf. »Sormet sagte, Ihr hättet Baumwolle zu verkaufen … *gute* hamorische Baumwolle.«

»Die habe ich. Die habe ich, Händlerdame. Aljak hat, was den anderen fehlt.« Das donnernde Lachen des beleibten Händlers hallt verzerrt durch das große Lagerhaus, dann dreht sich der Mann um und bewegt sich auf die fünf weißlichen Stoffballen zu, die alle an einem Gestell über dem Steinfußboden des Lagerhauses hängen. »Hier. Volle fünf Ballen erstklassige hamorische Baumwolle. Fadendichte garantiert enger als sechzig pro Spanne, fertig zum Bleichen und Färben. Fünfundzwanzig für alle oder siebeneinhalb pro Ballen – und ich suche die Ballen aus.«

Ryalth nickt und tritt näher an den Stoff heran.

Aljaks Augen wandern in die dunkleren Ecken des Lagerhauses Richtung Osten.

Lorn entdeckt die zwei anderen Männer, die beinahe so groß wie der Händler sind, sie tragen Klingen, Eisenklingen, in den Gürtelscheiden. Sein Blick fällt zurück auf die Fässer mit Kernöl, dann auf Ryalth. Während Ryalth jeden einzelnen Baumwollballen genau prüft, betrachtet Lorn den Stoff mit seinen Chaos-Sinnen.

Nachdem sie den letzten Ballen untersucht hat, richtet sich Ryalth auf und geht zu Lorn.

Er tritt neben sie und flüstert: »Die ersten zwei, die beiden, die am nächsten zur Tür hängen, erreichen die Qualität, die man zur Herstellung von Kleidung benötigt, oder zumindest beinahe. Die anderen drei bestehen aus Abfällen und Sackleinen, die man mit guter Baumwolle umwickelt hat.«

»Er verlangt fünf Goldstücke pro Ballen, wenn wir alle nehmen.«

»Für wie viel kannst du ein Bündel von Kleiderqualität verkaufen?«

»Bündel verwendet man nur für unverarbeitete Baumwolle. Ballen sind immer fertige Stoffe. Ich könnte sie für zehn pro Ballen an Guvell verkaufen.« Sie runzelt die Stirn. »Vielleicht fünfzehn, wenn sie wirklich hochwertig ist.«

Die zwei stämmigen Männer, beide sind mindestens einen Kopf größer als Lorn, treten hinter dem Händler aus dem Schatten.

»Was sagt Ihr, Händlerin?«

»Biete ihm acht für die ersten zwei Ballen«, schlägt Lorn vor, dabei fällt sein Blick auf die kurzen Hölzer, die an einem leeren Regal lehnen. Er versucht, sich nichts anmerken zu lassen, und beugt sich zu Ryalth hinunter. »Sag ihm, dass wir seine Baumwolle liebend gern kaufen würden, aber es ist viel mehr, als wir brauchen.«

»Wir nehmen die ersten zwei Ballen für insgesamt acht Goldstücke«, bietet Ryalth mit fester Stimme.

»Acht Goldstücke für etwas, das Euch zwanzig, vielleicht sogar dreißig einbringen wird. Aber, aber … meine Freunde … Am Ende wollt Ihr meine Baumwolle gar nicht kaufen. Früher oder später werdet Ihr aber nicht darum herum kommen. Ihr Händler werdet bald nicht mehr genügend Gold besitzen, um weiterhin die glänzenden Stoffe der Hamoraner kaufen zu können, nicht wenn die Barbaren weiter Eure Grenzen bedrohen.« Aljak und seine Schergen rücken näher heran. Beide Männer halten schwere Keulen in den Händen, zusätzlich zu den Schwertern an den Gürteln. Aljak hat eine Spule Samtgarn in der linken Hand und die Zähne, die durch sein Lächeln preisgegeben werden, sind schief und gelb.

Lorn unterdrückt ein Stirnrunzeln, seine Aufmerksamkeit ist auf Ryalth und die zwei Raufbolde gerichtet.

»Und … verehrte Händlerdame … vielleicht wollt Ihr einmal etwas Zeit mit einem richtigen Mann verbringen und nicht nur mit einem mädchenhaften Buchhalter.« Aljak lacht schroff. »Um das Geschäft zu besiegeln, versteht sich.«

»Wenn ich es dir sage, läufst du auf die Ölfässer zu … verstanden?«, flüstert Lorn Ryalth ins Ohr.

»Ihr wollt mir keine fünfundzwanzig zahlen? Wie wäre es mit fünfundzwanzig, nur um hier lebend herauszukommen?« Aljak lacht und seine zwei Wächter nähern sich Lorn und Ryalth.

»Jetzt!«, ruft Lorn.

Während Ryalth auf die Ölfässer zuspringt, konzentriert sich der Magierschüler; er hofft, dass er genügend Chaos sammeln kann, und schleudert die erste Feuergarbe auf Aljak.

»Aaaaaahh! Mist-Teufel …« Dann verstummt Aljak.

Die zwei Wächter bleiben wie angewurzelt stehen, als sie die Feuersäulen sehen. Lorn nutzt die Unterbrechung, um noch zwei Feuerblitze zu werfen.

Die beiden Gestalten krümmen sich, sie schreien und zurück bleiben nur zwei verkohlte Haufen.

Rasch durchsucht Lorn mit seinen Sinnen das Lagerhaus, aber es ist leer, wie erwartet. Aljak wollte keine Zeugen haben. Bis jetzt spürt der Magierschüler auch nichts, was darauf hinwiese, dass das Lagerhaus mit einem Chaos-Glas beobachtet wird. Das ist gut, denn er hat Chaos in einer Weise verwendet, die nur hochrangigen Magiern vorbehalten ist. Er wischt sich über die feuchte Stirn, langsam setzen auch die Kopfschmerzen ein. »Ryalth, ich brauche Hilfe.«

Ryalths Augen weiten sich, als sie die Ölfässer hinter sich lässt. »Was … was … hast du getan?«

»Eine kleine Feuerlanze, so wie die Wächter des Kaisers sie benutzen«, lügt Lorn. »Ich darf eigentlich keine besitzen, und mir wäre es lieb, wenn du das für dich behalten könntest.« Er geht zu einem kleinen Tisch, der hinter dem letzten Warenstoß steht, dort hat jemand eine kleine Truhe abgestellt. Mithilfe der Chaos-Sinne macht sich Lorn am Schloss zu schaffen und binnen kürzester Zeit springt es auch auf. Er öffnet die Truhe und nickt.

»Wem … wem sollte ich es erzählen?«, fragt Ryalth, während sie einen Blick zurück über die Schulter wirft und auf den jungen Magier zuläuft.

Lorn nimmt ein zwei Ellen langes, grünes Stoffstück von den Mustern, die auf dem Tisch liegen. Nachdem er etwa fünfzig Goldstücke in seine Tasche gesteckt hat, wickelt er die kleine Geldkassette in den Stoff und übergibt sie Ryalth. »Hier. Es gehört dir.«

»Was?« Ryalth tritt zurück, sie fasst die eingewickelte Truhe nicht an. »Aljaks Familie wird Ausschau halten nach allen, die plötzlich viel Gold besitzen … sie werden wissen, dass es gestohlen ist.«

»Vielleicht auch nicht.« Lorn wirft einen Blick auf die drei verbrannten Männer. »Bitte.«

»Was?« Schließlich nimmt sie die stoffumwickelte, schwere Truhe an sich.

»Komm.« Er zieht sie zur Tür des Lagerhauses. »Bleib hier neben der Tür stehen. Mach dich darauf gefasst, dass du laufen musst. Sag mir Bescheid, wenn jemand uns beobachtet.«

Ryalth zieht die feinen rötlichen Augenbrauen hoch.

»Bitte.« Lorn folgt ihr, er bleibt jedoch etwa ein Dutzend Schritte hinter den Ölfässern stehen, seine Augen sind auf die rothaarige Frau in Blau gerichtet.

Als sie die Tür erreicht, wirft sie einen Blick hinaus und sagt dann zu Lorn: »Es ist keiner da. Nur einige Leute an der nächsten Querstraße. Sie kommen in unsere Richtung.«

»Wie nah sind sie?«

»Noch ziemlich weit weg.«

Lorn wendet Ryalth und der Tür den Rücken zu und konzentriert sich darauf, Chaos auf die Mitte der Ölfässer zu bündeln; die Kopfschmerzen, die immer ärger werden, dürfen ihn jetzt nicht stören.

Plötzlich ist vor ihm eine Flammenwand entfacht, so schnell und gewaltig, dass er gerade noch aus der Tür stolpern und Ryalth mit sich ziehen kann.

Er wendet sich den Menschen zu, die nur noch etwa hundert Ellen entfernt sind und bereits auf das Lagerhaus zugehen. Wild in Richtung Feuer gestikulierend, schreit Lorn: »Feuer! Feuer im Lagerhaus!«

»Feuer! Feuer!«, trägt Ryalths Stimme lautstark bei.

Die Köpfe der drei Männer an der Ecke drehen sich in ihre Richtung.

Aus dem schmalen Eingang des gegenüberliegenden Gebäudes rennt ein großer Mann auf sie zu. »Es ist das Lagerhaus des Klans! Ihr da … Was ist geschehen?«

»Öl, glaube ich. Wir haben gerade über Baumwolle verhandelt und plötzlich waren überall Flammen.« Lorn sieht Ryalth an. »Entschuldigt, Ser. Ich glaube, es geht ihr nicht gut.«

»Wer seid Ihr?«, will der Händler wissen und studiert die zwei jungen Menschen eingehend. »Welcher Klan?«

»Ich bin Buchhalter.« Wieder lodert eine riesige Flammenzunge aus dem Lagerhaus und der Händler blickt auf die Flammen, dann zurück auf das Pärchen. Ryalth lehnt sich hilfesuchend an Lorns Schulter. Der Händler eilt an ihnen vorbei auf den in Brand stehenden Teil des Lagerhauses zu und winkt die drei Männer heran, die sich vor dem gegenüberliegenden Lagerhaus aufgestellt hatten. »Wir müssen das benachbarte Gebäude mit Wasser besprengen. Es darf nicht auch noch zerstört werden.«

Lorn nimmt Ryalths Arm. »Komm, wir gehen. Lass die Truhe nicht fallen.«

Sie hasten die Straße entlang, bis sie auf den Zweiten Hafenweg stoßen, und rennen dann den Hügel hinauf.

Ryalth schaut zurück auf die immer breiter werdende Rauchsäule. »Musstest du das tun? Der ganze Block könnte abbrennen.«

»Wird er nicht. Das Dach ist aus Schiefer und außer dem Öl kann dort nichts brennen. Höchstens das, was sich in den Amphoren befindet.« Lorn zieht Ryalth zur Seite, als die Feuerwehr an ihnen vorbeirast. »Aljak hätte uns beide getötet. Deswegen war auch kein anderer da – aber zuvor hätte er sich bestimmt noch mit dir vergnügt.« Er sieht sie kurz von der Seite an, während sie rasch die Straße hinauflaufen und dann nach Osten die Untere Hügelstraße entlang eilen, fort von den Lagerhäusern. »Nicht, dass ich an seinem Geschmack etwas auszusetzen hätte …«

»Manchmal machst du mir Angst, Lorn.«

»Ich? Ich bin doch nur ein Schüler.« Er grinst sie entwaffnend an.

»Manchmal kann ich das kaum glauben.« Ohne stehen zu bleiben, blickt Ryalth auf das eingewickelte Kästchen. »Es ist schwer.«

»Darin befinden sich deine fünfhundert Goldstücke, mehr oder weniger.«

»Das kann ich nicht alles annehmen.«

»Du musst. Ich habe genommen, was ich kann. Wenn ich mehr nehme, findet es meine Familie bestimmt innerhalb weniger Tage heraus, wenn nicht schon früher.«

An der Stelle, wo der Zweite Hafenweg die Straße des Lauteren Handels kreuzt – die inoffizielle Grenze zum Händlerviertel –, bleiben die beiden unter einem hohen Nadelbaum stehen. Die dichten, dunkelgrünen Äste und der Nebel des Spätnachmittags schützen sie vor neugierigen Blicken. Lorn atmet schwer, doch die ärgsten Kopfschmerzen sind schon vergangen. Schweigend steht er für einige Augenblicke da, er denkt nach. Schließlich wendet er sich unvermittelt Ryalth zu. »Hast du einen Duft? Ein Fläschchen von dem Parfüm, das du für gewöhnlich benutzt?«

Die rothaarige junge Frau runzelt die Stirn. »Warum?«

»Verspritz ein paar Tropfen davon auf meiner Kleidung.«

Sie sucht in ihrer Gürteltasche herum, mit einem Arm hält sie noch immer die stoffumwickelte Geldkassette fest. »Du weißt, dass die Stadtwache darüber nicht sehr erfreut ist.«

»Um Düfte kümmern die sich doch gar nicht«, scherzt Lorn.

»Aber sie kümmern sich um Leute, die Feuer legen«, flüstert sie, während sie ihm etwas von dem Duftöl auf das Handgelenk träufelt.

»Ein Feuer ist immer noch besser als ein ausländischer Händler, der cyadorische Händlerinnen vergewaltigt«, erwidert Lorn und fügt hinzu: »Mehr von dem Duft.«

»Noch mehr? Das hier überdeckt schon jeden Rauchgestank.« Sie zieht die Augenbrauen hoch. »Du willst, dass deine Familie erfährt, dass du mit einer Frau zusammen warst?«

»Das ist immer noch besser, als ihre Fragen über meinen tatsächlichen Verbleib beantworten zu müssen«, erklärt Lorn. »Du musst wissen, wenn man in einer Magi'i-Familie lebt, können Fragen gefährlich sein.«

»Die Leute sagen das … Stimmt es?«

»Nur eine Hand voll der Magi'i kann wahrlesen, aber die Lektoren können es alle und mein Vater ist ein Lektor.« Lorn wird ungeduldig. »Betupf meine Haut damit, meinen Hals«, verlangt er, »so viel, wie du entbehren kannst.«

»Du stinkst schon genug.« Sie rümpft die Nase.

»Gut. Dann werden sie mich bereitwillig verdammen.«

»Und mich auch«, fügt Ryalth hinzu.

»Sie kennen dich nicht und sie müssten schon deinen Namen wissen, um unangenehme Frage stellen zu können.«

Sie schüttelt den Kopf und blickt die Straße hinauf. »Ich glaube, ich bin froh, dass ich nicht aus dem Geschlecht der Magi'i stamme.«

Lorn streicht die blaue Tunika glatt. »Du sagtest, ich könnte mich immer in mein mächtiges Elternhaus flüchten.«

»Das klingt, als wäre es das Haus eines inzüchtigen Klans.«

»So schlimm ist es nicht. Meine Schwestern sind nett und meine Eltern auch.«

»Da bin ich ganz sicher.« Ryalth hält inne, dann fährt sie fort: »Ich werde deinen Teil des Geldes aufheben.«

Lorn schüttelt den Kopf. »Es gehört dir. Ich habe doch schon etwas genommen, du hast schließlich das größere Risiko getragen«, übertreibt er.

Sie runzelt die Stirn, sagt aber nichts.

»Ich werde noch einige Gefälligkeiten in Anspruch nehmen müssen, bevor alles vorbei ist. Nimm die Münzen als Vorschuss.« Er lacht übers ganze Gesicht.

»Ich kann mir keine so teuren Gefälligkeiten leisten.«

»Um etwas so Großes werde ich dich nicht bitten.« Er beugt sich zu ihr hinunter und streichelt ihre Wange.

»Nimm das Gold, um dich selbst zu befreien.« Dann drückt er ihre Hand, tritt aus dem Schutz des Baumes und läuft den Hügel hinauf.

Ryalth schluckt und setzt ihren Weg Richtung Osten fort.

Niemand steht beim Seitentor, als Lorn sich rasch die weiße Schülerkleidung überstreift und die blauen Sachen und Stiefel in den Korb zurückwirft, den er anschließend wieder hinter dem kleinen Baum versteckt. Er rückt das Stoffstück in seiner Gürteltasche zurecht, damit die Münzen nicht klimpern, und marschiert dann flott durch den Garten und die Treppe hinauf.

»Du kommst spät, Lorn.« Sein Vater steht auf der obersten Stufe. »Deine Mutter hat sich schon Sorgen gemacht. Es wäre besser, du würdest uns sagen, wenn du ausgehst.«

»Ja, Ser. Es tut mir Leid. Ich habe die Zeit vergessen. Ich hatte nicht damit gerechnet, so spät zu kommen.« Lorns Aussagen sind alle wahr und er passt auf, dass er nicht einmal in die Nähe der Rauchschwaden blickt, die im Südwesten der Stadt aufsteigen.

Sein Vater rümpft die Nase und schüttelt den Kopf. »Das ist ein Händlerduft, oder?«

Lorn versucht verwirrt dreinzublicken.

»Versuch nicht, es mit einer Lüge zu überdecken, Lorn.«

»Ja, Ser. Ich meine … es stimmt. Ein Händlerduft.«

»Weißt du überhaupt, was du da tust? Was ist, wenn …?« Sein Vater wagt den Satz nicht zu Ende zu sprechen.

»Ich pass schon auf. Es wird kein Kind geben«, sagt Lorn wahrheitsgemäß.

»Lorn …« Der Vater schüttelt erneut den Kopf. »Ich hoffe doch, du hast das Mädchen nicht unter Chaos-Zwang gestellt.«

»Nein, Ser. So etwas würde ich ihr niemals antun.«

»Chaos-Zwänge sind verabscheuungswürdig, und

mit der Zeit schwächen sie jene, die sie anwenden, und lassen sie anfällig werden für die Zwänge anderer.« Kien spricht mit strenger Stimme.

»Ich habe ihr nichts dergleichen angetan und werde deinen Rat beherzigen, Vater.«

»Gut. Ich wünsche, dass du dies auch im Hinblick auf dein Studium tust. Wenn nicht, wird dich vielleicht der Lanzenkämpferdienst zur Besinnung kommen lassen ... obwohl gegenwärtig nicht die günstigste Zeit dafür ist.«

Lorn weiß, dass er nicht noch größeres Interesse an seinem Studium zeigen kann, obwohl er nun schon so weit ist, dass er gern lernt. Er fühlt die Macht, die die Chaos-Übertragung vom Turm zu den Feuerlanzen in sich birgt, und ist gespannt darauf, wie viel Chaos sich in solch eine Waffe pressen lässt. Andererseits begeistert ihn der Gedanke nicht gerade, dass man ihn an der Grenze postieren könnte, wo er dann ernsthaft mit Lanzen und Schwertern kämpfen müsste – auch wenn er unter seinen Mitschülern zu den besten Schwertkämpfern gehört, wie Dettaur, der wohl schon mit einem Schwert in der Hand geboren wurde. Der Einsatz der Klinge im Ernstfall würde in jedem Fall seine Chancen erhöhen, früher zu sterben, als es ihm lieb ist.

»Dann hat Vernt also Recht gehabt ... mit den Barbaren?«, fragt er seinen Vater.

»Es hat mehr Angriffe gegeben als jemals zuvor – oder als aus den Aufzeichnungen zu entnehmen ist«, muss sein Vater zugeben. »Und oben im Nordwesten haben sie sogar Bogenschützen eingesetzt.« Ein schwaches Lächeln erscheint auf Kien'elths dünnen Lippen. »Alle Angriffe konnten jedoch zurückgeschlagen und die meisten der Barbaren getötet werden.«

»Aber sie greifen weiter an?«

»Ja ... aber genug jetzt ... wir können darüber beim Abendessen reden. Nachdem du diesen Geruch abgewaschen hast. Ich werde deiner Mutter sagen, dass du hier bist.«

»Ja, Ser.« Lorn eilt in den Waschraum und fühlt, wie unbehaglich seinem Vater zu Mute ist, obwohl er vieles noch gar nicht ausgesprochen hat. Aber Lorn will Kien'elth nicht drängen, nicht jetzt, wo es ihm offenbar gelungen ist, dessen Fragen über seinen Verbleib am Nachmittag in eine andere Richtung zu lenken.

VIII

Der Kern eines voll funktionstüchtigen Turmes hält eine isochrone/isotemporale Barriere von etwa 900 Nanosekunden aufrecht. Diese zeitliche ›Dislokation‹ führt zu einer zeitweisen Energiepolarität, wodurch die Urkraft erzeugt wird, die dem Umwandlungssystem zugeführt wird …

Durch diese Dislokation entsteht eine weitere Barriere, die die Wirkung des Aufeinanderprallens von Vorgängen nach physikalischen Energieübertragungs/-erzeugungs- und Entropiegesetzen innerhalb der Raum-Zeit-Koordinaten während des Betriebs des Systems, das im Folgenden beschrieben wird, außer Kraft setzt …

Diese Außerkraftsetzung wird durch mehr als zehn Jahre Beobachtung vor Ort verdeutlicht. Kein Turm, in dem die isochrone/isotemporale Barriere versagt hat [das Versagen wird definiert als eine Trennung der Barriere über eine längere Zeitspanne als 150 Nanosekunden mit einem Fehlerspielraum von drei Prozent], hat je wieder innerhalb der Raum-Zeit-Koordinaten funktioniert, innerhalb derer sich diese Welt gegenwärtig befindet …

Turmkerne wurden schon ohne Unterbrechung für die Lebensdauer eines Spiegelschiffes betrieben. Der längste bekannte ununterbrochene Betrieb fand vor der Raum-Zeit-Verschiebung statt, die die Kolonialisierungs-/Besiedlungsexpedition transportierte … und dauerte über siebenundachtzig verstrichene Standard-Anglo-Rationale Jahre.

Angenommen, eine geladene Standardspeicherzelle (Modell CD-3A] entlädt sich im gleichen Umfang wie vor der Raum-Zeit-Verschiebung, aber über einen mehr als viermal so langen Zeitraum hinweg, und die Energieanforderungen/-entladungen der verschiedenen energiebetriebenen Endgeräte [zum Beispiel: Elektrozellentransporter, Motoren/Dynamos, Laser-Elektro-Gewehre, Antipersonen-Elektrolaser] variieren je nach Benutzer, Schauplatz und auch nach raumzeit-planetarischen Schauplätzen, dann ist es sehr unwahrscheinlich, dass die Lebensdauer eines solchen Turmkernes im Voraus bestimmt werden kann.

Deshalb wurden, trotz der beträchtlichen Einsparungen beim technischen Personal und bei den Transporteinrichtungen, im Interesse der Nutzbarkeit und Fortführung einer lebensfähigen kolonialen Struktur mit einer Infrastruktur, die notwendig ist, um sich an die örtlichen Gegebenheiten anzupassen – wie in Abschnitt IV beschrieben –, die verbliebenen Turmkerne in eine physikalische Umgebung verlegt, die für einen längeren und ununterbrochenen Betrieb höchst dienlich erscheint …

Gewartet werden können das Sekundärsystem [siehe Abschnitt V] sowie das Energieübertragungs- und Umwandlungssystem, da sich diese außerhalb des Kerns befinden und die Kraftübertragung durch Feldmanipulationen und das Aufeinandertreffen von Energie erfolgt. Die Wartungsarbeiten sollten jedoch so gering wie möglich gehalten werden, da beim Personal, das in hohem Maße dem Betrieb des Basissystems ausgesetzt ist, regelmäßig vernarbte Zelldegenerationen festgestellt wurden, trotz aller zuvor festgelegten Vorschriften und Toleranzbereiche …

Überblick
Wartungshandbuch
[Überarbeitet]
Cyad, 15 N.G.

IX

Lorn steckt den Kopf in Myryans Zimmer und grinst. »Wie geht es der fleißigen Heilerin?«

Seine jüngere Schwester blickt auf, sie sitzt in dem gepolsterten, kastanienbraunen Lehnstuhl, den sie vor Jahren aus dem Wohnzimmer im ersten Stock rettete, als die Eltern ihn in die Dienstbotengemächer im Erdgeschoss zu verbannen drohten. Ein in schwarzes Leder gebundenes Buch liegt auf ihrem Schoß, und die Beine, die in grünen Hosen stecken, hat sie über die Armlehne des Stuhls geschwungen. Sie streicht sich einen Schopf schwarzer, welliger Locken aus der hohen Stirn. »Lorn ...« Sie grinst zurück. »Du hast nur Flausen im Kopf. Jerial ist die fleißige Heilerin hier und nicht ich, wie wir alle wissen.«

»Aber du bist die geborene Heilerin.« Er schlüpft ins Zimmer und schließt leise die Tür, dann lässt er sich in den Stuhl mit der geraden Lehne fallen, der am Schreibtisch steht. Er sieht über die halb fertig geschriebene Notiz auf der ledernen Schreibtischunterlage hinweg.

»Was hast du gestern gemacht?«

Lorn zuckt die Schultern, es ist ihm ein wenig peinlich. »Das weiß doch ohnehin schon jeder. Ich war bei einem Mädchen.«

»Sie benutzt einen guten Duft, auch wenn es ein Händlerduft ist. Wer ist sie?« Myryan lächelt ihren Bruder wissend an.

»Eine Händlerin«, antwortet er.

»Sie ist mehr als das«, meint Myryan. »Bist du ...«

»Frag nicht ... bitte!« Lorn lächelt nun wirklich verlegen und hofft, dass sein Gesichtsausdruck auch genug Verdruss vermittelt.

»Also gut, ich frage nicht ...« Ihre bernsteinfarbenen Augen lächeln zusammen mit dem Mund. »Aber nur, weil du mich darum bittest. Jerial wird sowieso noch nachhaken. Bist du deshalb gekommen?«

Lorn übergeht die Frage und will von seiner Schwester wissen: »Du machst dir Sorgen wegen Ciesrt, hab ich Recht? Weil Vater euch vermählen will.«

»Wie aufmerksam.« Sie schüttelt den Kopf. »Ich bin nicht wütend auf dich, Lorn. Vater versteht es nicht und das Vermählen gehört zu den Dingen, bei denen Mutters Meinung nicht zählt.«

»Eine Vermählung ist eine politische Angelegenheit.« Lorn zuckt erneut die Schultern. »Wir wissen das. Es kommt nicht darauf an, ob du jemanden magst.«

»Das ist ungerecht.« Myryan schmollt, doch sie weiß ihre Empfindungen zu zügeln. »Du kannst ein Händlermädchen haben, und sie verlangen von dir nur, dass du dafür sorgst, dass sie nicht schwanger wird und du rechtzeitig zum Abendessen daheim bist. Und dann wird noch ein bisschen darüber gelacht, dass du so stark riechst. Kannst du dir vorstellen, was passieren würde, wenn ich mir mit einem netten Händler ein Stelldichein geben würde – oder einem ausländischen Kaufmann?«

»Einen ausländischen Kaufmann würdest du nicht mögen. Sie riechen, die meisten zumindest.«

»Deshalb ...« Myryan zieht die Augenbrauen hoch.

Lorn lacht frei heraus. »Nein, das glaube ich nicht.«

»Du hast sie vor einem Schicksal gerettet, das ärger ist als der Tod?«

»Ein- oder zweimal«, gibt Lorn zu.

»Wie kannst du das behaupten und doch die Wahrheit sagen?« Myryan schüttelt den Kopf und versucht, nicht zu lachen. »Du bist unmöglich.«

»Was ist mit Ciesrt?«, fragt Lorn noch einmal.

»Er ist langweilig wie eine Steinsäule und noch nicht einmal nett. Manche Menschen halten ihn für nett, weil er so ruhig ist. Aber er ist so ruhig, weil er gar nicht richtig lebt. Er spricht nur davon, endlich ein Magier zu werden.«

Lorn nickt.
»Vater will das nicht einsehen.« Sie schüttelt den Kopf und sieht zu Boden.
»Ich will nichts versprechen … aber vielleicht kann ich etwas tun. Mit Vater oder Vernt sprechen.«
»Sie werden nicht auf dich hören. Ciesrt wird bald ein anerkannter Magier sein, und wer könnte einen besseren Gemahl abgeben als ein Magier?« In ihrer sonst so vollen und warmen Stimme schwingt eine Bitterkeit mit, die Lorn bislang nur selten gehört hat und die ihm überhaupt nicht gefällt.
»Erzähl mir etwas vom Heilen«, schlägt Lorn vor.
»Jerial weiß mehr darüber.«
»Mir ist nicht am reinen Wissen gelegen. Ich will etwas über Erkennen und Fühlen erfahren«, erwidert Lorn. »Nur aus Schriftrollen und Büchern lernen reicht nicht.« Seine Lippen kräuseln sich zu einem selbstironischen Grinsen.
»Es wird schwer für dich werden«, meint Myryan.
»Wenn du es sagst.«
»Ich meine es wirklich. Durch deine Hände ist schon Chaos geflossen.«
Lorn zieht die Augenbrauen hoch.
»Sieh mich nicht an, als wäre ich ein dummes Ding. Dich umgibt ein Weißer Schimmer. Vater glüht praktisch die ganze Zeit. Genauso wie Vernt. Aber bei dir ist es nicht so schlimm.«
Lorn nickt. »Du und Jerial, ihr seid von einem schwärzlichen Schleier umgeben, aber bei dir wirkt er stärker.«
»Kannst du das sehen?«
»Eigentlich eher fühlen«, gesteht Lorn.
»Gut. Vernt kann das nicht, musst du wissen. Er glaubt, beim Heilen handelt es sich nur um Einbildung, dabei ist er nur ordnungsblind. Vater kann es auch nicht fühlen, aber er weiß, dass es wirkt.«
»Vater ist ein Pragmatiker.« Nach einer Pause fügt er hinzu: »Meistens jedenfalls.«

»Und es gibt zwei Arten von Chaos«, fährt Myryan fort. »Da ist einmal die weißgoldene Art – die das Viertel der Magi'i umgibt – und dann die hässliche, rötlich weiße Sorte, die man fühlt, wenn eine Wunde eitert oder jemand im Sterben liegt. Mit dem Heilen verhält es sich nicht so, wie es sich die Menschen vorstellen«, stellt Myryan entschieden fest. »Ein guter Heiler kann Ordnung – das ist das Schwarze – mit Wunden-Chaos verbinden, dass der Kranke genesen kann; und wir können Dinge für eine Zeit lang aneinander binden …«

»Aber die Körper der Kranken müssen sich selbst heilen«, fügt Lorn hinzu.

Myryan wartet.

»Wie stellst du es an, jemanden mit Ordnung zu verbinden oder einzuhüllen?«, fragt Lorn schließlich.

Myryan lacht. »Das Gleiche habe ich Kyrysmal auch gefragt. Die Menschen tragen Chaos und Ordnung gleichzeitig in sich. Damit muss man arbeiten.«

»Zeig es mir.«

»Bist du sicher? Man sagt, die Magi'i sollten nicht mit beidem hantieren.« Myryan blickt ihren älteren Bruder eindringlich an.

»Ich werde kein Magier werden«, antwortet Lorn. »Noch bevor das Jahr zu Ende geht, werde ich ein Lanzenkämpfer sein und dann wird mir die Heilkunst von großem Nutzen sein.«

»Du wirst das Magiertum aufgeben?« Myryan wirft schnell einen Blick zur geschlossenen Tür, als wolle sie sich vergewissern, dass Lorns Worte den Raum nicht verlassen können. »Was wird Vater sagen?«

»Er weiß es bereits, aber er hofft noch, dass es nicht so weit kommt.«

»Aber warum? Vater sagt, dass du deine Sache gut machst und dass keiner besser und schneller lernt als du.«

»Ich möchte nicht zwischen Mauern aus Granit eingesperrt sein. So viel Chaos … bedrängt mich.« Lorn zuckt hilflos die Schultern. »Ich kann es nicht verbergen. Lektor Hyrist hätte mich schon längst hinausgeworfen, wenn Vater nicht selbst Lektor wäre und wenn ich nicht so gut lernen würde. Die Magi'i wollen Magier, die Chaos-Übertragung und Manipulation essen, denken, atmen und damit schlafen. Wie Vernt … oder Vater.«

»Also gut.« Myryan seufzt und schwingt die Beine auf den Boden. »Gib mir deine Hand. Hättest du eine Wunde, die nicht heilt, würde sie rot und verschwollen leuchten … du könntest wirklich ohne Heiler auskommen. Du brauchst nur …«

»Die Wunde aufschneiden und aussaugen und dann mit klarem Winterbranntwein oder dergleichen auswaschen.« Lorn lächelt. »Ich weiß.« Er steht auf und streckt die Hand aus. Als er sich seiner Schwester nähert, riecht er den Duft von Freesien. »Aber wenn ich kurz davor stehe, sie zu verlieren …?«

»Ich würde freie Ordnung sammeln … etwa so.«

Lorns Sinne folgen den ihren und über seiner linken Hand bildet sich unsichtbare, aber doch wirkliche Dunkelheit. Er versucht, ihre Ordnungs-Bündelung nachzuahmen. Nach wenigen Sekunden erscheint ein kleinerer, verschwommener dunkler Fleck neben dem ihren.

»Oh … du hättest Heiler werden sollen.«

»Männer sind keine Heiler … nicht in Cyador«, weist er ab.

»So wie Frauen keine Magi'i sind«, antwortet sie.

Fast gleichzeitig erscheint auf den Gesichtern der Geschwister ein ironisches Lächeln.

»Wie bindest du es? Wie bewegst du es?«

»Du nimmst etwas Verwandtes in deinem Körper …«

Lorns Augen und Sinne nehmen alles auf, seine bernsteinfarbenen Augen suchen und er konzentriert sich aufs Schärfste auf die Vorführung seiner ordnungsheilenden Schwester.

X

Zwei Männer stehen auf dem westlichen Balkon des Palastes des Lichts und erfreuen sich der angenehmen Brise, die den Beginn des kühlen, aber gemäßigten Winters in Cyad ankündigt. Unter ihnen rüttelt ein Windstoß, den das Westmeer geschickt hat, an den grünen und weißen Markisen, die sich über den kleinen Platz nordwestlich der Hafenpiere spannen; der Windstoß ist so stark, dass das Flattern der fast eine Meile entfernten Markisen vom Palastbalkon noch zu sehen ist.

»Jemand hat mithilfe von Chaos ein Feuer im Lagerhausbezirk gelegt«, sagt der Erste Magier Chyenfel zu dem Major-Kommandanten der Lanzenkämpfer.

»Wurde noch mehr Schaden angerichtet – außer einem abgebrannten Lagerhaus?«, will Rynst wissen.

»Nein. Der Schaden begrenzt sich auf das eine Haus. Der Jekseng-Klan hatte es an einen ausländischen Kaufmann vermietet.«

»Wieder ein Fremder. Überall, von den Barbaren bis zu den Händlern, haben wir Schwierigkeiten mit den Fremden.« Nach einer kurzen Pause wagt sich Rynst weiter vor: »Ich habe etwas von brennendem Kernöl gehört.«

»Das stimmt … man kann dieses dicke Öl nicht einfach mit einem Zündstein entzünden, nicht einmal mit einer Kerze oder Lampe.« Chyenfel lächelt ironisch und seine sonnengoldenen Augen blitzen.

»Cammaborke?«

»Es gibt kein Anzeichen einer Explosion und man hat Körper und Knochen dort gefunden. Die Toten haben offenbar nicht versucht zu flüchten.«

»Dann soll das Feuer also vom Mörder ablenken. War es jemand Wichtiges?«

Der Hochlektor und Erste Magier schüttelt den Kopf.

»Nein. Es sind wahrscheinlich die Leichen des Mannes, der das Lagerhaus gemietet hat – ein sehr unappetitlicher Hamoraner, von dem gemunkelt wird, er sei auch Schmuggler gewesen –, und seiner Leibwächter.«

»Wie bedauerlich. Außerordentlich bedauerlich.« Rynst zieht die Augenbrauen hoch. »Dann können wir die *Hand* des Kaisers nicht verdächtigen?«

»Nein ... nicht, wenn es sich um einen Streit zwischen Händlern handelt und es nicht um weit mehr geht, als es hier der Fall zu sein scheint. Aber das wisst Ihr selbst ...« Chyenfel lächelt träge. »Ihr würdet gerne erfahren, wer die *Hand* ist, nicht wahr?«

»Viele würden es gerne erfahren.«

»Das stimmt«, grübelt Chyenfel. Sein Gesicht verhärtet sich. »Vielleicht ... ja, vielleicht setzt der unglückliche Tod dieses Aljak der Serie von Verschollenen unter den Händlern, die es in letzter Zeit gegeben hat, ein Ende.«

»Glaubt Ihr, es handelt sich um einen Vergeltungsschlag?« Rynst dreht sich um, sodass die Nachmittagssonne am grünblauen Himmel ihre Strahlen auf seinen Rücken werfen kann, hell und kalt, und damit er den Ersten Magier und den Hafen besser sieht.

»Wahrscheinlich, aber wir wissen nicht, wer Aljak getötet hat.« Chyenfel zuckt gekünstelt die Schultern. »Unglücklicherweise stammt der Mann aus einer bekannten hamorischen Kaufmannsfamilie. Sie haben eine zehnprozentige Preissteigerung für hamorische Waren angekündigt ... so in etwa hat es Bluoyal mir erzählt.«

»Diesen Stich werden sie nicht machen, nicht wenn die Austrier die gleichen Waren mit einer fünfprozentigen Steigerung liefern. Wenn die Hamoraner dann noch handeln wollen, müssen sie zu den alten Preisen verkaufen.«

»Das stimmt, selbst Bluoyal würde dem zustimmen. Aber ... da ist noch etwas.«

»Oh?«, meint der Major-Kommandant argwöhnisch.

»Man hat eine Spur Chaos gefunden unter all den verbrannten Waren und der Asche.«

»Ihr habt mir versichert, dass alle Eure Magi'i so etwas nicht tun würden.«

Chyenfel nickt. »Ich habe bereits mit jedem einzelnen Magier gesprochen. Alle sind unschuldig. Keiner verbirgt etwas.«

»Heißt das, dass es einen Chaos-Wilderer gibt? Oder dass einer Eurer Magi'i dem Wahrlesen ausweichen kann?«

»Selbst jene, die diese Fähigkeit beherrschen, können dem Wahrlesen der anderen nicht ausweichen. Da kein Magi'i beteiligt war, glaube ich, dass das Chaos auf andere Weise gesteuert wurde. Nichts von dem Chaos ging daneben. Das kann man selbst nach dem Feuer noch feststellen und Wilderer verfügen meist nicht über derartige Fähigkeiten.«

»Dann … ein früherer Magi'i?«

»Diejenigen, die über solche Talente verfügen, werden zeitig ausgesondert – sie sind tot oder bei den Lanzenkämpfern an der Grenze.« Chyenfel zupft an seinem glatten Kinn. »Und wir verfolgen die Chaos-Fähigen so lange mit den Gläsern, bis sie nicht länger über Chaos verfügen oder sterben. Seit Jahreszeiten wurde in Cyad keiner mehr aufgedeckt, wenn nicht seit Jahren.«

»Dann haben wir es mit dem Unmöglichen zu tun, und das ist weniger als zufriedenstellend, besonders in schweren Zeiten wie diesen.«

»Es könnte auch eine kleine Feuerlanze gewesen sein – wie sie die Wächter des Kaisers tragen«, erwähnt Chyenfel fast beifällig.

»Mit größtem Vergnügen begleite ich Euch, wenn Ihr jeden Einzelnen von ihnen befragt.« Rynst lächelt mit zusammengepressten Lippen.

»Das habe ich von Euch erwartet.« Chyenfel erwidert das Lächeln.

XI

Ein Pärchen in Blau sitzt auf einer geschnitzten Holzbank, von der aus man den gesamten Hafen von Cyad überblicken kann. Am Fuße des niedrigen Hügels liegt ein halbes Dutzend Schiffe an der weißen Pier. Auf der Granitpier rollen Karren entlang, auf denen sich Wolle aus Analeria türmt, Baumwolle aus dem überseeischen Hamor, Zinnblöcke aus Austra und viele andere Waren aus allen erdenklichen Ländern, die mit den hochmastigen Schiffen zu erreichen sind. Nur ein einziges weißes Feuerschiff ist an der Pier der Lanzenkämpfer vertäut.

Die rothaarige Frau zittert in der kühlen Brise. »Lorn?« Ryalth sieht ihren Freund an. »Ist dir nicht kalt?«

»Mir? Nein.«

»Aber mir.« Sie rückt näher zu ihm, sodass ihre Körper sich seitlich berühren. »Du bist warm wie ein Lagerfeuer oder die Sonne.«

»Ich möchte lieber nicht über Feuer sprechen.«

»Ich habe ein Geschenk für dich.« Ryalths Stimme klingt sehr weich.

»Du musst mir nichts schenken«, beharrt Lorn und dreht sich zu ihr. »Die Münzen und die Geldkassette sind für dich. Das habe ich dir schon gesagt. Gib nichts davon für mich aus.«

»So ein Geschenk ist es nicht. Es ist etwas, das ich schon sehr lange besitze.«

Lorn zieht die Augenbrauen hoch. »Das sollst du doch nicht tun. Das weißt du.«

»Ich weiß, ich muss nicht. Aber ich will.« Ihr Lächeln ist warm, auch wenn sie dabei zittert.

Lorn lächelt und legt den Arm um ihre Schulter. »Dir ist wirklich kalt.«

»So ist es schon besser. Du bist so warm.« Sie reckt

den Kopf und sieht ihm ins Gesicht. »Hast du dich je gefragt, wo die Erstgeborenen herkamen? Wie sie waren?«

Lorn runzelt die Stirn und zuckt die Achseln. »Sie kamen und schufen mithilfe der Chaos-Türme Cyad und Cyador. Sie sperrten den Verwunschenen Wald ein und öffneten die Länder des Ostens für uns. Sie bauten die Feuerwagen und …«

»Das ist Geschichte«, unterbricht ihn Ryalth freundlich. »Wir wissen viel darüber, *was* sie getan haben. Aber all die Schriftrollen und Bücher berichten nur davon, dass sie von den Rationalen Sternen kamen und was sie bauten, als sie hier eingetroffen waren. Willst du nicht mehr über sie erfahren? Was für Menschen sie waren?«

»Sie waren Menschen wie wir.« Lorn lacht leise und berührt ihre Wange mit der rechten Hand, dann beugt er sich zu ihr hinunter und küsst sie auf die Wange.

Ryalth entwindet sich seinem sanftem Griff. »Waren sie das wirklich?«

Lorn legt die Stirn in Falten. »Erst sprichst du von einem Geschenk und jetzt …«

»Es ist immer das Gleiche.« Sie hält ihm ein schimmerndes Rechteck hin. »Hier ist es.«

»Was ist das?«

»Es ist ein sehr altes Buch. Es gehörte der Mutter meiner Mutter. Keiner wusste davon. Vater sagte, keiner hätte zu seiner Zeit etwas Derartiges erschaffen können und heute, so nehme ich an, auch nicht. Er sagte mir, ich soll es behalten. Es niemals verkaufen, ganz gleich was man mir auch dafür bietet.«

Lorn blickt in ihre tiefblauen Augen. »Dann schenk es mir nicht. Es gehört dir.«

»Du wirst es für mich aufbewahren«, erwidert Ryalth.

»So etwas kann ich nicht annehmen …«

»Schlag es dort auf, wo das lederne Lesezeichen steckt. Ich möchte, dass du mir vorliest.« Ryalth drückt ihm das dünne Bändchen in die Hand.

Lorn nimmt das Buch, der Umschlag ist so unversehrt und glatt, als wäre er gerade in diesem Augenblick in seinen Händen erschaffen worden. Er dreht es um und sieht ein Licht aufflackern auf dem silbergrünen Stoffeinband, als die Wintersonne ihre Strahlen darauf schickt.

»Öffne es«, drängt Ryalth.

Lorn schlägt das Buch auf, seine Finger finden keinen Halt auf den Seiten, die sich mehr wie Schimmertuch als wie Papier oder Pergament anfühlen; die Oberfläche ist so glatt, dass Schimmertuch im Vergleich dazu beinahe rau erscheint. Die Buchstaben sind klar geschrieben, aber etwas schräger und eckiger, als Lorn es gewohnt ist.

»Das da.« Die rothaarige Frau zeigt auf die Seite.

Lorns Augen lesen die Überschrift. Er liest sie laut … und fährt fort.

SOLL ICH MICH DER RATIONALEN STERNE ERINNERN?

Dort besaß ich einen Turm im Himmel,
die Räume klar und weit,
Musik erfüllte die Mauern
und die Hallen waren getaucht in Licht.
Die Tage waren lang,
die Nächte Musik.

Soll ich mich der Rationalen Sterne erinnern?
Oder an der Ruine auf diesem Hügel festhalten,
wo neue Mauern reglos walten,
vortrefflicher Granit in die Dämmerung ragt
und Sonnendächer die Straßen schmücken.

Damals war Gold schlicht Gold,
oft wurden lange Geschichten erzählt.
Weiße Blumen schmückten den dunkelsten Raum,
Blumen, die ihre Blüten nie verloren.

Soll ich mich der Rationalen Sterne erinnern?
Und von neuem errichten
alte Chaos-Türme im dunkelsten Wald?
Zurücklassen ein Nichts, wo einst der Wald,
verwandeln das Dunkle des Tages in sonnigen Stolz,
um durch zerbrechliche Fenster den Regenbogen zu schauen,
blühende Gänge und Höfe
und weiße Blumen im dunkelsten Raum?

Soll ich mich der Rationalen Sterne erinnern?
Einst besaß ich einen Turm, Himmel von hier,
mit Mauern aus Alabaster und Kuppeln aus Silber.
Hoch über Feldern und Häusern
entfachte er meine Feuer und nahm mir die Angst.

Oh … nimm die neuen Inseln im See und die grünen Meere;
nimm die Teiche und hohen Bäume,
nimm die Wüstendünen und den sonnendurchfluteten Sand
und lass alles durch deine leeren Hände rieseln.

Lorn schluckt, obwohl er zuvor beschlossen hat, keine Regung zu zeigen.

»Es ist traurig, findest du nicht?«

Er schüttelt den Kopf. »Ich weiß nicht.«

»Doch, du weißt es«, erwidert sie.

»Warum … warum hast du es mitgebracht?«

»Weil es nun dir gehört. Weil ich will, dass du es aufbewahrst und jedes Gedicht darin liest.«

»Aber es gehört dir«, beharrt Lorn weiter.

»Du musst es annehmen und darin lesen. Mindestens alle paar Tage. Versprich es mir.«

»Ich verspreche es.« Lorn nickt nachdenklich. »Du redest gar nicht mehr wie eine Händlerin.«

»Glaubst du etwa, dass wir alle nur eine Seite haben? Dass ich nur eine harte Händlerin bin? Dass du nur ein logisch denkender Magier sein kannst?«

»Man muss sich sehr bemühen, um gut zu sein.«

»Du hast … wir haben auch noch Zeit für andere Dinge.« Sie lächelt. »Auch neben der Liebe.«

Lorn blickt hinunter auf das Buch und gibt vor, traurig zu sein. »Soll ich mir jetzt etwas aussuchen?«

»Dummkopf! Wir werden Zeit für beides finden.«

Lorn betrachtet noch einmal den silbergrünen Einband, so neu, so makellos und doch so alt, und die Fragen nehmen kein Ende.

XII

In den blau schimmernden Händlerkleidern und den blauen Stiefeln läuft Lorn eilig die Straße des Lauteren Handels entlang. Sein Ziel ist das Gebäude, in dem die Klanlosen Händler ihren Sitz haben, das Haus, in dem Ryalth ein sehr kleines Kontor eröffnet hat, hauptsächlich, so nimmt Lorn an, um ihren Status als Freie Händlerin zu legitimieren. Er muss sich beeilen, denn er hat beobachtet, wie sein Vater die Treppe zu Lektor Chyenfels Arbeitszimmer im Viertel der Magi'i hinaufgestiegen ist. Das war am Nachmittag, als Lorn gerade den unteren Turmflur entlangging; er wusste sofort, dass er sich praktisch schon auf dem Weg zur Lanzenkämpferausbildung befindet.

Es könnte theoretisch auch andere Gründe haben, dass Chyenfel Lorns Vater zu sich ruft, aber Lorn bezweifelt dies stark, und das bedeutet, dass ihm nur noch sehr wenig Zeit bleibt, bevor er fortgeschickt wird. Viel zu wenig Zeit für das, was noch getan werden muss, denn es besteht kein Zweifel daran, dass die Lektoren, sobald sie wissen, dass Lorn gehen muss, ihn ununterbrochen beobachten werden, so lange, bis er Cyad endgültig verlassen haben wird, und wahrscheinlich noch darüber hinaus. Er hofft, dass es in der Unterredung um sein Studium geht und nicht um etwas anderes; wie etwa um den Chaos-Zwang, den er auf Halthor ausgeübt hat. Doch bisher hat niemand etwas davon erwähnt und Ryalth spricht im Zusammenhang mit dem Tod des Händlers nur von einem Unfall.

Die unbedingte Entschlossenheit in der Stimme seines Vaters hat gereicht, um Lorn alle Hoffnung zu nehmen, denn wenn es um Magierangelegenheiten geht, handelt sein Vater immer äußerst korrekt. Lorn schiebt diese Gedanken beiseite und betrachtet geistesabwesend die Straße, durch die er läuft.

Keiner, den er kennt – oder der ihn kennt – sitzt im Kaffeehaus, dem *Leeren Viertel*, als er daran vorbeihastet. Die Markise, die die leeren Tische draußen schützen soll, ist aufgerollt und alle Stammgäste sitzen drinnen im Trockenen und Warmen.

Die Luft ist eiskalt trotz der hellen Wintersonne, das Salz in der Luft beißt sich in sein nacktes Gesicht, den Hals und die Hände.

An der Ecke zum Dritten Hafenweg bleibt Lorn stehen und wartet, bis eine weiß lackierte geschlossene Kutsche, gezogen von zwei weißen Stuten, leise vorbeigerauscht ist. Ein Windstoß bringt etwas Wärme mit und den Geruch von frisch gebackenem Brot, begleitet von einem ganz leichten Erhenblumenduft, den wahrscheinlich die Frau ausströmt, die in der Kutsche sitzt.

Zwei Lanzenkämpfer von niederem Rang stehen an der gegenüberliegenden Ecke, ihre Augen folgen der Kutsche, und Lorn muss unweigerlich lachen, weil sie ihr Interesse so offen zur Schau stellen. Wer weiß, vielleicht wird auch er eines Tages an einer Ecke in einer weit abgelegenen Stadt wie Syadtar stehen? Oder in einer der Städte, die an den Verwunschenen Wald grenzen – wie Geliendra oder Jakaafra?

Lorn schüttelt den Kopf, dann überquert er den Weg und schreitet über die weißen Steine auf der anderen Seite des Dritten Hafenweges hinunter zum Fuß des

Hanges, wo der Platz der Händler liegt. Selbst in der Kälte des Spätnachmittags sind noch einige wenige der grün und weiß gestreiften Planen über den spärlichen Karren aufgespannt. Lorn umgeht die Karren und steuert auf das große, weiße Gebäude in der nordwestlichen Ecke des Platzes zu; beinahe geräuschlos setzen seine Stiefel auf den harten, weißen Pflastersteinen auf.

Als er durch den viereckigen, offen stehenden Toreingang das Gebäude der Klanlosen Händler betritt und den Wind hinter sich lässt, fühlt Lorn, wie sein Gesicht langsam wieder auftaut. Der Platz draußen wirkt fast verlassen, aber im Innern des Gebäudes wimmelt es nur so von blau gekleideten Menschen und manchmal sieht man auch Rot, Grün, oder Weiß. Niemand kümmert sich um den Buchhalter Lorn, ein Stirnrunzeln hier und da ist alles, was ihm gilt; Lorn läuft die breite Treppe in der Mitte des hinteren Teils der überdachten Halle hinauf, die zu beiden Seiten von Balkonen flankiert wird.

Ryalths Handelskontor ist nicht viel mehr als eine kleine Kammer mit zwei Türen, die weit offen stehen, am Ende des Ganges im dritten Stockwerk. Es liegt so weit hinten im nordöstlichen Teil des Gebäudes, dass nur das Geländer des Balkons von ihrer Tür aus zu sehen ist. Die rothaarige Frau sitzt hinter einem Schreibtisch mit Schubläden, einem uralten Möbel aus schäbigem, nachgedunkeltem Weißeichenholz, und schreibt in ein Buch.

Lorn tritt ein, er räuspert sich und fragt mit einem Lächeln auf den Lippen: »Händlerin?«

»Ja?« Ryalth blickt auf und ihr Mund geht auf und zu.

Lorn tritt so weit vor, dass seine Hosen die Kante des Schreibtisches berühren. »Ich wollte Euch sehen, verehrte Händlerin.« Sein Lächeln wirkt gleichzeitig zögernd und arglos.

»Ihr solltet nicht hier sein – nicht um diese Tageszeit. Die Zeiten für die Buchhalter sind entweder früh am Morgen oder kurz bevor wir schließen«, murmelt

Ryalth, dann fügt sie lauter hinzu: »Ich wünschte, Ihr kämt zu einer passenderen Zeit, junger Ser.«

»Das wird nicht mehr gehen«, flüstert Lorn. »Ich werde Cyad morgen oder übermorgen verlassen müssen, wie es scheint, und ich kann nichts daran ändern. Wenn sie es mir einmal eröffnet haben, werde ich nicht mehr kommen können.« Er wirft den Kopf zurück und spricht in normaler Lautstärke weiter. »Entschuldigt, verehrte Händlerin, aber ich war gerade in der Nähe und dachte, ich würde mir nicht zu viel anmaßen. Entschuldigt vielmals.«

»Du gehst? Einfach so?«, flüstert Ryalth. »Warum?«

»Weil ich den oberen Magi'i nicht ergeben genug bin. Entweder gehe ich weg oder ich werde bei der Chaos-Übertragung durch einen tragischen Unfall ums Leben kommen.« Lorn spricht leise. »Ich mag dich … und ich wollte es dich wissen lassen. Hätte ich so lange gewartet, bis es offiziell ist, hätte ich es dir nicht mehr selbst sagen können.«

Ryalth schüttelt traurig den Kopf.

Er drückt ihr eine Börse in die Hand. »Fürs Geschäft. Ich werde zurückkommen, ganz gleich wie, und das kann ich nicht mitnehmen. Ohne dich würde ich es nicht besitzen. Nimm du das Geld an dich und gib es aus, wenn du es brauchst.« Er schenkt ihr ein warmes Lächeln.

»Eine Börse? Einfach so? Und du erwartest von mir, dass ich auf dich warte? Als könnte man mich kaufen und bezahlen wie … wie Baumwolle?«

»Nein.« Lorn sieht ihr in die Augen. »Ich mag dich, weit über unsere Gemeinsamkeiten hinaus.« Er schluckt und zuckt die Achseln. »Ich kann nicht viel von dir verlangen … niemand weiß, was geschehen wird. Aber vielleicht wartest du … für nur kurze Zeit.«

»Ich kann gar nicht anders. Dann … dann werden wir weitersehen.« Ryalth lacht leise und ein wenig bitter. »Aber du musst das Buch mitnehmen und darin lesen … alles.«

»Bist du auch ganz sicher? Es könnte Jahre dauern, bis ich wiederkomme.«

»Dann … ist es sogar noch wichtiger. Lies es.« Halb würgt sie die Worte heraus, halb haucht sie sie.

»Das werde ich.«

»Versprochen?«

»Versprochen.« Er streckt den Arm aus und drückt ihre Hand. Schnell zieht er den Arm zurück, als er im Flur Schritte hört.

»Ich schätze Euer Interesse, aber es gibt nichts, wofür ich Euch brauchen könnte, nicht im nächsten Achttag«, sagt Ryalth geschäftig; ihre Augen glänzen.

»Ich verstehe. Dann werde ich mich danach wieder bei Euch erkundigen.«

»Während der Buchhalterzeiten, so wie es sich geziemt«, fügt Ryalth hinzu.

Lorn sieht ihre Tränen und fühlt, wie auch ihm das Wasser in die Augen steigt. Er schluckt. »Ja … Händlerin.«

Dann dreht er sich um und mit hängenden Schultern – eine Geste, die nicht gespielt ist – wandert er niedergeschlagen den Flur entlang, hinaus auf den Platz, von dem aus man den ganzen weißen Hafen überblicken kann.

Er verlässt den Platz und fühlt deutlich die Kälte des Chaos-Glases, mit dem sein Vater ihn beobachtet, aber Lorn hat bereits getan, was getan werden muss, und er bezweifelt, dass Kien'elth noch mehr wissen will.

Er hofft es zumindest.

XIII

Selbst die Kaiser des Landes des Ewigen Lichts verkörpern ein Paradox, von dem Cyador erfüllt und durchdrungen ist …

Höchst paradox ist der Umgang mit der Erinnerung an Kaiser Alyiakal. Trotz seiner vielen Erfolge bei der Festlegung der immer noch gültigen Grenzen des modernen Cyadors und der Errichtung der ausgewogenen Machtstrukturen, die Cyador noch immer regieren, wurde er zu ›Dem, den man nie erwähnen darf‹ unter den Magi'i und den Spiegellanzenkämpfern von Cyad. Die Magi'i wollen ihn vergessen, weil er ein mächtigerer Magier als der Erste Magier war und weil er den – so wie er es nannte – engstirnigen Traditionen und der Inzucht innerhalb des Standes der Magi'i den Rücken kehrte. Er wurde Offizier bei den Spiegellanzenkämpfern und setzte seine magischen Fähigkeiten ein, um die Spiegellanzenkämpfer im Norden bei der Verwüstung von Cerlyn und der Errichtung der Cupritminen im Nordosten anzuführen. Dabei schloss er einen mehr als eine Generation überdauernden Frieden mit den Barbaren aus dem Norden und sicherte somit die Versorgung mit Cuprit, um daraus weiterhin Cupridium gewinnen zu können. Als er mithilfe derselben Lanzenkämpfer zum Kaiser gemacht wurde, bestand er darauf, dass die Chaos-Energie nicht mehr nur für Experimente verwendet wird, sondern zur Herstellung von Chaos-Zellen, um damit Steine zu behauen, welche zum Bau der Großen Straßen von Cyador verwendet werden, zur Fertigstellung des Palastes des Ewigen Lichts und zum verstärken und ausbauen des Großen Kanals … Doch trotz all dieser Taten, aufgrund derer man sein Andenken ehren sollte, blieb er paradoxerweise der Magier, von dem die Magi'i niemals sprechen.

Die Spiegellanzenkämpfer vermeiden es, seinen Namen auszusprechen, denn er erinnert sie zu sehr an ihre eigenen Unzulänglichkeiten, was Waffen und Geschick angeht, und auch weil sein Erfolg dafür steht, dass es nicht ausreicht, nur ein Spiegellanzenkämpfer zu sein, um ein erfolgreicher und großer Inhaber des Malachit-Thrones zu werden. Die einfache Tatsache, dass es keinem Kommandanten der Lanzenkämpfer seither gelungen ist, solche Heldentaten zu vollbringen, verdeutlicht dies noch … und wiederum wird das Paradox weitergeführt: Der größte Spiegellanzenkämpfer in der Geschichte Cyadors wird als solcher totgeschwiegen.

Selbst die Händler können das Bild von Alyiakal nicht leiden, denn sie besitzen keines der Talente, die er in sich vereinte, und deshalb streben sie nicht danach, einen der ihren, wahrhaftig einen der ihren, auf den Malachit-Thron zu setzen, obwohl es größtenteils seiner erfolgreichen Politik als Kaiser zuzuschreiben war, dass der Handel aufblühte …

Paradox des Kaiserreichs
Bern'elth, Erster Magier
Cyad, 157 N.G.

XIV

Lorn schlendert den überdachten oberen Säulengang des Hauses seiner Eltern entlang und versucht, die leichten Kopfschmerzen und das Prasseln des plötzlichen Winterregens zu vergessen; ein krasser Gegensatz zum Frost vom Vortag und auch zum trockenen Nachmittag. Sein Kopf scheint im Einklang mit dem gleichmäßigen Plätschern des Regens zu pulsieren und auch mit den großen Tropfen, die von den Dachziegeln auf Geländer und Wände klatschen.

Schließlich bleibt Lorn vor der offenen Tür stehen, die zum Arbeitszimmer seines Vaters führt; er wartet einige Sekunden ab, ob dieser ihn bemerkt. Als keine Regung geschweige denn eine Einladung erfolgt, tritt Lorn ein. »Du hast mich gerufen, Vater?«

In der Düsternis, die von den Öllampen zu beiden Seiten des bleichen Eichenschreibtisches erhellt wird, blickt Kien'elth von den Schriftrollen auf, die er gerade studiert. »Setz dich, Lorn.« Der silberhaarige Magier legt die Schriftrollen beiseite. Die gekreuzten Blitze auf seiner Tunika strahlen ein schwaches goldenes Licht aus.

Trotz der in Silber gefassten Lampen, die den Raum gleichmäßig erleuchten und die helle Holztäfelung und die hellbraunen, in Leder gebundenen Bücher im eingebauten Bücherschrank in warmes Licht tauchen, wirkt der Raum kalt. Lorn lässt sich auf dem einzigen harten Holzstuhl mit der geraden Lehne nieder. Er sieht seinen Vater an und wartet.

»Ich habe mit Lektor Hyrist'elth *und* Lektor Chyenfel'elth gesprochen ...« Kien'elth zieht die Augenbrauen hoch, als warte er auf Lorns Antwort.

»Ja, Ser.«

»Sie haben festgestellt, dass zwar dein Wissen und deine Gelehrsamkeit herausragend sind; aber die Liebe zur Arbeit der Magi'i, die notwendig ist für einen wirklich erfolgreichen Magier, hat sich in dir nicht verfestigt.« Kien'elth betrachtet seinen Sohn eindringlich. »Wir haben darüber schon gesprochen, Lorn, und ich habe die ganze Zeit über gehofft, dass du die Handhabe deiner Studien und dein Verhalten gegenüber den Lektoren ändern würdest.«

»Ser ... ich habe sehr viel gelernt und selbst die Lektoren haben angedeutet, dass meine Leistungen hervorragend sind.« Lorn setzt einen etwas verwirrten Gesichtsausdruck auf. »Habe ich mein Studium nicht mit genügend Fleiß und Begeisterung vorangetrieben?«

»Herausragende Leistungen im Studium allein reichen für einen Magier nicht aus, Lorn. Begeisterung für das Studieren allein auch nicht. Man muss sich stets vor Augen halten, dass es die Magi'i sind, durch die sich Cyador von den Barbaren oder den Hamoranern unterscheidet – und die Rationalen Sterne von den Schwarzen Engeln. Ohne Verständnis dafür, dass das Chaos das Taufbecken des Lebens ist und der Keim des Wohlstandes, ist eine Feuerlanze nur wenig mehr als eine blitzende, scharfe barbarische Klinge und ein Feuerwagen nicht mehr als ein etwas kraftvollerer, achtspänniger Wagen.«

»Das habe ich immer verstanden und auch akzeptiert, Vater«, äußert Lorn wahrheitsgemäß.

»Ja ... das hast du. Aber du hast nicht verstanden, dass etwas Größeres dahinter steht als nur persönliche Fähigkeiten.« Der ältere Mann lächelt traurig. »Auch hast du in deinem Herzen nicht begriffen, dass Gold nur das Spielgeld in einem Kinderspiel ist und ganz Cyador auf der Tatsache beruht, dass die Magi'i das Chaos und die Schwarze Ordnung im Gleichgewicht halten.«

Lorn unterdrückt ein Stirnrunzeln. Während seines Studiums und der praktischen Arbeit als höherer Magierschüler ist er mit dem Gleichgewicht zwischen Chaos und kalter, tödlicher Ordnung schon in Berührung gekommen, aber dies ist das erste Mal, dass sein Vater solch ein Gleichgewicht überhaupt erwähnt – oder auch nur andeutet, dass er Lorns verdeckte Händlermachenschaften beobachtet hat.

»Ich habe meinen Freund Hauptmann-Kommandant Luss'alt dazu bewegen können, dich probehalber in die Offiziersakademie aufzunehmen. Luss'alt ist unter Major-Kommandant Rynst'alt für sämtliche Operationen der Spiegellanzenkämpfer in ganz Cyador verantwortlich. Wie du sicher auch weißt, findet die Ausbildung zum Lanzenkämpfer weit weg von Cyad statt.« Kien'elth hält inne.

Lorn denkt über beides nach, die Worte und die Pause. Er weiß, dass sein Vater mit Rynst'alt besser bekannt ist, als man es aufgrund seiner Stellung innerhalb der Magi'i erwarten kann. Lorn weiß auch, dass er vieles einfach nicht verstehen kann. Schon begriffen hat er hingegen, dass sein Vater es für wichtig hält, dass Lorn erkennt, dass man ihm einen Gefallen tut und dass Rynst'alt seine Hand nicht im Spiel hat. »Ja, Ser.«

»Hochlektor Chyenfel'elth und Lektor Hyrist'elth sind höchst beeindruckt von deinem Talent, aber nicht von deinem Verhalten.« Der ältere Mann gestikuliert, als möchte er damit jedes Wort, das Lorn einwenden könnte, fortwischen. »Ja, du verhältst dich äußerst respektvoll. Ja, du lernst alles, was man von dir verlangt, und noch mehr. Ja, du beherrschst das Chaos besser als die meisten Schüler der vierten Stufe und sogar besser als so mancher Magi'i der dritten Stufe. Und in dir steckt noch mehr als das, selbst wenn du keine weitere Ausbildung mehr erhältst. Aber …« Kien'elth zieht das Wort in die Länge. »Jetzt ist nicht die beste Zeit für einen überaus begabten Magier, der nicht zur bedingungslosen Verherrlichung des Magiertums bereit ist.«

»Dann ist Vernt also in Sicherheit?«, erkundigt sich Lorn, der die Gefahr erkennt, in der er sich befindet. Doch all die möglichen Gefahren, die auf ihn lauern würden, falls er ein Schüler bleiben und dann als Magier zugelassen werden würde, kann er nicht einmal im Entferntesten erahnen; wenn man ihn überhaupt so weit kommen ließe. Dann versteht er, was sein Vater zuletzt gesagt hat, und nickt.

»Er ist sicher. Er verfügt weder über ein außergewöhnliches Talent noch ist er übertrieben kritisch – und er wird noch viel lernen, denn er ist geduldig, wenn auch nicht so frühreif und brillant wie sein älterer Bruder.«

»Ist es, weil die Türme versagen?«

Kien'elth hebt die Augenbrauen. »Ich hätte wissen müssen, dass du das herausfindest.« Er hält inne und presst die Finger aneinander. »Es wäre nicht sonderlich klug, weder für mich noch für dich, dieses Thema weiter zu erörtern. Lass uns über etwas anderes sprechen. Du weißt vielleicht, dass die Barbaren vermehrt angreifen, und vermehrte Angriffe machen umfangreichere Chaos-Übertragungen für Feuerwagen und Feuerlanzen notwendig. Eine große Anzahl von Feuerlanzen muss bestückt und nach Norden und Westen transportiert werden. Auch müssen mehr Lanzenkämpfer eingezogen und ausgebildet werden und immer noch mehr Cupridiumklingen müssen geschmiedet werden.« Kien'elth lächelt, doch seine goldenen Augen wirken weiterhin besorgt und können dem Ausdruck des Mundes nicht entsprechen.

Lorn versteht. Sein Vater lebt und arbeitet – wie alle Magi'i – an einem Ort, an dem die Wahrheit – oder auch die Falschheit – eines jeden einzelnen Wortes erkannt und auf die ein oder andere Weise gegen ihn oder zu seinen Gunsten verwendet werden kann, zumindest von den Fähigeren unter den Magi'i. Dieses Wissen bewirkt eine Vorsicht selbst an den Orten, die andere als sicher erachten würden.

»Der Bedarf an zusätzlichen Lanzenkämpfern bedeutet auch, dass mehr junge Offiziere gebraucht werden, und das ist deine Chance.« Diesmal lächelt sein Vater übers ganze Gesicht. »Obwohl Luss'alt und ich … sagen wir … uns nicht von Angesicht zu Angesicht gesehen haben, weiß ich doch, dass er junge, fähige Offiziere braucht und er hat von deinen Schwertkampfkünsten gehört. Er weiß nicht, wo du dich herumgetrieben hast … heute Nachmittag zum Beispiel. Ich würde aber an deiner Stelle einen solchen Besuch nicht wiederholen, solange du noch in Cyad bist, ganz gleich welchen Zauber diese Frau auch auf dich ausüben mag.«

»Ja, Ser. Danke für den Hinweis. Ich werde mein Bestes tun.«

»Da bin ich sicher. Bei den Spiegellanzenkämpfern wird der Erfolg mehr an den Fähigkeiten gemessen als am Verhalten.« Kien'elth lacht. »Nicht nur … aber auch.«

»Ich verstehe.« Lorn hat die Warnung vernommen. Die Spiegellanzenkämpfer unterscheiden sich nicht von den Magi'i, nur dass die meisten Lanzenkämpferoffiziere nicht wahrlesen können und deshalb aufgrund von Taten urteilen und nicht nach verborgenen Absichten, die erst durch Wahrlesen enthüllt werden.

»Du wirst morgen nach Kynstaar aufbrechen. Ein

Feuerwagen wird vor der Schule halten. Zweifelsohne stehen dir dort einige Schwierigkeiten bevor, aber ... solche hast du auch vorher schon überwunden, und ich bin fest überzeugt, dass dir dies auch in Zukunft gelingen wird.«

»Ja, Ser.« Lorn nickt.

Kien'elth erhebt sich langsam. »Ich wünschte ...« Er zuckt entschuldigend mit den Schultern.

Lorn steht ebenfalls auf. »Ich weiß, Vater. Ich habe es ganz allein mir zuzuschreiben.«

»Aber ich kann mir weiterhin etwas wünschen, mein Sohn.«

Lorn senkt den Kopf.

Nachdem er das Arbeitszimmer verlassen hat, geht Lorn langsam den Säulengang entlang; er bleibt stehen, um durch den Regenvorhang nach Süden zu blicken. Die Regenwolken ziehen sich langsam zurück über die grauen, stürmischen Wasser des Hafens, die sonst meist tiefblau leuchten, was von den weißen Pieren aus Sonnenstein noch unterstrichen wird. Heute sind die Piere jedoch grau wie der Himmel und das Wasser.

Er steigt eine Etage hinunter und begibt sich in das rückwärtige Gebäude. Vor der Tür zum Gemach seiner älteren Schwester bleibt er stehen.

»Du kannst hereinkommen, Lorn«, ruft Jerial.

Er öffnet langsam die schwere Eichentür und schließt sie hinter sich.

Wie gewöhnlich trägt Jerial eine eng anliegende Tunika, heute eine aus seidigem schwarzen Stoff, die ihre zierliche, aber mit allem Notwendigen ausgestattete Figur deutlich betont. Sie steht neben ihrem ordentlich aufgeräumten Eichenschreibtisch und betrachtet Lorn mit gespanntem Blick. Hinter dem schmalen Torbogen erkennt Lorn das Schlafgemach, die dunkelblaue Tagesdecke liegt faltenlos auf dem schmalen Bett und der Tisch neben dem Bett wirkt genauso aufgeräumt wie der im Wohngemach.

»Würfel?« Lorn entdeckt die sechs weißen Würfel auf dem Tisch. »Ich vermute mal, in deinem Schrank hängt die Uniform eines bartlosen jungen Lanzenkämpfers.«

»Nein.« Jerial lächelt. »Die eines jungen Händlers, eines verzogenen Jünglings, der mehr Geld als Verstand besitzt, der die meiste Zeit nur verliert, jedoch nur wenig, und selten gewinnt, dann aber richtig. Er ist kein, sagen wir, gelehrter Buchhalter.«

Lorns Augen wandern von den Würfeln zum Schrank und dann zurück zu den Würfeln.

»Warum nicht?«, fragt Jerial. »Ich kann Heilerin werden oder eine Zuchtstute. Keins von beiden wird mir Reichtum oder Unabhängigkeit einbringen.«

»Du hast das Gold an der Börse investiert?« Lorn zieht die Augenbrauen hoch.

»Nein. In die Bank der Klanlosen Händler. Es bringt zwar keine Zinsen, aber dafür werden auch keine Fragen gestellt.«

»Wie etwa nach Jeron'mer?«

»Könnte man sagen«, antwortet Jerial, »aber ich würde es begrüßen, wenn du nicht weiter fragst.«

»Was ist, wenn du gezwungen wirst, eine Zuchtstute zu werden? Soll ich es dann Vater erzählen?«

Jerial nickt, dann lacht sie trocken. »Ich mag Cyad, Lorn, aber nicht so sehr, dass ich jemanden heiraten würde, den ich verabscheue. Bis jetzt ist es mir gelungen, Vater von Männern wie Ciesrt abzulenken …«

»Ich verstehe.« Die Worte seiner Schwester erinnern Lorn – wieder – daran, dass er noch etwas gegen die drohende Vermählung von Myryan und Ciesrt tun muss. Seine Augen erforschen Jerials Gesicht und nehmen das entschlossene Kinn und die harten, stechend blauen Augen wahr. »Wo liegen Ciesrts Schwächen?«

Jerial zuckt die Schultern. »Er besitzt keinerlei Stärken.«

Lorn nickt. »Und hat keine Prinzipien, mit Ausnahme seiner Selbstsucht.«

»Du, mein Bruder, tust alles, um deine zu verbergen.« Jerials Augenbrauen werden zu spitzen Bogen.

»Dann bin ich ihm vielleicht sehr ähnlich.«

»Das kann man nun wirklich nicht behaupten. Das würde nicht einmal Dettaur tun, obwohl er dich hasst. Er ist immer noch felsenfest davon überzeugt, dass du derjenige warst, der vor Jahren seine Finger brach.«

»Das könnte ein Problem werden. Ich werde morgen früh nach Kynstaar aufbrechen«, erzählt Lorn ruhig.

»Bist du deshalb gekommen?«

»Ich dachte mir, du würdest es gern erfahren.« Er grinst unbekümmert, als würde er sich auf dem Korfalfeld oder im Kaffeehaus befinden.

»Zumindest kannst du Offizier werden und Dettaur wird nicht zu weit über dir stehen.«

»Wenn ich nicht vom Pferd abgeworfen werde oder mich ›versehentlich‹ ein Schuss aus der Feuerlanze trifft, meinst du.« Lorns Lachen klingt nur halb belustigt, man hört auch Missbilligung heraus. »Aber ich habe durchaus Chancen, dort zu überleben, denke ich.«

»Du machst dir keine Illusionen, lieber Bruder?« Jerial lacht ironisch, aber auch mitfühlend. »Das wird zweifellos helfen.«

»Ich wollte mich mit dir übers Heilen unterhalten«, sagt Lorn.

Jerial nickt. »Das wolltest du schon immer.«

»Ich habe dir und Myryan zugesehen. Ein Schwarzer Nebel umgibt euch – tragt ihr deshalb so gern Schwarz?«

»Schwarz hat seine Vorteile – dazu gehört auch die Täuschung.«

»Ciesrt mag bestimmt kein Schwarz«, meint Lorn. »Täuschung, was das Heilen betrifft?«

»Ich halte es fast für eine Art Ordnung. Es ist das Gegenteil der aufwallenden Macht des Chaos und es gibt wirklich zwei Arten von Chaos: das unsaubere Chaos in einer Wunde und das in den Türmen und den Energiezellen der Feuerwagen …«

»Aber du warst niemals in der Nähe eines Turmes«, sagt Lorn.

»Das muss ich auch nicht. Aus Vaters Erzählungen weiß ich, dass das Chaos, das die Feuerwagen antreibt, dem aus den Türmen entspricht. Ihr alle habt davon erzählt, wie die Magi'i das Chaos in die Feuerwagen übertragen, und selbst ich bin den Feuerwagen schon so nahe gekommen, dass ich den Unterschied fühlen konnte.«

»Und du hast mit all deinen Sinnen gearbeitet. Die meisten Heiler tun das nicht.«

»Nur die Heiler, die in diesem Haus aufgewachsen sind«, entgegnet Jerial.

»Das stimmt allerdings.« Er blickt wieder von Jerial zu den Würfeln und dann zurück in ihr fein gezeichnetes Gesicht, ein Gesicht, dass trotz seiner Schönheit auch aus Sonnenstein oder Granit gemeißelt sein könnte.

»Was willst du mit dem Heilerwissen anfangen?«, fragt Jerial.

Lorn lächelt vielsagend und hofft, dass er nicht mit Worten antworten muss.

»Lieber Bruder … du bist wirklich zuckersüß, wenn du nur willst, aber du *benutzt* alles und jeden.« Das harte Lächeln wird weich. »Manchmal.«

»Ich habe niemals versucht, euch zu verletzen.«

»Du hast gelernt, die Menschen zu benutzen – uns eingeschlossen –, ohne sie zu verletzen, dennoch benutzt du sie, Lorn. Erinnerst du dich an die Chaosgeschliffenen, in Cupridium gefassten Smaragde, die du mir und Myryan geschenkt hast?«

»Ja«, gibt Lorn kleinlaut zu.

»Du hast Mutter und Vater niemals davon erzählt, hab ich Recht?«

»Nein.«

»Aber sie wussten es trotzdem.« Jerial lächelt, als wäre die Antwort ohnehin klar gewesen.

»Ich nehme es an.«

»Wie könnte eine von uns etwas so Kostbares tragen, ohne dass Mutter oder Vater danach fragen?« Sie lacht. »So hast du den Eindruck von Bescheidenheit und Warmherzigkeit erweckt.« Ein Schulterzucken folgt. »Ich weiß, dass du ein großes Herz hast, aber du wolltest auch, dass unsere Eltern das wissen, und du hast sie um so mehr beeindruckt, weil du es heimlich getan hast.« Nun lächelt sie schief. »Und … sie konnten nicht fragen, wie du an das viele Gold gekommen bist.«

Lorn wird rot.

»Wie hast du es angestellt? Spiele … oder Diebstahl?«

Lorn macht sich auf einiges gefasst, er zuckt zögernd die Schultern. »Weder noch. Handel. Das weißt du doch. Deshalb hast du doch von einem Buchhalter gesprochen.«

»Du darfst überhaupt keine Münzen anfassen und die Lektoren … oh … wer ist es? Welche Frau, sollte ich besser fragen. Es ist also eine Händlerin.« Plötzlich lacht Jerial laut heraus. »Der Duft! Natürlich.« Sie schüttelt den Kopf. »So ein aufdringlicher Geruch, dass wir alle dachten …«

»Ich glaube nicht, dass du sie kennst«, meint Lorn ruhig. »Ich bin seit über einem Jahr mit ihr bekannt. Über zwei Jahre sogar«, verbessert er sich.

»Du hast … Nein, ich frage nicht.«

»Danke.«

»Anscheinend möchtest du wirklich etwas über das Heilen erfahren … sonst hättest du nicht so viel verraten. Du kannst dich nicht selbst heilen, das weißt du. Du kannst nur den Chaos-Fluss abhalten, wenn du stark genug bist.«

»Ich weiß.«

»Schlaues Bürschchen.« Jerial nickt. »Ich werde dir noch mehr zeigen.« Sie lächelt. »Myryan hat mir erzählt, was sie dir beigebracht hat.«

»Ein Mann hat wohl kein Recht auf Geheimnisse?«, protestiert er.

»Vor seinen Schwestern?« Sie lacht herzlich. »Grundsätzlich nein, aber du hast ohnehin mehr Geheimnisse als die meisten Männer.«

Lorn hofft dies aufrichtig. Wirklich aufrichtig.

XV

Lorn steht neben dem makellosen Schreibtisch aus Weißeiche in seinem eigenen Zimmer und starrt durch das Glasfenster hinaus in den kalten Nebel, der den Regen abgelöst hat. Am Morgen wird er nach Kynstaar aufbrechen und sein Versprechen an Myryan bleibt uneingelöst. Er schürzt die Lippen, während er hinaus in den Nebel starrt, den er gar nicht sieht.

Das Problem bei Ciesrt ist nicht der Magierschüler selbst, der bald die vierte Stufe erreicht, sondern sein Herr Vater, Kharl'elth, der Zweite Magier und Oberlektor. Eine Vermählung zwischen Myryan und Ciesrt wäre für beide Familien von Vorteil. Das Talent zur Chaos-Führung zeigt sich stark bei allen Kindern Kien'elths, auch Vernt besitzt dieses Talent, wenn auch weniger ausgeprägt. Myryans Kinder hätten eine viel größere Chance, mit diesem Talent auf die Welt zu kommen, als die Kinder jeder anderen Frau, mit der sich Ciesrt vermählen könnte. Von dieser Verbindung würden auch Vernt und die Eltern beider Seiten profitieren – sogar Lorn könnte einen Nutzen daraus ziehen. Die einzig Leidtragende bei dem Ganzen wäre die empfindsame Myryan.

Lorn runzelt die Stirn. In der wenigen Zeit, die ihm noch bleibt, hat er nicht mehr viele Möglichkeiten. Er könnte Ciesrts Vater beseitigen oder seinen eigenen Vater davon überzeugen, anders zu handeln. Kann er einen Mord an einem Menschen damit rechtfertigen, dass seine Schwester Myryan unglücklich mit ihrem zukünftigen Gemahl sein würde? Aber Lorn hat versprochen, etwas zu unternehmen.

Er muss etwas tun.

Lorn starrt noch eine Weile hinaus in den Nebel. Dann fährt er herum und verlässt das Gemach, die Tür bleibt offen stehen. Er läuft die Steinstufen hinauf zum obersten Stockwerk des Hauses, bleibt einige Augenblicke im überdachten Säulengang stehen, um durch das späte Dämmerlicht einen Blick auf den Hafen zu werfen, der von Nebel und Regen verdeckt wird; die abendlichen Leuchtfeuer für die spät einlaufenden Schiffe sind noch nicht entzündet.

Schließlich steht er vor der Tür zum Arbeitszimmer seines Vaters und klopft. Ein Kälteschauer durchfährt ihn, was auf eine Beobachtung mit dem Glas hinweist.

»Du kannst hereinkommen, Lorn.«

Lorn betritt das angenehm warme Arbeitszimmer und schließt die Tür. Sein Vater sitzt hinter dem breiten Schreibtisch und sieht auf, er erhebt sich jedoch nicht. Die zwei sehen sich eine Weile nur an.

Lorn wartet. Auf den Lippen trägt er ein kaum merkliches Lächeln. Das ist aber auch schon der finsterste Gesichtsausdruck, den er beherrscht.

»Es ist zu spät für eine letzte Chance, das weißt du«, meint Kien'elth milde. »Ich habe dich fast zwei Jahre lang gewarnt, mehr Begeisterung zu zeigen.«

»Ich weiß. Du hast getan, was du konntest. Aber deswegen bin ich nicht gekommen. Es geht nicht um mich.«

Kien'elth zieht die Augenbrauen hoch und streicht sich übers Kinn. »Lorn, verzeih mir, wenn ich etwas … skeptisch erscheine, aber die meisten deiner Taten trugen bisher nicht gerade den Stempel der Selbstlosigkeit. Ich habe deine kaufmännischen Abenteuer immer als, sagen wir, nützlich erachtet für deine Ausbildung, damit du zusätzlich lernst, wie die Geschäfte in Cyad geführt werden. Du hast dich auch mit einer gewissen Würde gehalten und dich nicht in zu schmutzige Dinge verwickeln lassen.« Der ältere Mann räuspert sich. »Was führst du im Schilde?«

Lorn weiß nicht genau, wie er es ausdrücken soll. »Ich mache mir Sorgen um Myryan, Ser. Sie ist viel feinfühliger, als die meisten glauben. Deshalb ist sie natürlich auch eine gute Heilerin.«

»Du glaubst, sie sollte keine Heilerin werden?«

»Oh, doch. Sie muss unbedingt Heilerin werden. Aber ich bin nicht sicher, ob sie sich vermählen sollte«, sagt Lorn langsam und beschließt, die Sache noch nicht näher auszuführen.

»Lorn …« Kien'elth zieht den Namen seines Sohnes in die Länge, so wie er es immer tut, wenn er nicht einer Meinung ist mit ihm – oder mit jemand anderem.

Lorn wartet, denn er weiß aus Erfahrung, dass sein Vater die Worte ausdehnt, um sein Gegenüber einzuschüchtern und ihn oder sie dadurch zu einem Geständnis oder zur Eile zu zwingen.

Kien'elth sieht seinem Sohn so eindringlich ins Gesicht, als verlange er nach einer ausführlicheren Erklärung. Lorn widersteht diesem Verlangen und wartet weiter.

Kien'elth verzieht das Gesicht zu einem etwas gequälten Lächeln und bricht schließlich das Schweigen. »Deine Mutter ist eine sehr einfühlsame Heilerin und es ist ihr stets gelungen, gleichzeitig Gemahlin und Heilerin zu sein.«

»Ja, Ser.« Lorn nickt. »Aber das hat sie nur dir zu verdanken, Vater.«

Kien'elth lacht. »Du willst meine eigene Eitelkeit gegen mich einsetzen, Lorn?«

»Eitelkeit hin oder her, Ser, es stimmt doch.«

»Ich sehe, dass du davon überzeugt bist – oder beinahe überzeugt.« Kien'elth lehnt sich zurück und presst die ausgestreckten Finger aneinander; dabei blickt er durch seinen Sohn hindurch.

Lorn wartet geduldig, es entgeht ihm nicht, dass der Regen erneut aufs Dach prasselt. Vielleicht ist es auch Hagel, denn es hört sich stärker an als Regentropfen. Er kann es jedoch nicht überprüfen, denn vor beiden Fenstern sind die Läden geschlossen.

»Sag mir, Lorn … bist du dagegen, dass Myryan die Gemahlin von Ciesrt oder irgendeinem anderen Mann wird?«

Lorn runzelt die Stirn. »Ich glaube, dass Myryan noch nicht bereit ist, sich überhaupt zu vermählen. Ich glaube auch, dass eine Vermählung mit jemandem wie Ciesrt ihr schaden würde. Sie könnte dann nicht mehr alles für ihren Heilerberuf geben und …« Er zuckt die Schultern und versucht ohne Worte auszudrücken, dass eine Vermählung außerordentlich schlimme Folgen für seine jüngere Schwester haben könnte.

»Keiner ist wirklich bereit, vermählt zu werden. Ich war es nicht deine Mutter war es nicht; du wirst es nicht sein und Myryan bildet da keine Ausnahme.« Kien'elths Worte lassen eine gewisse Endgültigkeit erkennen, das Streitgespräch scheint beendet zu sein.

»Myryan ist anders.« Lorns Stimme klingt härter als beabsichtigt.

»Du scheinst ja wirklich überzeugt davon zu sein.« Kien'elth schüttelt den Kopf und seine sonnengoldenen Augen verfinstern sich. »Ihr jungen Leute glaubt alle, ihr wärt anders. Ihr glaubt wohl, dass wir niemals jung waren, dass wir niemals gefühlt haben, was ihr fühlt, dass wir niemals verstehen können, was ihr durchmacht.« Kien'elth schnaubt. »Jede Generation denkt so über ihre Eltern.«

»Das will ich gar nicht sagen, Ser. Überhaupt nicht. Ich will nur sagen, dass sich Myryan von uns anderen drei Geschwistern unterscheidet. Jerial kann mit allem fertig werden, was ihr widerfährt, Vernt auch. Und ich hoffe, dass auch ich dazu in der Lage bin. Myryan braucht zumindest mehr Zeit, um zu lernen, wer sie ist.

Und sie braucht einen Gemahl, der ebenso rücksichtsvoll ist, wie du Mutter gegenüber warst.« Lorn befürchtet, dass er zu viel gesagt und dass das bisher Gesagte zu wenig Eindruck hinterlassen hat.

Das Prasseln auf dem Dach steigt zu einem gewaltigen Trommeln an und hört plötzlich auf, dann fährt ein kalter Windstoß durch die geschlossenen Läden in den Raum; vielleicht ist eines der Fenster nicht ganz dicht.

»Das willst du beurteilen?«

»Nein, Ser. Ich will nur meine Gedanken sowie meine ganz persönliche Auffassung von der ganzen Sache äußern. Ich sage dies auch, weil ich morgen nicht mehr hier sein werde, denn ich liebe meine Schwester und ich fürchte um sie. Würde ich morgen nicht fortgehen, hätte ich heute nichts gesagt.«

»Die Sorge um deine Schwester rechne ich dir hoch an, Lorn, aber glaubst du nicht, dass ich mich gleichfalls um das Wohl meiner Tochter sorge? Glaubst du denn, ich habe ihr empfindsames Gemüt nicht bemerkt? Dass ich sie nicht beschützt sehen will in Zeiten, die sehr wahrscheinlich großen Wirbel und enorme Veränderungen mit sich bringen werden? Meinst du nicht auch, dass ich ihr diesen Schutz nur durch einen Gemahl bieten kann, der stark genug ist und dem richtigen Stand angehört?«

Lorn möchte eigentlich etwas anderes darauf antworten, aber er hält seine Zunge im Zaum und sagt: »Ich habe deine Sorge um uns nie infrage gestellt. Oder deine Bemühungen, uns zu helfen, wo du kannst. Die Entscheidung über Myryans Vermählung liegt allein bei dir, und ich weiß, wie sehr du sie liebst. So wie ich auch. Ich möchte nur das Beste für sie, Vater, und ich habe dir gegenüber meine Befürchtung in dem Wissen geäußert, dass du tun wirst, was du tun musst.«

Kien'elth schüttelt nachdenklich den Kopf. »Du überraschst mich immer wieder aufs Neue … Lorn. Manchmal frage ich mich, ob du jemals Kind warst.«

Wieder wartet Lorn, bis sein Vater fortfährt.

»Du erinnerst mich mehr an Toziel'elth'alt'mer als jeder andere in unserer Familie, Schicht um Schicht verbirgt sich hinter deinen Augen.« Kien'elth richtet sich auf. »Das hoffe ich auch, denn du wirst diese schlaue Form von Ehrlichkeit noch brauchen, besonders in den kommenden Jahren. Und jetzt ... werde ich darüber nachdenken, was du gesagt hast. Das ist alles, was ich versprechen kann.«

Lorn verneigt den Kopf. »Danke, Ser.«

»Wenn das alles ist ...?« Kien'elth steht auf.

»Das ist alles, Vater. Danke, dass du mich angehört hast.«

»Ich wäre ein schlechter Vater, würde ich das nicht tun, Lorn.« Kien'elth räuspert sich erneut, bevor er hinzufügt: »Ich werde über deine Worte nachdenken, aber man hat leider nicht immer die Wahl; auch wenn Außenstehende anderer Meinung sind. Versuche, dich zu gegebener Zeit daran zu erinnern.«

»Ja, Ser.« Lorn verbeugt sich und verlässt das Arbeitszimmer.

Draußen blickt er durch die Dunkelheit und nimmt die weißen Punkte auf dem benachbarten Dach wahr, die letzten Flecken, die noch übrig geblieben sind von dem kurzen Hagelschauer, der auf Cyad niederging. Die Nacht hat die Dämmerung abgelöst und der Hafen ist nur noch durch die Leuchtfeuer auf den Pieren zu erkennen, während der Palast des Lichts durch den Nebel strahlt, der Cyad nun wieder einhüllt.

Lorn steigt die Stufen hinab und kehrt in sein Gemach zurück.

Myryan sitzt auf dem harten Stuhl mit dem Rücken zum Schreibtisch.

»Myryan ...«

»Du hast mit Vater über mich gesprochen, nicht wahr?« Sie springt auf, um ihn anzusehen. »Nicht wahr?«

»Ja.«

Ein sanftes Lächeln umspielt ihre Lippen und sie streicht sich abwesend eine schwarze Locke aus dem Gesicht. »Du hast ihn aus der Fassung gebracht. Ich kann es fühlen. Er hat dich auch aufgebracht, stimmt's?«

»Ein wenig. Aber ich glaube nicht, dass er mich verstanden hat, und das … das bereitet mir Sorgen.«

Plötzlich eilt sie auf ihn zu und umarmt ihn – ganz fest. »Danke … ich weiß nicht, ob … aber … danke.«

Während Lorn Myryan in den Armen hält, brennen seine Augen, denn er befürchtet, dass er nicht genug für sie hat tun können.

XVI

Im kühlen Mittagslicht steht Lorn bei der Bank aus Sonnenstein vor dem Haupteingang zum Viertel der Magi'i. An der Bank lehnt eine Segeltuchtasche, in der sich Unterwäsche, Waschzeug und einige wenige persönliche Dinge befinden, darunter auch tief vergraben Ryalths altes Buch. Lorn hat versprochen, es zu lesen, und noch nicht einmal damit angefangen.

Hinter ihm leuchten die eckigen Torbögen des Eingangs in der Sonne. Das Licht, das von dem Chaosbehauenen Sonnenstein reflektiert wird, wandelt sich von Augenblick zu Augenblick, obwohl der Himmel klar und wolkenlos ist. Alle Spuren vom Regen und Hagel des Vortags sind verschwunden, nur die Mauern schimmern noch feucht an den Stellen, welche die Sonne nicht erwärmen konnte.

Während er wartet, studiert Lorn den Torbogen, der in das Hauptgebäude führt, ein Bau aus glattem Stein und getönten Fenstern. Der Bogen selbst ist völlig schmucklos, es gibt keine in den Stein gemeißelten Figuren, keinerlei Schnörkel. Überhaupt finden sich nur wenig schmückendes Beiwerk und nur ganz vereinzelt Statuen in Cyad. Die Stadt des Lichts an sich ist schon Kunst, denkt Lorn bei sich; die einzige Unterbrechung im fugenlosen Stein bilden die Worte über der Mitte des Torbogens.

»Chaos ist das Herz des Lebens; die Magi'i dienen dem Leben und dem Chaos.« Er murmelt die Worte leise vor sich hin. Wird er deshalb nie ein Magier werden, weil er sich nicht in der Lage sieht zu dienen? Blind zu dienen? Er runzelt die Stirn, doch er vergisst diese Fragen sofort beim Geräusch von schweren Schritten, die näher kommen.

Ciesrt, beinahe so schlaksig wie Lorns Bruder Vernt, jedoch breitschultriger und schwerer als dieser, geht unbeholfen auf Lorn zu.

»Sei gegrüßt«, sagt Lorn.

»Dann … wirst du also nun Lanzenkämpferoffizier?« Ciesrt lächelt nervös.

»Ich werde zur Lanzenkämpferausbildung geschickt. Ob ich Offizier werde, hängt davon ab, wie ich mich anstelle.« Lorn schließt mit einem reuigen Lächeln.

Ciesrt nickt nachdenklich. »Ich glaube, es ist nicht so wichtig, wie gut wir sind, es zählt nur, wie die Oberen unser Tun beurteilen.«

Lorn unterdrückt ein Stirnrunzeln. Eine solche Bemerkung hätte er von Ciesrt nicht erwartet. »Irgendjemand muss schließlich darüber entscheiden.«

»Du wolltest immer einzigartig sein, Lorn«, fügt Ciesrt ruhig hinzu. »Es gelingt dir ziemlich gut, das zu verbergen, aber … nicht gut genug, um die Magi'i zu täuschen. Vielleicht ergeht es dir bei den Lanzenkämpfern ja besser.« Ciesrts schmutzig grüne Augen heften sich auf Lorn. »Manchmal ist es notwendig, das Chaos tiefer als nur an der Oberfläche zu berühren.«

Lorn nickt und sagt nichts.

»Viel Glück.« Ciesrt lächelt halbherzig und dreht sich um.

»Danke.« Lorn sieht dem ungelenken Magierschüler noch eine Weile nach und fragt sich, ob es nicht doch ein Fehler war, Ciesrts Vater nicht umzubringen. Aber … er hätte sich dabei nur auf sein Gefühl stützen können und einen Mord sollte man nicht unbedingt bloß aufgrund eines Gefühls begehen. Oder doch?

Lorn fährt herum, leichtfüßigere Schritte nähern sich auf dem weißen Steinweg.

Der rothaarige Tyrsal bleibt neben der Bank stehen. »Es tut mir Leid, Lorn. Ich verstehe das nicht. Du warst der beste Schüler.«

»Es ist wahrscheinlich besser so.«

»Kann ich etwas für dich tun?« Tyrsal grinst. »Ich meine, hier in Cyad. Wenn du vorsichtig bist, kannst du selbst besser auf dich aufpassen, als ich es könnte. Ich denke immer noch oft daran, wie du es Dett damals gezeigt hast.« Der Rotschopf runzelt die Stirn. »Mittlerweile ist er wahrscheinlich schon Offizier bei den Lanzenkämpfern. Nimm dich in Acht vor ihm.«

»Das werde ich.« Lorn hält inne. »Du könntest vielleicht ab und zu meine Schwestern besuchen. Du kennst sie doch, oder?«

»Nur Myryan.«

»Jerial ist meine ältere Schwester. Sie sind beide Heilerinnen, Myryan hat jedoch noch einige Jahre Ausbildung vor sich.«

»Wie Kylernya, sie hat gerade angefangen.«

»Ist sie denn schon alt genug?« Lorn hat Tyrsals Schwester nur als kleines Mädchen in Erinnerung, das einmal bei einem ihrer Korfalspiele zugesehen hat.

Tyrsal nickt. »Es wird noch eine Weile dauern, bis sie mit dem richtigen Heilen anfängt.« Dann fragt er vorsichtig: »Werde ich in deinem Elternhaus denn willkommen sein?«

»Du bist ein Magierschüler mit gutem Ruf.« Lorn lacht freundschaftlich. »Wenn du dir deswegen Sorgen machst, sag Vernt, dass ich dich darum gebeten habe.«

»Wir werden sehen. Ich werde sie besuchen.« Tyrsal wartet einige Sekunden. »Ist das wirklich alles, was ich tun kann?«

»Für den Augenblick ja.« Lorn zuckt die Schultern. »Ich weiß wirklich nicht, was auf mich zukommt … aber wenn ich etwas brauche, werde ich es dich wissen lassen. Falls es möglich ist.«

»Ich bin immer für dich da«, verspricht Tyrsal, bevor er sich verabschiedet.

Der Feuerwagen der Lanzenkämpfer trifft erst spät bei den Gebäuden der Magi'i ein; Lorn muss fast den ganzen Nachmittag auf der harten Sonnensteinbank warten, bis endlich die Vibrationen der sechs von Chaos getriebenen Räder das Pflaster erschüttern und das schimmernde weiße Fahrzeug gegenüber dem Torbogen zum Stehen kommt. Die Schatten der Gebäude am Hang, welche die Chaos-Türme der Magi'i beherbergen, umhüllen den glänzenden weißen Lack des Feuerwagens. Das gewölbte Glas der Fahrerkabine reflektiert das schwache Licht, das der Sonnenstein ausstrahlt, sodass Lorn den Fahrer des mindestens sechs Ellen hohen Wagens nicht erkennen kann.

Lorn springt auf und fühlt deutlich das flackernde Chaos in den Speicherzellen, die hinter den glänzenden weißen Cupridiumplatten im hinteren Teil des Feuerwagens verborgen sind. Kaum ist der vormalige Magierschüler aufgestanden, springt auch schon ein Lanzenkämpferoffizier in beige-grüner Uniform aus dem vorderen Abteil. Die zwei Silberstreifen, einer auf jeder Seite des steifen grünen Kragens, glühen geradezu. Der Offizier mustert Lorn und die Segeltuchtasche neben der Bank. »Du bist Lorn?«

»Ja, Ser«, antwortet Lorn.

»Hinein mit dir. Hinteres Abteil. Heute seid ihr nur zu dritt. Wird Mitternacht werden, bis wir Kynstaar erreichen.«

Der Offizier sieht Lorn zu, wie er die Seitentür zum

hinteren Abteil öffnet. Es ist eine Tür aus weiß lackiertem Cupridium, ein leichtes Material, das jedoch eine höhere Festigkeit als Eisen besitzt.

»Verstau deine Sachen unter dem Sitz.«

»Ja, Ser.« Lorn wirft einen Blick auf die beiden anderen jungen Männer. Der eine ist um einiges älter und viel stämmiger als Lorn, er hat eine ziemlich dunkle Hautfarbe und trägt einen kurzen schwarzen Bart – das erste Mal, dass Lorn an einem so jungen Mann einen Bart sieht. Der Zweite ist schmächtiger und viel drahtiger als Lorn, seine Haarfarbe liegt irgendwo zwischen sandblond und hellbraun. »Ich heiße Lorn.«

»Akytol'alt«, brummt der Größere.

»Kyl'mer«, der andere.

»Na ja … ich hieß Lorn'elth«, verbessert sich Lorn, der sein Gepäck unter dem gekrümmten Sitz aus Weißeiche verstaut und sich dann neben Kyl, Akytol gegenüber, niederlässt, »aber das wird sich ändern.«

»Auf die eine oder andere Weise«, schnaubt Akytol verächtlich.

Noch bevor Lorn die Tür schließen kann, fährt das Fahrzeug mit dem typischen leisen Jaulen los, das alle Feuerwagen kennzeichnet. Trotz der kaum gepolsterten, harten Sitze ist das Sitzen darauf aufgrund des gebogenen Holzes nicht allzu unbequem, und der Wagen ist gut gefedert, sodass die Unebenheiten der Straße ausgeglichen werden.

Kurz bevor der Feuerwagen nach Norden abbiegt, wirft Lorn durch das Fenster auf der rechten Seite den vielleicht letzten Blick für lange Zeit auf den Palast des Lichts, dessen Fenster hell erleuchtet sind von unzähligen Lampen innerhalb der Sonnensteinmauern. Trotz der schimmernden Weiße und den Lichtern hat Lorn den Eindruck, dass der Palast leer ist.

»Schon mal eine Klinge in der Hand gehabt?«, fragt Akytol.

»Ich habe etwas Übung«, bekennt Lorn.

»Etwas? Immerhin … mehr als die meisten.« Akytol schüttelt den Kopf, dann lehnt er sich zurück und schließt die Augen.

Lorn wendet sich an Kyl. »Darf man fragen …?«

»Wie ein Händlersohn dazu kommt, zu den Lanzenkämpfern geschickt zu werden?« Kyl schüttelt den Kopf. »Ein andermal … wenn du nichts dagegen hast.«

»Ganz und gar nicht.« Lorn nickt. Er vermutet, keiner von ihnen beiden ist sonderlich erpicht darauf, in Akytols Gegenwart etwas von sich preiszugeben.

Kyl dreht den Kopf, sodass er die Gebäude auf der Westseite der Nordhauptstraße betrachten kann.

Lorn seinerseits wendet sich denen auf der Ostseite zu. Er sieht nur wenige Karren und Kutschen und vereinzelt auch ein paar Menschen auf der Straße. Einige sind in schimmerndes Tuch gekleidet, doch die meisten tragen die grüne Baumwolle der Arbeiter und Handwerker. Kurz darauf liegt Cyad schon hinter ihnen und der Feuerwagen fährt nach Osten auf die Große Oststraße. Die Sonne ist bereits hinter dem Horizont verschwunden und der klare grünblaue Himmel verfärbt sich dunkelrot.

Lorn sieht und fühlt das glühende Chaos, das den Feuerwagen umgibt, der durch die Dämmerung Richtung Kynstaar rollt; nur das leise Rumpeln der sechs mit Cupridium-beschichteten Eisenräder auf dem weißen Granit der Großen Oststraße ist zu hören. Auf einen Außenstehenden muss das Gefährt wirklich wie eine pferdelose, feuerumhüllte Kutsche wirken.

Lorn gegenüber lehnt Akytol mit geschlossenen Augen an der Wand, ein leises Schnarchen begleitet von Zeit zu Zeit seinen Schlaf. Kyl blickt nervös zwischen Lorn und Akytol hin und her und dann lange aus dem getönten Fenster. Kein Laut dringt aus dem vorderen Abteil, in dem der namenlose Lanzenkämpferoffizier sitzt.

Endlich schließt auch Lorn die Augen. Er hat nichts zu tun, solange sie Kynstaar nicht erreicht haben.

Lorn'alt, Isahl

Unteroffizier der Spiegellanzenkämpfer

XVII

Lorn'alt steht in der offiziellen weißen Kleidung der Lanzenkämpfer stramm, ein Säbel mit einer weißen Lederscheide hängt an seinem Gürtel, die weiße Garnisonskappe sitzt tadellos auf dem kurzen braunen Haar. Er steht als Vierter in der ersten von fünf Reihen frisch gebackener Spiegellanzenkämpfer-Unteroffiziere und lauscht den Worten des bereits ergrauten, aber durchtrainierten Lanzenkämpfer-Kommandanten, der auf einem Podium vor den zwanzig neuen Unteroffizieren steht, die sich in der offenen Arena aus Sonnenstein aufgestellt haben. Die Arena ist fast leer, nur die Ausbildungsoffiziere sind zugegen. Diese haben die anfänglich sechzig Anwärter im Laufe eines knappen Jahres auf zwanzig reduziert. Etwa zwanzig sind freiwillig gegangen und zwanzig sind gestorben oder so schwer verletzt worden, dass sie nicht weitermachen konnten.

»... Ihr bildet die erste Verteidigungslinie gegen die Barbaren aus dem Norden. Es wird Zeiten geben, da werdet nur Ihr zwischen Cyador und der Schwarzen Ordnung des Todes stehen ...«

Eine Reihe hinter ihm und drei Unteroffiziere weiter links steht Kyl'alt und überraschenderweise noch weiter hinten auch Akytol'alt, der die meisten anderen der neuen Unteroffiziere deutlich überragt. Lorn konzentriert sich auf die Worte des Kommandanten, doch er vernimmt nichts Neues. Zeit seines Lebens hat man ihm diese Plattheiten immer wieder vorgesetzt.

»... niemals gab es in unserer Welt ein Land, das so vielen Menschen über einen so langen Zeitraum hinweg so viel zu bieten hat ... niemals besaß unsere Welt ein Licht, das so hell leuchtet wie das über Cyador ...

und Eure Aufgabe wird es sein, dafür zu sorgen, dass dieses Licht ewig scheint und Frieden und Wohlstand für immer regieren. Ihr seid nun Offiziere der Spiegellanzenkämpfer. Vergesst das niemals! Vergesst niemals, dass Ihr hier seid, weil Generationen von Lanzenkämpferoffizieren vor Euch schon zwischen den dunklen Strömen der tödlichen Ordnung und dem Licht und dem Reichtum des Chaos standen. Sie taten ihre Pflicht und sie machten ihre Sache gut. Möget Ihr Eure Pflicht ebenso gut erfüllen.«

Nach einigen Sekunden des Schweigens fügt der Kommandant hinzu: »Tretet nun vor, wenn Euer Name genannt wird.« Nach einer Pause verkündet er: »Unteroffizier Bruk'alt.«

Als der Kommandant Lorns Namen aufruft, tritt der vormalige Magierschüler vor wie die anderen. Der Kommandant händigt Lorn zwei Silberstreifen aus.

»Danke, Ser.«

»Dankt mir nicht, Unteroffizier. Ihr habt sie verdient und Ihr werdet sie weiterhin an jedem Tag verdienen, den Ihr im Dienste von Cyador verbringt – ja selbst wenn Ihr nicht im Dienst seid.«

»Ja, Ser.«

»Lorn'alt …«, sagt der Kommandant mit etwas leiserer Stimme.

»Ja, Ser?«

»Vielleicht habe ich auch Unrecht, aber Ihr hättet ohne weiteres der Beste in der Ausbildungskompanie sein können.« Die feuersteingrauen Augen lassen nicht von Lorn ab.

»Ser … ich wollte meine Sache gut machen, ich habe mich bemüht, alles zu lernen, was ich nur konnte. Dabei sind mir wohl Fehler unterlaufen, Ser.«

Etwas, das man entfernt als ein Lächeln bezeichnen könnte, gräbt noch mehr Falten in das Gesicht des Kommandanten. »Ich hoffe, dass das die Wahrheit ist, Unteroffizier Lorn. Bei den Lanzenkämpfern ist kein Platz für

Offiziere, die andere die Dreckarbeit machen lassen und dann die Verdienste einheimsen wollen. Versteht Ihr mich?«

»Ja, Ser.«

Der Kommandant nickt schroff und Lorn tritt zurück in die Reihe.

»Unteroffizier Jykan'alt …«

XVIII

Lorn steht im schmalen Flur, der Säbel baumelt neben dem Bein und die weiße Garnisonskappe hat er in den Gürtel gesteckt. So wartet er, bis er an die Reihe kommt für das Gespräch mit dem Major, der ihn über seinen Einsatzort bei den Spiegellanzenkämpfern im Dienste Cyadors aufklären wird. Obwohl der Winter schon begonnen hat – beinahe ein Jahr ist vergangen, seit er das Viertel der Magi'i verlassen hat –, ist die Luft, die durch den Torbogen zu seiner Linken hereinweht, warm und feucht, fast so wie im Frühling in Cyad, und duftet leicht nach Aramyden. Kynstaar liegt im Südosten von Cyad, hier berühren die südlichen Ströme des Westmeers Candar zuerst, bevor sie sich nach Westen und Norden ausbreiten.

Lorn verlagert das Gewicht von einem Fuß auf den anderen und versucht etwas von der Unterhaltung hinter der Tür zu erhaschen. Aber selbst seine magisch geschulten Fähigkeiten können ihm nur einzelne Gesprächsfetzen zutragen.

»… in Hristak stationiert … Großer Kanal südlich von Fyrad … Major Derin'alt … zwei Schriftrollen … und einen Siegelring … verstanden?«

»Ja, Ser.« Rydenbers Worte sind lauter und klarer zu verstehen als die des Majors.

Nachdem Rydenber durch die weiße Eichentür herausgetreten ist, wartet Lorn noch ein wenig, bevor er Majors Styphis Amtsstube betritt. Das Licht dringt in den kleinen Raum durch das offene Fenster, das rechts von Lorn und links vom Major liegt. Die Amtsstube beherbergt nicht viel mehr als einen Schreibtisch, eine Öllampe, die auf Kopfhöhe in einer Bronzehalterung an der Steinmauer steckt, und zwei Stühle.

Major Styphi sitzt auf einem der Stühle hinter dem kleinen, aber den Raum beherrschenden Schreibtisch. Zu seiner Rechten liegt ein ordentlicher Stapel Schriftrollen. Seine beige-grüne Tunika wirkt leicht verknittert und dunkle Ringe zeichnen sich um die Augen ab, doch diese grünen Augen blicken fest auf Lorn. »Unteroffizier Lorn'alt?«

»Ja, Ser.«

»Ihr werdet in Isahl stationiert. Morgen früh werdet Ihr den Lanzenkämpferwagen nehmen. Er wird Euch und etliche andere zum Umsteigebahnhof an der Großen Nordstraße bringen. Dort werdet Ihr warten und dann den normalen Feuerwagen nach Syadtar nehmen. In Syadtar werden die Ersatzlanzenkämpfer und Nytral zu Euch stoßen; er ist ein erfahrener Truppenführer. Dann werdet Ihr zusammen mit den Lanzenkämpfern und den Ersatzpferden die Straße Richtung Nordwesten nach Isahl nehmen. Sub-Major Brevyl ist der Gebietskommandant. Bei ihm werdet Ihr Euch zum Dienst melden.« Der Major händigt Lorn eine Schriftrolle aus. »Diese Schriftrolle bestätigt es.« Dann gibt er Lorn einen Siegelring aus Cupridium. »Hier ist Euer Siegelring. Verliert ihn nicht. Nytral wird ihn zu sehen verlangen, so wie jeder andere gute Truppenführer unter Eurem Kommando auch, wenn Ihr allein kommt.« Dann folgt eine zweite kleinere Rolle. »Hier ist sein Versetzungsbefehl. Es sind zwei Abschriften; eine ist für Kommandant Thiataphis Sekretär in Syadtar, die andere für Nytral. Verstanden?«

»Ja, Ser.« Lorn steckt den Siegelring an den Mittelfinger der rechten Hand. Er passt zumindest so gut, dass er nicht herunterrutscht.

»In Syadtar bekommt Ihr ein Pferd. Sucht es sorgfältig aus.«

»Ja, Ser.«

»Packt Eure Sachen. Dann könnt Ihr noch etwas Zeit mit Euren Kameraden verbringen. Die meisten werdet Ihr für Jahre nicht sehen.«

Lorn verbeugt sich, dreht sich um und geht hinaus.

Kyl wartet draußen zusammen mit den anderen Unteroffizieren, die noch auf ihren Einsatzbefehl von Major Styphi warten. Er sieht Lorn fragend an. »Wo wirst du hingehen?«

Lorn grinst. »Wo alle guten Lanzenkämpfer hingehen. Zu den Barbaren in die Grashügel. In eine Stadt mit Namen Isahl.«

»Besser als Geliendra, wo man die Grenzen des Verwunschenen Waldes patrouillieren muss«, meint Kyl.

»Stimmt«, murmelt ein anderer. »Bei den dunklen Engeln, da ist was Wahres dran …«

»Du wirst nicht zum Wald versetzt werden, Kyl«, beruhigt ihn Lorn. »Du weißt viel vom Handel. Sie werden dich wahrscheinlich den Küstenpatrouillen zuteilen, wo du dich mit Schmugglern herumschlagen musst.«

»Ich werde es gleich wissen.« Der Unteroffizier mit dem sandfarbenen Haar deutet mit dem Kopf zu Major Styphis Tür. »Ich hätte nichts dagegen.« Kyl lächelt. »Aber ich gebe mich mit allem zufrieden.«

Lorn ist sich nicht so sicher, ob auch er mit allen Einsatzorten so zufrieden wäre, aber da er ohnehin keine Wahlmöglichkeit bezüglich seiner Versetzung hat, sieht er keinen Sinn darin, die eventuellen Vor- und Nachteile von Dienstorten abzuwägen, die er sowieso nie zu Gesicht bekommen wird. »Wir sprechen später miteinander, dann kannst du mir erzählen, wohin du versetzt wirst.«

»Das werde ich«, verspricht Kyl.

Lorn dreht sich zwar um, hört aber dennoch die Bemerkungen der anderen.

»... so gut er auch ist ... viele kommen nicht zurück aus den Hügeln des Endlosen Grases ...«

»... jeder, der es schafft, wird dafür aber schnell Hauptmann und dann Major ...«

»... kann schon sein ... aber er ist ein Magiergeborener ... Manche mögen das nicht ...«

Lorn saugt die Worte, die er eigentlich nicht hören sollte, geradezu in sich auf. Er nickt den anderen zu, als er an ihnen vorbeigeht, und macht sich auf den Weg zurück in seine kleine Kammer, in der er seine Uniformen aufbewahrt, seine Waffen und die wenigen persönlichen Sachen, die er besitzt.

Der Feuerwagen nach Norden wird nicht vor dem nächsten Morgen aufbrechen, vorausgesetzt er ist pünktlich; das heißt, Lorn bleibt etwas Zeit, seinen Eltern und Myryan zu schreiben ... und Ryalth, bevor er dem Rat des Majors folgt und einen letzten Abend mit den anderen Unteroffizieren verbringt.

Und dann wird er wie versprochen in dem silbergrünen Buch von Ryalth lesen. Ob er jedoch dadurch die Erstgeborenen besser versteht, bleibt fraglich.

XIX

Als das orangefarbene Licht der Morgendämmerung in das vordere Abteil des Feuerwagens dringt, gähnt Lorn und reibt sich die Augen. Er hat zwar nach der mehr als zweitägigen, beinahe ununterbrochenen Fahrt auf einer harten Pritsche im Umsteigebahnhof von Ilypsya etwas Schlaf erhaschen können – einer Stadt an der Großen Nordstraße, von der Lorn zuvor noch nie gehört hatte –, aber trotzdem ist er müde. Das flackernde Chaos, das den Wagen umgibt, scheint keinen der anderen Passagiere zu stören, aber Lorn kann nicht anders, als es ständig zu beobachten. Er ist zwar kein Magierschüler mehr, aber auf sonderbare Weise scheint das Chaos irgendwie an ihm zu nagen, sogar mehr als damals, als er es noch in der Schule studierte.

Die sechs Räder dieses Fahrzeugs rattern lauter als die des Feuerwagens, der ihn nach Ilypsya brachte, aber das könnte auch davon kommen, dass der Reisewagen eine gut tausend Stein schwere Ladung zwischen dem kleinen Abteil vorne und dem größeren hinten transportiert, in dem etwa zehn Passagiere eingepfercht sitzen.

Ein Händler in blauer, glänzender Kleidung sitzt zusammengesunken gegenüber von Lorn auf der Bank und schnarcht unablässig vor sich hin. Er ist jung, nur wenige Jahre älter als Lorn, wenn überhaupt, und trägt einen kurzen buschigen Schnurrbart; zweifellos will er damit älter erscheinen, als er wirklich ist. Neben dem jungen Händler sitzt ein älterer Mann in Dunkelbraun, es ist ein reicher Müller auf dem Weg zurück nach Syadtar, wie Lorn inzwischen erfahren hat. Ganz links schläft ein Mann mittleren Alters, auch er trägt braune Kleidung, aber er hat nur wenig gesprochen, seit Lorn in Ilypsya zugestiegen ist. Neben Lorn schläft ein weiterer Fahrgast in der vorderen Kabine, er trägt die mit karminroten Tressen besetzte braune Uniform der hiesigen Wache; die Silbersterne auf dem Kragen weisen ihn als den Bezirkskommandanten aus. Als Lorns Blick auf ihn fällt, dreht er den Kopf auf die andere Seite und stößt einen grunzenden Laut aus.

Lorn versucht den unangenehmen Geruch nicht zu riechen, den die männlichen Körper ausströmen, die zu lange und zu dicht gedrängt in einem zu warmen Raum reisen müssen. Er unterdrückt das nächste Gähnen und verlagert das Gewicht auf dem gewölbten und nur dünn gepolsterten Sitz aus Weißeiche, den er lediglich mit dem Bezirkskommandanten teilen muss; zumindest bis zum nächsten Halt, wenn nicht der nächste Halt schon Syadtar ist. So ein Feuerwagen kann nur einmal nach Syadtar und zurück fahren, dann ist das Chaos in den Zellen aufgebraucht und muss wieder aufgeladen werden. Jedes Fahrzeug fährt in einem Achttag zweimal hin und zurück. Wäre Lorn kein Lanzenkämpferoffizier, müsste er einen Fahrpreis von mindestens einem Goldstück bezahlen – und im überfüllten hinteren Abteil sitzen.

Plötzlich öffnet der Händler die Augen und wirft einen Blick aus dem Fenster. »Syadtar ist nicht mehr weit, wie ich sehe.«

Lorn tut es dem Händler gleich, aber die Hügel im Norden unterscheiden sich in seinen Augen nicht von denen, die er in der Nacht zuvor gesehen hat – jedenfalls nicht so deutlich, dass er daran irgendetwas erkennen könnte. Er ist an die Wälder und unregelmäßigen Hügel gewöhnt, die sich nördlich des Stadtgebietes von Cyad erstrecken, und nicht an die Bauernhöfe und Weideländer im Osten, die sich nördlich des Verwunschenen Waldes und des Großen Kanals befinden, der das fruchtbare Land zwischen den Flüssen mit Fyrad verbindet. »Weil die Bauernhöfe enger zusammenstehen?«

Der Händler schüttelt den Kopf. »Die Hügel. Sie sind hier länger und ausgedehnter. Je weiter man nach Westen kommt, desto niedriger und steiler werden sie. Viel wilder.«

Lorn nickt.

»Ihr werdet sehen. Seid Ihr auf dem Weg nach Isahl oder nach Pemedra?«

»Gibt es nur diese beiden Orte zur Auswahl?«, fragt Lorn.

»Für einen neuen Unteroffizier schon. Ihr könnt gut mit Schwert und Feuerlanze umgehen, habe ich Recht?«

»Besser als viele andere«, bekennt Lorn.

»Deshalb geht Ihr dorthin. Das freut mich. Würde diese Route gar nicht fahren, wenn es die Lanzenkämpfer nicht gäbe. Die Barbaren wären schneller in Syadtar, als eine Gans Fett ansetzen kann.« Der Händler lacht. »Schneller als man Geld für ein leichtes Mädchen ausgeben kann.«

Der Müller setzt sich auf. »Entschuldigt, Händler, aber es ist früh am Morgen und Syadtar ist noch ein ganzes Stück entfernt. Einigen unter uns mangelt es inzwischen an Durchhaltevermögen, das wir in jüngeren Jahren sehr wohl besaßen.«

»Es tut mir Leid«, entschuldigt sich der junge Händler sofort. »Entschuldigt vielmals, Ser.«

Der Müller grunzt und schließt erneut die Augen.

»Ihr werdet schon sehen«, murmelt der Händler an Lorn gewandt und lehnt sich mit einem belustigten Blick auf den Müller zurück; dann versucht er weiterzuschlafen.

Lorn schließt ebenfalls eine Weile die Augen. Aber er kann nicht mehr einschlafen, weil die Räder so laut rumpeln. Sein Blick schweift also zurück zum Fenster.

Die ersten Anzeichen dafür, dass der Feuerwagen sich Syadtar nähert, sind die verstreut liegenden Bauernhöfe; sie sehen sich alle ähnlich mit ihren grünen Ziegeldächern, den gefliesten Wandschirmen vor den Haustüren und den offen stehenden grünen Läden, die jedoch jederzeit gegen Dunkelheit oder Unwetter geschlossen werden können. Und doch unterscheiden sie sich auch voneinander: Manchmal ist die Wandfarbe von einem helleren oder dunkleren Beige oder Weiß, und viele Arten von Bäumen und Büschen schmücken die kleinen Hintergärten, in denen die Mädchen und Frauen sich aufhalten können, ohne sich den Passanten zeigen zu müssen.

Dann kommt etwas, was Lorn in ganz Cyador noch nicht gesehen hat: eine etwa zehn Ellen hohe Stadtmauer aus weißem Sonnenstein. Es stehen keine Wachen vor den Toren, der Feuerwagen passiert die offenen schweren Eichentore und gepflegten Schutzwälle zwischen zwei Wachtürmen.

Hinter den Toren laden breite Straßen aus weißem Granit in die kleine Stadt ein, hier und da stechen grünweiße Markisen hervor, von denen aber fast alle eingerollt sind im frühen Licht des Tages, nur eine nicht, es scheint ein Kaffeehaus zu sein. Lorn runzelt nachdenklich die Stirn.

»Ihr seht richtig«, meint der Händler und streckt sich ausgiebig. »Es wird nicht mehr lange dauern, dann gibt es gar keine Kaffeehäuser mehr, nicht wenn die Braunfäule weiter wütet.«

»Braunfäule?«, muss Lorn unweigerlich zurückfragen.

»Ordnungs-Fäule – schwarze Punkte auf der Unterseite der Blätter – und dann, puff! Keine Kaffeepflanzen mehr.«

»Die Magi'i oder die Heiler werden schon etwas finden, um das aufzuhalten«, brummt der Bezirkswachkommandant und räkelt sich ausgiebig auf der Bank, die er mit Lorn teilt.

Der Feuerwagen verlangsamt die Fahrt und Lorn betrachtet weiter die Gebäude an der Straße. Syadtar ist eine kleinere Ausgabe von Cyad, die Gebäude sind alle aus weißem Sonnenstein gebaut, aber kleiner als die in der großartigen Stadt des Ewigen Lichts, und nur wenige verfügen über mehr als ein Stockwerk. Das Licht wirkt intensiver, sogar so früh am Tag, vielleicht weil es keine Bäume in Syadtar gibt. Zumindest kann Lorn keine entdecken.

»Vielleicht werden sie das, verehrter Ser, aber von den Feldern im Norden von Fyrad gelangen so gut wie keine Kaffeebohnenladungen mehr hierher und aus Geliendra kommt nur noch die Hälfte im Vergleich zum letzten Jahr.«

»Unterschätzt die Magi'i nicht, Händler«, warnt der

Bezirkswachkommandant. »Die meisten, die das taten, sind inzwischen Asche.«

»Äh … ja, Euer Ehren.« Der Schnurrbart des Händlers bewegt sich heftig auf und ab, während er schluckt.

»Pah … als Bezirkswache steht mir nicht so viel Ehre zu. Den Lanzenkämpfern gebührt die Ehre.« Die Augen des älteren Mannes funkeln, als er Lorn zuzwinkert.

Lorn verkneift sich ein Lächeln und sagt: »Aber ohne die Wachen wären die Lanzenkämpfer viel dünner gesät.«

Der Händler sieht etwas verwirrt von einem Soldaten zum anderen und dann wieder zum Fenster hinaus. »Wir sind da, meine Herren.«

»Gut.« Der Kommandant zwinkert Lorn noch einmal zu.

Der Feuerwagen hält unter einem großen Säulengang aus Sonnenstein.

Dann öffnen die grün uniformierten Fahrer die Tür des vorderen Abteils. »Syadtar, Offiziere, meine Herren.«

Lorn blickt den Bezirkskommandanten an.

»Nach Euch, Unteroffizier. Ein alter Kommandant braucht seine Zeit. Ihr habt einen längeren Weg vor Euch als ich.«

»Danke, Ser.« Lorn greift unter den Sitz und zieht sein Gepäck hervor; damit tritt er hinaus ins Sonnenlicht, denn es ist noch viel zu früh, um sich unter dem Ziegeldach vor der Sonne schützen zu müssen. Lorn zieht die weiße Garnisonskappe aus dem Gürtel und setzt sie auf, dann geht er zu einem der Fahrer des Feuerwagens, der neben der offenen Glaskabine steht. »Könnt Ihr mir sagen, wie ich zum Hauptquartier der Lanzenkämpfer gelange?«

»Geht einen Block weiter nach Osten, dort kommt Ihr zur Hauptplatzallee, dann haltet auf die Hügel zu. Das Hauptquartier liegt etwa eine Meile weiter nördlich.«

»Danke.«

Mit dem Gepäck in der linken Hand macht sich Lorn auf den Weg Richtung Osten. Unter der Garnisonskappe bildet sich langsam der Schweiß.

»Armer Hund ...«

Lorn zuckt zusammen bei dem Mitleid, das in der Stimme des Fahrers mitschwingt. Er hat bisher geglaubt, er wüsste, was auf ihn zukäme, aber mehr als nur eine Hand voll Menschen scheint zu denken, dass sein Auftrag einem Todesurteil gleichkommt.

Zwei Jungen in verblichenen blauen Untertuniken streunen auf der Straße herum. Als sie Lorn erblicken, nehmen sie über eine Seitengasse Reißaus. Ein alter Mann mit einer braunen Tunika, die so ausgebleicht ist, dass sie schon fast hellbraun ist, stützt sich auf einen Gehstock und schlurft langsam auf der anderen Seite der weiß gepflasterten Straße entlang, seine Augen sind ausschließlich auf die Pflastersteine gerichtet. Das Knarren von Wagenrädern hallt irgendwo aus einer Seitengasse, aber Lorn kann weder Wagen noch Pferd oder Esel sehen.

Einen Häuserblock weiter befindet sich, wie der Fahrer gesagt hat, ein kleiner Platz. In der Mitte steht eine Statue, die anscheinend Keif'elth'alt darstellen soll, den ersten Kaiser des Lichts. Lorn bezweifelt, dass der echte Kaiser einen solch hünenhaften Körperbau besaß. Auf der südlichen Seite des Platzes befindet sich eine Schenke, die Seitenveranda wird von einem grünweißen Sonnendach geschützt. Der Duft von gegrilltem Geflügel drängt sich in Lorns Nase und er bleibt stehen, dann schüttelt er den Kopf und geht auf der schattigen Ostseite der Straße weiter nach Norden. Er kommt an einem Kupferschmied vorbei, dann an einem Küfer, aber die Türen zu beiden Werkstätten sind geschlossen. Der Eingang zum Krämer einen Block weiter steht jedoch offen. Lorn hält inne und beschließt hineinzugehen. Seine Augen müssen sich erst an die Dunkelheit gewöhnen, aber dann hält er zielstrebig auf den Ladentisch zu und versucht dabei, mit Tasche und Säbel nicht gegen den Tisch zu stoßen, auf dem verschiedene Lederwaren ausgestellt sind. Er bleibt vor dem Ladentisch stehen, um den feilgebotenen Reiseproviant zu betrachten; es gibt so viele verschiedene Sachen und alles ist in Wachs verpackt.

»Das wird wahrscheinlich nicht ganz das Richtige für Euch sein, Ser«, ruft eine fröhliche Stimme. Eine Frau steht hinter einem weiteren Ladentisch auf der linken Seite des Raumes. Sie zeigt auf das Tablett vor sich. »Frische Honigtaschen … na ja … nicht ganz so frisch … von gestern Abend.«

Lorn betrachtet ihr lächelndes Gesicht, die kurz geschnittenen, lockigen, schwarzen Haare und die glatte, dunkle Haut. »Das ist schon besser als der Reiseproviant.«

»Zum sofortigen Verzehr auf alle Fälle.« Mit ihren Worten strömt sie überraschenderweise auch einen Duft nach Erhenblumen aus. Lorn hätte eigentlich gedacht, dass so etwas für die meisten Bewohner von Syadtar zu teuer wäre.

»Wie viel?«

»Ein Kupferling für die kleinen. Drei Kupferlinge für zwei von den großen.« Sogleich wandern drei Kupferstücke aus Lorns Gürteltasche in die Hand der Frau. »Danke.« Lorn nimmt sich zwei der größeren Honigtaschen, und ehe er sich versieht, leckt er schon die letzten Krümel von den Fingern.

Die Frau reicht ihm eine Holztasse mit Wasser. »Hier, Ihr habt bestimmt auch Durst.«

»Danke.« Lorn zwingt sich, das Wasser langsamer zu trinken, als er die Honigtaschen verschlungen hat. »Vielen Dank.«

»Keine Ursache. Wartet bitte einen Augenblick …« Sie verschwindet und kehrt mit einem Eimer und einem kleinen Handtuch zurück. »Ihr könnt das nehmen, Ser.«

»Ich möchte Euch nicht zur Last fallen.«

»Mein Bruder war auch bei den Lanzenkämpfern.« Ihr Lachen wirkt gezwungen.

»Das tut mir Leid.«

»Schon gut.«

Lorn nimmt den Eimer und das Handtuch und wäscht sich Gesicht und Hände. Er muss zugeben, dass er sich danach weit weniger schmutzig fühlt und wahrscheinlich wieder eher einem Offizier ähnelt. »Danke, meine Dame.« Er gibt ihr Handtuch und Eimer zurück.

»Ihr müsst wissen, dass bestimmt zwanzig junge Offiziere hier vorbeigegangen sind während des letzten Jahres, aber nicht einer ist hereingekommen. Warum Ihr … wenn ich fragen darf?« Sie schlägt die Augen nieder.

»Ich war hungrig.« Lorn grinst. »Ich kann nicht mehr richtig denken, wenn ich Hunger habe, also bin ich hereingekommen.« Er hält inne. »Das heißt natürlich nicht, dass ich nur gekommen bin, weil ich nicht mehr denken konnte …«

Die Frau grinst zurück. »Ihr sprecht wie Cailynt.«

Lorn zuckt hilflos die Schultern.

»Ich freue mich, dass Ihr hereingeschaut habt«, sagt sie, »aber ich glaube, Ihr müsst Euch nun wieder auf den Weg machen.« Nach einer kurzen Pause fügt sie hinzu: »Cailynt wäre ein guter Offizier geworden.«

»Ganz gewiss«, stimmt Lorn zu.

»Calenena? Haben wir einen Kunden? Sag mir ja Bescheid … hörst du!«

Lorn legt noch zwei Kupferlinge auf den Ladentisch und sagt leise: »Seid vorsichtig.« Dann lächelt er sie freundlich an und dreht sich zur Tür.

»Ich war vorsichtig«, antwort Calenena.

Lorn geht hinaus ins helle Sonnenlicht und blinzelt, bis sich seine Augen wieder ans Licht gewöhnt haben.

Einen Block weiter Richtung Norden kommt er an einem Töpfer vorbei. Der Geruch von brennendem Holz sagt ihm, dass ein Brennofen angeheizt wird. Er zieht die Brauen hoch. Werkstätten von Töpfern und Kupferschmieden sind in der Innenstadt von Cyad nicht erlaubt und einige Handwerker wie etwa Abdecker und Gerber dürfen ihre Berufe in der Stadt überhaupt nicht ausüben. Hier sieht er den Töpfer und riecht den Gerber. Befindet sich alles innerhalb der Mauern? Stellen die Barbaren eine so große Bedrohung dar? Oder war das früher einmal so?

Er geht weiter, und dabei fällt ihm auf, dass es nur sehr wenig Bäume in Syadtar gibt; keine Cylarbäume oder Arymiden, weder große schlanke noch kleine buschige Nadelbäume, nur vereinzelt findet sich niedriges Zederngestrüpp.

Die Enklave der Spiegellanzenkämpfer ist nicht zu übersehen. Die Straße endet an einer weiteren weißen Granitwand vor einem Torbogen, der von zwei Lanzenkämpfern bewacht wird. Beide stehen unter einem Vordach, das sie vor der Sonne schützt. Lorn zeigt seinen Siegelring vor und darf passieren. Den Torbogen und die offenen Tore, die zum Hof hin aufgeschwungen sind, lässt er hinter sich. Zuerst steht er ein wenig ratlos herum, dann steuert er auf das größte Gebäude zu.

Etwa hundert Ellen hinter den Toren gelangt er an einen Eingang. Er durchschreitet das offene Tor und begibt sich in die Kühle eines steinernen Flurs.

»Ser?« Ein Lanzenkämpfer von niederem Rang sitzt hinter einem Tisch, der unmittelbar hinter dem Eingang steht. Sein linker Ärmel weist zwei grüne Schlitze auf, die etwa eine Spanne über dem Aufschlag aus dem Stoff blitzen, was zeigt, dass er ein Haupttruppenführer ist.

»Ja, Truppenführer?«

»Wenn Ihr Euch zum Dienst melden wollt, Ser, müsst Ihr den nächsten Eingang nehmen.«

»Ich muss nach Isahl, aber hier soll ich auf einen Truppenführer, Ersatzlanzenkämpfer und auf die Pferde stoßen.«

»Man wird Euch dort weiterhelfen, Ser. Dies hier ist Kommandant Thiataphis Hauptquartier, Ser. Die Nachschubstelle für die Außenposten befindet sich im nächsten Gebäude.«

»Danke.«

Lorn macht kehrt und wandert weiter zum nächsten Bau, der wesentlich kleiner ist; die einfache, verwitterte Weißeichentür ist nur angelehnt. Er späht hinein und entdeckt zwei Lanzenkämpfer, die sich an einem großen Tisch gegenübersitzen, auf dem sich Schriftrollen aller Größen und Arten türmen.

»… brauche noch drei für die Ersatzkompanie …«

»… gut, dass du die Pferde bekommen hast …«

Lorn tritt ein. Durch das Geräusch der Stiefel aufmerksam geworden, steht der ältere und bärtige Truppenführer auf, gefolgt von dem Jüngeren.

»Ser? Können wir Euch helfen?« Der ältere Truppenführer hält inne und betrachtet den müden jungen Offizier. »Seid Ihr der neue Unteroffizier für Isahl?«

»Der bin ich«, gibt sich Lorn zu erkennen. »Unteroffizier Lorn'alt.« Er zeigt den Siegelring vor. »Ich soll hier einen Truppenführer namens Nytral treffen. Ich habe seine Befehle.« Lorn zieht die etwas zerknitterte kleinere Schriftrolle unter der Tunika hervor.

»Ich heiße Byrten, Ser. Lanzenkämpfer-Obersekretär, zuständig für die Außenposten.« Als der Mann das Gewicht auf den anderen Fuß verlagert, spürt Lorn die Steifheit und die Schmerzen, mit denen er sich bewegt.

»Ich freue mich, dich kennen zu lernen, Byrten.« Lorn zuckt die Schultern. »Ich soll mich hier melden, doch mehr Anweisungen habe ich nicht bekommen.«

Byrten unterdrückt ein Grinsen. »Chorin … geh und such Nytral. Sag ihm, sein Unteroffizier ist angekommen.«

»Ser? Mit Eurer Erlaubnis?«

Lorn nickt und macht einen Schritt zur Seite, damit Chorin den Raum verlassen kann.

»Erst übermorgen werden der Nachschub und die Ersatzlanzenkämpfer bereit stehen, Ser. Bis dahin könnt Ihr eine Kammer in den Offiziersunterkünften bewohnen, das ist das zweite Gebäude hinter diesem. Ich werde es Euch zeigen, nachdem Ihr Euch mit Nytral bekannt gemacht habt. Oder er kann es Euch zeigen.«

»Wie viele Ersatzlanzenkämpfer werden es sein?«

»Zwei Züge«, antwortet Byrten.

»Und wie oft wird Ersatz benötigt?«

»Wann immer Sub-Major Brevyl danach verlangt – manchmal einmal, manchmal zweimal pro Jahreszeit.« Byrten lächelt nur schwach.

Zwei Züge Lanzenkämpfer sechsmal im Jahr? Für einen einzigen Außenposten an der Grenze zu den Grashügeln? Lorn nickt nachdenklich und beschließt, nicht zu fragen, wie oft neue Unteroffiziere angefordert werden.

»Wie lange reitet man nach Isahl?«

»Drei Tage etwa.«

»Und welchen Nachschub nehmen wir mit?«

»Ihr werdet fünf vierspännige Wagen eskortieren, Ser.« Byrten wirft einen Blick zur Tür, durch die der spindeldürre Chorin gerade wieder hereinkommt, gefolgt von einem Soldaten mit einem grünen Schlitz auf dem Ärmel. Beide bleiben vor der Tür stehen. Nytral ist klein und stämmig und auf der rechten Wange prangt eine rote sternförmige Narbe. Das dicke, schwarze Haar ist kurz geschnitten und die schwarzen Augenbrauen sind sehr buschig. Das tiefe Braun seiner Augen wirkt leer, als hätte Nytral schon so viel gesehen, dass es die Augen gar nicht mehr ausdrücken können. Eben diese Augen sehen Lorn an, erwartungsvoll und vorsichtig.

Lorn überreicht ihm die zwei kleineren Schriftrollen. »Unteroffizier Lorn'alt. Hier die Befehle.«

»Ja, Ser.« Nytral nimmt die Schriftrollen und blickt Lorn'alt an.

Die zwei anderen Lanzenkämpfer sehen zu, zwei

Augenpaare wandern zwischen Nytral und Lorn hin und her.

»Du kannst sie lesen«, meint Lorn. »Es sind deine, nur muss eine Abschrift davon zum Sekretär des Kommandanten Thiataphi.«

»Aha …«, sagt Byrten nur.

»Wer bekommt sie zuerst?«, fragt Lorn.

»Ich, Ser. Ist besser so, Ser«, klärt Nytral ihn auf. »Byrten stellt den Nachschub zusammen und er kann nur für so viele planen, wie auf dem Dienstplan stehen.«

Lorn nickt und fragt sich, wie viel er wohl noch lernen muss und ob ihm dies rechtzeitig gelingen wird. »Wenn das im Augenblick alles ist, was Byrten mir zu sagen hat …?« Er sieht den Obersekretär an.

»Ja, Ser. Kommt aber morgen früh wieder vorbei. Dann wird die Liste für die Ersatzmannschaft und den Nachschub bestimmt fertig sein.«

»Vielleicht kann Nytral sie zusammen mit mir durchgehen«, schlägt Lorn vor.

»Ja, Ser.«

Der Unteroffizier blickt seinen Truppenführer an. »Lass uns nach draußen gehen, Nytral.«

»Ja, Ser.« Nytrals Stimme klingt ehrerbietig, aber nicht unterwürfig.

Zusammen verlassen sie das Gebäude und überqueren den kleinen Hof, bis sie in der schattigen südöstlichen Ecke angekommen sind. Dort wendet sich Lorn an Nytral. »Ich bin sicher, ein erfahrener Truppenführer kann mich über alles unterrichten, was ich für den Weg nach Isahl wissen sollte.« Lorn lächelt ein offenes und gleichzeitig berufsmäßiges Lächeln.

Nytral erwidert das Lächeln nicht. »Könnte sein, Ser.«

Lorn lacht freundlich. »Ich kenne mich mit Chaos, Feuerlanzen und Schwertern aus. Lanzenkämpfer und Barbaren kenne ich nicht so gut. Aber du, sonst wärst du kein Truppenführer, der einem jungen Offizier zugeteilt wird. Ich habe auch keine Ahnung, welchen Nachschub wir bekommen sollen und wovon wir besonders viel brauchen. Du hingegen schon.«

Nytral schürzt leicht die Lippen. »Da ist schon was dran, Ser.«

»Mehr als das, da bin ich mir sicher.« Lorn lacht, er will seine Unkenntnis deutlich machen. »Kannst du mir sagen, wo ich ein Pferd bekommen kann? Und wie wir herausfinden, wer unsere Ersatzlanzenkämpfer sein werden?«

»Wäre nicht gut für Euch, wenn ich das nicht tun würde, Ser.«

»Dann lass uns anfangen. Zuerst muss ich meine Kammer finden, damit ich mein Gepäck abstellen kann, und dann brauche ich ein Pferd, das für den Ritt nach Isahl geeignet ist.« Lorn lächelt. »Geh du voraus.«

Nytral deutet auf ein dreistöckiges, schmales, kasernenartiges Gebäude. »Dort.« Er tritt aus dem Schatten und schreitet über die weiß gepflasterten Steine des Hofes. »Der Vordereingang führt zu den Offiziersräumen. Ihr könnt im obersten Stockwerk jede Kammer nehmen, die Ihr wollt. Die Ställe sind dahinter, hinter der Mauer …«

Lorn hält Schritt mit dem Truppenführer, er hört ihm zu und studiert gleichzeitig den Hof, wobei er versucht, alles im Gedächtnis zu behalten.

XX

Nachdem er sich ein Pferd ausgesucht und Nytral ihn über das gesamte Gelände der Spiegellanzenkämpfer-Kaserne geführt hat, muss Lorn immer öfter gähnen. Sie sind auf dem Weg zurück vom Waffenlager, einem Gebäude mit dicken Mauern, das umgeben von einer zweiten Mauer im Nordwesten des Geländes liegt. Lorns Stiefel schlurfen auf den Steinen entlang.

»Ser … verzeiht, Ser, aber Ihr solltet etwas schlafen, bevor Ihr mit den höheren Offizieren zu Abend esst.« Nytral sieht Lorn an.

»Weil sie den neuen Unteroffizier genauestens mustern werden? Du hast Recht, vor morgen kann ich ohnehin nicht mehr viel tun.« Lorn gähnt erneut. »Wir treffen uns morgen früh, dann gehen wir den Nachschub und die anderen Dinge durch.«

»Ja, Ser.«

Lorn dreht sich um und geht zu den Unterkünften, wo er zwei endlos lange Treppen hinaufsteigen muss. Seine Kammer ist nicht gerade üppig ausgestattet: ein schmales Bett, ein kleiner Tisch daneben mit einer Öllampe darauf, ein einfacher Holzstuhl und zwei Haken an der Wand, damit er seine Uniformen aufhängen kann. Das einzige Fenster ist mit uraltem Glas bestückt und die Fensterläden sind an der Innenseite angebracht.

Nachdem er den Riegel vorgeschoben hat, entledigt er sich der Stiefel und zieht sich bis auf die Unterwäsche aus, doch währenddessen muss er schon kämpfen, um die Augen offen zu halten.

Trotz der Müdigkeit wacht Lorn mitten am Nachmittag wieder auf, er friert. Während er schlief, hat jemand ihn mit dem Glas beobachtet, und es war nicht sein Vater. Aber warum? Um nachzusehen, ob er auch wirklich dort angekommen ist, wo man ihn hingeschickt hat?

Er setzt sich auf die Bettkante und reibt sich die Augen. Da er nun ohnehin wach ist, steht er auf und stellt sich unter die kalte Dusche im Gemeinschaftswaschraum des obersten Stockwerks. Dann trocknet er sich ab und zieht sich eine saubere weiße Lanzenkämpferuniform an. So geht er erneut zu dem Gebäude, in dem die Nachschubstelle für die Außenposten untergebracht ist. Dort kann er durch ein paar diskrete Fragen den Waschdienst für die Offiziere in Erfahrung bringen, der natürlich im Rückgebäude der Unterkünfte untergebracht ist.

Lorn holt seine schmutzigen weißen Sachen und geht hinunter in den kleinen Raum, wo eine grauhaarige, barfüßige Frau in grauer Arbeitskleidung über einem Waschzuber steht und mit einem Stecken in der Wäsche rührt. Ein zweiter Bottich, der ihr bis zu den Oberschenkeln reicht, steht auf der rechten Seite. In der kahlen Waschküche riecht es nach heißem Wasser und Seife.

Lorn geduldet sich eine Weile, aber die Frau macht keine Anstalten, sich in seine Richtung zu drehen. Schließlich räuspert er sich.

Sie sieht auf und kommt auf ihn zu. »Ser … Ser … das kann ich aber nicht vor morgen waschen.«

»Das reicht vollkommen aus.«

»Ein Kupferling für jede Uniform.«

Lorn nickt. »Ich habe nur eine.«

Sie nickt und nimmt die Uniform. »Morgen Abend.«

»Vielen Dank.« Noch bevor er die Worte ausgesprochen hat, hat die Waschfrau die weißen Sachen schon auf einen Tisch neben dem Bottich geworfen und sich wieder über den Holzzuber gebeugt. Lorn geht hinaus und wird von einer leichten, aber selbst für den Winter in Syadtar ungewöhnlich warmen Brise umweht – das glaubt er zumindest. Er überprüft vorsichtshalber den Sitz der weißen Garnisonskappe, obwohl die Brise kaum stark genug ist, um sich darüber Sorgen machen zu müssen.

Es bleibt ihm noch etwas Zeit vor dem Abendessen. Also spaziert er ein wenig auf dem Gelände umher und ruft sich noch einmal in Erinnerung, was Nytral ihm vorher gezeigt hat. Die mit graugrünen Ziegeln gedeckten Gebäude aus Granit und Sonnenstein sind schlicht und einfach, der Granit wurde für die Hauptmauern verwendet und der Sonnenstein für die sparsamen Verzierungen und Bögen. Beide Arten von Stein sind ausgebleicht, was von den Jahren und von den Chaos-Meißeln herrührt, mit denen die Steinblöcke einst behauen wurden. Die Spätnachmittagssonne glänzt auf den Fenstern von Thiataphis Hauptquartier, und Lorn entdeckt, dass einige der Fensterscheiben klarer sind als andere, da sie das Licht und das Chaos im Sonnenschein reflektieren. Die Fensterrahmen bestehen alle aus fleckiger und verwitterter Weißeiche, sie sind jedoch kaum sichtbar, denn alle Läden auf dem Gelände befinden sich auf der Innenseite der Fenster.

Das Gebäude, in dem die Nachschubstelle für die Außenposten untergebracht ist, wirkt zwar auch alt, aber allem Anschein nach wurde es später erbaut als die anderen.

Lorn lächelt, als er Chorin herauslaufen und zu Thiataphis Hauptquartier stürzen sieht.

»... zwei, drei ...«

Bei den rhythmischen Kommandos dreht Lorn sich um. Eine Reihe von weiß gekleideten Soldaten läuft an der Westmauer des Hofes neben dem Schatten entlang.

»... müsst marschieren, bevor ihr reitet ... zwei, drei ... seht zu, dass das Chaos nicht von eurer Seite weicht ... zwei, drei ...«, ruft ein gedrungener Truppenführer. Dann unterbricht er seine Befehle und ruft: »Ihr seid nicht zäh genug, die Barbaren werden euch wie Honigkuchen auffressen ... schneller da hinten!«

Plötzlich klappern Hufe auf den Steinen und ein Spiegellanzenkämpfer in Weiß mit den roten Streifen eines Kuriers kommt am Pfosten vor Thiataphis Hauptquartier zum Stehen. Er springt vom Pferd, bindet es fest und eilt mit seinem Kurierbeutel aus weißem Leder hinein ins Hauptquartier.

Chorin kommt aus dem Steinbogen heraus und dreht den Kopf noch einmal nach hinten, als wollte er hören, was der Kurier zu sagen oder mitgebracht hat.

Lorn beobachtet ihn amüsiert.

Als Chorin Lorn erblickt, macht er sich rasch auf den Rückweg zu seinem Arbeitsplatz, ohne sich nach dem Unteroffizier umzusehen.

Beim fünften Glockenschlag des Nachmittagsläutens

begibt sich Lorn wieder ins Unterkunftsgebäude zurück. Als er den Speisesaal erreicht, eine kleine Halle mit nur einem Tisch darin, an dem etwa dreißig Personen sitzen können, faltet er seine Kappe und steckt sie in den Gürtel. Einige Offiziere haben sich bereits in dem mit Sonnenstein verzierten Raum versammelt. Der Kamin am Ende des Tisches ist kalt und die Wände sind völlig kahl bis auf eine Reihe von kleinen Spiegelschilden an der Nordmauer. Auf jedem polierten Cupridiumschild ist ein farbig eingeätztes Bild zu sehen. Das indirekte frühe Abendlicht, das durch die Fenster in der Südmauer in den Raum gelangt, spiegelt sich in dem Metall wider und wirft Lichtspiele in den Raum.

An den Rangabzeichen kann Lorn erkennen, dass er der einzige Unteroffizier unter sechs Hauptmännern, zwei Obersten, einem Sub-Major und einem Major ist – die alle um den Tisch herumstehen und dem grauhaarigen Kommandanten Thiataphi Gesellschaft leisten, der am Ende des langen Tisches wartet.

Als die Offiziere sich setzen, wartet Lorn erst noch eine Weile, dann bewegt er sich auf die äußerste linke Ecke des Tisches zu.

An jedem Platz befinden sich ein brauner Teller und ein schwerer Weinkelch – aus Glas, nicht aus Kristall oder Metall. Das Essen wird von Lanzenkämpfern serviert, die grüne Übertuniken tragen. Auf der ersten Platte, die zuerst dem Kommandanten angeboten wird, häufen sich Rindfleischscheiben mit brauner Soße. Auf der zweiten Platte werden gelbe Nudeln hereingetragen. Dann kommen vier große Körbe mit dunklem Brot, die mit gebührendem Abstand voneinander auf dem Tisch verteilt werden. Die nächste Schüssel ist mit etwas Grünem gefüllt.

Lorn nimmt sich so viel, wie er sich traut: Fleisch, Nudeln, Brot und Ackar, ein bitteres Blattgemüse, von dem er als kleiner Junge zu viel hatte essen müssen. Ein Dienstbote füllt sein Kelchglas mit kastanienbraunem Wein.

Kommandant Thiataphi erhebt das Glas und die anderen Offiziere beginnen zu essen. Lorn folgt ihrem Beispiel und lauscht gleichzeitig ihren Unterhaltungen.

»Weiße Pferde kommen besser mit der Sonne zurecht ... Chaos-Farben, wisst Ihr, und Weiß reflektiert besser ...«

»... dunkle Decken schützen sie besser ...«

»... und warum atmen die Braunen schwerer und schäumen eher?«

»... da haben wir's, Helkar ...«

»... ist jetzt sowieso egal ... im Winter ...«

Lorn nimmt einen Bissen von dem zerkochten Fleisch und probiert dann einen Mund voll von den viel zu weichen Nudeln. Der Wein, obwohl es ein einfacher Roter ist, schmeckt viel besser als Fleisch und Nudeln zusammen. Lorn isst alles auf, was auf seinem angeschlagenen braunen Teller liegt, dann wartet er, bis die höheren Offiziere fertig sind und einen Nachschlag nehmen.

»... Späher haben gesehen, dass die Jeranyi die Stämme im Osten zusammentrommeln ... die nördlich von den Cupritminen.«

»Einige von ihnen tragen bereits polierte Eisenschilde – die sind fast so gut wie die Spiegelschilde gegen die Feuerlanzen ... und Pfeile mit Eisenspitzen ...«

»Ihre Bögen sind nicht sehr gut, nicht im Sattel.«

»Und doch ...«

»... sollten dort einmarschieren und die Eisenminen übernehmen ...«

»Wenn Ihr unbedingt eine Eisenvergiftung wollt ... nur zu, Helkar. Außerdem können die Barbaren das Metall nicht bearbeiten.«

»Durch das Erz wird man nicht vergiftet ... erst wenn es geschmolzen und zu Waffen geschmiedet ist ... Lieber die Minen dicht machen, als eine Eisenvergiftung und den Ordnungs-Tod riskieren.«

Lorn setzt ein höfliches Lächeln auf, wenn er nicht

gerade kaut, und hört sich alle Ansichten der Lanzenkämpfer an. Zum Teil verwundern ihn die irrigen Annahmen schon sehr, die jedoch weit verbreitet zu sein scheinen, selbst unter den Offizieren.

Die Platten und Schüsseln, die von den Dienstboten noch einmal aufgefüllt wurden, finden ihren Weg auch zu Lorn, der sich ein weiteres Mal Fleisch und eine ordentliche Portion von den Nudeln mit Soße nimmt. Nach zwei Bissen von dem Nachschlag hält er inne, um sich etwas von dem feuchten braunen Brot abzubrechen.

»Unteroffizier? Lorn'alt, nicht wahr?«, ruft Kommandant Thiataphi.

Lorn schluckt schnell hinunter. »Ja, Ser.«

»Ihr stammt aus Cyad, habe ich Recht?«

»Ja, Ser.«

»Wie gefällt es Euch im Norden?«, fragt der Kommandant.

»Der Winter ist wärmer, als ich dachte, Ser.« Lorn lächelt höflich.

»Deshalb sind die Barbaren ja auf unser Land aus. Jedenfalls ist das ein Grund. Auf der anderen Seite der Grashügel liegt Schnee. Zumindest war das im letzten Achttag noch so, wenn man dem Bericht von Sub-Major Brevyl Glauben schenken darf. Vergesst nicht, eine Winterjacke und Winterstiefel mitzunehmen.«

»Nein, Ser. Das werde ich nicht.« Lorn muss sich eingestehen, dass er an keins von beiden gedacht hat, und er hofft, dass sein Gesichtsausdruck diese Unwissenheit nicht preisgibt.

»Ihr stammt aus einer Lanzenkämpferfamilie?«

»Nein, Ser.« Lorn beschließt, seine Herkunft nicht ungefragt auszuplaudern.

»Ach stimmt«, ruft Thiataphi und lacht schallend. »Ihr seid einer der Magiergeborenen, die gut mit dem Schwert umgehen können.« Er schüttelt den Kopf. »Schadet den Magi'i nicht, einmal hinaus ins Grenzland zu fahren, um zu sehen, was die Barbaren hier anrichten.«

Lorn weiß nicht, was er darauf antworten soll, und nickt nur.

»Ihr werdet es schon noch sehen. Sub-Major Brevyl selbst wird dafür sorgen, dass Euch alles gezeigt wird. Genau wie er es allen anderen hier auch gezeigt hat. Außer mir, denn ich wiederum habe ihm gezeigt, wer die Barbaren sind.« Die Düsternis in den Worten kann der Kommandant kaum verbergen.

Lorn ist gerade fertig mit der zweiten Portion, als die Dienstboten die Teller abräumen und sie durch kleinere ersetzen, auf denen jeweils eine frittierte Paelunkarolle liegt, getränkt mit eingedicktem Sirup. Lorn folgt der Unterhaltung, die sich nun wieder um andere Dinge dreht.

»... all der Schnee im Norden ... Das Gras wird früh grün werden und das bedeutet mehr Angriffe.«

»Wenn er jemals schmilzt ...«

»... schmilzt nicht früh, bleibt länger grün und die Angriffe werden später anfangen und dafür länger dauern. Auf jeden Fall brauchen wir mehr Soldaten.«

»... damit könntest du Recht haben ... brauchen auch noch mehr Unteroffiziere ...«

Lorn isst seine Paelunkarolle auf und nippt langsam am Wein, während er weiter zuhört.

Plötzlich steht Thiataphi auf und die anderen Offiziere mit ihm. Obwohl völlig überrascht, springt auch Lorn auf.

Einer der Offiziere gesellt sich zu Lorn, als alle gemeinsam den Speisesaal der Offiziere verlassen.

»Ich heiße Helkar, ich bin der, dem ständig alle weismachen wollen, dass er Unrecht hat.«

»Lorn.«

»Mir ist aufgefallen, dass Ihr nichts zur Eisenvergiftung gesagt habt. Ihr müsst aber doch etwas darüber wissen, wenn Ihr ein Magier wart.«

»Ich weiß schon etwas darüber«, gibt Lorn zu.

»Hatte ich Recht damit, dass man sich nur an den Waffen infizieren kann?«

»Meistens.« Lorn macht eine Pause. »Und man muss schon mit Feuerlanzen gearbeitet und sie über lange Zeit hinweg benutzt haben. Wenn nicht, bekommt man nur eine Verbrennung zusätzlich zu dem Schnitt.«

»Warum warnen uns dann die Magi'i so eindringlich davor? Mit Verbrennungen kann ich fertig werden.«

»Die Magi'i hantieren mit mehr Chaos, als in den Feuerlanzen enthalten ist, mit viel mehr.«

»Aha ...« Helkar runzelt die Stirn. »Dann müsst Ihr Euch also mehr vor dem Eisen in Acht nehmen?«

»Nicht mehr als Ihr.«

»Gut.« Helkar lacht. »Mit Brevyl allein hat man ohnehin genug Sorgen.«

»Ist er so hart?«

»Ist Cupridium zäh? Brennt eine Feuerlanze?« Der Hauptmann schüttelt den Kopf. »Er ist gerecht, aber Ihr solltet seine Befehle befolgen, sonst wird er Euch einen halben Zug von Nichtsnutzen zuteilen, die ein Ende der Lanze vom anderen nicht unterscheiden können, und die müsst Ihr dann in den Kampf gegen achtzig Barbaren führen.« Helkar lacht. »Und wenn Ihr das überstanden habt, wird er verlangen, dass Ihr die Nichtsnutze ausbildet und sie in voller Montur zur Gefechtsstellung peitscht.«

Lorn nickt und muss ein Gähnen unterdrücken. Noch immer steckt ihm die dreitägige Reise im Feuerwagen in den Knochen, und er fragt sich, ob der Schlaf einer Nacht überhaupt ausreichen wird, um sich richtig auszuruhen. »Seid Ihr hier stationiert?«

»Ich? Für Kommandant Thiataphi arbeiten? Wohl kaum. Ich mache das Gleiche hier wie Ihr, ich hole die Ersatzlanzenkämpfer ab, nur dass ich morgen zurück nach Pemedra reite. Dort gibt es ein paar weniger Barbaren, aber dafür viel mehr Schnee als hier. Von dort kann man auch die Westhörner sehen; der schneidende Wind im Winter kommt von dort.«

»Wie viele Lanzenreiter nehmt Ihr mit zurück?«

»Vier Züge und zwei neue Truppenführer.« Helkar zuckt mit den Schultern. »Es dauert fast vier Tage und ständig muss man mit Angriffen rechnen, aber zu Winteranfang sind es weniger. Erst kurz vor dem Frühjahr wird es den Barbaren langweilig oder ihnen geht das Essen aus, dann greifen sie wieder an, obwohl noch überall Schnee liegt.« Wieder folgt ein Lachen. »Sie durch Schnee und Matsch zu verfolgen, das lieben wir alle.«

Lorn nickt.

»Ihr seht Ordnungs-müde aus.« Helkar versetzt Lorn einen kräftigen Schlag auf die Schulter und geht. »Viel Glück mit Sub-Major Brevyl.«

»Danke.« Lorn schleppt sich langsam die zwei Steintreppen hinauf, er passt auf, dass seine weißen Stiefel nicht zu sehr schlurfen und er nicht stolpert. Eine ganze Nacht lang schlafen, das wird gut tun. Sehr gut.

XXI

Lorn beugt sich im Sattel nach vorn und klopft der großen weißen Stute auf die Schulter. Nachdem er sich wieder aufgerichtet hat, blickt er auf die Straße, die sich durch die Hügel schlängelt. Das Gras auf den Hügeln ist braun, es scheint wirklich endlos zu sein. Mit jedem Hügel, den die Abordnung hinter sich lässt, tauchen zwei neue und immer noch mehr vor ihnen auf. Seit zwei Tagen haben Lorn und die Lanzenkämpfer nichts als Grashügel gesehen. Sie erscheinen ihnen wohl auch deshalb so endlos, weil die Männer das Hügelgebiet nicht direkt durchqueren, sondern es nur am Nordwestrand streifen.

Ab und zu treffen sie auf Wäldchen aus Büschen oder niedrigen Bäumen, die ihr graues Winterkleid tragen; meist finden sich diese an Bächen, die so klein sind, dass man sie aus einer Entfernung von mehr als hundert Ellen nicht mehr als solche erkennen kann. Der Wind ist kalt, aber nicht eisig und bläst aus Nordwesten Lorn direkt ins Gesicht; er riecht nach nassem Gras und auch ein wenig modrig.

Auf der Spitze des Hügels nördlich von der Straße stehen zwei Lanzenkämpfer, die Nytral als Späher ausgeschickt hat. Einer bleibt stehen und beobachtet die Reiterkolonne, der andere verschwindet hinter dem Hügel und beobachtet die Straße weiter von einem Hügelkamm aus.

Lorn blickt über die Schulter zurück auf die etwa vierzig neuen Lanzenreiter. Die meisten scheinen erschreckend jung zu sein, selbst für Lorn, einige haben zu kämpfen, damit ihnen die Feuerlanzen nicht aus den Köchern fallen, obwohl die Lanzen nur wenig mehr als drei Ellen lang sind. Seine eigene spürt Lorn kaum mehr.

»Ihr reitet ziemlich gut, Ser. Stammt Ihr aus einer Lanzenkämpferfamilie?«, fragt Nytral.

Lorn blickt seinen Truppenführer an. »Ich musste es mir selbst beibringen, Nytral. Habe viel Zeit mit den Pferden verbracht während der Offiziersausbildung. Aber es hat sich anscheinend gelohnt.«

Nytral runzelt die Stirn.

»Ich komme aus einer Magi'i-Familie. Ich hatte keine Lust, mich in einen Granitturm einschließen zu lassen, um dort mit Chaos zu spielen. Die Magi'i wiederum wollten nicht, dass ich mich mit Handel beschäftige. Also hat man mir dringend geraten, Lanzenkämpfer zu werden.«

»Aha … also eine Magierfamilie, Ser …?«

»Wenn der Höchste der Magi'i, der zur Rechten des Kaisers sitzt, meint, dass ein junger Mann ein Lanzenkämpferoffizier werden soll, dann befolgt man besser seinen Rat. Außerdem bin ich dadurch den Türmen entkommen«, bemerkt Lorn.

Nytral wirft seinem Unteroffizier einen Blick zu. »Das erscheint mir auch sinnvoller, Ser.«

»Weil Isahl zu den Orten gehört, die die Barbaren ständig angreifen und wir dort viele Lanzenkämpfer und Offiziere verlieren?«

»Hat man Euch das gesagt, Ser?«

»Nein.« Lorn lacht fröhlich. »Man hat mich einfach dorthin geschickt.«

Nytral schaudert und wendet den Blick ab.

Lorn zuckt die Achseln. Es ist besser, wenn Nytral Lorns Vergangenheit von Anfang an kennt. Auch soll er wissen, dass Lorn nicht beabsichtigt, ihn damit zu belästigen oder irgendwie nachteilig zu beeinflussen. Er dreht sich noch einmal um und betrachtet die Reiter hinter sich. Dann nimmt er das Pferd herum und reitet an der Kolonne entlang nach hinten, wobei er jedem Lanzenreiter im Vorbeireiten ins Gesicht blickt.

Nur wenige erwidern den Blick seiner bernsteinfarbenen Augen.

Am Ende des Zuges, wo die Wagen fahren, dreht er die Stute wieder um und lässt sie neben dem vordersten Gespann gehen.

»Wie geht es mit den Wagen?«, ruft er.

»Alles bestens, Ser«, antwortet der graubärtige Lanzenkämpfer mit den gekreuzten grünen Garben auf den Ärmeln; die rechte Hand hält die Lederriemen für den vierspännigen Wagen. »Die Wagen sind ein wenig schwerer, als es mir lieb ist, aber die Straßen werden noch für einen Tag trocken bleiben, dann geht es schon.«

Lorn nickt, hebt die Hand und reitet zurück zur Spitze der Kolonne. Er lenkt die Stute auf den Seitenstreifen der Straße und lässt sie nur wenig schneller gehen als die Pferde der Lanzenreiter, sodass er jedem im Vorbeireiten noch einmal unauffällig ins Gesicht sehen kann.

Als er wieder an der Spitze des Zuges ankommt,

schlängelt sich die Straße gerade durch zwei Hügel hindurch und zieht sich danach eine sanfte Anhöhe hinauf, um dort auf einem Kamm entlang zu führen, der sich nach Osten und Westen erstreckt.

»Da müssen wir drüber, Ser.«

Lorn nickt und lenkt seine Stute näher an das Pferd des Truppenführers.

»Habe noch einmal zwei Späher ausgeschickt«, meint Nytral ruhig. »Gab schon ein paar Angriffe hier, weil man die Straße schlecht überblicken kann.«

Lorn folgt Nytrals Arm. Zwei Späher stehen bereits oben am Kamm, plötzlich reißt einer sein Pferd herum und galoppiert herunter.

»Da stimmt etwas nicht …«, brummt Nytral. »Wusste es doch!«

Der Späher kommt kaum zum Stehen, da sprudelt es schon aus ihm hervor. »Barbaren, Ser. Auf einer Anhöhe eine Meile nordöstlich von da oben.«

Lorn sieht vorbei an dem Späher auf die halbe Meile, die die Spitze des Zuges noch vom Kamm trennt. »Wie schnell kommen sie näher?«

»Sie reiten nicht, Ser. Sie warten.«

»Eine Meile entfernt und sie müssen hinunter und wieder hinauf?«, fragt Nytral.

»Ja, Ser.«

»Wir reiten besser hinauf«, schlägt der Truppenführer vor.

»Gib den Befehl«, ruft Lorn.

»Schneller Trab! Schneller Trab!«

Lorn reitet neben Nytral her und lässt den Truppenführer das Tempo bestimmen, während die Kolonne auf den Kamm des Hügels stürmt. Viel Staub wird aufgewirbelt, den die Wagenfahrer und nachkommenden Reiter einatmen müssen. Lorn hält die Stute auf dem Hügelgipfel neben Nytral und den zwei Spähern an und blinzelt gegen die Sonne, die die Nachmittagsluft kaum zu erwärmen vermag.

»Barbaren …«, sagt Nytral. »Sehen nicht aus wie Räuber, aber bei denen kann man nie wissen, so verrückt wie die sind.«

Die etwa zwanzig Gestalten und Pferde auf dem gegenüberliegenden Hügel befinden sich weniger als eine Meile entfernt. Die Reiter sind alle bärtig und tragen lange Schwerter in Schultergeschirren. Einige haben Schilde bei sich, die sie irgendwie an den Sätteln vor dem linken Knie befestigt haben, andere haben die Schilde über dem Bündel hinter dem Sattel festgeschnallt.

»Sie werden nicht angreifen … jetzt nicht«, sagt Lorn.

Nytral hebt die Augenbrauen. »Bei denen kann man nie wissen.«

»Gebrauchen sie ihre Schilde?«

»Ja, Ser.« Nytral wendet sich wieder den Barbaren zu. »Sie haben sie innerhalb weniger Sekunden zur Hand.«

»Lass uns abwarten, ob sie das wirklich tun.«

Nytral nimmt das Pferd herum. »Aufstellen – Achterreihen! Lanzen bereit! Viererreihen. Lanzen bereit!«

Lorn beobachtet weiter die Barbaren, während Nytral die unerfahrenen Lanzenreiter antreibt, Gefechtsstellung einzunehmen. Plötzlich machen die Barbaren kehrt und reiten auf dem Kamm entlang zurück nach Norden.

»Im Frühling würden sie das nicht tun«, prophezeit Nytral, der nun wieder neben Lorn steht. »Und dann werden es auch mehr sein.«

Daran hat Lorn keinerlei Zweifel.

»Wir sollten warten, Ser. Damit wir einen sicheren Abstand haben.«

»Gut. Dann können auch die Wagen aufholen.«

»Wagen … Ich wünschte, die Feuerwagen und gepflasterten Straßen würden bis hierher gelangen«, brummt der Truppenführer. »Dann könnten wir mehr Nachschub und diesen schneller bekommen.«

Lorn lacht. »Nein, das würden wir nicht. Sie würden uns dann nur noch weiter nach Norden abkommandieren.«

»Stimmt wahrscheinlich.« Nytral schüttelt den Kopf, die Augen noch immer auf die Reiter gerichtet, die nach Norden flüchten.

Nach einem Augenblick des Schweigens sagt Lorn: »Ach … Nytral. Da hinten ist ein Lanzenreiter in der dritten Reihe auf der linken Seite. Großer Bursche, der im Sattel schwankt. Vielleicht ist er krank … oder ärger.«

Nytral sieht Lorn an. »Das ist Beryt. War früher mal Truppenführer. Er schaut zu oft und zu tief ins Glas, Ser.«

»Und wenn es kein Bier gibt, kämpft er dann gut?«

Nytral lächelt. »Ja, Ser. Dann ist er einer der Besten.«

Lorn nickt und rückt sich die weiße Kappe zurecht, während er weiter die Barbaren beobachtet, die langsam am Horizont verschwinden.

XXII

Die Straße klettert über eine kleine Erhebung zwischen zwei Hügeln hindurch Richtung Westen. Vom Sattel der weißen Stute kann Lorn ein lang gestrecktes Tal erkennen und ganz am östlichen Ende dieses Tals stehen mehrere Ziegelhäuser im cyadorischen Stil. Dünne Rauchsäulen steigen aus den Kaminen in die kalte Luft und hinauf in den wolkenlosen, grünblauen Himmel. Die vereinzelten kümmerlichen Zedernbüsche scheinen der einzige Baumbestand zu sein.

»Wir sind da, Ser«, sagt Nytral. »Isahl befindet sich im äußersten westlichen Winkel des Tals. Noch ein wenig weiter und wir haben den Außenposten in Sichtweite.«

»So viele Bauernhöfe auf einmal haben wir auf der ganzen Strecke nicht gesehen«, bemerkt Lorn und hofft, dass Nytral mehr dazu zu sagen weiß.

»Ha! Man würde hier gar nichts mehr sehen, hätten sich die Bauern nicht hinter die Mauern der Kaserne flüchten können, als die Angreifer kamen. Jetzt tun sie es nicht mehr. Nicht mehr, seit Sub-Major Brevyl hier ist.«

»Wie viele Lanzenkämpfer sind hier stationiert?«

»Das hat man mir nicht mitgeteilt, Ser, nicht in Zahlen, aber wir haben fünf Kompanien, das sind zehn Einheiten. Wenn wir uns alle aufstellen – was hin und wieder vorkommt –, zählt man fast zehn Züge, da sind die Köche und das Küchenpersonal noch gar nicht mit eingerechnet.«

»Dann gibt es wohl viele Patrouillengänge.«

»Nicht sonderlich viele. Für eine Aufklärungspatrouille braucht man eine ganze Kompanie, für einen kleinen Angriff auch eine ganze Kompanie, und wenn alle Barbaren eines Stammes sich zu einem Angriff entschließen, brauchen wir jeden Mann.«

»Geschieht das oft?« Lorn beugt sich vor und tätschelt seine Stute am Hals.

»Ein Angriff von einem ganzen Stamm? Nein … nur alle paar Jahre, wenn überhaupt. Das letzte Mal war vor vier Sommern, aber da herrschte Trockenheit im Norden. Wahrscheinlich waren sie hungrig … oder so.«

»Die Angriffe, gibt es die schon lange? Oder erst in der letzten Zeit?«

»Schon lange. Ich habe Kommandant Thiataphi einmal sagen hören, dass er schon als Unteroffizier hier draußen war. Ihr könnt mir bestimmt sagen, wie viele Jahre das her ist, Ser.« Nytral lacht.

»Bestimmt einige.« Etwa fünfzig Ellen neben der Straße verlaufen zu beiden Seiten Bewässerungsgräben, die mit Ziegelsteinen ausgekleidet sind. Die kleinen Dämme und Schleusen dienen im Sommer dazu, das

Wasser auf die Felder zu leiten, im Winter jedoch sind die Gräben leer. »Versuchen die Barbaren auch die Bewässerungssysteme zu zerstören?«

»Nein. Meist sind sie nur hinter Frauen, Waffen und Pferden her – und dabei töten sie jeden Lanzenkämpfer, der ihnen in die Quere kommt.« Nytral verfällt in Schweigen.

Sie reiten an einem Anwesen vorbei. Das Haus hätte auch am Stadtrand von Cyad oder Syadtar stehen können mit dem grün gefliesten Wandschirm vor der Haustür, den hohen, dichten Hecken hinter dem Haus und den grünen Fensterläden. Die zwei Nebengebäude sind aus Ziegeln gemauert und größer, als Lorn es aus Cyador kennt. Der Stall ist an die hundert Ellen lang und misst bis zum Ziegeldach bestimmt zwanzig Ellen.

Auch nachdem sie schon zwei Meilen in das Tal hineingeritten sind, muss Lorn noch immer gegen die grelle Spätnachmittagssonne blinzeln, bevor er die Umrisse des Außenpostens ausmachen kann. Dieser Außenposten scheint viel größer zu sein als das Kasernengelände in Syadtar oder der Ausbildungsstützpunkt in Kynstaar.

Nach einer weiteren Meile ruft Nytral plötzlich: »Da, Ser, jetzt könnt Ihr den Außenposten sehen.«

Die Gebäude sind um einen kleinen Hügel ganz am westlichen Ende des langen und nicht sehr tiefen Tals herum gebaut. Die äußeren Sonnensteinmauern sind gut acht Ellen hoch und umschließen Pferche, Ställe und eine zweite Mauer, hinter der das Waffenlager und einige lange Baracken untergebracht sind – Gebäude aus Stein und Ziegeldächern. Auf der flacheren Hangseite entdeckt Lorn eine Wasserzisterne und etwas, das eine Quelle zu sein scheint, mit Schutzmauern darum herum, die sich von der Quelle bis zum Waffenlager erstrecken.

»Haben die Barbaren die Mauer jemals überwinden können?«, fragt der Unteroffizier.

»Es gibt Geschichten, dass sie einmal fast die ganze erste Garnison getötet haben, das liegt aber schon Generationen zurück. Der Kaiser wollte, dass so etwas nie mehr geschieht … also hat er Isahl bauen lassen, um alle Angriffe abzuwehren. Wurde nach dem Vorbild von Assyadt gebaut, doch die Jeranyi im Westen machen seit ein paar Jahren nicht mehr so viele Schwierigkeiten. Zumindest hat es seitdem keine Angriffe mehr auf die Mauer gegeben.«

Lorn nickt.

Eine Meile vom Außenposten entfernt biegen sie Richtung Norden in eine schmale Straße ein, die zu den Toren ungefähr in der Mitte der südseitigen Mauer führt. Am Ende dieser Straße wachen vier Soldaten vor den geschlossenen Toren. Zwei stehen vor den Toren und zwei auf einer niedrigen Brüstung darüber. Alle vier sehen Lorn und die Ersatzlanzenkämpfer kommen.

Nytral wirft einen Blick zu Lorn.

Dieser reitet allein zum Tor, er zeigt dem breitgesichtigen, älteren Wachmann seinen Siegelring. »Unteroffizier Lorn'alt … melde mich bei Sub-Major Brevyl zum Dienst, bringe Nachschub und Lanzenkämpfer mit.«

»Gut, dass Ihr da seid, Ser.« Der Wachposten tritt zurück und die Tore schwingen auf.

Innerhalb der weitläufigen äußeren Mauern angekommen, die eine kleinere angreifende Gruppe aufhalten und eine größere Horde von Barbaren durchaus abzuschrecken vermögen, kann sich Lorn die zweite Mauer im Innern genauer ansehen, die den Haupthof am Fuße des niedrigen Hügels umgibt.

Die inneren Tore werden zwar von zehn Lanzenkämpfern bewacht, stehen aber offen. Einer von ihnen tritt vor.

»Ser?«

»Ja?«, antwortet Lorn höflich.

»Da Ihr neu hier seid, bittet der Sub-Major Euch zu sich, noch bevor Ihr zu den Quartieren geht.« Die Stimme des jungen Soldaten klingt fest, wenn auch ein wenig hoch.

»Wo muss ich hin?«, fragt Lorn.

»Der Eckturm da rechts … ein Wachposten steht vor der Tür. Dort könnt Ihr auch das Pferd anbinden.«

»Danke.« Lorn verneigt den Kopf und treibt die Stute an.

Ein Lanzenkämpfer mit den zwei Schlitzen eines Haupttruppenführers an den Ärmeln tritt aus den Baracken neben dem Tor, seine Augen strahlen Nytral an. »Nytral ist zurück! Hat sogar ein paar Wagen mitgebracht.«

Lorn wirft Nytral einen Blick zu. »Kannst du dich ums Abladen kümmern, während ich mich beim Sub-Major melde?«

»Ja, Ser. Wird erledigt.«

»Danke.«

»Dazu bin ich da, Ser.«

Lorn lenkt die Stute zum Turm, wo tatsächlich ein einzelner Wachposten vor dem Eingang steht. Dort steigt er ab und bindet die Stute an den freien Pfosten, dann begibt er sich zum Eingang.

»Durch die Tür, Ser. Kielt wird Euch empfangen, Ser.«

»Danke.« Lorn lässt den schwachen, aber frostigen Wind hinter sich und betritt den schmalen Flur. Ein weiterer Lanzenkämpfer sitzt an einem kleinen Tisch neben einer geschlossenen Tür.

Lorn geht zu ihm und zeigt ihm den Siegelring. »Unteroffizier Lorn'alt meldet sich zum Dienst.« Die Förmlichkeit seiner Worte kommt ihm fast übertrieben vor, aber er beschließt erst einmal zu warten.

»Einen Augenblick, Ser.« Der bärtige, ältere Lanzenkämpfer öffnet die Tür und schließt sie hinter sich.

Wenige Sekunden später kehrt er zurück. »Sub-Major Brevyl empfängt Euch sofort, Ser.« Der Lanzenkämpfer hält die alte, aber gut erhaltene Tür aus Weißeiche für Lorn auf, damit dieser in die Amtsstube des Sub-Majors eintreten kann.

»Danke, Kielt.« Lorn weiß nichts mit dem Zwinkern des Lanzenkämpfers anzufangen, tritt aber trotzdem durch die Tür.

Die Amtsstube ist nicht sehr groß für die eines Sub-Majors, der einen Außenposten so groß wie Isahl befehligt. Der Raum misst weniger als fünfzehn auf zehn Ellen und ist nur mit einem Schreibtisch, einem Schrank für die Schriftrollen, dem hölzernen Lehnstuhl, aus dem sich Brevyl nun erhebt, und vier einfachen Holzstühlen vor den Schreibtisch ausgestattet. In den Ecken stehen zwei weitere Stühle. Das Licht kann nur durch die hohen Fenster hinter dem Schreibtisch von draußen einfallen, zwei Wandleuchten enthalten Öllampen, die nicht brennen.

Sub-Major Brevyl ist ein Mann von schlanker Gestalt, einen halben Kopf kleiner als Lorn und trägt einen dünnen, weißen Schnurrbart. Das kurz geschnittene, weiße Haar ist dicht und die grünen Augen über der geraden Nase beherrschen die feinen Gesichtszüge.

»Ser, Unteroffizier Lorn'alt.« Lorn übergibt dem Sub-Major die Schriftrolle mit den Befehlen.

Brevyl legt die Rolle auf den Schreibtisch, ungeöffnet. »Setzt Euch, Unteroffizier. Es ist ein langer Ritt von Syadtar hierher.« Er macht eine kurze Pause. Als Lorn sich niedergelassen hat, fragt er weiter: »Habt Ihr Barbaren gesehen auf dem Weg hierher?«

»Eine Gruppe, Ser. Sie befanden sich etwa eine Meile von uns entfernt. Als sie uns entdeckten, ritten sie Richtung Norden davon.«

»Zu dumm, dass sie nicht näher gekommen sind.« Mit einem belustigten Lächeln auf dem Gesicht nimmt der Sub-Major die Schriftrolle zur Hand, er rollt sie auf, setzt sich hin und liest sie durch. Nach einer Weile sieht er auf zu Lorn, keine Spur von einem Lächeln mehr auf seinem Gesicht. »Wisst Ihr, warum Ihr hier seid, Unteroffizier Lorn'alt?«

»Weil es keinen anderen Platz für mich gibt«, meint

Lorn. »Außer vielleicht Pemedra oder den Verwunschenen Wald.«

»Oder Inividra im Frühling oder Herbst«, fügt der Sub-Major hinzu. »Ihr werdet alle vier Orte sehen, bevor Ihr zum Major aufsteigt, und das ohne nach Cyad zurückzukehren, es sei denn für ein paar Tage zwischen den verschiedenen Posten.« Er hält inne. »Das klingt nicht sonderlich gut, nicht wahr?«

Lorn wartet gespannt.

»Ich wünsche eine Antwort, Unteroffizier.«

»Was als ›gut‹ zu bezeichnen ist, hängt davon ab, was für das Wohlbefinden von Cyador notwendig ist, Ser.«

Ein Stirnrunzeln löst den amüsierten Blick auf dem Gesicht des Sub-Majors ab. »Ich habe nicht um die Antwort eines Schülers gebeten, Unteroffizier.«

»Von Lanzenkämpfern und Magi'i wird unbedingter Gehorsam gefordert, Ser. Jeder Lanzenkämpfer, der Magier werden will, und jeder Magierschüler, der Lanzenkämpfer werden will, kommt von außen und muss seine Fähigkeiten und unbedingten Gehorsam beweisen.«

»Ihr stellt meine Geduld auf die Probe.«

Lorn unterdrückt ein Seufzen. »Ser, es klingt nicht sonderlich gut, was mir bevorsteht. Kann es auch gar nicht, Ihr wisst das und ich weiß es auch. Ser … was wollt Ihr von mir?«

Brevyl setzt ein schiefes Lächeln auf. »Genau das. Die Gründe sind nicht wichtig. Die Politik spielt keine Rolle. Euer Elternhaus und Eure bisherige Erziehung sind unerheblich. Ihr müsst nur wissen, dass Ihr höchst schwierige, ja kaum noch zu bewältigende Aufträge bekommen werdet. Eure Fähigkeiten wird der Dienst allerdings nicht übersteigen, denn das würde nur Lanzenkämpfer verschwenden und andere Offiziere gefährden. Seid Ihr dem gewachsen, Unteroffizier?«

»Ich weiß nicht, Ser. Ich glaube schon, aber es zählt ohnehin nur das, was ich tue.«

»Ihr seid ehrlich, Unteroffizier Lorn. Hoffen wir nur,

dass Ihr wirklich so gut seid, wie Ihr selbst glaubt zu sein. Ihr werdet in den ersten vier Wochen mit Zandrey Patrouille reiten. Er ist Euer direkter Vorgesetzter, das bedeutet, dass Ihr genau das tun werdet, was er sagt – es sei denn, die Barbaren töten ihn. Ihr solltet jedoch darauf achten, dass das nicht passiert, denn Ihr wisst nichts über dieses Volk und seine Gewohnheiten.«

»Ja, Ser.«

»Hört ihm gut zu und stellt Fragen, aber leise und nur wenn keine rangniedrigeren Lanzenkämpfer in der Nähe sind. Ihr werdet Zandreys Befehle ausführen und lernen, was Ihr nur könnt. Alles werdet Ihr in der kurzen Zeit ohnehin nicht aufnehmen können, aber es sollte ausreichen, wenn Ihr hart arbeitet und schnell lernt. Verstanden?«

»Ja, Ser.«

»Nein, das habt Ihr nicht.« Brevyl schüttelt den Kopf. »Alle Unteroffiziere glauben, sie hätten verstanden. Bittet Kielt darum, Euch die Offiziersräume in der Kaserne zu zeigen, und dann geht und sucht Zandrey. Er ist heute nicht auf Patrouille. Ihr werdet ihn irgendwo auf dem Gelände finden.«

»Ja, Ser.«

»Die Formalitäten gehören dazu, Unteroffizier. Aber Fähigkeiten und Glück zählen mehr.«

Lorn wartet, er verzichtet auf eine weitere Höflichkeitsfloskel.

»Zumindest hört Ihr zu.« Brevyl schnaubt. »Geht und richtet Euch ein. Zandreys nächste Patrouille beginnt übermorgen.«

»Ja, Ser. Wenn Ihr erlaubt, Ser.«

Brevyl nickt abweisend, worauf sich Lorn kurz und zackig verbeugt und beim Hinausgehen die Tür hinter sich schließt.

Draußen wartet Kielt bereits auf ihn.

»Der Sub-Major meint, du könntest mir die Offiziersräume der Kaserne zeigen.«

»Sehr wohl, Ser.« Kielt klingelt mit der Handglocke, die auf dem Tisch steht, und dreht sich um, als ein weiterer Lanzenkämpfer erscheint. »Kannst du übernehmen, Rueggr?«

Rueggr nickt.

Lorn folgt Kielt aus dem gemauerten Turm hinaus. Jetzt, da die Sonne hinter dem Hügel verschwunden ist, fegt ein kalter Nordwind durch den Hof und Lorn ist froh über seine Winterjacke.

XXIII

Das Arbeitszimmer der Offiziere verfügt über einige Tische, die auch als Schreibtische dienen, sowie über zehn alte, einfache Eichenstühle. Der glatte Steinboden ist größtenteils mit alten grünen Wollteppichen ausgelegt, die die Kälte des Steins und das Geräusch der schweren Stiefel dämmen sollen. Die großen Südfenster sind hoch über dem Fußboden angebracht und auf einem langen Tisch an der Nordwand befinden sich acht große Stahlkassetten, jede mit einem Cupridiumschloss versehen. Auf jeder Kassette prangt eine Bronzeplatte mit dem Namen der jeweiligen Kompanie darauf. Lorns Kompanie ist die Fünfte und den Bronzeschlüssel für das Schloss bewahrt er in seinem grünen Offiziersgürtel auf.

Er sitzt Hauptmann Zandrey am Tisch gegenüber. Zandrey ist schwarzhaarig, braunäugig und stämmig. Wie die meisten Lanzenkämpferoffiziere hat er sein Gesicht glatt rasiert, aber im Nachmittagslicht zeigen sich bereits die ersten dunklen Bartstoppeln. »Sub-Major Brevyl hat angeordnet, dass Nytral Euer Kompanietruppenführer wird. Jede Einheit besteht aus zwanzig Mann und wird von einem Truppenführer angeführt.«

Lorn nickt und fragt sich, ob wohl eine Beförderung notwendig gewesen war, um Nytral dazu zu bewegen, unter Lorn zu dienen. Er hätte beinahe den Kopf geschüttelt. Man hätte es Nytral schließlich auch einfach befehlen können. Soll ihm die Beförderung Mut machen?

»Ihr seht skeptisch aus, Lorn.«

»Nein, nein, Ser. Ich denke nur gerade über Nytrals Beförderung nach.« Lorn versucht, seine Stimme so arglos wie möglich klingen zu lassen.

»Er war bereits überfällig.« Zandrey schnaubt. »Es geht das Gerücht, dass er darum gebeten hat, unter Euch dienen zu dürfen. Brevyl war so überrascht, als der Mann sich freiwillig dafür meldete, dass er ihn auf der Stelle beförderte.«

»Er scheint über ein großes Wissen zu verfügen«, wagt Lorn sich vor.

»Er weiß mehr als die meisten der anderen Haupttruppenführer, aber er sagt stets frei heraus, was er denkt, weshalb er bei einigen anderen Offizieren und Truppenführern nicht sehr beliebt ist.«

»Bis jetzt komme ich gut damit zurecht.« Lorn nickt. »Was ist mit der Patrouille morgen? Was genau werden wir tun?«

»Patrouillieren.« Der Hauptmann lacht. »Wir werden nach Norden reiten und nach Barbaren Ausschau halten oder irgendwelchen Anzeichen von ihnen. Vielleicht sehen wir welche, vielleicht auch nicht, aber sie werden wissen, dass wir aufpassen. Eines ist sicher: Wenn wir keine Kontrollgänge machen, nehmen die Angriffe zu.«

»Nytral sagte, dass die Barbaren hauptsächlich hinter Frauen, Waffen und Pferden her sind.«

»Da hat er Recht, aber manchmal nehmen sie auch Kinder mit und manchmal auch Silber und Gold, wenn ein Siedler welches besitzt.«

Lorn runzelt die Stirn.

»Ihr fragt Euch, warum hier draußen Leute leben? Ganz einfach. Sie haben keine andere Wahl. Es sind Diebe, Schwindler und andere Banditen, die gegen die Gesetze des Kaiserreiches verstoßen haben; solange sie niemanden getötet haben, können sie für zwanzig Jahre ein Anwesen jenseits der Großen Straßen beziehen. Einigen gefällt es hier und sie bleiben. Andere gehen wieder. So mancher verhökert sein Siedlungsrecht auch an einen anderen, an einen Sohn oder einen Nichtsnutz, dem sonst Schlimmeres bevorstünde. Jedenfalls sind wir auch zu ihrem Schutz hier, genauso wie wir die Städte und Dörfer weiter im Süden schützen. Schon seltsam, wenn man bedenkt, dass wir Menschen beschützen, die ihre Rechte eigentlich verwirkt haben.« Zandrey zuckt die Schultern. »Man sollte hier nicht zu viel infrage stellen, am Ende zweifelt man womöglich noch seinen eigenen Verstand an.«

»Gibt es irgendeine Taktik, mit der die Barbaren vorgehen?«

»Taktik? Die meisten würden eine Taktik nicht erkennen, selbst wenn sie mit einem Cupridiumschwert vor ihnen stehen und sie aus dem Sattel werfen würde.«

»Dann muss man sie wohl als völlig unberechenbar einstufen.«

»Das würde ich nicht sagen«, erwidert der Hauptmann. »Sie sind direkt – wie ein großer Eisenhammer. Und es gibt eine Sache, auf die man sich bei den Barbaren immer verlassen kann. Sie tun nichts, was ihnen nicht ehrenhaft erscheint.« Zandreys Worte klingen etwas amüsiert. »In den zwei Jahren, in denen ich nun hier bin, bin ich niemals in einen Hinterhalt geraten. Sie greifen nicht in der Nacht an und auch nicht bei Regen oder Schnee. Sie reiten zwar auf einen zu, aber niemals stürzen sich mehrere auf einen einzigen Soldaten. Sie haben es nicht in erster Linie auf die Offiziere abgesehen und machen grundsätzlich keinen Unterschied zwischen Offizieren und Lanzenkämpfern. Die Cyadoraner sind in ihren Augen alle gleich, sie hassen einen jeden.«

Lorn fragt sich, warum das wohl so ist. Nach allem, was er über die Geschichte der Barbaren weiß, gibt es keinen Grund für diesen Hass; das bedeutet entweder, dass er nicht genug über Geschichte weiß oder dass die Barbaren vernunftwidrig denken. Manchmal zweifelt er mehr an der Geschichte als an der Vernunft der Barbaren.

Zandrey steht auf und streckt sich. »Seht Euch die Dienstpläne an, bis Ihr alle Namen auswendig wisst. Das Letzte, was man auf einer Patrouille brauchen kann, ist, sich nicht an Namen zu erinnern. Ich weiß allerdings, dass es am Anfang schwer ist, jedem Gesicht einen Namen zuzuordnen.«

Lorn steht auf und antwortet: »Ja, Ser.«

»Und Ihr müsst morgen nach der Ausgabe die Feuerlanzen überprüfen, jede einzelne.«

Lorn nickt.

»Wir sehen uns beim Abendessen.«

Lorn wartet, bis Zandrey draußen ist, bevor er ein ironisches Lächeln aufsetzt. Müssen alle Ausgestoßenen an die Nordgrenze? Er schüttelt den Kopf, dann macht er sich auf den Weg in den Stall, um nach seiner Stute und den Pferden der Kompanie zu sehen.

XXIV

Unter dicken grauen Wolken scheint der Nebel von Norden her über das braune Gras der endlosen Hügel zu quillen. Es ist kurz vor Mittag, aber Wolken und Nebel sorgen dafür, dass man glaubt, die Abenddämmerung habe bereits eingesetzt. Die Feuchtigkeit des Nebels sammelt sich in Lorns Nacken und rinnt dann in kleinen Bächen unter dem geölten weißen Leder der Winterjacke seinen Rücken hinunter.

Lorn verlagert das Gewicht von einem Bein auf das andere, mal stellt er sich in den rechten Steigbügel, dann in den linken. Er steht beinahe aufrecht in den Bügeln, nur um seine Beine halbwegs ausstrecken zu können.

Sie befinden sich noch nicht einmal zwanzig Meilen nördlich von Isahl, aber es scheint bereits eine andere Welt zu sein. Die Patrouille reitet auf dem schmalen Lehmpfad eines Tals entlang, in dem es nur wenig mehr als einen kleinen, trüben See gibt, den sie vor einiger Zeit passiert haben, und eine Hand voll verstreut liegender Lehmhäuser und Ställe. Die Wohnhäuser verdienen kaum ihren Namen, es gibt keine schützenden Vorhäuser und kein Glas in den Fenstern. Grobe geölte Fensterläden, oft einfach aus alten Brettern zusammengenagelt, sollen Feuchtigkeit und Kälte abhalten. Die dünnen Rauchsäulen aus den Kaminen verlieren sich im Grau der Wolken und des Nebels.

Die einzigen sichtbaren Lebewesen außer den Lanzenkämpfern und ihren Pferden sind die Schafe einer kleinen Herde – graue Punkte im braunen Gras –, die hinter dem letzten Stall an der Südseite der Straße grasen.

Bis jetzt zeichnen sich auf der Straße nur die Spuren der Patrouille ab sowie die eines Karrens, der tiefe Furchen im lehmigen, schon fast gefrorenen Matsch hinterlassen hat.

Lorn schaut eine halbe Meile voraus, wo Zandrey die Dritte Kompanie anführt, und dann zurück zu den zwei Einheiten seiner eigenen Kompanie. Im Augenblick reitet Nytral neben Shofirg, dem zweiten Truppenführer. Neben Lorn reitet ein anderer älterer Lanzenkämpfer, Dubrez, der seit dem Beginn der Patrouille am Tag zuvor seinen mürrischen Gesichtsausdruck nicht abgelegt hat.

Die Straße schlängelt sich gemächlich am Westende des Tals entlang nach Norden. An einer Steigung verläuft sie dann zwischen zwei niedrigen Hügeln hindurch, wo einige verkrüppelte Zedern, ein paar Büsche und zumeist hohes Gras wachsen.

»Hat dieser Ort einen Namen?«, fragt Lorn schließlich seinen Begleiter Dubrez.

»Dieses Tal? Nicht dass ich wüsste, Ser. Es gibt hier keine richtigen Namen. Das hier heißt bei uns das Tal mit dem trüben See. Das nächste ist das mit dem ausgebrannten Haus. Solche Namen haben wir ...« Daraufhin versinkt Dubrez wieder in Schweigen.

Lorn wechselt die Zügel von der rechten in die linke Hand und bewegt die Finger, um sie in den dicken weißen Handschuhen aufzuwärmen, die nur die ärgste Kälte abhalten.

Kalte, dicke Regentropfen klatschen auf die Lanzenreiter und ihre Pferde, gerade genug, um sie mit einer dünnen Wasserschicht zu überziehen; dann hört der kalte Regen auf und wird sogleich abgelöst von der feinen Feuchtigkeit des scheinbar undurchdringlichen Nebels.

»Wie groß ist die Wahrscheinlichkeit, auf Barbaren zu treffen?«, fragt Lorn den Truppenführer leise.

»Sehr gering, Ser. Jetzt im Winter.« Dubrez dreht sich zu den Hügeln rechts von ihm. »Da oben, wahrscheinlich hocken da ein paar. Vielleicht aber auch nicht. Wenn wir jedoch keine Patrouillen reiten, werden sie in einem Achttag in allen Ecken dieses Tals angreifen. Im Winter ... wollen sie nicht kämpfen, es ist ihnen zu kalt, um lange draußen zu bleiben. Und wo sind wir im Winter? Wir sind unterwegs auf Patrouille ... damit sie uns sehen. Machen wir keine Kontrollgänge ... greifen sie an. Diese Mistkerle ... jeder Einzelne von ihnen.« Der Truppenführer grunzt und schweigt wieder.

Lorn betrachtet den langen Zug vor sich, weiße Dunstwolken steigen über den Pferden auf. Er fragt sich, ob im Winter wohl wirklich keine Angriffe stattfinden und ob die Patrouillen nur durchgeführt werden, um die Lanzenkämpfer in Form zu halten.

»Gibt natürlich schon Angriffe«, fügt Dubrez hinzu, als ob er Lorns Gedanken erraten hätte. »Ein paar Verzweiflungstaten … vielleicht zwei oder drei jeden Winter … aber nicht so viele wie im Frühling, Sommer und Herbst.«

Drei oder vier Angriffe – und die gelten als unbedeutend? Lorn blickt nach Norden zu den dunklen Wolken.

XXV

Lorn hört mit einem Ohr Nytral zu, während sie eine weitere Patrouille reiten, und studiert die Straße und das Westende des Tals, das sie im Begriff sind zu verlassen. Die Straße macht eine Biegung nach Norden und steuert den niedrigsten Punkt zwischen zwei Hügeln an. Rechts neben Lorn verläuft ein Schafspfad, der nach Osten abbiegt und in zwei Serpentinen den Hügel hinaufführt, wahrscheinlich in das nächste Tal und weiter durch die endlosen Hügel und die damit verbundenen Täler. Der kalte Wind bringt es nur auf eine leichte Brise, aber trotzdem bekommt Lorn kalte Ohren davon, und das, obwohl er die Wintermütze mit den Ohrenklappen trägt.

»… man kann es nie wissen, Ser … sie können jetzt angreifen … oder auch erst im nächsten Achttag«, erklärt Nytral, der neben Lorn durch den kalten, grauen und sonnenlosen Nachmittag reitet. Mit dem letzten Wort zuckt er die Achseln.

Lorn nickt lediglich als Antwort auf diese Ausführungen, die er mehr als einmal in den letzten drei Achttagen gehört hat, dann blickt er nach Norden, denn von dort dringt das Geräusch von Hufschlag auf der gefrorenen Lehmstraße zu ihnen. Ein Lanzenkämpfer aus der Dritten Kompanie galoppiert auf Lorn und Nytral zu, Dampf steigt aus den Nüstern des Pferdes.

»Man kann nie wissen, Ser, aber das sieht nach einem Angriff aus, den die Späher ausgemacht haben.«

Lorn will seinem Haupttruppenführer nicht vorgreifen und reitet einfach weiter, bis der Lanzenkämpfer angekommen ist.

»Ser … Barbaren … dort hinter dem Hügel, sie zerstören gerade das Haus eines Viehhirten. Auf Hauptmann Zandreys Befehl soll Eure Kompanie den Pfad dort entlang reiten, dann den Kamm hinauf und von dort oben angreifen. Ihr sollt sie mit großem Gebrüll über die Straße jagen; dort wird Zandrey sie dann erwarten.«

»Sag Hauptmann Zandrey, dass wir seinen Befehl befolgen werden.«

»Ja, Ser.« Der Lanzenkämpfer neigt den Kopf und macht kehrt.

Lorn wirft einen Blick zu Nytral, der seinen Mund zu einem Lächeln verzieht.

»Fünfte Kompanie! Wir nehmen diesen Pfad hier – in Zweierreihen aufstellen!«, befiehlt Lorn.

»Ja, Ser!«, antwortet Dubrez, der Truppenführer, der gleich hinter Lorn reitet.

»Ich gebe Shofirg Bescheid, Ser«, meint Nytral nur knapp.

Lorn nickt und schlägt den Weg über das braune Gras zu dem Pfad ein, der etwa eine halbe Meile nördlich der Straße beginnt. Das gefrorene braune Gras knistert unter den Hufen der Stute und durch den kalten Wind kommen Lorn auch ein paar Beschwerden zu Ohren.

»… sie nehmen die Straße … und wir können wieder mal über einen Ziegenpfad klettern …«

»… zumindest reitet ein Unteroffizier vor uns …«

»… wo er hingehört …«

Der Pfad ist steiler und schmäler, als man von unten vermutet, sodass die Lanzenkämpfer einzeln hintereinander reiten müssen. Das Geräusch der Hufe auf gefrorenem Lehm vermischt sich mit dem leisen Gemurmel der Soldaten, es ist so undeutlich, dass Lorn nichts mehr heraushören kann, außer einer allgemeinen Unzufriedenheit. Der Unteroffizier wirft einen Blick zurück, aber die Dritte Kompanie ist schon auf dem Pass zwischen den zwei Hügeln verschwunden.

Der Wind frischt in der Nähe der Hügelspitze auf, und als Lorn schließlich den Gipfel erreicht und gerade hinunter ins nächste Tal spähen will, nimmt ihm der kalte Windstoß beinahe den Atem. Unter ihm schlängelt sich der Tierpfad über mehrere Serpentinen hinunter in das kleine längliche Tal, das an der breitesten Stelle nicht mehr als zwei Meilen misst und weniger als vier Meilen in der Länge von Ost nach West. Eine Gruppe von wenigen Häusern neben einem ovalen Weiher scheint die einzige Besiedlung zu sein. Außerdem stehen etwa ein Dutzend Reiter vor dem größten Gebäude, während andere um einen langen, schmalen Schweinestall laufen.

Lorn lässt seine Stute in eine schnellere Gangart fallen, so schnell wie er es wagen kann auf dem steilen, harten Pfad. Sein Blick wandert vom Pfad zum Anwesen und dann zu den hinter ihm folgenden Lanzenreitern.

Nytral und Lorn haben die zweite Serpentine auf dem Weg nach unten erreicht, als sie Schreie hören, die der Wind ihnen zuträgt. Lorn blickt nach Westen, dorthin, wo die Straße ins Tal mündet, aber der Unteroffizier kann Zandreys Kompanie nicht entdecken. Er fragt sich, wo die Dritte wohl sein mag, denn über die Straße gelangt man zweifelsohne rascher ins Tal als über das gefrorene Gras des steilen Hügels.

Einer der Barbaren fuchtelt wild mit den Armen in der Luft herum, wahrscheinlich hat er Lorns Lanzenkämpferkompanie entdeckt. Das veranlasst die anderen Räuber jedoch nicht dazu, von ihren Schreckenstaten abzulassen. Plötzlich schrillt ein weiterer Schrei durch die kalte Luft.

»Diese Bastarde. Einer wie der andere …«, murmelt Nytral.

»Sie wissen, dass wir sie nicht so schnell erreichen können.« Lorn hält Ausschau nach Zandrey, doch er kann die Dritte Kompanie nirgends ausmachen. Ist das dort unten eine Brücke … oder eine weitere Meute von Räubern? Oder will Zandrey bei diesem Angriff Lorn den Vortritt lassen?

Als der letzte Mann der Fünften Kompanie den Fuß des Hügels erreicht und endlich Gefechtsstellung eingenommen hat, kann der Vorstoß beginnen. Doch da springen die Barbaren plötzlich auf ihre Pferde und flüchten Richtung Westen – fort von Lorn.

»Sie hauen ab!«, ertönt ein Schrei von hinten.

»Wartet ab«, erwidert Nytral. »In Gefechtsstellung bleiben!«

»In Gefechtsstellung bleiben!«, befiehlt auch Lorn.

Als die Fünfte Kompanie eine flache Stelle braunen Grases erreicht, vielleicht fünfhundert Ellen südlich vom Mittelpunkt des Weihers entfernt, zucken eine Reihe von Blitzen durch den westlichen Himmel – Blitze von Feuerlanzen.

Lorn verkneift sich ein Stirnrunzeln. Hat Zandrey die ganze Zeit hinter der niedrigen Erhebung gewartet – und damit zugelassen, dass die Siedler gefoltert und getötet werden –, bis Lorn die Angreifer in einen Hinterhalt lockt?

»Die Dritte Kompanie hat sie erwischt!«

»Gefechtsstellung beibehalten!«, befiehlt Nytral erneut.

Als die Spiegellanzenkämpfer sich der Ansiedlung nähern, betrachtet Lorn den Boden. Ihm fällt auf, wie nahe der Erddamm, der das Wasser des seichten Weihers zurückhält, das nördliche Ende des Weihers und die steilen Hügel zusammenliegen, die das nördliche Ende des Tals markieren.

Die Feuerlanzen der Dritten Kompanie schießen erneut und inmitten der Blitze ertönt das Wiehern von Pferden.

Mindestens zehn der Barbaren reißen die Pferde herum und nehmen Reißaus vor Zandreys Feuerlanzen, sie flüchten Richtung Nordosten, als wollten sie den schmalen Weiher einkreisen, der sich fast eine halbe Meile nach Norden erstreckt, und das, obwohl er nur von einem vier Ellen hohen Damm erzeugt wird.

Lorn sieht, wohin die Barbaren reiten, und dann den Weiher. Er weiß sofort, was er zu tun hat, so genau, dass er die Befehle fast schwerfällig und langsam ausspricht. »Dubrez! Nimm deine Einheit und reite um den Weiher herum! Auf die andere Seite!«

»Ja, Ser.« Dubrez lächelt, das erste Lächeln, das Lorn auf dem Gesicht des mürrischen Veteranen ausmachen kann.

»Wir nehmen die gegenüberliegende Seite, falls sie es sich anders überlegen sollten«, ruft Lorn seinem Haupttruppenführer Nytral zu.

»Am besten schicken wir ihnen einen halben Zug am diesseitigen Ufer des Weihers entgegen«, schlägt Nytral vor.

»Ist es seicht genug?«

»Ja, Ser.«

»Dann los!«

»Shofirg!«, bellt Nytral. »Nimm einen halben Zug mit auf diese Seite des Weihers, hinauf Richtung Norden.«

»Ja, Ser.«

»Wir übernehmen den Rest des Ufers.«

Lorn, Nytral und der verbliebene halbe Zug aus Shofirgs Einheit traben zügig am südlichen und westlichen Ufer des Weihers entlang. Sie nähern sich der Ansiedlung und reiten auf das Gewühl zu, das nun Zandreys gesamte Kompanie und alle Angreifer bis auf die fünf bereits geflüchteten zu umfassen scheint.

Plötzlich reißen noch zwei Barbaren in Lederkleidung ihre Pferde herum und flüchten vor dem Kampf; sie galoppieren nach Osten zum Weiher und damit Lorn und der halben Einheit, die hinter ihm reitet, entgegen. Als die zwei der kleinen Einheit gewahr werden, halten sie auf Lorn zu, sie wollen anscheinend zwischen den Lanzenreitern und dem gefrorenen Weiher hindurchreiten.

Lorn lenkt die Stute in Richtung Norden und fällt in einen schnellen Galopp; er weiß, dass Nytral und die anderen zehn Reiter zurückfallen werden.

Im wilden Galopp lehnen sich die zwei Barbaren in ihren Sätteln weit nach vorn. Selbst während sie ihre Pferde auf das südliche Ufer des Weihers zupeitschen, finden sie noch die Zeit, die langen Klingen zu ziehen, die glänzen wie der Ordnungs-Tod selbst. Lorn lehnt sich ebenfalls nach vorn und lässt die Zügel schießen.

Beide Barbaren zügeln zuerst ihre Pferde. Als sie jedoch den einzelnen Lanzenkämpferoffizier erblicken, jagen sie Lorn entgegen.

Mit einem kalten Lächeln bremst Lorn die Stute ab. Als er schließlich stehen bleibt, sind die Angreifer nur noch hundert Ellen von ihm entfernt und kommen rasch näher. Er zieht die Feuerlanze aus dem Halter und zielt auf den linken Reiter.

Mit einem Zischen trifft der rötlich weiße Chaos-Blitz den Barbaren in Brusthöhe.

Ein zweites Zischen trifft die rechte Schulter und den Kopf des anderen Angreifers.

Die zwei Pferde verlangsamen das Tempo zum Schritt, als würden sie von den leblosen Figuren, die zusammengesunken im Sattel sitzen, behindert.

»... Ordnungs-verdammt!«

»... habe noch nie einen Offizier so etwas tun sehen ...«

Lorn hört die Stimmen, aber er hält die Lanze noch

einige Augenblicke im Anschlag, bevor er sie sichert und die Waffe zurück in den Köcher steckt. Der beißende, metallische Geruch des Chaos brennt noch für einen Moment in der Nase, dann wird er von einem kalten Windstoß weggetragen. Langsam nimmt Lorn die Stute herum, Nytral und die restliche Einheit bleiben stehen. »Schick jemanden hin, der die Pferde einsammelt.«

»Äh … ja, Ser.« Der Haupttruppenführer gibt ein Zeichen. »Holt die Pferde!«

»Ja, Ser.«

Nytrals Gesicht ist steif, fast blass, als er sich dem Unteroffizier zuwendet. »Ser … das waren gut hundert Ellen.«

»Eher siebzig.« Lorn weiß, dass sein Lächeln etwas gequält wirkt, er weiß auch, er hätte warten sollen, bis die Angreifer näher gekommen wären. »Hab wohl Glück gehabt.«

»… so ein Glück hat man nur einmal … nicht ein zweites Mal …«

Nytrals Blick wandert zu dem Lanzenkämpfer, der die Stimme erhoben hat, und alle acht Soldaten machen den Mund zu. Zwei Soldaten führen die reiterlosen Pferde herbei.

Lorn blickt nach Nordosten, wo das Zischen der Feuerlanzen nun verstummt ist, dann zu Nytral. »Lass uns nachsehen, wie es Dubrez und Shofirg ergangen ist.«

»Folgt dem Unteroffizier!«, befiehlt Nytral.

Lorn lässt die Stute im Schritt auf der südlichen Seite des Weihers entlanggehen.

Dubrez und seine Einheit haben sich am Nordostende des mit Eis überzogenen Weihers aufgestellt. Shofirg hat sich mit seiner halben Einheit bereits zu Dubrez' Truppe gesellt und verneigt den Kopf vor Lorn, als sich der Unteroffizier nähert. Lorn erwidert die Geste. Nachdem sie die toten Barbaren durchsucht haben, springen auch die letzten Lanzenkämpfer schnell wieder auf ihre Pferde, ohne in Lorns Richtung zu blicken.

Ein Sattel bleibt leer – zwei Lanzenkämpfer schnüren einen Kameraden gerade darauf fest. Zwei andere Soldaten binden sieben Pferde hintereinander, so gut es geht. Zwei Pferde konnten in Richtung Norden türmen, der Dampf ihres Atems hebt sich vom Braun der Hügel ab.

»Haben sie alle niedergemacht, Ser. Sie haben gekämpft wie Schwarze Engel, aber es hat ihnen nichts genutzt.« Dubrez zeigt auf die Tiere. »Haben auch noch ein paar Pferde ergattert. Taugen vielleicht als Zugpferde oder für den Abdecker.«

»Ich nehme an, das wird der Sub-Major entscheiden«, meint Lorn. »Du hast deine Sache sehr gut gemacht.«

»Das ist schließlich unsere Aufgabe, Ser.« Dubrez hält inne. »Kamen in Eure Richtung auch welche, Ser?«

»Nur zwei«, antwortet Lorn. »Wir konnten sie aufhalten, aber du und deine Männer, ihr habt die meiste Arbeit erledigt.« Er zeigt nach Südwesten. »Lasst uns zu der Siedlung zurückreiten. Dort werden wir zur Dritten Kompanie stoßen.«

»Ja, Ser.«

»In Viererreihen aufstellen!«, befiehlt Nytral.

»Viererkolonne!«, rufen Shofirg und Dubrez ihren Männern lauthals zu.

Eine Zeit lang hört man nur den schweren Atem der Pferde und die Hufschläge auf dem gefrorenen Boden.

»Verhalten sich die Barbaren im Winter immer so?«, fragt Lorn.

»So ziemlich, Ser«, gibt Nytral zur Antwort. »Sie laufen weg, wenn sie können, und kämpfen nur, wenn es gar nicht mehr anders geht. Im Frühling und Sommer kämpfen sie immer, da laufen sie nie weg.«

Lorn nickt. Seine Augen durchsuchen das Gebiet im Westen, aber die leichte Erhöhung hinter der Siedlung versperrt den Blick auf die Fünfte Kompanie; kein Blitz ist mehr zu sehen, der auf den Gebrauch von Feuerlanzen schließen lässt.

Während die Kompanie weiter nach Westen reitet,

am Damm und am Ende des Viehweihers entlang – wenn es denn einer ist –, betrachtet Lorn die Gebäude des kleinen Anwesens etwas genauer. Die Tür des Wohnhauses hängt schief in nur noch einer Angel aus Eisenband, eine tote Gestalt in Grau liegt daneben. Lorn kann nicht sehen, ob es sich bei der Leiche um einen Mann oder eine Frau handelt. Eine andere dunkelhaarige Gestalt liegt auf einem Heuballen neben der Stalltür. Es ist ein Mädchen, noch keine Frau, man hat ihr die Kleider vom Leib gerissen. Lorn muss schlucken, als er den Schnitt quer über dem Hals des Mädchens sieht. Dann schluckt er ein zweites Mal.

Als sie die Westseite des Hofes hinter dem Stall erreichen, kann Lorn über die Anhöhe blicken – die Dritte Kompanie hat sich dahinter aufgestellt. Zandreys Lanzenkämpfer reiten langsam auf die Siedlung zu und Lorns Kompanie entgegen.

Als der Hauptmann Lorn und seine Kompanie erblickt, hält er seine Mannen an.

»Anhalten«, ruft Lorn müde.

»Kompanie halt!«, befiehlt Nytral.

»Haaalt!«, hallt das Echo von Shofirg und Dubrez durch das Tal.

Hauptmann und Unteroffizier reiten einander entgegen. Beide Soldaten halten ihre Pferde an, als sie nur noch wenige Ellen voneinander trennen.

Lorns Augen wirken kalt und ausdruckslos, während er darauf wartet, dass der Hauptmann etwas sagt.

»Gut gemacht!«, dröhnt Zandreys Stimme. »Nicht einer ist davongekommen. Das gelingt uns nicht oft mit einer Kompanie.«

Lorn nickt.

»Ihr habt genau die richtige Entscheidung getroffen, indem Ihr sie auf uns zugejagt habt«, fährt Zandrey fort. »Zu dumm für die Bauern, aber wenn wir angegriffen hätten, bevor Ihr den Hügel hinter Euch gelassen hättet, wären sie uns entkommen.«

Der Wind jammert leise vor sich hin und die Kälte fällt langsam auf Lorn herab. Er wirft einen Blick hinauf zum Himmel und stellt fest, dass während des Kampfes die Sonne hinter den Hügeln im Westen untergegangen ist und der kalte Winter in den Grashügeln wieder Einzug gehalten hat.

»Wir werden hier übernachten«, ordnet Zandrey an. »Der Stall ist groß genug für die Männer und das Wohnhaus für uns und die Truppenführer.«

Lorn nickt, er will und kann im Augenblick nichts sagen, denn seine Gedanken schwirren um das dunkelhaarige, tote Mädchen, das etwa im gleichen Alter sein muss wie seine eigene Schwester Myryan ... und um den Angriff, den Zandrey zu keiner Zeit in Erwägung gezogen hat.

XXVI

In der Dunkelheit des kalten Quartiers, nur im Schimmer der einzigen Lampe, sitzt Lorn auf der Kante des schmalen Betts und hält das silbergrüne Buch in Händen. Er bestaunt die Klarheit der kantigen Buchstaben, die auf die Gründer zurückgehen. Der Umschlag ist immer noch makellos und vollkommen und die Silberfarbe schimmert in allen nur erdenklichen Grüntönen, wenn er das Buch bewegt. Bei all dem, was er nun lernen muss, und den scheinbar endlosen Ritten und der davon herrührenden ständigen Müdigkeit, ist er bisher nur selten zum Lesen gekommen. Er wirft einen Blick auf die Rückseite des Buches, aber auch die ist über die Jahre hinweg unversehrt geblieben.

Es fehlen allerdings zwei Seiten in dem Buch und Lorn vermutet, dass eine davon die Titelseite war und die andere den Namen des Verfassers trug, denn es gibt keinerlei Hinweise darauf, wann das Buch geschrieben wurde, für welchen Zweck oder von wem. Es gibt keine Zahlen, keine Kursivschriften oder verschlüsselte Angaben. Das Buch enthält nur Gedichte, und niemand in Cyad würde so etwas schreiben, zumindest nicht für die Öffentlichkeit, nicht, dass Lorn wüsste; seit Generationen hat das niemand getan, höchstens für die Familie oder für einen geliebten Menschen. Ein Verbot gibt es allerdings nicht, es ist nur einfach nicht üblich.

Lorn schürzt die Lippen. Genau so, wie es nirgends geschrieben steht, dass ein Magierschüler, der sich nicht voll und ganz unterwirft, kein Magier werden darf.

Er streicht über die Buchseiten. Man kann kaum erkennen, wo die Seiten herausgeschnitten wurden, das Material der Seiten scheint etwas fester zu sein als Schimmertuch. Kein Messer, das er kennt, vermag ein derartiges Material so sauber zu schneiden. Aber die Seiten fehlen.

Er öffnet das Buch irgendwo in der Mitte. Er hat versprochen, es zu lesen, jede Seite. Er weiß, dass Ryalth einen Grund hat, sonst hätte sie es nicht von ihm verlangt. Einen Grund, der jenseits ihrer Gefühle liegen muss, denn gerade weil sie Gefühle für ihn hegt, trügen sie diese nicht.

Er liest die Seite, die er zufällig aufgeschlagen hat. Die unausgesprochenen Worte haben etwas Unbefriedigendes an sich. Er liest sie ein zweites Mal und murmelt diesmal leise vor sich hin.

Ich trage die alten Länder im Herzen,
Türme, die Leben kunstvoll verankern,
meine Augen werden nie wieder erblicken
die Hügel von Angloria oder die Brandung in Wintergut,
ich begrüße den Abend und die Nacht,
stolzes Rot der fremden, untergehenden Sonne,
und den steinigen Weg der Türme, den ich ging,
Türme, die das Chaos des Lebens bergen

und immerfort im Kampf mit der Ordnung liegen,
denn ewig mögen sie unser Licht halten
in die lange, kommende Nacht.

Man sagt, die Welten verändern sich,
Spiegelsilber wird zu schwerem Gold,
die Jungen werden schließlich die Alten sein
und die Geschichten erzählen.

Lorn schüttelt den Kopf. Die Worte sind ihm bis auf wenige vertraut, sie bergen eine bestimmte Bedeutung in sich. Hatte ihn Ryalth nicht etwas gefragt, als sie ihm das Buch überreicht hatte? Wie waren die Erstgeborenen?

Wird das Buch in seinen Händen ihm darüber Aufschluss geben können?

Der Unteroffizier schließt langsam das uralte und gleichzeitig zeitlose Buch. Er wird noch mehr lesen. Mit der Zeit. Denn er wird noch Jahre in Isahl verbringen müssen. Jahre.

XXVII

Der Himmel strahlt zwar leuchtend blau und die Sonne steht fast im Zenit, aber der eisige Wind aus Nordosten, der durch die Ohrenklappen seiner weißen Winterkappe fährt, kühlt Lorns Wangen und Ohren völlig aus. Eine dünne Schneedecke überzuckert den Straßenrand und das braune Gras, das sich bis zu der einsamen Hütte mit Stall südlich der Straße erstreckt. Die Straße ist hier nicht einmal breit genug für einen Karren.

Die Hufen der Lanzenreiterpferde klappern auf dem festgefrorenen Lehm der Straße, die nach Nordosten führt, vorbei an dem Anwesen und auf eine Lücke zwischen zwei Hügeln zu. Hinter diesen Hügeln liegt laut

Nytral und den Karten ein weiteres Tal, in dem drei Familien Schwarzwollschafe züchten und Ackerbau betreiben.

Mithilfe seiner Chaos-Sinne kann Lorn den Gesprächen der Soldaten hinter sich lauschen.

»... Winterpatrouillen ...«

»... immer nur reiten ... letzten Achttag ... erster Angriff im ganzen Winter ...«

»... vielleicht auch der letzte ...«

»... wie im letzten Winter ... immer zwei Gruppen ... drehen um und reiten weg.«

»... lass das mal den Unteroffizier hören ... oder den Sub-Major ... lässt dich auf jeder Patrouille mitreiten, bis du hinüber bist.«

»... Lanzenkämpfer kommen nicht hinüber ins Paradies ... sie werden darunter begraben ... Drext ... sogar die Offiziere.«

»Besonders die Offiziere.« Verhaltenes Gelächter geht durch die Reihen.

Nytral, der neben Lorn reitet, dreht sich um und das Gemurmel verstummt sofort. Nur noch das leise Pfeifen des Windes, das Schnauben der Pferde und der dumpfe Hufschlag auf der gefrorenen Straße sind zu hören.

Lorn lächelt Nytral an. »Die Offiziere sind schließlich diejenigen, die die Männer auf die Winterpatrouillen schicken.«

»Ihr hört mehr als die meisten Offiziere, Ser. Das ist nicht immer gut.«

»Solange ich mich auf dich verlassen kann und auf mein eigenes Urteilsvermögen, ist es besser, es zu wissen.«

Nytral runzelt die Stirn.

Einer der zwei Lanzenreiter, die als Späher ausgesandt worden sind, taucht wieder auf der Straße auf, die zwischen den Hügeln hindurchführt, aber er reitet in gemäßigtem Tempo auf die Fünfte Kompanie zu, was darauf hinweist, dass er nichts Außergewöhnliches zu berichten hat. Da dies erst die zweite Patrouille ist, auf der Lorn allein das Kommando führt, ist es dem Unteroffizier nur recht, wenn sich die barbarischen Angreifer zurückhalten.

»Sieht gut aus, Ser«, bemerkt Nytral.

»Ist mir sehr recht.«

Der Späher lenkt sein Pferd neben Lorns und Nytral reitet auf die rechte Seite des Spähers.

»Was hast du gesehen?«, fragt Lorn.

»Die Straßen sind frei bis zu den Häusern im nächsten Tal, Sers«, berichtet der Lanzenkämpfer. »Keine Hufspuren auf der Straße oder im Gras. Die Hirten sind unterwegs, einer oder zwei von ihnen.«

»Gut«, brummt Nytral. »Hast du Feuer gesehen … Kochfeuer?«

»Aus fast allen Kaminen steigt Rauch auf. Habe gerochen, dass etwas gekocht wird.«

Lorn und Nytral nicken beinahe gleichzeitig.

Als die Kolonne in Zweierreihen den niedrigen Hügelgipfel erreicht, der das ganze nächste Tal überragt, kann Lorn die Senke genauer betrachten. Er versucht, sich die Einzelheiten einzuprägen, und hofft, dass ihm dies gelingt, denn er weiß: Je mehr er im Gedächtnis behalten kann, desto besser stehen seine Chancen auf Erfolg und Überleben in den kommenden Jahren. Auf einer kleinen Erhebung in der Mitte des Tals stehen dicht zusammengedrängt einige kleinere Anwesen. Die Häuser sind umgeben von einem Erdwall, der selbst vom Standpunkt der Kompanie, die sich noch etwa drei Meilen davon entfernt befindet, ziemlich hoch erscheint. Der weißliche Rauch aus den Kaminen wird vom Wind in eine waagerechte Linie geblasen, die sich von Nordosten nach Südwesten erstreckt.

»Kalt wie ein Händlerherz, wenn es um Zölle geht, Ser«, bemerkt Dubrez, der links hinter Lorn reitet.

»Oder eine Lanzenkämpferklinge im Winter?«, fragt Lorn.

»Kälter als die eines *guten* Lanzenkämpfers, Ser.«

Nytral stößt einen kurzen Lacher aus.

Lorn nickt nur.

Am Fuß des Hügels führt die Straße geradewegs nach Osten weiter, und die Kompanie reitet noch eine Meile, bevor sie auf den Erdwall zusteuert, der sich ungefähr in der Mitte des länglichen Tals befindet. Der Wall ist ziemlich hoch für eine so kleine Siedlung, er erhebt sich gut sechs Ellen über den Erdboden und fast neun Ellen über den kleinen Graben, der rings um den Schutzwall herumführt.

»Ist wohl nicht einfach für die Barbaren, den zu überwinden«, bemerkt Lorn.

»Hinaufzuklettern ist wahrscheinlich einfach, aber der alte Mann, der hier lebt, war früher Bogenschütze bei den Spiegelinfanteristen und hat alle seine Nachkommen ausgebildet.«

»Die Barbaren lassen also ihre Pferde stehen, klettern auf den Wall und werden dann von ein paar Männern und Frauen mit Bögen überwältigt?«

»Das weiß ich nicht so genau, Ser, aber die Barbaren treten meist in einer Stärke von etwa vierzig bis sechzig Mann auf, manchmal auch achtzig; davon verlieren sie vielleicht zwanzig bei so einem Angriff, aber die Ausbeute ist gering … ein paar Schafe vielleicht, eine Frau oder zwei oder auch ein kleines Mädchen, etwas Mehl und Mais und weniger Pferde, als sie bei einem solchen Angriff verlieren.«

Ein Hirte steht vor dem offenen Tor an der Westseite des Erdwalls, offenbar dem einzigen Zugang zum Anwesen. Er deutet auf das Tor und Lorn und Nytral zügeln ihre Pferde vor dem Mann in Schaffelljacke und Lederhose.

»Bringt Eure Männer nur herein, Ser«, ruft der Hirte.

»Danke«, antwortet Lorn. Er reitet durch das schmale Holztor und entdeckt die riesigen Steinhaufen oben auf dem Erdwall und die Rutschbahnen, die diese Steine hinter die Tore befördern. Lorn schüttelt verwundert den Kopf über die Anstrengungen, die die Hirten zu ihrer Verteidigung unternehmen.

Eine Schafherde steht zusammengedrängt im Pferch neben einem langen, niedrigen Stall mit Graswänden. Dieser Pferch befindet sich innerhalb des sicheren Erdwalls, der das gesamte Anwesen schützt. Der Mann, der sie herangewinkt hat, trägt eine wuchtige Mütze mit dicken Ohrenklappen, um die Lorn ihn ziemlich beneidet. Der Einheimische kommt zu Lorn, Nytral und der Fünften Kompanie herüber, die nun steht und wartet.

»Seid gegrüßt, Sers!«, ruft der Hirte. »Zumindest habt Ihr einen sonnigen Tag erwischt, um Ramsende zu besuchen.«

»Sei gegrüßt, Hirte«, erwidert Lorn.

»Hab gehört, dass die Barbaren westlich von hier angegriffen haben …« Der weißbärtige Hirte wirft Lorn einen kurzen Blick zu, dann sieht er zu Boden.

»Das stimmt«, muss Lorn zugeben. »Keiner der Siedler dort hat überlebt. Aber wir haben die Barbaren erwischt und sie getötet.«

»Alle?«

»Alle – und der Unteroffizier selbst hat sogar zwei von ihnen erwischt«, erzählt Nytral.

Ein Schauder durchfährt den Hirten, man sieht es deutlich, obwohl er den schweren Mantel und die dicke Mütze trägt. »Dann werden ihre Brüder sie im Frühling blutig rächen.«

»Blutrünstig sind sie immer«, bemerkt Nytral und ein barsches Lachen folgt den Worten. »Aber im nächsten Frühling werden nicht so viele kommen.«

»Je weniger, desto besser für uns und für die Herden.«

»Sie haben es auf die Tiere abgesehen?«

»Das letzte Mal, als sie hier waren, haben wir fast zwanzig Barbaren getötet und wir sind alle heil davongekommen.« Der Hirte zuckt die Schultern. »Ist aber schon fünf Jahre her. Wahrscheinlich werden sie das bald vergessen haben.«

»Ihr Erinnerungsvermögen reicht nicht sehr weit«, stimmt Nytral zu.

Lorn wirft einen Blick auf die Lanzenkämpfer seiner Kompanie, er spürt, dass sie frieren und ungeduldig sind, dann sieht er dem Hirten schweigend ins Gesicht.

Als dieser den langen, fragenden Blick des Unteroffiziers bemerkt, räuspert er sich einmal, dann ein zweites Mal, bevor er spricht. »Sers ... wir wären ein armseliges Volk, würden wir Euch nichts anbieten ... wir sind zwar nicht reich, aber Brot und etwas Hammelfleisch können wir mit Euch und Euren Männern teilen.«

Lorn wirft Nytral einen Blick zu und versteht das kurze Nicken. »Das wäre sehr großzügig von dir, wir nehmen aber nur an, wenn du wirklich etwas erübrigen kannst.« Er hält inne, dann fügt er hinzu: »Vielleicht dürfen die Männer auch deinen Stall benutzen, um sich etwas aufzuwärmen, bevor wir weiterreiten.«

»Da müssen sie sich wohl abwechseln, Sers ... bei vierzig Pferden ...« Der Hirte grinst verschmitzt. »Aber wir sind ja froh, wenn ab und zu eine Patrouille vorbeikommt ...«

»Und es ist dir sicher recht, wenn wir im Frühling wieder öfter kommen, oder?« Lorn grinst.

Der Hirte grinst zurück. »Glaube nicht, dass einer von uns etwas dagegen hätte.«

»Wir werden deine Gastfreundschaft gern in Anspruch nehmen, Hirte – aber nicht überstrapazieren.« Lorn nickt Nytral zu.

»Erste Einheit ... ihr seid zuerst mit essen und aufwärmen dran! Shofirg, sie sollen dem Hirten folgen! Zweite Einheit ...«

Lorn bleibt im Sattel sitzen und wartet, bis er zusammen mit Dubrez' Einheit an der Reihe ist. Sein Blick wandert über die hart gefrorenen Grashügel, die den Erdwall von Ramsende kaum zu überragen scheinen, und, so fürchtet Lorn, die noch viel zu viele Barbaren verbergen.

XXVIII

Lorn sitzt am Ecktisch des Arbeitszimmers der Offiziere, wo Kälte und Wind durch das hoch liegende Fenster Einlass finden und nach unten sinken, was dazu führt, dass genau diese Stelle zur kältesten im ganzen Raum wird. Auch dem kleinen Feuer aus getrocknetem Mist und Torf, der gestochen wird von Lanzenkämpfern, die eine Disziplinarstrafe ableisten, gelingt es nicht, die Kälte aus dem Arbeitszimmer zu vertreiben.

Der Unteroffizier liest noch einmal den letzten Bericht durch und versucht, die zugige Kälte auf Rücken und Nacken so gut es geht zu vergessen. Er will sicherstellen, dass Oberst Chyorst und Sub-Major Brevyl so wenig wie möglich in seinem Bericht finden, was sie bemäkeln könnten – soweit das überhaupt in seiner Macht steht.

... Das Tal westlich von Ramsende wies keine Anzeichen von Barbaren auf und die Bewohner berichteten, dass es während der letzten vier Achttage ruhig war ...

... Zwei Pferde wurden aufgrund von Unvorsichtigkeit der Reiter auf eisiger Straße hinter Eryutn lahm ...

Lorn betrachtet das Geschriebene und runzelt die Stirn, dann wirft er einen Blick auf die Notizen, die er sich am Ende eines jeden Patrouillentages gemacht hat. Es sollte mehr zu berichten geben, doch es fällt ihm nichts ein, nichts, womit er die Kälte ausdrücken könnte und die endlosen leeren Meilen, die die Fünfte Kompanie während der vielen Patrouillen in den vergangenen vier Achttagen zurückgelegt hat. Der letzte Angriff liegt mehr als fünf Achttage zurück und seitdem haben die Männer nur leere Straßen und kahle Hügel gesehen.

Plötzlich wird Lorn von der Kälte eines Spähglases erfasst, er zuckt zusammen, starrt aber weiter angestrengt auf den Bericht vor sich, bis die unsichtbare innere Kälte vergeht. Außer ihm fühlt anscheinend niemand diese Eiseskälte und ganz bestimmt nicht die drei Hauptmänner, die am nächsten Tisch sitzen und sich einige Flaschen Wein teilen, die einer von ihnen aus dem letzten Winterurlaub mitgebracht hat – ein Luxus, in dessen Genuss Lorn nicht vor Beendigung seines ersten Jahres in Isahl kommen wird.

Lorn sieht von dem fertigen Bericht auf, der am nächsten Morgen Sub-Major Brevyl zugehen wird, und lauscht halbherzig der Unterhaltung der drei Männer.

»... die Doppelpatrouille hat sie abgeschreckt ...«

»... kann man aber nicht immer machen ... zu viele Gebiete bleiben dann unabgedeckt und sie wissen das ...« Der untersetzte, dunkelhäutige Hauptmann, der Zandreys Feststellung widerspricht, heißt Jostyn, ein Offizier, den Lorn nur aus dem Speisesaal kennt.

»Die Barbaren wissen zu viel«, fügt Eghyr hinzu, ein blonder und spindeldürrer Soldat vom Rang eines Hauptmanns, der stets ein Lächeln auf den Lippen trägt, aber nicht in den Augen.

»Sie beobachten uns, und wenn wir in die eine Richtung reiten, dann nehmen sie die andere.« Zandrey nippt an seinem Kelchglas, das noch immer halb voll ist, obwohl die drei schon seit dem Abendessen trinken.

»Lorn!«, ruft Jostyn, er hebt die Hand und winkt den Unteroffizier heran. »Ihr könnt nicht die ganze Nacht Berichte schreiben. Trinkt ein Glas mit uns ...«

»Wir würden den Alafraan gern mit Euch teilen«, fügt Zandrey etwas gemäßigter hinzu. »So etwas gibt es nicht alle Tage, und wenn ich von der nächsten Patrouille zurückkomme, ist er womöglich schon sauer.«

»Ihr könntet ihn ja uns überlassen«, schlägt Jostyn vor. »Wird uns wärmen in der kältesten Zeit des Winters, die uns noch bevorsteht.«

»Nicht die kälteste Zeit des Winters«, verbessert Eghyr. »Die längste, aber nicht die kälteste.«

Lorn legt den Bericht mit der Schrift nach unten auf die Tischplatte und zieht einen Stuhl an den Tisch, an dem die drei Männer sitzen.

»Lorn wird sein erstes Glas mehr genießen als wir unser fünftes«, lacht Zandrey und gießt ein Kelchglas, das plötzlich auf dem Tisch steht, halb voll und reicht es dem Unteroffizier.

»Danke.« Lorn nimmt das Glas mit einem Lächeln entgegen, prostet den anderen drei zu und nimmt einen sehr kleinen Schluck. Der bernsteinfarbene Wein fühlt sich wärmer an, als er wirklich ist, und schmeckt ein wenig nach Birnapfel und Trilia … und noch nach etwas anderem, was Lorn jedoch nicht zu benennen vermag. »Schmeckt gut.«

»Viel besser als das Zeug, das wir sonst vorgesetzt bekommen«, meint Eghyr, »dank Zandrey.«

»Mein Onkel ist Winzer in Escadr.«

»Wenn er diesen Wein gemacht hat, muss er wirklich etwas von seinem Handwerk verstehen.« Lorn hat noch nie von Escadr gehört, obwohl er eigentlich dachte, fast jede Stadt in Cyador zu kennen.

»Er ist ein guter Winzer, auch wenn noch niemand von Escadr gehört hat. Das ist eine winzig kleine Stadt südöstlich von Biehl – nicht allzu weit weg von dem zerklüfteten Teil der Grashügel im Nordwesten«, erklärt Zandrey. »Das muss ich dauernd erklären, weil niemand den Ort kennt.«

»Er hat es schon erzählt, als wir die erste Flasche aufgemacht haben«, wirft Eghyr scherzhaft ein.

Lorn nickt und nimmt einen zweiten, noch kleineren Schluck. Der Alafraan schmeckt wirklich gut, viel zu gut für einen Außenposten der Lanzenkämpfer am Fuße der Grashügel.

»Die Lanzenkämpfer in der Stadt wissen einen Alafraan gar nicht zu schätzen«, brummt Jostyn und streicht zärtlich über sein Glas. »Die wissen gar nicht, was es heißt, Patrouillen durch die Grashügel zu reiten oder die weißen Mauern des Verwunschenen Waldes abzusuchen nach riesigen Wasserechsen oder Katzen, die so groß sind, dass sie über die Sperren springen und Rinder und Schafe reißen.«

»Ihr habt doch noch gar keine Patrouille im Verwunschenen Wald bestritten.« Eghyr lacht kalt.

»Sasym schon. Er kannte beides.«

»Das stimmt wahrscheinlich, aber mit einer Lanze konnte er nun mal nicht umgehen, deshalb ...« Zandrey bricht den Satz mit einem Schulterzucken ab.

»Wenn man nur ein Jahr hier verbracht hat, wird man nie mehr ein Stadtlanzenkämpfer sein«, meint Jostyn und nickt in Lorns Richtung. »Alle in Cyad ... sind nur Stadtlanzenkämpfer.«

»Nicht alle«, bemerkt Eghyr. »Hauptmann-Kommandant Luss'alt und Major-Kommandant Rynst'alt haben in jedem Außenposten der Grashügel und des Verwunschenen Waldes gedient.«

Lorn fragt nicht, woher Eghyr das weiß, sondern beschließt in Gegenwart des blonden Hauptmanns äußerst vorsichtig zu sein.

»Vielleicht sind sie deshalb dort, wo sie jetzt sind«, meint Zandrey.

Eghyr wirft einen kurzen Blick auf den stämmigen Zandrey.

Zandreys braune Augen bleiben völlig ausdruckslos, als er das Glas für den nächsten Schluck Alafraan hebt, ein Schluck, der viel größer erscheint, als er wirklich ist.

»Das ist das große Geheimnis, müsst Ihr wissen«, fügt Jostyn beinahe lallend hinzu. »Die meisten Lanzenoffiziere kommen aus der Stadt ... haben nie wirklich lange an den Grenzen gedient, haben noch nie einen Barbaren in Schwertlänge vor sich gehabt ...«

Lorn nickt, aber Augen und Aufmerksamkeit sind auf Eghyr und Zandrey gerichtet.

XXIX

Kaiserin Ryenyel steckt die Silberklammern in das dicke, dunkelrote Haar, das für die Oberschicht von Cyad vielleicht ein wenig zu dick und zu widerspenstig ist, um als edel zu gelten. Die Kaiserin betrachtet noch einmal ihr sommersprossiges Gesicht im schimmernden Cupridiumspiegel, der in Silber gerahmt auf dem glatten Marmorfrisiertisch steht, dann erhebt sie sich. Der halbhohe Spiegel zeigt eine Figur, die eine Spur zu füllig ist, um noch als kaiserlich schlank bezeichnet werden zu können.

Sie dreht sich um und schreitet aus dem Ankleidezimmer in den Salon, wo der Kaiser schon auf sie wartet. Gekleidet in der silbernen Audienzrobe, steht er vor dem langen weißen Diwan.

Seine Augen blicken verlangend von ihr zum Diwan.

Sie lacht. »Ich bezweifle, dass uns noch Zeit bleibt für dergleichen, mein Lieber, aber ich danke dir für diesen netten Blick, der mehr sagt als jedes Wort.«

Eine leichte Röte steigt dem Kaiser ins Gesicht, die aber sofort wieder verblasst. »Ich wünschte, wir hätten mehr Zeit, Ryenyel.«

»Das wäre auch mein Wunsch.« Sie hält inne. »Du siehst höchst eindrucksvoll aus, mein Lieber. Wie immer. Welche Audienz erwartet uns heute Nachmittag?«

Der leichte Wind, der die lauwarme Frühlingsluft in den Palast des Lichts hineinweht, flüstert leise durch das halb geöffnete Fenster und verbreitet dabei den Duft blühender Trilia und Aramyden. Kaiser Toziel starrt an seiner Gemahlin vorbei durch die getönten Scheiben des Fensters, das zum Viertel der Magi'i hinunterzeigt. Seine Augen heften sich auf die infolge von Chaos und Alter weiß gewordenen Granitgebäude und er schüttelt kaum merklich den Kopf. »Ich muss ... wir müssen noch einmal die Handelsbedingungen für Hamor und Austra durchgehen und über die Piratenhändler aus Hydlen und Lydiar sprechen. Ich habe Chyenfel nach Einzelheiten über diesen … Vorfall … befragt, aber die Begebenheit scheint sich in Luft aufzulösen, sobald ich danach frage.« Toziel lacht bitter.

»Ich nehme an, dass Rynst und Chyenfel noch immer über den Vorfall mit der Feuerlanze brüten und damit beschäftigt sind herauszufinden, wer die *Hand* ist«, murmelt die Kaiserin leise und küsst ihren Gemahl sanft auf die linke Wange.

»Vielleicht wurde dieses Feuer auch von einem abtrünnigen Magier gelegt und die Magi'i halten es geheim.« Toziel unterdrückt ein Lachen. »Komm … und lausche mit mir den neuesten versteckten Anspielungen und Drohungen.«

»Nach all den Jahren unserer Ehe sollte man meinen, Chyenfel wüsste, welche bescheidene Rolle ich spiele oder wer die *Hand* sein könnte …« Da wird die Kaiserin von ihrem Gemahl unterbrochen.

»Vielleicht weiß er es, aber du solltest den Namen lieber nicht nennen, meine Liebe. Chyenfel kann mithilfe seines Chaos-Glases sehen, wer wo nicht ist, und er liest von den Lippen ab, was übrigens auch andere können.«

»Ich bezweifle, dass er es *so* genau weiß, Liebster. Er spricht niemals über die Chaos-Gläser und was er damit sieht, und er täte es mit Sicherheit, könnte er es wagen.« Ein durchtriebenes Lächeln erheitert Ryenyels Gesicht.

»Es ist nur zu seinen und zu unseren Gunsten, wenn er nicht laut ausspricht, was das Glas zeigt.« Toziel geht zur Tür, die zu dem geheimen Flur führt, der die kaiserlichen Gemächer mit dem Audienzsaal verbindet, und hält sie für die Kaiserin auf.

»Oh, wie ritterlich …« Sie lächelt warm und herzlich.

»Ich bin nur der Kaiser. Chyenfel und Rynst sind die Ritter, und sie streben mit aller Kraft danach, Cyador vor inneren und äußeren Feinden zu schützen.«

»Chyenfel wird die Fakten sehr vorsichtig vortragen …« Ein Lächeln umspielt Ryenyels üppige Lippen. »Dann wird Rynst ein paar freundliche, aber vielsagende Fragen stellen, und Bluoyal wird nur verständnislos in die Runde blicken, als würden alle blanken Unsinn reden.«

Toziel lächelt seine Gemahlin an. »Deshalb begleitest du mich und aus diesem Grund muss auch die *Hand* im Dunkeln bleiben, denn ich brauche euch beide.«

Ihre Füße scheinen über dem polierten weißen Stein des Flurs zu schweben, als sie geräuschlos zum Audienzsaal gehen. Vor ihnen marschieren zwei Palastwachen und hinter ihnen noch weiteres Paar. Alle vier Wächter tragen kleine Feuerlanzen und, da sie nicht zu den Spiegellanzenkämpfern gehören, grüne Uniformen mit silbernen Tressen.

Die Tür öffnet sich lautlos, als der Kaiser und seine Gemahlin den Kleinen Audienzsaal erreichen. Toziel nimmt würdevoll auf dem reich verzierten, mit Malachiten und Silber überladenen Thron Platz, während Ryenyel sich auf den silbernen Stuhl schräg dahinter setzt. Der Marmorboden des Audienzsaales blitzt und blinkt im Licht, das durch die hohen ovalen Fenster hereinstrahlt.

Die drei Berater warten bereits: der grauhaarige Rynst, Major-Kommandant der Spiegellanzenkämpfer, der fast zerbrechlich wirkende, aber dennoch starrsinnige, sonnenäugige Chyenfel, Hochlektor und Erster Magier, und der schwerfällige Bluoyal, Erster Händler, mit den hervortretenden Augen.

Toziel nickt, dann spricht er: »Habt Ihr Eure Untersuchungen bezüglich des Mordes an dem ausländischen Händler im letzten Herbst abgeschlossen?« Der Blick des Kaisers fällt auf Chyenfel.

»Eine Untersuchung ohne Ergebnis kann man kaum als abgeschlossen bezeichnen«, beginnt der Hochlektor. »Die Waffe und der Täter konnten nicht dingfest gemacht werden. Die Verluste des Schatzmeisters belaufen sich auf mehr als tausend Goldstücke in weniger als einer Jahreszeit, denn wir sind gezwungen, von den Austriern zu kaufen.«

»Das liefe in der Tat auf eine beträchtliche Summe hinaus, würde es so weitergehen«, überlegt der Kaiser und streicht nachdenklich mit den Fingern übers Kinn.

»Eine wirklich beträchtliche Summe«, stimmt Chyenfel zu.

»Was habt Ihr dem hinzuzufügen, Major-Kommandant?« Toziel neigt den Kopf in die Richtung des Spiegellanzenkämpfers.

»Über jede Chaos-Waffe in der Waffenkammer wurde Rechenschaft abgelegt – was übrigens auch alle *Lanzenkämpfer* getan haben, die in Cyad jemals eine solche getragen haben, Eure Majestät.« Rynst lächelt. »Im Gegensatz zu den Magiern.«

Der Kaiser des Lichts übergeht die Betonung des Wortes ›Lanzenkämpfer‹ und richtet sich in seinem silbernen Malachitstuhl auf.

»Äh ...« Bluoyal räuspert sich zurückhaltend.

»Ja, Handelsberater Bluoyal?« Die Baritonstimme des Kaisers ist klar und ein leicht fragender Ton schwingt darin mit.

»Äh, ja ...« Bluoyal streckt dem Kaiser eine Schriftrolle entgegen. »Ich habe mir erlaubt, meine eigenen Untersuchungen anzustellen, Eure Majestät, und ich hoffe, dass sie Euch dienlich sein werden im Hinblick auf den weisen Rat des Ersten Magiers und des Major-Kommandanten der Spiegellanzenkämpfer.«

Weder Rynst noch Chyenfel sehen den alten Händler an.

Toziel winkt den Wächter zu seiner Linken heran, damit er ihm die Schriftrolle übergebe. Lautlos wandert sie zum Kaiser. Dann mustert er jeden Einzelnen seiner höchsten Berater, bevor er spricht. »Es scheint, dass weitere Untersuchungen kaum zu einem endgültigen Ergebnis führen werden.« Toziel lacht. »Solltet Ihr zu irgendwelchen neuen *Erkenntnissen* gelangen, möchte ich gern davon unterrichtet werden. Aber nach all den Jahreszeiten scheint es, dass der Mord an dem ausländischen Kaufmann einem unbekannten Attentäter angelastet werden muss, vielleicht waren es Schmuggler oder fremde Händler, die Aljak seinen Erfolg in Cyad neideten.«

»Hoheit … das wird die Händler und Hafenwächter in Verruf bringen«, entrüstet sich Bluoyal.

»Dann soll niemand darüber sprechen, und falls doch irgendetwas passiert, werden wir wissen, wer seine Klinge schärft.« Toziel hebt theatralisch die Hände. »Genug jetzt davon.« Er blickt den Ersten Magier an. »Hochlektor Chyenfel … wie steht es um den Verwunschenen Wald?«

»Wie Euch bereits mitgeteilt, haben wir eine Nachbildung der Schlafsperre errichtet; in einem kleinen Wald weit im Norden haben wir diese Methode mit großem Erfolg erprobt.«

»Aber Ihr könnt nicht sagen, wie lange diese Sperren halten werden.« Toziel runzelt die Stirn, dann wird sein Gesicht wieder glatt wie vorher.

»Das stimmt. Aber wir haben die Sperren über einen Zeitraum von zehn Jahren beobachtet und sie halten noch immer. Wir dürfen nicht warten, bis die anderen Chaos-Türme versagen, nicht wenn so viel auf dem Spiel steht, Eure Majestät.«

»Möglicherweise.« Toziel nickt, aber der Tonfall lässt nicht auf Zustimmung schließen.

Chyenfel erwidert nichts darauf, er neigt nur den Kopf als Antwort.

»Was gibt es von der Schiffswerft zu berichten, Rynst?« Toziel wendet sich dem spindeldürren Major-Kommandanten zu.

»Die Feuerschiffe können durch nichts ersetzt werden, Eure Majestät, aber wir sind dabei, ein Segelschiff nach den Plänen aus dem Archiv zu bauen, das schneller sein wird als alle anderen auf dem Westmeer. Und wir glauben, dass wir weitere ähnliche Schiffe bauen können, wenn Ihr es für notwendig erachtet, Hoheit. Der Einsatz von Cammaborke als Treibsatz für die Kanonen scheint vielversprechend ...«

»Das weiß ich alles. Gibt es denn nichts Neues? Oder irgendwelche unvorhergesehenen Probleme?«

»Nun ja ... diese Schiffe sind nicht ganz billig ...«

»Sie werden mehr kosten, als Ihr mir bisher angekündigt habt, und die herkömmlich bewaffneten Schiffe werden unsere Handelsschiffe nicht so gut schützen können wie die Feuerschiffe. Daher werden wir mehr Schiffe brauchen und die Zölle für die Händler werden steigen- und das heißt, dass die Gewinne sinken ... und keiner wird mit solchen Aussichten zufrieden sein. Ist es das, was Ihr mir sagen wollt?«, fragt der Kaiser.

»Ja, Eure Majestät.«

Toziel blickt den schwerfälligen Bluoyal an. »Sind meine Vermutungen in Bezug auf den Handel richtig?«

»Äh ... ich würde sagen, ja, Eure Majestät.«

»Es werden mehr Lanzenkämpfer gebraucht werden als Marineinfanteristen«, fordert Rynst.

»Was wiederum mehr Gold erfordert«, fügt Chyenfel hinzu.

»Ich wünsche, dass mir in einem Achttag – spätestens in zwei – Eure Schätzungen vorliegen« verlangt Kaiser Toziel. »Und ich wünsche nicht, dass Ihr diese Schätzungen untereinander austauscht.«

»Ja, Ser«, stimmt Chyenfel sofort zu.

»Zu Befehl«, fügt Rynst dem hinzu.

»Wie Ihr wünscht«, schließt Bluoyal.

Toziel erhebt sich und die drei Berater verbeugen sich tief. Dann verlassen der Kaiser und seine Gemahlin den Raum. Ryenyel hält sich einen Schritt hinter Toziel, bis sie den Audienzsaal verlassen haben und die Tür sich hinter ihnen geschlossen hat. Schweigend kehren sie in den kaiserlichen Salon zurück.

Dort sitzen sie dann Seite an Seite auf dem weißen Diwan. Toziel streichelt zärtlich über den Nacken seiner Gemahlin, dann über die Schultern.

Sie dreht sich zu ihm um. »Chyenfel glaubt selbst, was er erzählt, mein Lieber.«

»Das macht mir Sorgen. Mir wäre es lieber, er täte es nicht.«

»Dir wäre es lieber, er würde lügen?«, fragt sie.

»Nein. Ich weiß, dass er mich zu täuschen versucht, aber wenn er nicht lügt, weiß ich nicht, wann er mich täuscht.«

»Das stimmt, und alle außer Rynst werden Gerüchte in die Welt setzen – und dessen Wahrheit wird auch als Gerücht aufgefasst werden.«

Toziel lacht sarkastisch. »Natürlich. Ich bin schon gespannt, wer wohl welches Gerücht in die Welt setzt.«

Ryenyel zuckt nur müde mit den Schultern und massiert sich die Schläfen mit der rechten Hand.

»Es tut mir Leid. Audienzen wie diese sind zu anstrengend für dich«, meint Toziel.

»Sie sind auch für dich anstrengend.« Sie lehnt den Kopf an seine Schulter. »Jeder weiß etwas, und jeder will wissen, was die anderen tun …«

»Schschschhhhh …«

»Deshalb gibt es einen Kaiser. Dennoch wollen sie dich alle vom Thron stoßen und ihn für sich selbst beanspruchen. Aber jeder Einzelne von ihnen würde versagen und deshalb sind wir gefordert.«

»Du bist zu freundlich, fürchte ich.«

Sie schüttelt den Kopf, der noch immer an seiner Schulter lehnt. »Ich bin nicht freundlich, ich versuche nur, dir zu helfen, das zu tun, was kein anderer zu tun vermag; darunter müssen wir beide leiden.«

Der Kaiser wendet sich ihr zu und schließt sie zärtlich in die Arme.

XXX

Lorn steht in den Steigbügeln und versucht, die Beine auszustrecken, während die Stute auf einer Straße dahintrabt, die zwar feucht ist, aber fest wirkt. Der frühe Frühlings- oder auch späte Winterwind bläst dem Unteroffizier abwechselnd kalt und lau um die Nase. Alles um ihn herum ist braun: das Gras, die Straße, die Hügel im Süden und die im Norden. Sogar die Pfützen auf der Straße sind schmutzig braun.

Die Vorderbeine der Stute starren vor Straßendreck und selbst die unteren Hosenbeine von Lorns einst beigefarbenen Beinkleidern sind mit Schlamm bespritzt, der kalt und nass bleibt, obwohl die Vormittagssonne klar und hell scheint.

»Wenn die Felder erst einmal fester werden ...« Die Worte stammen von einem Lanzenkämpfer aus Shofirgs Kompanie und werden mit einem Windstoß zu Nytral und Lorn getragen.

Nytral schüttelt den Kopf. »Die Felder sind wie die großen Sümpfe unter dem Verwunschenen Wald. Wenn man sein Pferd hineinführt, steht es bis zu den Fesseln im Sumpf, und ehe man sich versieht, versinkt es bis zu den Schultern. Die Barbaren wissen das und wir werden sie nicht vor einem weiteren Achttag sehen.«

»Dann sind wir also die Schlammpatrouille? Wir müssen ergründen, wann der Boden fester wird und der Feind die Angriffe wieder startet?« Lorn zieht die Augenbrauen hoch, während er fragt.

»Ja. So lautet im Augenblick der Auftrag der Fünften Kompanie.«

»Die ersten Attacken sollen also für andere aufgespart werden ... das ergibt wenigstens Sinn.« Schließlich hat Brevyl Lorn schon gesagt, dass man ihm widerwärtige Aufgaben übertragen werde, aber nicht schwieriger als er bewältigen könne, und auf eine Schlammpatrouille passt die Beschreibung ganz genau: widerwärtig, aber machbar.

Lorn lacht befreiend auf und Nytral wirft seinem Vorgesetzten einen fragenden Blick zu.

»Ich lache, weil Sub-Major Brevyl mir dergleichen schon bei unserem ersten Gespräch versprochen hat«, sagt Lorn. »Er hält sein Wort. Das muss man ihm lassen.«

»Es werden Zeiten kommen, da werden wir uns alle wünschen, er täte es nicht, Ser.«

»Wahrscheinlich.«

Lorns Blick fällt auf einen kleinen grünen Fleck an einer matschigen Stelle etwa fünf Ellen neben der Straße. Ein winziger roter Punkt ist dort in der Mitte einer noch fest zusammengerollten Wildblume zu sehen.

»Blutströpfchen«, murmelt er nur und blickt zu den Hügeln im Norden, hinter denen die Barbaren lauern.

XXXI

Am späten Nachmittag, kurz vor dem Abendessen, sitzt Lorn wieder am Ecktisch im Arbeitszimmer der Offiziere und führt vorsichtig die empfindliche Bronzefeder übers Papier. Er taucht die Spitze in die Tinte und fährt mit dem Brief an Ryalth fort. Es ist kalt im Raum, denn die Wärme des stets ungenügenden und ohnehin schon verloschenen Feuers hat längst den Raum verlassen.

... habe schon lange keine Nachricht von dir erhalten. Ich hoffe, das liegt nur an einem Versehen – oder an mangelndem Interesse deinerseits an meinen gespreizten Briefen. Geht es dir gut? Blühen die Geschäfte? Wenn du ein wenig Gold übrig hast, könntest du in Kupfer-Terminkontrakte investieren ... nicht allzu viel allerdings.

Lorn lächelt und runzelt gleichzeitig die Stirn, sein Blick fällt auf die vielen Landkarten neben dem linken Ellbogen. Er sollte diese Karten genauestens studieren, denn die Gebiete, in denen er Patrouillen reitet, sind ihm noch immer nicht in Fleisch und Blut übergegangen – was jedoch der Fall sein sollte, denn es wird der Tag kommen, da wird ihm die Zeit fehlen, noch lange auf die Karte zu blicken.

Er schürzt die Lippen und schreibt weiter an dem Brief.

... höchst anmaßend für einen Lanzenkämpfer, einer Händlerin einen kaufmännischen Rat zu erteilen, aber wie du weißt, hat es mir an Dreistigkeit noch nie gefehlt.

... die Anzahl der Patrouillen wird erhöht, jetzt wo der Frühling in den Grashügeln bevorsteht ... und dann werde wahrscheinlich ich derjenige sein, der keine Zeit hat, zu schreiben und dir Briefe gen Süden zu schicken ... Es wird dich freuen zu hören, dass ich deinen Rat bezüglich des Lesens befolgt habe und auf das achte, was du mir anvertraut hast.

Nachdem er den Gruß und die Unterschrift darunter gesetzt hat, faltet er den Brief flach zusammen. Anschließend blickt er sich in dem noch immer leeren Arbeitszimmer um. Da keiner in der Nähe ist, hält er das grüne Siegelwachsstück über das Papier und bündelt eine kleine Flamme darauf, die er aus dem Chaos der Umgebung formt. Ein Tropfen des grünen Wachses fällt aufs Papier und Lorn presst sogleich den Siegelring darauf.

»Ist doch viel einfacher ...«, murmelt er leise.

Er muss auch noch an Myryan schreiben, er schiebt es dauernd vor sich her, weil er nicht weiß, ob das Gespräch mit seinem Vater über Ciesrt eine bleibende Wirkung hinterlassen hat. Da er bisher nur einen einzigen Brief von seiner jüngeren Schwester erhalten hat, was zudem schon etliche Achttage zurückliegt, macht er sich ernsthafte Sorgen.

Schließlich holt er einen kleineren Bogen Papier hervor und säubert vorsichtig die Bronzespitze der Feder. Er blickt auf das leere Blatt und denkt nach.

Chyorst – der einzige Oberst in Isahl – kommt ins Arbeitszimmer gelaufen, er blickt sich im ganzen Raum um, bevor seine Augen an Lorn haften bleiben. Nachdenklich wendet sich der Oberst an den jungen Offizier.

Lorn schiebt Feder und Papier unauffällig unter die Karten und steht auf, als der Oberst auf ihn zukommt.

»Karten?« Chyorst zieht die Augenbrauen hoch.

»Ja, Ser. Ich versuche, die Strecken nachzuvollziehen, die ich bereits abgeritten bin, und jene zu studieren, für die ich vielleicht eingeteilt werde.«

Chyorst nickt. »Kann nicht schaden. Könnte sogar helfen, solange Ihr Euch daran erinnert, dass Karten die Wirklichkeit da draußen nur unvollständig wiedergeben.« Der Oberst sieht sich noch einmal im Raum um, bevor er fragt: »Habt Ihr Jostyn gesehen, Unteroffizier?«

»Nein, Ser. Seit gestern Abend nicht mehr.«

»Danke.« Ohne ein weiteres Wort verlässt der Oberst das Arbeitszimmer.

Lorn wartet noch eine kleine Weile, bevor er sich wieder dem Brief zuwendet.

XXXII

Lorn betritt den eckigen Turm, in dem die Amtsstube des Sub-Majors untergebracht ist. Er zieht die Winterjacke aus und klopft die Feuchtigkeit aus dem geölten, weißen Leder, dann hängt er die Jacke an den Haken, der neben Kielts Schreibtisch an der Wand angebracht ist.

»Geht nur, Ser«, meint der Haupttruppenführer. »Er wartet schon.«

»Danke, Kielt.« Mit einem Nicken, das an den einfachen Soldaten gerichtet ist, öffnet Lorn die weiße Eichentür und betritt den Raum im Erdgeschoss des Turmes. Wie üblich sitzt Sub-Major Brevyl am Schreibtisch und blickt mit seinen harten, grünen Augen auf, teils amüsiert und teils ungeduldig. Seine dichten, weißen Haare sind kürzer geschnitten als sonst, sogar kürzer als die der neuen Lanzenkämpferrekruten. Er bedeutet Lorn, sich auf einen der Hocker auf der anderen Seite des Schreibtischs zu setzen.

Obwohl der Spätnachmittag wolkig ist und das indirekte Licht aus den hohen Fenstern schwach, brennt nur eine Lampe in den zwei Wandleuchten, und diese eine Lampe trägt wenig dazu bei, die Düsternis zu vertreiben. Schneeregen prasselt gegen das Fensterglas.

Lorn lässt sich auf den angebotenen Hocker sinken und wartet darauf, dass der gertenschlanke befehlshabende Offizier zu ihm spricht.

»Unteroffizier«, beginnt der Sub-Major trocken, »Eure nächste Patrouille wird die gefährlichste von allen sein.«

»Ser?« Lorn lehnt sich nach vorn und weiß nur zu gut, dass diese Reaktion genau das Gegenteil von dem ist, was Brevyl erwartet.

»Es ist ganz einfach. Ihr habt einen Angriff oder auch zwei überlebt. Langsam lernt Ihr das Land, Eure Männer und Truppenführer kennen und der Frühling ist im Anmarsch. Ihr glaubt, Ihr wisst bereits etwas.« Der weißhaarige Offizier hält inne. »Nicht wahr?«

»Mehr als damals, als ich hierher kam, aber ich muss noch viel lernen, Ser.« Lorn spürt, dass eine Antwort verlangt wird.

»Vor allem, dass Ihr immer noch fast nichts wisst. Wenn Ihr glaubt, dass die Winterpatrouillen hart waren, dann habt Ihr keine Ahnung, was eine harte Patrouille ist. Wenn Ihr glaubt, dass die Kälte auf dem Weg nach Ramsende und zurück schon unangenehm war ...« Brevyl schüttelt den Kopf. »In einem Achttag werden die Barbaren mit den Frühlingsangriffen beginnen. Die anderen haben Euch bestimmt schon geschildert, wie arg das sein kann, aber ich wette, niemand hat gesagt, warum. Wisst Ihr warum?«

»Nein, Ser.«

»Weil das Leben eines Barbaren nichts wert ist, solange er nicht mindestens drei Lanzenkämpfer getötet hat. Er kann keine Frau aus seiner eigenen Sippe heiraten, denn Inzucht betreiben sie nicht; und ohne das Pflichtsoll von drei toten Lanzenkämpfern kann er auch keine Frau aus einer anderen Sippe heiraten. Um also an eine Frau zu kommen, muss der Barbar töten. Sie betrachten ihre Frauen als Eigentum. Mit der Tochter eines bewährten Kriegers herumzuspielen könnte einen jungen Barbaren sein gesamtes Vermögen, wenn nicht gar das Leben kosten. Wenn er eine Cyadoranerin zur Frau nimmt, ist sie Freiwild und kann von jedem Krieger gestohlen oder vergewaltigt werden. Dasselbe gilt, wenn er eine Frau aus einem dieser schmutzigen Dörfer nimmt, die sie Städte nennen.«

Lorn nickt bedächtig.

»Ihre Frauen sind nicht gerade Schönheiten und die wenigen ansehnlichen Frauen heiraten einen verdienten Krieger oder einen jungen Burschen, der verrückt genug ist, sich mit einer Kompanie Spiegellanzenkämpfer anzulegen ... oder schlau genug, um davonzukommen.« Brevyl schüttelt den Kopf. »Ihr seid nichts als ein Hindernis auf dem Weg eines jungen, zeugungswilligen Barbaren, eine Spielmarke, die er auf seinen Stapel legt, damit seine feuchten Träume ein Ende haben und er mit der Wirklichkeit beginnen kann.«

»Ihr sagt das so, als zählte das Leben für die Barbaren wirklich nicht viel, Ser«, meint Lorn ruhig.

»Solange ein Barbar kein Vollblutkrieger ist, nicht«,

antwortet Brevyl trocken. »Das erzähle ich allen jungen Unteroffizieren, die durch den ersten Winter kommen. Sie alle hören es sich an und dann stirbt die Hälfte im ersten Frühling oder Sommer …« Ein Schnauben folgt auf die kurze Pause. »Es ist mir egal, wenn die Dummen unter ihnen sterben. Besser so, als sie groß werden und ganze Außenposten ausrotten lassen. Denn dumme Offiziere können gute Lanzenkämpfer töten und gute Lanzenkämpfer sind schwer zu bekommen heutzutage.«

»Ja, Ser.«

Brevyl atmet tief ein.

Er gibt sich unnatürlich aufgebracht. Lorn kann sich nicht vorstellen, dass Brevyl von Natur aus so aufbrausend veranlagt ist, wartet aber auf die nächste verbale Riposte.

»Noch etwas … Unteroffizier.«

Obwohl er sich nicht beeindrucken lassen will, zieht sich in Lorn alles zusammen.

»Kein Lanzenoffizier mit Magierblut in den Adern verlässt Isahl, bevor ich nicht zustimme, genauso wie niemand den Außenposten in Geliendra ohne Marans Zustimmung verlässt. Kein Lanzenkämpfer aus einer Magierfamilie wird Major, wenn wir beide nicht dafür sind; aber nicht, dass Ihr glaubt, es hätte jemals viele von Eurer Sorte gegeben.« Brevyl lächelt. »Morgen werdet Ihr nach Osten reiten. Dort fangen die Angriffe erst später an und die Banden sind kleiner. Rechnet damit, einen Achttag unterwegs zu sein und zweimal angegriffen zu werden. Mindestens. Also gebt Acht, wie Ihr Eure Feuerlanzen einsetzt.«

Lorn nickt respektvoll.

Brevyl steht auf, um den Unteroffizier zu entlassen. »Versucht Euch wenigstens an die Hälfte von dem zu erinnern, was ich Euch gerade gesagt habe, und Ihr werdet länger leben – und Eure Lanzenkämpfer auch. Sie sind diejenigen, die Euch am Leben erhalten.« Brevyl deutet mit dem Kopf zur Tür.

»Danke, Ser.«

»Dankt mir nicht, Unteroffizier. Erinnert Euch an meine Worte.«

Lorn verlässt die Amtsstube und nickt Kielt zu, als er die Tür hinter sich schließt. Er nimmt die Jacke und zieht sie an, bevor er auf den Hof und in den Schneeregen hinausgeht, der auf die Dächer, Steine und Lanzenkämpfer fällt.

XXXIII

In der kalten Sonne des späten Vormittags erstreckt sich das eintönige braune Gras über mindestens drei Meilen in alle Richtungen. Lorn und Nytral reiten auf einer schmalen Straße nach Westen. Fast zwei Meilen vor ihnen sind zwei Lanzenkämpfer als Spähtrupp unterwegs; große schwarze Punkte auf der braunen Straße, die gemächlich bergauf führt, jedoch nicht steil genug, um den Anstieg als einen Hügel bezeichnen zu können. Hinter Nytral und Lorn reiten die zwei Einheiten der Fünften Kompanie.

»Noch zehn Meilen bis nach Pregyn«, sagt Nytral.

Die Worte des Haupttruppenführers kann man kaum verstehen neben dem Hufgeklapper und dem ansteigenden Pfeifen des Windes, der von Norden her über die Felder fegt, auf denen nur noch das braune, kurze Gras vom letzten Jahr steht. Der Wind führt den Geruch von vermoderten Pflanzen mit sich, der vom ständigen Einfrieren und Auftauen des Grüns herrührt, ein beißender Geruch, säuerlich, aber gleichzeitig auch süß.

»In den Karten sind die Straßen flach eingezeichnet, stimmt's?«, fragt Lorn. Noch niemals war er weiter nach Nordosten gekommen als in dieses namenlose Tal, geschweige denn nach Pregyn, einem Dorf gut vierzig

Meilen nördlich von Isahl und damit die nördlichste und einsamste Ansiedlung südlich der Grashügel, die Cyad und dem Kaiser die Treue geschworen hat.

»Die meisten. Der Anstieg aus Vier-Häuser hinaus – dem nächsten Tal – ist steiler als der Weg hinein, aber danach wird es flach und sumpfig, bis wir die echten Hügel erreichen, die an die Westhörner grenzen.«

Oben auf der niedrigen Anhöhe zügelt Lorn die Stute und betrachtet das lange, gewundene Tal, in dem vier Familien wohnen. Fast ein ganzer Klan, so vermutet Lorn aufgrund der Lage der Häuser mit den verschiedenen Wohnhäusern und gemeinschaftlichen Ställen. Jedes Anwesen ist umgeben von einem Erdwall, der Wohnhaus und Ställe einschließt – aus Erde, weil Bäume viel zu selten und zu wertvoll sind und lieber als Schattenspender, Obstlieferant oder Windbrecher denn als Baumaterial verwendet werden.

In der Senke an der nördlichen Seite des Tals, eine Meile von der Stelle entfernt, an der die Fünfte Kompanie den Abstieg beginnt, verlaufen lange Gräben parallel zueinander. Lorn nickt – Torfabbau. Die zwei Späher haben nun fast den Punkt der Straße erreicht, der neben den Torfgrabungen liegt, obwohl die Straße mehr als eine Meile südlich der sumpfigen Senke verläuft und nur ein schmaler Weg sich über das sanfte Grasland von der Hauptstraße zum Sumpf windet.

Dünne Rauchsäulen, die sofort vom Wind verweht werden, steigen aus den Kaminen aller vier Wohnhäuser. Ein gutes Zeichen, denkt der Unteroffizier.

»Hier sind sie uns nicht gerade freundlich gesinnt«, warnt Nytral, als sie am Fuß des Hügels angekommen sind, wo die Straße mehr nach Nordosten verläuft und sich durch das lange und gewundene Tal zieht.

»Gibt es Gründe dafür?«

»Sie sagen, wir kämen nicht oft genug hierher und sie müssten mit den barbarischen Angriffen immer alleine fertig werden.«

Lorn nickt, sagt aber nichts dazu.

Als die Fünfte Kompanie sich dem ersten Erdwall nähert, fegt der Wind heftig über Lorn hinweg und mischt wärmere, feuchte Luft mit kalten Wirbeln. Lorn rümpft die Nase, als er jedoch den Rauch riecht, entspannt er sich: verbrannter Torf – ein viel angenehmerer Geruch als der getrocknete Mist, der in den meisten Häusern als Brennmaterial dient.

Im ersten Erdwall befindet sich ein Tor, weniger als zweihundert Ellen von der rechten Straßenseite entfernt. Es steht halb offen und eine bärtige Gestalt in einer Schaffelljacke wartet davor.

»Shofirg!«, befiehlt Nytral. »Schick vier Lanzenkämpfer voraus.«

Lorn und Nytral folgen den vier Lanzenkämpfern die zerfurchte Straße entlang auf das Tor zu; zwanzig Ellen vor dem Mann zügeln sie die Pferde.

»Wir heißen Euch und Eure Kompanie von Lanzenkämpfern willkommen, Ser«, begrüßt sie der Bauer. »Wir haben nicht viel, Ser, aber Ihr könnt Wasser haben und Euch ausruhen.«

Nytral führt sein Pferd an dem Mann vorbei und späht durch das Tor. Er untersucht das Gelände, dreht sich im Sattel um und gibt Lorn ein Zeichen.

»Wir danken Euch«, sagt Lorn zu dem bärtigen Mann, der den Kopf vor dem Unteroffizier verneigt.

»In Zweierreihen formieren!«, ordnet Nytral an. »An die Tröge. Nach Einheiten aufstellen.«

Lorn lenkt seine Stute durch das Tor und zur Nordseite des Hofes, wo er und Nytral die Lanzenreiter vorbeireiten lassen.

Der Boden innerhalb der vier Ellen hohen Einfassung ist von den vielen Schafen und Rindern aufgewühlt worden; dunkel gefrorener Lehm, der sich in wenigen Achttagen in tiefen Morast verwandeln wird, wenn nicht schon früher. Der Gestank von Tiermist durchdringt die Luft und mischt sich mit dem süßlichen

Rauch des brennenden Torfs. Die Tore zum grasbewachsenen Stall hinter dem Wassertrog sind geschlossen und verriegelt, Lorn hört jedoch deutlich das leise Muhen der Rinder dahinter.

»Jeweils eine halbe Einheit zum Wasserfassen! Dubrez fängt an!«, befiehlt Nytral, dabei brüllt er über das ganze Anwesen.

Nachdem die Erste Einheit die Pferde getränkt hat und wieder aufgesessen ist, gibt Lorn vor Shofirgs Einheit seiner Stute zu trinken, während Nytral weiter zusieht. Der junge Offizier passt anschließend seinerseits auf, während Nytral sein Pferd zum Trog reitet.

Der Siedler kommt nun auf Lorn zu, der bereits wieder auf dem Rücken des Pferds sitzt.

»Hast du in letzter Zeit Barbaren gesehen?«, fragt Lorn den Einheimischen.

»Ein wenig früh für Angriffe«, antwortet der rothaarige Mann. »Die Sümpfe und die Nordseite sind noch immer gefroren ...«

Lorn hört sich an, was der Mann zu sagen hat, er versteht jedoch nicht recht, warum der Zeitpunkt der Eisschmelze als Vorzeichen dabei eine so wichtige Rolle spielen soll; aber er versteht sehr wohl, warum der Hirte es damit so genau nimmt. »Haben sie jemals angegriffen, bevor das Eis geschmolzen ist?«

»Einmal, wenn ich mich recht erinnere, Ser ... das war im vorletzten Jahr.«

Nytral steigt wieder auf und lenkt sein Pferd neben Lorns.

»Wünschte, wir könnten Euch mehr anbieten, Ser ...« Die Stimme des Mannes klingt beinahe flehend.

Lorn versteht das Flehen, aber wenn er für all das Wasser und für jede Mahlzeit, die seiner Kompanie angeboten wird, bezahlen müsste, dann wäre seine Börse schon lange vor Ende einer jeden Patrouille leer. Ärger noch, die Pächter würden bald eine Bezahlung verlangen und Lorn weiß, wo das hinführen würde. »Das wäre mir auch lieber, Pächter. Ich wünschte auch, ich könnte dich dafür entschädigen.« Er lächelt. »Vielleicht gelingt es uns ja, ein paar Barbaren zu vertreiben.«

»Wenn Ihr das tut … dann habt Ihr mehr erreicht als die meisten in diesen Tagen.« Der Hirte neigt den Kopf.

Der letzte von Shofirgs Männern sitzt wieder auf dem Pferd und der jüngere der beiden Truppenführer lenkt sein Pferd zu Lorn und Nytral. »Alle Pferde sind getränkt, Sers.«

Lorn beugt sich zu dem Hirten hinunter. »Danke.« Dann gibt er Nytral ein Zeichen.

»Hinausreiten, Einheit für Einheit, in Zweierreihen.« Obwohl Nytral nicht brüllt und nicht schreit, hallt seine Stimme über das ganze Anwesen und noch weit über den Erdwall hinaus, so empfindet es Lorn jedenfalls.

Es ist schon bald Mittag, als die Fünfte Kompanie wieder zur Straße nach Nordosten kommt, aber der leichte Wind erwärmt sich nur zaghaft und noch immer weht er abwechselnd kalt und lau. Die Straße bleibt weiterhin gefroren bis auf ein paar weiche Erhebungen, die direkt nach Süden zeigen und aus denen kleine Rinnsale aus der aufgeweichten Erde sickern.

Weder Nytral noch Lorn sprechen ein Wort. Erst als die Kompanie das letzte der vier Häuser im Tal weit hinter sich gelassen hat, nehmen sie die Unterhaltung wieder auf.

»Sie glauben, wir tun nichts«, bemerkt Lorn.

»Die Lanzenkämpfer tun nie so viel, wie das Volk erwartet, Ser. Besonders hier draußen nicht. Das wäre vielleicht anders, wenn der Kaiser … wenn Seine Kaiserliche Hoheit ein Lanzenkämpfer gewesen wäre. Oder wenn wir mehr Soldaten hätten. Es gibt nie genug Lanzenkämpfer und hat es auch noch nie gegeben, glaube ich …«

»Nein.« Lorn runzelt die Stirn. Nytrals Mutmaßungen verheißen nichts Gutes für die Zukunft des Unteroffiziers, für keinen von ihnen.

»Am besten denkt man gar nicht dran.«

»Das ist wahrscheinlich das Beste«, stimmt Lorn zu. »Es gibt nur eine bestimmte Anzahl von Feuerwagen und nur eine bestimmte Anzahl von Lanzenkämpfern, und es gibt nicht viel, was wir daran ändern können.«

Dann reiten sie eine Zeit lang schweigend nebeneinander her.

Die Hirten aus den anderen drei Anwesen zeigen sich nicht, als die Fünfte Kompanie an ihren Höfen vorbeireitet. Auch öffnet sich keines der Tore.

Am Nachmittag nähert sich die Truppe dem östlichen Ende des Tals, in dem weit und breit keine Hirten oder Herden zu sehen sind – bis auf die innerhalb der Erddämme. Die Späher sind bereits außer Sichtweite hinter dem nächsten Hügel und die Reiterkolonne macht sich daran, die sanfte Anhöhe zu erklimmen.

Lorn blickt auf, Hufschläge nähern sich donnernd. Die zwei Späher peitschen ihre Pferde den niedrigen Pass herunter, der hinausführt aus dem Vier-Häuser-Tal und hinein in die nächste Senke, das Tal des Ausgebrannten Hofes.

»Verdammt!«, murmelt Nytral leise. »Verdammte Barbaren …«

»Haaalt!« Lorn hebt den Arm, die Kompanie hinter ihm kommt zum Stehen.

Während Lorn und Nytral auf die Späher warten, suchen ihre Augen die Straße, das braune Gras und die wenigen, vereinzelt wachsenden Büsche mit dem kümmerlichen grauen Winterlaub ab. Außer den Lanzenkämpfern bewegt sich nichts.

»Sie greifen an, Sers! Sie reiten auf der anderen Seite hinauf und sind schon auf halbem Weg zur Hügelspitze.« Die Worte sprudeln aus dem jüngeren Späher nur so hervor, noch ehe er sein Pferd richtig zügeln kann.

»Um die achtzig Mann. Vielleicht auch mehr«, fügt der Ältere der beiden hinzu.

Lorn dreht sich im Sattel um. Hinter ihnen, weniger

als hundert Ellen entfernt, befindet sich eine kleine Senke und westlich davon eine niedrige Anhöhe.

Nytrals Blick folgt dem seines Unteroffiziers. »Das Beste, was wir jetzt tun können, Ser.«

»Dann nichts wie hin.«

»Kolonne zurück zur Anhöhe, Shofirg!«, befiehlt Nytral.

»Zweite Einheit zurück zur Anhöhe, Dubrez!«, ruft Lorn der Zweiten Einheit zu, seine Stimme klingt etwas weniger durchdringend als Nytrals.

Dubrez nickt und wiederholt: »Zweite Einheit zurück zur Anhöhe!«

Lorn nimmt die Stute herum und die anderen folgen seinem Beispiel, bis die Fünfte Kompanie in einer langen, leicht gekrümmten Reihe den höchsten Punkt erreicht hat. Aber trotz der langen Verteidigungslinie werden ihnen die achtzig barbarischen Angreifer zahlenmäßig weit überlegen sein.

»Dann lasst sie kommen«, ruft Lorn entschlossen.

»Sollen wir nicht stehen bleiben, Ser?«, fragt Nytral leicht verwundert.

»Nein … wir werden nicht angreifen, bis sie die Bodensenke dort erreicht haben.«

»Das wird sie nicht aufhalten.«

»Gibt es denn etwas, das sie aufhalten könnte?« Lorn zieht die Augenbrauen hoch und schiebt die einst weiße Kappe zurück.

Nytral lacht, aber es klingt nicht sehr fröhlich.

Im kalten Nachmittagswind erscheint nun eine Sekunde länger als die andere. Der Hang und die Straße, die aus dem Tal hinausführt, bleiben leer.

»Sie waren schon auf dem Weg hinauf, Sers«, behauptet der jüngere Späher felsenfest, obwohl weder Nytral noch Lorn den Lanzenkämpfer angesehen haben. »Wirklich.«

»Sie werden kommen«, sagt Nytral. »Zu dieser Jahreszeit kehren sie nicht um.«

Lorns Blick wandert noch einmal die lange Reihe von Lanzenkämpfern entlang, dann überprüft er seine eigene Feuerlanze. Er fühlt das Chaos darin – rotes und goldenes Weiß. Seine Augen wandern von der Fünften Kompanie zum Hügel und dann zurück zu den Lanzenkämpfern.

Der Hügel ist noch menschenleer, aber schon im nächsten Augenblick tauchen berittene Gestalten auf, die auf die Spiegellanzenkämpfer zu reiten.

»Fertig zum Angriff!«, brüllt Nytral.

Vierzig Lanzenkämpfer ziehen die drei Ellen langen weißen Feuerlanzen aus den Halterungen und legen sie an. Sie warten, bis die Angreifer nahe genug sind, und auf Lorns Kommando zum Angriff – den unvermeidlichen Befehl, Chaos abzufeuern.

Erschrocken betrachtet Lorn die große Horde von Reitern: fünf Züge, wenn nicht mehr, reiten in lockerer Formation, drei Reihen hintereinander. Im Gegensatz zu den Barbarenpferden, mit denen sie es bisher zu tun hatten, tragen diese Tiere keine Satteltaschen oder Bündel hinter den Sätteln, zumindest kann Lorn nichts dergleichen entdecken. Die Männer führen lange Klingen mit sich, blanke, glänzende Klingen, jede Waffe eineinhalb mal so lang wie Lorns eigener Säbel. Sogar aus einer Entfernung von einer halben Meile schimmern die blanken Eisenklingen der Angreifer mit einer Hässlichkeit, die nur mit Ordnung verstärktes Eisen ausstrahlen kann.

Der Unteroffizier zwingt sich, noch zu warten, um die schwindende Entfernung richtig einschätzen zu können. Er befeuchtet die Lippen, während er die bedrohlich nahe kommenden, großen bärtigen Männer mit den langen Schwertern studiert, die umgeben sind von einer anderen Art von Chaos: dem Chaos der Blutrünstigkeit?

Als die Barbaren sich der Senke nähern und sich auf die Fünfte Kompanie stürzen, brechen sie urplötzlich in ein wildes, wirres Kampfgeschrei aus, das über das braune Gras des sanften Hanges hallt, der sie in keiner Weise aufhält oder behindert.

»Jetzt!«, schreit Lorn.

»Vorwärts! Feuer frei!«, brüllt Nytral. »Feuer frei!«

Die Spiegellanzenkämpfer der Fünften Kompanie bewegen sich vorwärts, etwas schwerfällig zunächst, aber als nur noch etwa hundert Ellen zwischen den beiden Streitmächten liegen, stürmen die Lanzenkämpfer fast genauso schnell wie die Barbaren vorwärts.

»... schlachtet die Weißen Dämonen ab!«

»... Tod den Dämonen!«

Wilde Schlachtrufe hallen durch die Gegend, ausschließlich jedoch aus barbarischen Mündern.

Mit einem Mal ändert sich die barbarische Angriffslinie, Lücken erscheinen hier und dort. Aber die Lücken sind eigentlich gar keine solchen, sondern es entstehen Gruppen von jeweils drei Barbaren, die sich auf einzelne Lanzenkämpfer stürzen.

Nur noch fünfzig Ellen trennen die Barbaren und Lanzenkämpfer voneinander, golden-weiße Chaosblitze schießen aus den Feuerlanzen.

Lorn hält sich mit dem Gebrauch der eigenen Feuerlanze zurück, obwohl er immer weiter auf die Angreifer zu reitet und sich an der Spitze des Feldes befindet.

Fünf Barbaren schwingen ihre Klingen gegen ihn, da hebt er endlich die Lanze und feuert. Nicht jeder Schuss trifft einen Barbaren und Lorn muss sich ducken und unter einer der geschwungenen Eisenklingen zur Seite werfen, die ihn getötet hätte, hätte sie ihn voll getroffen.

Dann stellt er keuchend fest, dass ihn die Stute durch und hinter die barbarische Linie getragen hat – er steht praktisch allein da. Gut vierzig Ellen rechts von ihm taucht Nytral auf, der Truppenführer reißt sein Pferd herum und stürzt sich sofort wieder ins Kampfgetümmel.

Lorn tut es ihm gleich und reitet zurück – nun überlegter –, seine Augen beobachten das Schlachtfeld. Weniger als zwanzig Ellen vor ihm erhebt einer der Barbaren die Waffe, es ist kein langer und unhandlicher Anderthalbhänder, sondern so etwas wie ein Säbel, nur krummer als der der Lanzenkämpfer. Der Barbar duckt sich und wirft sich ins Getümmel, dann erhebt er das Schwert zum Schlag auf die ungeschützte linke Seite eines Lanzenkämpfers.

Lorn feuert eine Chaos-Kugel aus der Lanze geradewegs in den Rücken des Barbaren, dann lenkt er die Stute zum nächsten Kampfplatz. Männer schlagen aufeinander ein, silbrige Cupridiumklingen gegen die tödlichen, mit Ordnung getränkten, scharfen Eisenklingen der Barbaren. Lorn wünscht sich, er könnte den Säbel mit der linken Hand genauso gut führen wie mit der rechten.

Mit einem Zischen durchbohrt der nächste Chaos-Strahl einen bärtigen Barbaren.

Zwei weitere barbarische Angreifer reißen die Pferde herum und reiten aus unerklärlichen Gründen plötzlich auf ein Handgemenge links von Lorn zu. Lorn folgt ihnen und holt den hinteren mit der Lanze vom Pferd. Wie lange wird die Chaos-Ladung wohl noch reichen? Er ist sehr sparsam damit umgegangen und er kann spüren, dass noch eine ansehnliche Menge übrig ist.

Ein einziger zitternder Schrei hallt durch das Tal, worauf gut sechzig Angreifer jählings über den Hang davonstürmen. Nicht dahin zurück, wo sie hergekommen sind, sondern auf die Hügel am nördlichen Ende des Vier-Häuser-Tals zu. Plötzlich steht die Fünfte Kompanie ohne Gegner da, nur die gefallenen Barbaren liegen am Boden.

Lorn atmet tief durch, der Schweiß auf Stirn und Nacken kühlt langsam ab. Rasch zählt er seine Männer. Sechs Spiegellanzenkämpfer liegen im braunen Gras, blutverschmiert die Winterjacken von einem guten halben Dutzend Soldaten. Er hofft, dass nicht alles Blut von den Lanzenkämpfern selbst stammt. Fast zehn barbarische Pferde stehen ohne Reiter da und mehr als zwanzig tote oder sterbende Widersacher liegen ausgestreckt oder zusammengekrümmt im zertrampelten braunen Gras.

Der kalte Wind vermag den Gestank von Blut und Tod nicht wegzufegen, nicht vollständig jedenfalls, genauso wenig wie den Geruch nach feuchtem, totem Gras, aufgewühlt von mehr als hundert Pferden.

Lorn lenkt sein Pferd zurück an die Stelle, wo der Barbar mit dem seltsamen Säbel gefallen ist. Er steigt ab und hebt die Klinge samt Scheide auf; beides schnallt er hinter seinen Sattel. Er steigt wieder auf und reitet zu Nytral, der die Kompanie bereits wieder Aufstellung nehmen lässt. Keiner hat gesehen, dass er das Schwert eingesteckt hat.

»Truppenführer! Bericht erstatten!«, befiehlt Nytral; Shofirg und Dubrez reiten zu Lorn.

Shofirgs Winterjacke weist quer über der linken Schulter einen Riss auf, Blut ist auf dem geölten, weißen Leder zu sehen. »Haben vier Lanzenkämpfer verloren, fünf sind verwundet. Acht Lanzen mit Chaos-Ladung übrig«, berichtet Shofirg.

»Zwei Lanzenkämpfer tot, drei verwundet. Elf Lanzen übrig ... aber mit nur noch wenig Ladung«, fügt Dubrez hinzu.

»Bindet die Schwerter und Schilde auf die barbarischen Pferde. Ihr wisst, was ihr mit unseren Gefallenen zu tun habt.«

»Ser ...«, beide Truppenführer verneigen den Kopf, dann kehren sie zu ihren Einheiten zurück.

»Kam das schon einmal vor?«, fragt Lorn kurze Zeit später. »Dass sich drei Mann gleichzeitig auf einen Lanzenkämpfer stürzen?«

Nytral runzelt die Stirn. »Davon habe ich nichts gesehen, Ser.«

»So war es aber«, versichert Lorn dem Haupttruppenführer. »Deshalb haben sich am Anfang des Angriffs auch Lücken aufgetan. Sie wissen, dass ein Lanzenkämpfer sich immer nur auf einen Mann konzentrieren kann.«

»War auch nicht anders als sonst«, antwortet Nytral.

»Kann schon sein, dass sie das schon länger machen.« Er hält inne und fügt dann hinzu: »Viel größere Bande heute als sonst. Viel größer.«

»Wie viele sind es sonst, wenn sie angreifen?«

»Meistens ein paar mehr, als eine Kompanie Männer hat.«

»Diesmal waren es mehr als doppelt so viele«, bemerkt Lorn. »Wir reiten zurück. Wir haben ein Drittel unserer Männer verloren und nicht mehr viel Chaos-Ladung zur Verfügung.«

»Sie werden zurückkommen … morgen … noch vor Sonnenuntergang«, sagt Nytral voraus. »Selbst wenn wir umkehren. Sie werden uns folgen.«

»Mit noch mehr Männern?«, fragt Lorn.

»Nein … ohne größere Wunden oder Trophäen können sie nicht nach Hause reiten. Sie sind einfach abgehauen … haben nichts erbeutet.«

»Werden sie uns in einen Hinterhalt locken? Was glaubst du?«

Nytral zupft sich nachdenklich am Kinn. »Nicht im herkömmlichen Sinn. Im Dämmerlicht vielleicht … irgendwo, wo wir nicht mit ihnen rechnen … und sie nicht sehen können … Aber sie werden sich nicht anschleichen … Späher töten sie für gewöhnlich nicht, aber verlassen kann man sich darauf natürlich nicht.«

»Dann müssen wir also vorsichtig sein.« Lorn beschleicht langsam das Gefühl, dass bei den Barbaren nichts vorhersehbar ist, bis auf die Tatsache, dass sie Lanzenkämpfer töten wollen – und dass ihnen das trotz der Feuerlanzen auch gelingt. Der sehr gut erhaltene, antike Säbel, der, wie Lorn vermutet, aus Brysta stammt, wirft weitere Fragen auf. Sie laut auszusprechen wagt er nicht, aber wie können so gute Klingen, selbst wenn sie schon alt sind, zu den Barbaren gelangen, und warum hat kein höherer Offizier ihm gegenüber diese Tatsache erwähnt?

Lorn'alt, Isahl

Hauptmann der Spiegellanzenkämpfer

XXXIV

In der Hitze des Spätsommers, seinem dritten Sommer in Isahl, verlagert Lorn einmal mehr das Gewicht im Sattel. Er wischt sich mit dem Handrücken den Schweiß von der Stirn, damit dieser nicht in die Augen laufen kann. Seine Hand ist rot vor Straßenstaub und Lorn reibt sie vorsichtig an dem Tuch ab, das er am Sattel befestigt hat. Seine vormals beigefarbene Uniform ist nun mehr rosa als beige und den Lanzenkämpfern der Fünften Kompanie ergeht es nicht besser.

Westlich der Straße, die sich an der Ostseite des Tals entlang schlängelt, erstreckt sich das Grasland über etwa vier Meilen, bevor die nächsten Hügel aufragen. Die Spitzen der Grashalme, von denen einige seiner Stute bis zur Schulter reichen, beginnen sich bereits braun zu verfärben.

Vor ihnen im Norden liegt das Tal von Ramsende und dahinter das Tal mit dem verlassenen und ausgebrannten Hof, der niemals wieder besiedelt wurde, so vermutet Lorn, weil es in dem kleinen Tal keine Bäche gibt, nur eine magere Quelle. Er fragt sich – nicht zum ersten Mal –, warum die Grashügel nun trockener sind als noch vor Jahren, als die ersten Siedler aus Syadtar hierher geschickt wurden.

Lorn hebt den Kopf leicht an, damit er das Gemurmel der Lanzenkämpfer aus der Ersten Einheit besser verstehen kann.

»... besserer Hauptmann als die meisten ...«

»... immer das Gleiche ... wir reiten und werden angegriffen ... reiten und werden angegriffen ...«

»Willst du die Barbaren vielleicht quer durch die Grashügel jagen?«

Lorn unterdrückt ein Stirnrunzeln, dann gibt er seinem Haupttruppenführer ein Zeichen.

Der bärtige Dubrez mit dem kantigen Gesicht kommt zu Lorn. Er ist nun schon über ein Jahr Haupttruppenführer. Nytral verlor durch eine barbarische Klinge ein Bein und musste in seine Heimat nach Sommerhafen zurückhumpeln.

»Ich frage mich, ob wir nicht besser zwei Späher aussenden. Sie sollen sich die nächsten zwei oder drei Täler ansehen – weit voraus.« Lorn dreht sich im Sattel, tut so, als würde er sich Dubrez zuwenden, und erhebt die Stimme, sodass ihn auch die jammernden Lanzenkämpfer hören können. »Vielleicht finden sie ja ein paar Barbaren, dann müssen wir nicht mehr so weit reiten.«

»Ja, Ser, Hauptmann«, antwortet Dubrez mit einem Funkeln in den Augen.

Lorn zieht den Cupridiumsäbel aus der Scheide, hebt ihn hoch und studiert die rasiermesserscharfe Klinge, die das beste barbarische Schwert durchstoßen kann. »Ich denke noch immer über die Späher nach. Ich hörte einige Männer sagen, dass es vielleicht eine gute Idee wäre.«

Das Gemurmel in der Kompanie verstummt.

»Natürlich können wir den Spähern im Ernstfall nicht helfen, weil wir zu weit weg sind. Es sei denn, sie sind sehr vorsichtig und können die Angreifer aufschrecken.« Lorn zuckt die Achseln. »Möchte nicht, dass sie ihnen die Hälse durchschneiden, nur damit ein schmutziger Barbar eine Frau abbekommt.«

»Nein, Ser.« Dubrez nickt.

Schweigend reiten sie weiter, dann meint Dubrez: »Jetzt jammern sie noch mehr.«

Lorn nickt. »Und es wird noch ärger werden.«

»Das ist nicht gut, Ser.«

»Das wissen wir beide.«

Die Kompanie verhält sich ruhig, das Gemurmel ist

nun so leise, dass Lorn nichts mehr davon versteht, selbst wenn er seine Chaos-Sinne gebraucht. Sie reiten weiter über einen niedrigen Pass und an dem flachen Kamm entlang.

Als die Fünfte Kompanie hinabreitet in das Tal von Ramsende, betrachtet Lorn das Anwesen, das weit im Süden des Tals und näher an der Route zurück nach Isahl liegt als die meisten Häuser in tieferen Gegenden der Grashügel. Für gewöhnlich bauen die Siedler ihre Häuser in die Mitte der Täler. Aber nicht so in Ramsende.

Irgendetwas behagt Lorn nicht und er beobachtet weiter das Anwesen. »Was meint du, Dubrez?«

»Es ist ruhig … niemand zu sehen, es ist fast Mittag.«

Lorn nickt und reitet weiter, er lässt das Haus nicht aus den Augen.

Dann erreichen sie den Bach und die breite, seichte Furt; Lorn entdeckt Hufspuren – sogar sehr viele davon. Er wirft einen Blick auf die grasbewachsenen Wände des Anwesens und fühlt, dass etwas nicht stimmt. Das Tor ist aus den Angeln gefallen, das kann er schon aus einer halben Meile Entfernung erkennen; und obwohl es auf die Mittagszeit zugeht, steigt aus dem Kamin des Wohnhauses nur eine graue, dünne Rauchlinie, was auf ein ausgehendes Feuer hinweist.

Die kleine Herde schwarzgesichtiger Schafe, die südwestlich des Tores grast, ist unbeaufsichtigt – etwas, das Lorn in den drei Jahren, die er nun in Isahl verbracht hat, noch nicht gesehen hat, es sei denn nach einer Attacke der Barbaren. Lorn erkennt zwei reglose Gestalten im Gras: es ist ein Hirte … und sein spitzmäuliger, langhaariger schwarzer Hirtenhund. Dunkle Flecken besprenkeln das grüne und braune Gras.

»Lanzen bereithalten!«, befiehlt Lorn.

Dubrez dreht sich im Sattel um und wiederholt den Befehl, die beiden Truppenführer verstärken das Echo noch.

»Verteilt euch! Vorwärts!«, ruft Lorn.

Die Fünfte Kompanie stellt sich nebeneinander auf und reitet auf das offene Tor des Anwesens zu. Die Lanzenkämpfer legen etwa hundert Ellen zurück, da durchschneidet plötzlich ein lautes, schrilles Pfeifen die Mittagsluft und Hufgeklapper dröhnt hinter den Grasmauern des Anwesens. Mit einem Mal schießen Reiter aus dem zerstörten Tor hervor; die Ersten formen einen Keil vor dem Tor, als wollten sie den nachfolgenden die Flucht ermöglichen.

»Angriff! Feuer frei!«, befiehlt Lorn. Er gibt dem Pferd die Sporen, die Spiegellanzenkämpfer hinter ihm ebenfalls. Sie versuchen, den Barbaren den Weg abzuschneiden und sie hinter die Grasmauern zurückzudrängen.

Ein halber Zug derb gekleideter Barbaren galoppiert an der linken Flanke der Fünften Kompanie vorbei und hält sich Richtung Westen. Die verbliebenen vierzig Räuber bilden mitsamt ihren Pferden einen spitzen Keil und stürzen sich auf die Fünfte Kompanie.

Zwei kurze Blitze schießen aus Lorns Lanze. Einer trifft, dann pariert Lorn den Angriff mehrerer schwerer Eisenklingen mit Feuerlanze und Säbel gleichzeitig, bevor die Stute ihn vor der Spitze des barbarischen Keils in Sicherheit bringt.

»Erste Einheit! Shofirg! Zurück!« Lorns Befehle übertönen den Kampflärm und das Zischen der Feuerlanzen. Er folgt seinem eigenen Befehl und reißt die Stute herum, dann reitet er zur westlichen Flanke des barbarischen Keils, lenkt die Stute an einem verbissen kämpfenden Lanzenkämpfer vorbei und stößt den Säbel mit der linken Hand in den Nacken eines unvorbereiteten Barbaren, der sich nicht mehr wehren kann, als die Chaos-verstärkte Klinge ihm den Kopf vom Hals trennt.

Lorn schwenkt herum, als etwa zehn barbarische Kämpfer durch die Lanzenkämpferlinie brechen, aber die Erste Einheit hat – Lorns Befehl befolgend – bereits wieder Gefechtsstellung eingenommen.

Nach den letzten wenigen Chaos-Blitzen sind die Feuerlanzen entladen und schweigen, nur noch Cupridiumklingen ringen mit Schwarzem Eisen.

Lorn zügelt die Stute, er beobachtet das Gemenge von bärtigen Barbaren mit dunklen Klingen und beige gekleideten Lanzenkämpfern mit glänzenden Säbeln und ist bereit zum Eingreifen, sollte es notwendig werden. Ein großäugiger Barbar bricht aus dem Getümmel aus und lenkt sein Pferd nach Westen, er versucht zu türmen.

Lorn hebt ganz ruhig die Feuerlanze und schießt.

Der Barbar sinkt im Sattel zusammen und rutscht vom Pferd, ein Stiefel verfängt sich im Steigbügel und das Gewicht des Mannes bringt die Stute zum Stehen.

Da bricht ein zweiter Angreifer aus der Menge und Lorn legt erneut die Lanze an, er schießt eine Flamme aus selbst gebündeltem Chaos durch den Rücken des Mannes.

Lorn wartet, aber kein weiterer Angreifer versucht zu fliehen, und als der letzte barbarische Räuber aus dem Sattel fällt, verstummt das Waffengeklirr.

»Zum Haus!«, ruft Lorn und lenkt die Stute Richtung Norden durch das Gewühl von Lanzenkämpfern. »Zum Haus. Los!«

»Zum Haus!«, rufen Dubrez und Shofirg gleichzeitig. Als Lorn schließlich durch das schiefe Tor reitet, stürzt ein bärtiger Riese aus dem Wohnhaus, er macht einen Satz zur Seite und greift sich eine kleine Gestalt, ein dunkelhaariges Mädchen, das Lorn überraschenderweise an Myryan erinnert.

Lorn zieht die Feuerlanze aus der Halterung und beschwört – erneut – die Kräfte jenseits des puren Chaos herauf, denn er weiß, dass nur noch wenig Chaos-Energie in seiner Waffe gespeichert ist. Die Stute geht dem Barbaren langsam entgegen.

Blut ist auf der Hose des bärtigen Mannes verschmiert, er hält das um sich schlagende Mädchen vor seinen Körper wie einen Schild gegen das, was Lorn vorhat. »Wenn du die Lanze noch einmal anlegst, Dämon, dann bring ich sie um!«

Ohne Vorwarnung knallt aus der Silvridiumspitze der Lanze eine weiße Linie, die so dünn ist, dass man sie kaum sehen kann.

Der Barbar krümmt sich, sein Gesicht verbrennt. Das Messer zittert, dann fällt es aus der toten Hand und hinterlässt einen blutigen Schnitt auf dem Gesicht des kleinen Mädchens. Schließlich fällt der kopflose barbarische Leichnam zur Seite.

Das plötzlich befreite Mädchen taumelt auf den reglosen Körper zu, der mit dem Rücken an der Lehmziegelwand des Hauses lehnt.

»... Hauptmann ... hat es wieder getan ...«

»... schschhhhh ...«

Lorns Augen wandern über den Hof innerhalb der Erdwälle. Eine dunkelhaarige, etwas beleibte junge Frau – über die sich das kleine Mädchen nun schluchzend beugt – ist brutal gegen den Keramikwandschirm vor der Vordertür geworfen worden. Sie lässt den Kopf tief hängen, was darauf schließen lässt, dass ihr Genick gebrochen ist. Das kleine Mädchen, kaum zehn Jahre alt, weint laut und klammert sich an die tote Frau, die vielleicht ihre ältere Schwester ist.

Außer den Lanzenkämpfern der Fünften Kompanie bewegt sich nichts.

Weint da nicht jemand im Haus?

»Dubrez ... jemand soll auf das kleine Mädchen aufpassen ... und seht euch die anderen an. Keine Dummheiten mit ihr! Und auch nicht mit den anderen. Mit niemandem!« Lorns Stimme durchschneidet die Stille wie ein Säbel und er zeigt auf die vier erstbesten Lanzenkämpfer. »Ihr vier! Ihr kommt mit mir!«

Er lenkt sein Pferd hinaus aus dem Hof und nach Westen, um den Barbaren zu folgen, die die Straße mittlerweile verlassen haben und zu den nächsten Hügeln reiten.

Etwa zweihundert Ellen hinter dem Erdwall wirft

Lorn einen Blick auf die Lanzenreiter hinter ihm. Der erste Reiter, der auch der jüngste ist, wirkt etwas blass um die Nase.

Lorn lächelt und wendet sich wieder der schwachen Chaos-Spur zu, die er durch das hohe, braune Gras verfolgt. Der Schweiß rinnt ihm unter der leichten Sommerkappe hervor und Lorn wischt ihn weg, während er weiterreitet.

Die Lanzenreiter legen eine Meile durch das bräunliche Spätsommergras zurück, dann noch eine Meile. Als sie einen flachen Hang erreichen, der zu einem von jungen Weiden verdeckten, kleinen Bach führt, spürt Lorn, dass die Barbaren nicht mehr weit entfernt sind, und zügelt die Stute.

Ungefähr zehn Barbaren haben ihre Pferde getränkt und beobachten Lorn und die vier Lanzenreiter, die auf sie zukommen.

»Fertig machen zum Kampf«, befiehlt Lorn ganz ruhig. Er weiß, dass die Feuerlanzen seiner vier Begleiter ohne Chaos sind. Seine Finger berühren die eigene Lanze, aber er nimmt sie nicht aus der Halterung.

»Du wirst sterben, Weißer Dämon«, verkündet der breitschultrige Riese, der in der Mitte der zehnköpfigen Gruppe steht. Der Mann ist zweifellos zwei Köpfe größer als Lorn und mindestens vier Stein schwerer, außerdem scheint kein einziges Gramm Fett seinen Körper zu belasten.

»Warum tötet ihr die Siedler? Sie tun euch nichts.« Lorn spricht mit ruhiger Stimme und lenkt die Stute langsam zu den Barbaren.

»Dieses Land gehörte schon den Großvätern unserer Großväter. Und es wird wieder unseres werden.« Der Barbar spricht eine kehlige Sprache, die nur entfernt an Cyadorisch oder Anglorat erinnert, aus denen sie sich entwickelt hat.

»Warum habt ihr das Mädchen umgebracht?«, fragt der Hauptmann.

»Frauen haben den Männern zu dienen. Sie wollte uns nicht dienen. Außerdem war sie Jungfrau.« Der Mann lacht spöttisch.

Lorn hebt langsam die Lichtlanze, ohne scheinbar auf jemanden im Besonderen zu zielen, dann konzentriert er sich und schwenkt sie zur Seite. Die dünne Chaos-Linie schneidet sechs Barbaren mitsamt ihrer Pferde in der Mitte durch, einen nach dem anderen. Selbst als sein Oberkörper ins hohe Gras stürzt, umklammert der Hüne noch immer seine lange Klinge.

»… verflucht …«, haucht ein Lanzenkämpfer hinter Lorn.

Die vier übrigen Barbaren können nur noch mit großen Augen zusehen, wie Pferde wiehern und Reiter fallen. Ohne innezuhalten, richtet Lorn die Lanze auf die zwei nächsten Feinde.

Mit zwei geradezu zarten Chaos-Blitzen stürzen zwei weitere Barbaren zu Tode.

Lorn steckt die Feuerlanze zurück in den Köcher und wendet sich an die letzten beiden Überlebenden. »Geht!«, schleudert er ihnen entgegen, während ihn Schwindel und Kopfschmerz überfallen, die seinen Schädel zu spalten drohen. »Berichtet eurem Volk, was mit denen geschieht, die unschuldige Mädchen und Frauen töten.«

Die zwei Barbaren starren auf den schlanken Hauptmann und die vier Lanzenkämpfer in seiner Begleitung.

»Sagt es ihnen!« Lorn zwingt sich zu einem kalten Lachen. »Ihr mutigen Krieger.«

»Niemals!« Der Jüngere der beiden Krieger erhebt seine Klinge aus tödlichem, mit Ordnung getränktem Eisen und stürzt sich auf Lorn.

Trotz des Schwindels gibt Lorn der Stute die Sporen, er lehnt sich nach vorn und zieht die schimmernde Cupridiumklinge aus der Scheide. Darin bündelt er das Chaos, das er aus der Umgebung, den Toten und Sterbenden sammelt.

Rötlich weißes Licht flackert aus dem Cupridium und scheint die Klinge zu verlängern, die nun so lang wie eine Lanze wirkt.

Die Augen des jungen Barbaren weiten sich. Er versucht das derbe Großschwert auf Lorn zu richten, aber er ist nicht schnell genug. Das Licht schwindet aus seinen Augen, als die Chaos-Lanze das Ordnungs-Eisen besiegt. Leblos stürzt er aus dem Sattel.

Der Ältere der beiden barbarischen Krieger reißt daraufhin sein Pferd herum und galoppiert Richtung Norden davon.

Lorn presst die Knie gegen den Sattel und kann den Säbel nur noch mit Mühe festhalten. Sein Kopf dröhnt, als wäre er eine Glocke mit Eisenschlegel, Messer aus weißen Schmerzen durchbohren seine Augen.

Langsam, ganz langsam steckt er den Cupridiumsäbel zurück in die Scheide. Die Finger suchen nach der Wasserflasche. Jede Bewegung geht nur langsam vonstatten, nur mühsam gelingt es ihm, die Flasche an die Lippen zu führen, um zu trinken.

Erst danach reitet er zurück zu seinen verblüfft schweigenden Lanzenkämpfern.

»Bei der Dunkelheit, Ser! Habe noch niemals eine Lichtlanze so etwas tun sehen«, platzt der Jüngste von ihnen heraus.

Lorn lächelt schwach, trotz der Wut, die in ihm kocht, trotz des Schwindels und der Qualen, unter denen er versucht, sich auf dem Pferd zu halten. »Was denn?«

»… äh … was Ihr eben damit getan habt, Ser.«

Unter größter Anstrengung zuckt Lorn die Schultern, nach außen hin wirkt es jedoch mühelos. »Ich habe ein paar Barbaren getötet. Deshalb sind wir schließlich hier. Sammelt die guten Pferde ein und folgt mir.« Ohne der bärtigen Gestalt Beachtung zu schenken, die stöhnend auf dem zertrampelten Gras liegt – ein Mann, der in Kürze sterben wird –, lenkt Lorn die Stute zurück zu dem verwüsteten Anwesen.

Nach einer Weile hört er die Pferde seiner Lanzenreiter, die hinter ihm her hetzen, um ihn einzuholen. Er dreht sich nicht um, bis der jüngste Lanzenkämpfer fast neben ihm reitet.

»Wir haben nur zwei Pferde. Eins war lahm, die anderen habt Ihr getötet, Ser.«

»Das reicht völlig, Yubner.« Lorns Stimme klingt förmlich, weder warm noch kalt.

»Ja, Ser.«

Yubner lässt sich zurückfallen und das Gemurmel beginnt. Die Stimmen sind so leise, dass ein normaler Mensch sie nicht verstehen könnte, ein Lanzenoffizier mit Chaos-Ausbildung jedoch sehr wohl.

»... jemals gesehen?«

»... mehr als einmal, Yubbie ... mehr als einmal, aber du wirst außerhalb der Einheit nichts davon erzählen. Verstanden?«

»... hat sie ... einfach getötet ... egal, in welcher Hand er den Säbel gerade hält ...«

»... sie hätten es mit dir auch gemacht, Junge ... schon mit vielen Lanzenkämpfern ... hast du die Mädchen gesehen? Warum glaubst du, sind wir hier draußen?«

»Aber ...«

»... nicht ein Wort ... siehst du, wie viele von uns zurückkommen ... schau dir die anderen Kompanien an ... Hauptmann Jostyn ... weißt du noch?«

Das Gemurmel verstummt, als Lorn und seine Begleiter sich dem Tor zum Gehöft nähern.

Dubrez beobachtet vom Sattel aus den Hauptmann, als die fünf langsam durch das zerstörte Tor reiten. Die letzten zwei Lanzenkämpfer führen jeweils ein barbarisches Pferd hinter sich her. Der Haupttruppenführer reitet auf den Hauptmann zu, die beiden bleiben voreinander stehen.

Dubrez nickt bedächtig und verkündet: »Sieben Lanzenkämpfer verloren, Ser. Fast zwei Züge des Gegners vernichtet, vielleicht auch mehr.«

»Zehn haben versucht zu fliehen. Neun von ihnen haben wir getötet«, stößt Lorn geschwächt hervor.

»Eure Lanzenkämpfer hatten keine Chaos-Ladung mehr in ihren Lanzen«, murmelt Dubrez. »Keiner von uns. Sie laden die Lanzen nicht mehr so voll wie früher.«

»Deshalb ist auch einer davongekommen«, lügt Lorn. »Ich wollte die Männer nicht in Gefahr bringen, wir haben alle bis auf einen erwischt.«

»Neun von zehn … darauf hätte ich niemals gewettet.« Dubrez lacht kurz und schroff.

»Wie viele von den Siedlern haben überlebt?«, fragt Lorn.

»Zwei ältere Frauen, zwei Jungen, eine junge Frau und das Mädchen. Das sind alle, Ser.«

»Sie müssen mit uns zurückreiten, zumindest bis zur nächsten Siedlung, wenn nicht sogar bis Isahl.«

Dubrez wirft einen Blick auf den toten Barbaren beim Haus, dem Lorn den Kopf verbrannt hat. »Wir müssen fast sechzig Mann getötet haben … Aber sie werden zurückkommen, in einem Achttag, vielleicht auch erst in einer Jahreszeit – wer weiß –, und dann werden wir mit noch weniger Chaos in unseren Lanzen auskommen müssen.«

»Vielleicht …«, räumt Lorn ein. »Könnt ihr einige von den barbarischen Pferden für die Siedler einfangen? Die Leute können nicht hier bleiben und wir müssen zurück. Hier können wir ohnehin nichts mehr tun.«

»Stimmt, Ser.« Dubrez lächelt grimmig. »Sechs gute Pferde sollten zu finden sein.« Er dreht sich um. »Stynnet! Du und Forlgyt, ihr sucht sechs gutmütige Pferde. Die Siedler kommen mit uns. Wir reiten zurück nach Isahl, sagt der Hauptmann.«

»Ja, Ser.«

Dubrez nickt Lorn zu und reitet zum Stall, die Tiere müssen befreit werden, damit sie nicht verhungern, bis sich wieder jemand um sie kümmern kann – oder bis sie geschlachtet werden von der nächsten Barbarenbande.

»… sechzig und zwanzig davon hat er selbst getötet …«

Lorn kann sich nur an etwa zehn Mann erinnern, die er getötet hat, aber welchen Sinn hätte es, dagegen zu protestieren? Er hat es schon lange aufgegeben, die Barbaren zu zählen, die durch seine Hand gestorben sind. Er betrachtet noch einmal das Anwesen, denn er muss sich die Einzelheiten für den Bericht merken, den er nach seiner Rückkehr zu verfassen hat.

Das Mädchen, das Lorn gerettet hat, schaudert, als sein Blick den ihren kreuzt. Dann beginnt sie zu zittern.

Der Lanzenkämpferhauptmann bringt ein kühles Lächeln zustande und lässt den Blick weiterschweifen über den Hof und zurück zu Dubrez. »Lass es mich wissen, wenn die Männer bereit sind.«

»Ja, Ser.«

Lorn holt die Wasserflasche heraus und nimmt einen kräftigen, langen Schluck. Er versucht die Kopfschmerzen zu vergessen, das immer wieder auftretende Doppeltsehen und die unsichtbaren Hammerschläge auf seinen Schädel.

XXXV

Zwei Männer stehen auf dem schattigen Ostbalkon im dritten Stockwerk des Lichtpalastes, dem Balkon, der sich in der Nähe des kleineren Audienzsaales befindet, den Kaiser Toziel für Unterredungen bevorzugt. Aber an diesem heißesten Sommernachmittag seit vielen Achttagen reichen der Schatten und der Hauch einer kühlen Meeresbrise nicht aus, um den Schweiß auf ihren Stirnen zu kühlen. Die Brise lässt langsam nach und die Luft ist so regungslos, dass das Hafenbecken im Süden und selbst das Westmeer weit draußen nur blau schimmern und keine einzige Schaumkrone hervorbringen. Windstille und Hitze verhindern, dass die Triliablüten im Garten ihren Duft bis in die oberen Stockwerke des Palastes verbreiten.

Eine der Doppeltüren, die zum Balkon hinausführt, ist nur angelehnt, sodass die zwei Männer hören können, wenn die Glocke sie zurückruft. Im Flur, etwa zehn Ellen von der Tür mit den zehn achteckigen Glasscheiben entfernt, stehen zwei Spiegellanzenkämpfer, beide sind mit einem Degen und einer kurzen Feuerlanze bewaffnet.

»Ihr habt keine große Begeisterung gezeigt für das Vorhaben des Ersten Magiers, den Verwunschenen Wald zu unterwerfen«, bemerkt Luss'alt, der Hauptmann-Kommandant der Spiegellanzenkämpfer, der rangmäßig an zweiter Stelle hinter Rynst'alt steht.

»Nein, das habe ich nicht, und Ihr solltet es auch nicht tun«, antwortet Kharl'elth, der Zweite Magier, ein rothaariger Mann, gekleidet in weißes Schimmertuch. Seine grünen Augen weisen nur eine Spur von Gold auf. »Der Erste Magier plant eine Zukunft, die es niemals geben wird. Er will die Chaos-Türme, die den Verwunschenen Wald umgeben, in die Nebel der Zeit stürzen … und dann darauf vertrauen, dass die drei verbleibenden Chaos-Türme aus dem Viertel der Magi'i uns am Leben erhalten.«

»Das haben sie bereits über viele Generationen hinweg getan«, erklärt Luss bedächtig. »Rynst sagte, der Plan beinhalte, den Verwunschenen Wald gefangen zu nehmen. Dann hätten wir mehr Spiegellanzenkämpfer zur Verfügung, um gegen die Barbaren vorzugehen.«

»Mit weniger Ladung für die Feuerlanzen und weniger Feuerwagen, um den Nachschub zu sichern.« Kharl schüttelt den Kopf. »Der Verwunschene Wald hat sich nicht verändert. Einige der großen Bestien entkommen. Sie töten ein paar Bauern und etwas Vieh. Um diese wenigen Toten in Zukunft zu verhindern, will Chyenfel Jahre von Chaos-Ladungen für die Feuerlanzen und

Feuerwagen opfern.« Der Zweite Magier blickt Luss ins Gesicht und fragt: »Haben die barbarischen Angriffe mit den Jahren abgenommen?«

Luss beantwortet die Frage mit einem verkrampften Lächeln. »Ihr wisst, dass mit jedem Jahr die Anzahl der Angriffe steigt.«

»Die Spiegelingenieure verschicken an die Außenposten im Norden bereits Chaos-Zellen, die in den Wald-Türmen aufgeladen wurden. Wie würde es Euren Lanzenkämpfern ohne dieses Chaos ergehen? Oder wenn die Feuerwagen weniger oft fahren würden?«

»Das Gleiche habe ich Rynst gefragt und er antwortete mir darauf nur, dass das östliche Cyador fallen wird, sobald der Verwunschene Wald die Sperren überwindet.«

»Das kann niemand wissen«, bemerkt Kharl. »Selbst in den Anfangstagen von Cyad reichte dieser verfluchte Wald nicht bis nach Kynstaar. Mir ist lieber, wir verlieren etwas Land an diesen Wald, wenn es denn sein muss, als ganz Cyador an die Barbaren aus dem Norden. Denn diese werden mit Sicherheit alles zerstören, was wir und unsere Vorväter aufgebaut haben.«

»Der Major-Kommandant glaubt, dass die Spiegellanzenkämpfer die Grenzen verteidigen können … auch mit weniger Feuerlanzen.« Luss zuckt die Achseln. »Bis jetzt ist es uns schließlich auch gelungen.«

»Vielleicht können sie das. Vielleicht können sie das wirklich.« Kharl lächelt. »Sie brauchen dazu nur mehr Offiziere, die auch … anderweitig ausgebildet sind.«

Luss'alts Gesicht erstarrt.

»Es sind schon viele Generationen vergangen … seitdem ein solcher groß geworden ist«, fügt der Zweite Magier hinzu.

»Damit ist nicht zu spaßen«, erwidert Luss kühl.

»Es gibt da Gerüchte über den Major-Kommandanten …«

»Sie stimmen nicht und das wisst Ihr auch«, stößt Luss hervor.

»Aber … warum fördert er dann Soldaten wie Hauptmann Eghyr oder diesen Händlersohn – Dymytri – oder den Sohn des Oberlektors Kien'elth …?«

»Im Kampf erweisen sie sich als höchst nützlich, wie auch bei der Zurückdrängung des Verwunschenen Waldes. Eghyr ist sehr erfolgreich, wenn es um die Beseitigung der Barbaren geht, und der junge Lorn scheint ebenfalls sehr fähig zu sein …«

»Das wusste ich gar nicht … Ihr habt ihn seit über einem Jahr nicht mehr erwähnt«, bemerkt der Zweite Magier und Oberlektor. »Dann ist er also noch am Leben?«

»Wie Ihr wissen *solltet*, wurde Lorn'alt letztes Jahr zum Hauptmann befördert. Er ist schon das dritte Jahr in Isahl. Dort wüten hauptsächlich die Jeranyi. Kommandant Thiataphi hatte Befehl, ihn bei den Sondertrupps einzusetzen, die die Barbaren verfolgen.«

»Die Sterberate dort liegt so … bei fünfzig Prozent?«, fragt Kharl'elth und wischt sich achtlos mit einem weißen Tuch den Schweiß von der schmalen Stirn und dem knochigen, glatt rasierten Gesicht.

»Er ist ein junger Mann mit außergewöhnlichen Fähigkeiten und herausragender Intelligenz. Der Major-Kommandant zeigt sich höchst beeindruckt von den Berichten über seine Patrouillen.« Luss lächelt. »Er versteht sich ziemlich gut auf die Beseitigung von lästigen Barbaren und es gibt noch viele zu töten.«

»Ihr habt die Namen dreier brillanter Lanzenkämpfer genannt, die alle möglicherweise magische Talente besitzen und die – sollten sie überleben – alle nach Cyad zurückkehren könnten. Ich wusste bisher nicht, dass die Spiegellanzenkämpfer Derartiges unterstützen.« Kharl'elth schüttelt den Kopf. »Der Major-Kommandant mag dergleichen gutheißen, aber für Cyador wäre es nicht vorteilhaft. Nicht jetzt.«

»Macht Euch keine Sorgen. Es hat über Generationen hinweg viele von ihnen gegeben. Wenn so einer die Patrouillen bei den Barbaren überlebt, bekommt er das

Kommando über einen Wachposten an der Grenze zum Verwunschenen Wald.« Luss lächelt. »Sollte derjenige dann seine magischen Talente noch immer nicht vergessen haben und so gut sein, dass er weiter befördert wird, dann … ja dann weiß unser Freund Maran auch mit einem so außergewöhnlichen Lanzenkämpfer-Magier umzugehen.«

»Das habe ich mir schon gedacht, aber wir Magi'i haben trotzdem Bedenken.« Kharl lächelt trocken. »Ihr habt immer alles so gut im Griff, mein guter Luss.«

Der Hauptmann-Kommandant runzelt die Stirn und fragt: »Warum ist Hauptmann Lorns Vater niemals höher als bis zum Oberlektor aufgestiegen?«

»Kien'elth ist ein hoch angesehener Oberlektor und einer der treuesten Magi'i. Er gehört zu den besten Magiern unter den Magi'i. Und als solcher wird er höchstwahrscheinlich nicht lange genug leben, um seinen Sohn Hauptmann Lorn noch beraten zu können, sollte der junge Mann dem Schicksal entgehen können, das Ihr und Maran für ihn vorgesehen habt. Was höchst unglücklich wäre, wenn ich mir die Bemerkung erlauben darf.« Kharls Lächeln beschränkt sich nur auf den Mund, es erreicht die grünen Augen nicht.

»Maran lässt keinen entwischen«, erklärt Luss. Er fährt sich über die Stirn. »So warm wie heute ist es selten. Wir sollten jetzt wieder zu unseren Vorgesetzten stoßen.«

»Maran lässt nur *wenige* entwischen«, verbessert Kharl. »Thiataphi ist es gelungen, aber er weiß, worum es geht. Stimmt es etwa nicht, dass er um ein Gehalt bei den Magiern gebeten hatte, bevor er für den Posten des Major-Kommandanten in Cyad in Erwägung gezogen wurde?«

Luss nickt.

»Wie denkt Rynst über diese Politik der … Verhinderung von … Lanzenkämpfer-Magiern?«, will Kharl wissen.

»Er ist nicht dagegen. Nicht solange alle ranghohen Spiegellanzenkämpfer dieses Verfahren unterstützen«, antwortet Luss. »Was ist mit dem Ersten Magier?«

»Er ist strikt dagegen, dass Chaos außerhalb des Viertels und der disziplinierten Magi'i-Kreise gehandhabt wird, darüber sind wir uns alle einig. Ausnahmslos.« Kharl lächelt. »Wir sollten nun wirklich zurückgehen und der Verkündung der Audienzergebnisse beiwohnen.«

Luss nickt ein weiteres Mal.

XXXVI

Nach dem Abendessen, das aus schwerem Hammelfleisch bestand, weichen Kartoffeln – wahrscheinlich noch von der letzten Ernte übrig geblieben – und Brot, härter als so manche barbarische Klinge, hat sich Lorn ins Offiziersarbeitszimmer zurückgezogen, wo er im Sonnenlicht des hellen Sommerabends den Patrouillenbericht noch ein letztes Mal durchgeht, bevor er ihn beiseite legt, um ihn am nächsten Morgen Oberst Zandrey vorzulegen.

Dann nimmt er die erste der an ihn gerichteten Schriftrollen zur Hand, die hier auf seine Rückkehr gewartet haben; sie stammt von Myryan. Beim ersten Lesen hat er die Zeilen nur überflogen, nun muss er sie noch einmal genau studieren. Sein Blick ist auf die anmutigen Buchstaben gerichtet.

Mein lieber Lorn,
es erscheint mir so lange her, dass wir uns gesehen haben, tatsächlich sind es schon mehr als drei Jahre …

… habe die Ausbildung zur Heilerin fast abgeschlossen. Ich gehe jetzt jeden vierten Tag zur Krankenstation der Lan-

zenkämpfer und mache jeden zweiten Tag Hausbesuche … Heilen ist schwer, aber auf seine eigene Art und Weise auch lohnend. Jerial behauptete das schon vor langer Zeit, aber wir werden, glaube ich, unterschiedlich entlohnt. Vor einer Woche brachte man mir eine Heilernadel, ich weiß nur nicht, woher sie stammt. Ich kann sie noch nicht tragen, nicht vor der Zeremonie, die nächsten Achttag stattfindet. Sie ist wunderschön: grüner Lack auf Gold. Ein Bote holte sie bei Syang, dem Goldschmied, ab, aber niemand konnte mir bisher sagen, wer sie in Auftrag gegeben hat. Ich weiß nur, dass der Kauf durch ein kleines Handelshaus getätigt wurde. Es ist alles sehr seltsam und ich wünschte, du könntest bei der Zeremonie dabei sein, aber du wirst diesen Brief vermutlich erst erhalten, wenn ich schon lange eine anerkannte Heilerin bin …

Lorn macht eine Pause. Seine warmherzige, liebe, kleine Schwester – eine Heilerin. Und die goldene Nadel … er hat da so eine Ahnung, aber es ist nichts als eine Vermutung – noch.

Vernt trifft sich endlich mit einem Mädchen. Er spricht mit niemandem darüber, außer mit Vater, und ich glaube, es war Vater, der das eingefädelt hat.

… hätte dir gern ein Birnapfeltörtchen geschickt, aber sie lassen sich so schwer versenden. Früher hast du sie immer aus der Küche gestohlen und einmal auch mir eines auf mein Zimmer gebracht. Das hat noch viel besser geschmeckt …

Lorn liest Myryans Brief zu Ende und fährt sich durchs kurze, braune Haar. Was soll er ihr schreiben? Schließlich nimmt er die Bronzefeder zur Hand und taucht sie in die Tinte. Langsam beginnt er zu schreiben.

Deine Schriftrolle wartete hier auf mich, als ich von der Patrouille zurückkam. Ich freue mich, dass du nun eine richtige Heilerin geworden bist … würde dir gern mittei-

len, dass ich etwas mit der Heilernadel zu tun habe, aber es wäre gelogen. Ich hätte dir liebend gern eine geschickt, aber ich weiß nicht einmal, wie so etwas aussieht … Der Sommer hier ist heiß. Es ist heißer als in Cyad und trockener … hätte sehr gern ein Birnapfeltörtchen … vermisse diese Dinge, aber am meisten vermisse ich die Familie und die Gespräche und sogar Vaters lange Vorträge …

Er schreibt den Antwortbrief an Myryan fertig und rollt die zweite Schriftrolle auf. Er hat sie kurz vor Beginn der letzten Patrouille erhalten, sie stammt von seinem Vater, doch Lorn hatte keine Zeit gefunden, sie vor dem Aufbruch nach Ramsende – und den Angriffen der Barbaren – noch zu beantworten.

Er entrollt sie langsam und liest sie sorgfältig durch, so als würde er sie zum ersten Mal lesen.

… Ich habe deinen Rat schließlich doch befolgt und Myryan noch etwas Zeit gelassen, aber mein Entschluss steht fest: Es ist das Beste für sie, Ciesrt zum Gemahl zu nehmen. Sie werden bereits vermählt sein, wenn diese Zeilen dich erreichen. Ich weiß um deine Bedenken, sie sind durchaus berechtigt, und ich schreibe dies auch nicht, um dich zu beschwichtigen. Ich bitte dich nur darum, erst nach Cyad zurückzukehren und deine Schwester zu besuchen, bevor du vorschnell urteilst … Vernt wird von den älteren Magi'i respektiert und geschätzt … Es tröstet mich zu hören, dass du nun Hauptmann geworden bist. Laut Luss'alt sind die ersten zwei Jahre die gefährlichsten, obwohl er auch meint, dass das Leben eines Lanzenkämpfers stets gefährlich ist …

Der Brief enthält weitere Höflichkeiten und schließt:

… Ich kann die Muster der Rationalen Sterne sehen, einige verändern sich, andere nicht; einige scheinen stets heller als die anderen, ganz gleich, wo am Himmel sie sich gerade bewegen.

Lorn schürzt die Lippen. Sein Vater hat selten von den Rationalen Sternen gesprochen geschweige denn darüber geschrieben, denn die Rationalen Sterne gehören zum Geschlecht der Kaiser und nicht zu dem der Magier oder Lanzenkämpfer. Er wundert sich auch über die zeitliche Überschneidung der zwei Briefe. Myryan schrieb ihre Schriftrolle später, doch sie erwähnte Ciesrt mit keiner Silbe. Lorn beschließt, nichts zu schreiben, was auch sie nicht erwähnt hat. Jerial hat ihm überhaupt noch nicht geschrieben. Wie soll er seinem Vater nun antworten? Schließlich nimmt er das nächste Blatt Papier und taucht die Feder ins Tintenfass.

Vater,
es tut mir Leid, dass es so lange gedauert hat, bis ich zurückschreibe, aber ich war auf Patrouille und bin gerade erst zurückgekehrt …

… Ich bin dir dankbar, dass du mit der Besiegelung der Vermählung von Myryan und Ciesrt'elth noch gewartet hast und ich werde auch deinen Rat in dieser Sache befolgen …

»Das ist schließlich das Einzige, was ich tun kann«, murmelt Lorn leise und sieht sich um. »Zumindest von hier aus.«

Der blasse, blonde Unteroffizier Cyllt betritt das Arbeitszimmer und setzt sich an den am weitesten von Lorn entfernten Schreibtisch, um eine einzige Schriftrolle zu studieren. Neben die Schriftrolle stellt Cyllt eine fast volle Flasche dunklen Byrdyn, der nicht halb so gut schmeckt wie der bernsteinfarbene Alafraan.

Lorn nickt höflich zum Gruße, bevor er die Feder erneut eintaucht und mit der Antwort fortfährt.

Ich habe nichts von einer Vermählung in meinem Brief an Myryan erwähnt, weil sie ihrerseits auch nichts davon zu Papier brachte …

Für die Patrouillen sind besondere Kenntnisse und Fähigkeiten notwendig, und ich habe das große Glück, mit Lanzenkämpfern zu dienen, die in der Lage sind, mir diese zu vermitteln …

Man hat mir mitgeteilt, dass mir nach drei vollen Dienstjahren eine halbe Jahreszeit Heimaturlaub zusteht, ganz gleich ob ich nun in Isahl bleibe oder anderswo stationiert werde. Meine nächste Aufgabe wird mir vermutlich im Frühherbst zugeteilt werden …

Er schließt den Brief wie folgt:

… ich freue mich, dich im nächsten Winter wieder zu sehen.

Lorn hat sich die Schriftrolle von Ryalth bis zum Schluss aufgehoben, denn ihre Briefe sind so selten, dass er sich immer besonders darauf freut, und er möchte ihre Worte noch einmal lesen, bevor er darauf antwortet. Wieder fällt ihm der Absenderstempel ins Auge, der Brief wurde in Fyrad abgeschickt, so wie alle ihre Schriftrollen; daher auch die Seltenheit. Lorn schickt seine Briefe ebenfalls an die Handelshausadresse in Fyrad – ein sehr weiser Zug von Ryalth.

Mein lieber Lanzenkämpferhauptmann,
deine Briefe sind stets unendlich überraschend. Ich als ungebildete Händlerin vermag nicht, angemessen auf deine eleganten Sätze zu antworten. Ich will es auch gar nicht versuchen. Ich möchte dir nur schreiben, dass die Beständigkeit, die du niemals nur vorgetäuscht hast, alles übersteigt, was ich jemals erlebt habe.

Das Handelshaus Ryalor …

Lorn zuckt noch immer zusammen bei dem Namen, den sie für ihr Handelshaus gewählt hat, obwohl er das meiste Geld für die Gründung des Hauses beigesteuert hat.

... gedeiht weiterhin prächtig und wir besitzen nun Anteile an drei Küstenschonern und zwei hochseetüchtigen Handelsschiffen. Einige dieser Anteile sind groß genug, sodass wir vielleicht bald ein oder zwei mehr besitzen werden. Die langfristigen Kupfer-Terminkontrakte haben sich so gut entwickelt, dass ich einen davon mit großem Gewinn verkaufen habe; wir könnten nun die anderen alle verlieren und hätten trotzdem noch Gewinn gemacht.

Lorn lacht in sich hinein. Sie schreibt, als wüsste sie wirklich, was sie tut.

Es geht das Gerücht, dass mein Gemahl in fernen Ländern arbeitet, und wir wissen, dass das ja auch irgendwie stimmt, genauso wie für meinen unbekannten Handelspartner ... obwohl ich mir in seinem Namen schon einige Leichtsinnigkeiten geleistet habe.

Lorns Stirn legt sich in Falten, als er das Wort ›Leichtsinnigkeiten‹ liest. In allen Briefen von Ryalth stehen kleine Botschaften zwischen den Zeilen, was wahrscheinlich sehr weise ist. Er kann sich nur wundern und den Kopf schütteln. Er lebt in Isahl und Ryalth in Cyad; und während seiner freien Tage darf er nicht weiter als bis nach Syadtar reiten. Er ist Lanzenkämpferoffizier und sie Händlerin. Lorn lächelt. Ein Magier kann auf keinen Fall eine Händlerin heiraten ... wenn ein Lanzenkämpferoffizier es täte, würde es lediglich als Skandal empfunden werden.

Lorn sitzt ganz allein am Tisch und lacht, was Cyllt zum Aufblicken veranlasst, aber der Unteroffizier senkt den Blick schnell wieder, nachdem er das schwere Kelchglas erneut mit Byrdyn gefüllt hat.

Das Handelshaus Ryalor wird von Zeit zu Zeit von verschiedenen hamorischen und austranischen Händlern konsultiert. Es ist fast so, als wären wir eines der kleineren

Familienhandelshäuser. Wir sind nicht sehr groß, aber wer hätte jemals gedacht, dass Öl und Baumwolle so gut ins Geschäft kommen würden?

Ich habe einen Buchhalter eingestellt. Man kann ihn natürlich nicht mit meinem früheren vergleichen. Er ist sehr höflich, aber er nennt mich weiterhin ›Herr‹. Er sagt, es sei eine Angewohnheit von ihm. Es gibt nur zwei andere Häuser hier und kein Handelshaus, das von einer Frau geführt wird …

»Da kommt der Oberst«, murmelt Cyllt.

Lorn schiebt Ryalths Schriftrolle rasch unter die von seinem Vater und Myryan, den Bericht und das weiße Papier, auf das er die Antwort an Ryalth schreiben will, lässt er liegen.

Der schwarzhaarige, stämmige Zandrey wirft einen schnellen Blick auf das schwere Kelchglas neben Cyllt. »Der Wein kann ein zu treuer Gefährte werden hier in Isahl.«

»Ja, Ser.«

Lorn verkneift sich ein Nicken. Er erinnert sich an Jostyn, der daran Gefallen fand, in den Satteltaschen Wein mit auf die Patrouillen zu nehmen; zuerst Alafraan und dann immer billigeren Fusel, bis die Barbaren ihn schließlich vom Pferd holten. Eine Zeit lang hatte Sub-Major Brevyl jeglichen Wein aus dem Arbeitszimmer und aus ganz Isahl verbannt, um die Offiziere zu bestrafen, die ihn nicht darüber informiert hatten, dass Jostyn eine Gefahr darstellte.

»Ihr wusstet es«, hatte Brevyl zu den anderen Offizieren gesagt, als er sie um sich gesammelt hatte. »Ihr wusstet es und keiner hat mir je etwas gesagt. Gute Lanzenkämpfer wurden getötet, das hätte nicht passieren dürfen.«

Neben dem Wein – dieser aus gutem Grund – hatte auch Oberst Chyorst Isahl verlassen, degradiert zum Hauptmann. Später erzählte man sich, dass er während einer Patrouille am Verwunschenen Wald gestorben war, seine Leiche hat man nie gefunden.

»Fragt Lorn dort drüben, wie der Wein anderen Offizieren bekommen ist«, sagt Zandrey. »Oder auch nicht, je nachdem, wie man es sehen will.« Sein Lächeln wirkt freudlos, dann geht er auf Lorn zu.

Im Gegensatz zu Cyllt steht Lorn auf, wenn auch ein wenig langsam. »Ser.«

»Setzt Euch, Lorn.« Zandrey zieht sich einen Stuhl heran.

Lorn lässt sich wieder nieder.

»Gute Patrouille … Kielt hat mit Dubrez gesprochen«, meint der Oberst im Plauderton, wenn auch mit leiser Stimme. »Mehr als sechzig Barbaren … das ist viel für Ramsende. Ich habe die alten Berichte überprüft. Seit mehr als zwanzig Jahren hat es keine so große Barbarenbande mehr gegeben. In Assyadt, draußen im Westen, ja, aber nicht so weit im Nordosten.«

Lorn reicht ihm den Bericht. »Wollt Ihr ihn lesen? Er ist gerade fertig geworden.«

Der Oberst schüttelt den Kopf. »Legt ihn morgen in mein Fach. Ist Euch noch etwas anderes aufgefallen?«

»Die Barbaren haben sich zu einem Keil formiert, um uns anzugreifen. Damit hätten sie weniger Erfolg gehabt, wenn wir volle Lanzen gehabt hätten.«

»Ich habe eine Schriftrolle von Eghyr erhalten. Er schreibt, dass sie das in Abyfel auch getan hätten.« Zandreys Lippen formen sich zu einem schiefen Lächeln.

»Er ist der Oberst für den westlichen Abschnitt dort, nicht wahr?«

»Das stimmt. In zwei Jahren wird er wahrscheinlich Sub-Major sein.«

»Er ist sehr klug«, sagt Lorn.

»Nicht so klug wie Ihr. Ihr könntet Oberst werden in einem der Jeranyi-Abschnitte, Lorn«, meint Zandrey. »Vielleicht schon in zwei Jahren.« Ein kurzes Lachen folgt. »Und zwei Jahre danach könnte es dann geschehen.«

»Das ist das Programm für die Söhne der Magi'i, nicht wahr? Für die meisten jedenfalls. Bevor sie sterben, meine ich.« Lorns Worte klingen gefasst, beinahe gleichgültig.

»Für die, die nicht begabt genug sind, um Magi'i zu werden, und nicht dumm genug, um sich von den Barbaren umbringen zu lassen«, antwortet Zandrey. »Und für die, die nicht zu frech zu ihrem Oberst sind.« Das Lachen hinter den letzten Worten schwächt deren Ernsthaftigkeit etwas ab.

»Ich glaube nicht, dass ich Oberst in einem Barbaren-Abschnitt werde.« Lorns Stimme klingt interesselos, ein gleichgültiger Ton, den die bernsteinfarbenen Augen jedoch nicht ausdrücken.

»Euch ist etwas Besonderes vorbestimmt.« Zandrey zuckt die Schultern und steht auf. »Nichts kann Euch etwas anhaben.« Er grinst. »Denkt daran, dass wir anderen nur einfache Lanzenkämpferoffiziere sind, wenn es so weit ist.«

»Wenn Ihr dasselbe für mich tut, Ser.« Lorn steht auf und erwidert das Grinsen.

Cyllts Blick erhärtet sich, während seine Augen zwischen Zandrey und Lorn hin und her wandern und dann dem hinausgehenden Oberst folgen.

Lorn setzt sich wieder und schreibt die Schriftrolle für Ryalth zu Ende, die er an einen Händler in Fyrad schicken wird, von wo aus sie ihren Weg zu Ryalth über mehrere Umwege finden wird; wie genau, ist Lorn jedoch schleierhaft. Seine Lippen verziehen sich zu einem Lächeln. Dadurch soll Ryalth geschützt werden; nur, dass Ryalth selbst diesen Versandweg eingefädelt hat, um ihn zu schützen. Damit verhält es sich wie mit allem in Cyador, nichts ist so, wie es scheint, selbst unter einem Kaiser der Rationalen Sterne.

Am anderen Tisch nimmt Cyllt einen weiteren kräftigen Schluck von dem Byrdyn.

XXXVII

Der heiße Wind bläst aus Nordwesten den Angreifern in den Rücken und Lorn mitten ins Gesicht. Er muss die Augen zusammenkneifen, während er den langen Anstieg hinaufreitet und gleichzeitig seine weiße Stute seitlich an der Fünften Kompanie vorbeilenkt, bis er sich vor allen Lanzenreitern an der Flanke befindet.

Die Barbaren haben sich zu zwei Keilen geformt, fast eine halbe Meile entfernt. Dann hallt eine Serie von Schreien durch den Nachmittag, und die zwei Keile fangen an, sich zu bewegen, sie stürzen über das braune Sommergras auf die Fünfte und Zweite Kompanie zu. Staub wirbelt durchs Gras, das den Pferden bis zu den Knien reicht.

»Cyllt! Erste Einheit zum rechten Keil!«, befiehlt Lorn. »Dubrez, nimm Shofirgs Einheit und unterstütz damit die Zweite Kompanie.«

»Ja, Ser!«, antwortet Dubrez.

»Ja, Ser.« Die Antwort des Unteroffiziers hinkt Dubrez' Ruf hinterher.

Lorn zieht die Lanze aus der Halterung, er hält sie tief und zielt mit seinen Chaos-Sinnen auf die Knie des Pferdes, das den linken Keil des barbarischen Angriffs anführt.

Eine einzige kurze Chaos-Flamme geht ungehört und ungesehen im Getöse von einhundertzwanzig Barbaren samt Pferden unter, die auf die Spiegellanzenkämpfer zustürmen. Das Pferd geht zu Boden und die darauf folgenden sind so dicht dahinter, dass die nächsten vier Pferde sich ineinander verkeilen und den ganzen linken Flügel behindern. Als sich die Barbaren weiter nähern, kann Lorn deutlich erkennen, dass die meisten nun polierte Eisenschilde tragen, kleine runde Ovale, mit denen sie die Chaos-Blitze aus den Feuerlanzen ablenken, welche bei weitem nicht mehr über die Ladung der vergangenen Jahre verfügen.

»Lanzen bereithalten!«, ordnet Dubrez an. »Lanzen bereithalten.«

Verdeckt benützt Lorn seine Lanze ein zweites Mal; dabei holt er sich das Chaos, wo er es gerade findet, aber nicht aus der ungenügenden Chaos-Ladung im Lanzenschaft. Ein zweites, sorgfältig ausgewähltes Pferd stürzt und vom zweiten Keil des barbarischen Angriffs bleibt nur ein völlig unmagisches Chaos aus Pferden und Reitern übrig.

»Jetzt! Dubrez! Vorwärts und Feuer frei! Aus kurzer Entfernung schießen!«

»Vorwärts! Aus kurzer Entfernung schießen!«, befiehlt der Haupttruppenführer. »Kurze Entfernung!«

Die kurzen Blitze aus gold-weißem Chaos treffen zwar einige Barbaren an der Spitze des Keiles, aber die Masse von Pferden und Reitern greift die vorrückende Linie der Spiegellanzenkämpfer an, die langsamer wird und immer unruhiger.

Ein Barbar, der mit Schild und Anderthalbhänder das Gleichgewicht nur mühsam halten kann, schlägt etwas zu heftig um sich. Da fegt Lorns Cupridiumsäbel wie ein Blitz durch die Luft und schon hat der Hauptmann den sterbenden Barbaren hinter sich gelassen und stößt die mit Chaos verstärkte Klinge durch die Schulter eines anderen.

Lorn fühlt jemanden auf der linken Seite und windet seinen Körper aus der Bahn eines unbeholfen geschwungenen großen Schwertes. Mit dem Gegenschlag trennt er den Kopf des Angreifers von dessen Oberkörper. Lorn fängt sich rechtzeitig wieder, um die Stute herumzureißen und einen Angreifer von hinten zu erledigen. Dann treibt er das Pferd hinaus aus dem Mittelpunkt des Gemenges, wobei er den Säbel gebraucht, um eine schimmernde Verteidigungslinie zu weben.

Ein Stück außerhalb des Kampfgetümmels nimmt er

die Stute herum und wartet einen Augenblick, bevor er einen Barbaren vom Pferd holt, der es auf einen Lanzenkämpfer abgesehen hat, welcher gerade mit einem barbarischen Riesen kämpft und ihm von dieser Seite wehrlos ausgeliefert wäre. Obwohl der Barbar Lorns Annäherung bemerkt, ist er nicht schnell genug und schon blutet ein tiefer Schnitt an seiner Schulter. Die Klinge fällt zu Boden und er versucht, das Eisenschild auf Lorns Säbelhand – die Linke – zu schmettern, aber auch das gelingt ihm nicht mehr, er ist zu langsam. Der Säbel trifft den Hals des kämpfenden Barbaren tödlich, worauf Lorn sich aus dem Gewirr von Barbaren und Lanzenkämpfern zurückzieht. Plötzlich teilt sich das Kampfgemenge wieder in zwei Streitkräfte.

So schnell wie es begonnen hat, ist das Gefecht vorüber, und Lorn sieht zu, wie etwa sechzig Barbaren zurück nach Norden reiten. Einige von ihnen schwanken bedenklich in den Sätteln.

Um Lorn herum steigt das Chaos des Todes auf und mit ihm der Gestank von Blut. Er wirft einen Blick auf seinen eigenen Säbel, der blutverschmiert ist. Dunkle Flecken zieren seinen linken Unterarm und sprenkeln die Hosen. Er wischt den Säbel mit dem Tuch sauber, das am Sattel hängt, und steckt ihn in die Scheide.

»Sucht zuerst die Verwundeten!«, ruft Dubrez. »Tötet alle Barbaren. Sie würden mit euch Schlimmeres tun.« Er richtet seine Worte an drei der jüngeren Lanzenreiter, die erst einen oder zwei barbarische Angriffe mitgemacht haben.

Mit gezogenen Säbeln gehen die drei Männer langsam von einem Gefallenen zum anderen.

»Hier ist einer von uns.«

Zwei andere Lanzenkämpfer eilen mit Verbandszeug herbei und die drei streifen weiter durch die Leichen und Verletzten. Einmal blitzt ein Säbel auf, aber keiner der drei verliert ein Wort dabei.

Ohne die Kopfschmerzen zu beachten, die stets mit

dem Chaos einhergehen, das er aus dem Grasland zieht, lässt sich Lorn von der Stute langsam zu einem Stück Land tragen, auf dem keine gestürzten Pferde, Tote oder sterbende Lanzenkämpfer und Barbaren liegen. Er holt tief Luft, die Augen sind auf den nordwestlichen Teil des grasbewachsenen Hanges gerichtet. Die Angreifer befinden sich bereits außer Sichtweite hinter der ersten Hügelkette im Norden.

Lorn wendet das Pferd.

Dielbyn, der Haupttruppenführer der Zweiten Kompanie, reitet langsam auf Lorn zu.

Lorn schweigt.

»Der Unteroffizier … Ser.«

»Er ist gefallen«, führt Lorn den Satz zu Ende. »Tapfer.« Alle Offiziere sterben tapfer.

»Ja, Ser.« Dielbyn wendet den Blick nicht von Lorn.

Nach einem Augenblick nickt der Hauptmann und fragt: »Wie viele aus der Zweiten Kompanie sind noch kämpffähig?«

»Die Zweite Einheit hat am meisten von dem Angriff abbekommen … sechs sind noch übrig, Ser. Zehn aus der Ersten Einheit. Vier von ihnen würden aber einem Kampf nicht mehr standhalten.«

Lorn denkt nach. Die Zweite Kompanie hatte schon zehn Männer zu wenig, als sie losgeritten sind. »Können die Verwundeten reiten?«

»Ja, Ser. Langsam. Nur Cymion nicht mehr. Aber er wird den heutigen Tag wohl ohnehin nicht überleben.«

Dubrez sitzt etwa dreißig Ellen entfernt auf seinem Pferd und wartet.

»Sie sollen sich fertig machen zum Abmarsch«, sagt Lorn.

»Ja, Ser.«

Dielbyn beginnt sofort damit, die Zweite Kompanie wieder zu formieren. Dubrez reitet zu Lorn. »Haben vier verloren, Ser. Alle aus Shofirgs Einheit. In Gylars Einheit sind drei verwundet.«

»Danke.« Lorn überlegt weiter. Die Fünfte Kompanie verfügte zu Beginn der Patrouille über fünfunddreißig Lanzenkämpfer und fast fünfundzwanzig sind noch am Leben, aber die Zweite umfasst nicht einmal mehr einen vollständigen Zug Lanzenkämpfer. Major Brevyl wird nicht erfreut sein, wenn die zwei Kompanien schon zurückkehren. Zwei barbarische Banden hintereinander, so groß wie jene, die die Fünfte und Zweite Kompanie gerade bezwungen hat, sind unwahrscheinlich; wenn Lorn jedoch weiterreitet, werden nur wenige der Verwundeten überleben – wenn überhaupt. Lorn weiß auch, dass keine der Kompanien in nächster Zeit verstärkt wird, noch werden voll aufgeladene Feuerlanzen ankommen, um die zu ersetzen, die im Kampf gegen die Barbaren entladen wurden.

Das Lächeln auf Lorns Gesicht wirkt eingefroren, als er die Befehle für den Rückzug nach Isahl erteilt. Hinter dem Lächeln gehen tausend Fragen durch seinen Kopf. Wie lange kann er die Barbaren noch zurückdrängen – mit immer weniger Männern und immer weniger Feuerlanzen, die zudem immer schlechter aufgeladen werden? Manchmal glaubt er zu spüren, dass er sein Leben riskiert, wenn er Chaos aus der Umgebung sammelt.

XXXVIII

Lorn bleibt vor dem Schreibtisch im viereckigen Turm stehen. Das Spätnachmittagslicht fällt durch die hohen Fenster in den Raum und beleuchtet jedes einzelne Staubkörnchen in der Luft, wovon einige wie winzige Chaos-Punkte zu leuchten scheinen. Seine Augen beobachten den neu ernannten Major.

»... Ihr vernichtet drei Züge, verliert aber selbst einen Zug dabei. Dann kommt Ihr zurück, ohne die Patrouille zu Ende zu führen.« Brevyl spricht mit entschiedener Stimme. So wirken auch die grünen Augen.

»Ja, Ser.«

»Ihr hättet weiterreiten können«, fährt der Major fort. »Andere tun es auch. Das ist schließlich die Aufgabe der Lanzenkämpfer, wenn Ihr Euch erinnern wollt, Hauptmann.«

»Ja, Ser, das hätte ich tun können«, meint Lorn gleichmütig. »Dann hätten wir alle Verwundeten verloren und keine weiteren Barbaren töten können. Wenn Ihr es wünscht, Ser, führen wir morgen die Patrouille fort.«

»Wenn überhaupt einer von den Verwundeten überlebt, Hauptmann.« Brevyl hält inne. »Ich konnte Euch besser leiden, als Ihr noch ein höflicher und unterwürfiger Unteroffizier wart.« Der Major schnaubt. »Ihr sollt Barbaren töten, Hauptmann, und nicht nach Gründen suchen, warum Ihr es nicht tun solltet.«

»Ja, Ser.«

»Ihr werdet übermorgen die Patrouille zu Ende führen. Ich werde einen halben Zug von Zerls Kompanie für Eure Kompanie einteilen und nicht für die Zweite. Mischt die Einheiten unter Dielbyn neu zusammen und nehmt sie als dritte Einheit mit. Ihr könnt zwanzig aufgeladene Lanzen haben. Das ist alles.«

»Ja, Ser.« Lorn verbeugt sich. »Wir werden bereit sein, Ser.«

»Und … Hauptmann.«

»Ja, Ser?«

»Der Major-Kommandant schätzt Lanzenkämpferoffiziere, die ihre Befehle befolgen und dafür auch zu sterben bereit sind. Er hat nur wenig Verwendung für Offiziere, die ihre eigenen Ansichten durchsetzen wollen.«

»Ja, Ser.« Lorn blickt Brevyl unbeirrt in die Augen.

Brevyl ist der Erste, der den Blick abwendet. »Ihr könnt gehen, Hauptmann.«

Lorn verbeugt sich erneut. Er verneigt den Kopf auch

vor Kielt, dem Haupttruppenführer und Pförtner des Majors, auf dem Weg nach draußen.

Dann überquert er den Hof und wendet sich nach Norden zu den Unterkünften.

Dubrez steht vor der Tür, als Lorn ankommt. »Ser?«

Lorn lächelt. »Sagt den Männern, sie haben heute Abend und morgen frei. Ich spreche gleich mit Dielbyn. Der Major will die Zweite Kompanie als dritte Einheit für die Fünfte Kompanie einteilen. Wahrscheinlich so lange, bis wir einen weiteren Offizier und Verstärkung bekommen.«

»Das kann bis zum Frühling dauern, Ser«, meint der Haupttruppenführer.

»Das könnte sein. Es könnte aber auch schon in ein paar Achttagen geschehen.« Lorn hält inne. »Sagt den Männern von der Zweiten noch nichts davon.«

»Nein, Ser. Am besten soll Dielbyn es ihnen sagen.« Dubrez lächelt ironisch. »Eine weitere Einheit, eine ganze noch dazu, kann nicht schaden.«

»Das stimmt.« Lorn wirft einen Blick auf die Ställe, wo einige Lanzenkämpfer noch immer die Pferde striegeln, und dann zu Dubrez. »Ich gehe jetzt zur Krankenstation. Dann suche ich Dielbyn.«

»Ja, Ser.«

Lorns Stiefel sind kaum zu hören auf den harten Steinen des Innenhofes, als er an der Nordseite der Unterkunftsbaracken entlanggeht. Er tritt durch die verwitterte und mit der Zeit dunkel gewordene Tür aus Weißeiche. Die Krankenstation besteht aus einem lang gestreckten Raum am Nordende der Unterkünfte mit jeweils zwölf Betten auf jeder Seite. In den mehr als zwei Jahren, die Lorn nun in Isahl stationiert ist, hat er niemals mehr als zwanzig Lanzenkämpfer auf einmal in der Krankenstation gesehen. Seine Heilkräfte hat er immer insgeheim und sehr sparsam angewendet, denn dazu bedarf es ungeheurer Energien, und außerdem möchte er nicht, dass seine Begabung bekannt wird. Mit seinem Vorhaben geht er ein ziemlich großes Risiko ein, aber wenn all die Verwundeten sterben, riskiert er noch größeres Missfallen vonseiten des Majors.

Drei Lanzenkämpfer sind ausgelagert worden aus der Krankenstation und liegen auf Ersatzliegen vor der Südmauer. Lorn lässt den Blick über den ersten Mann schweifen, der ausgestreckt auf dem Rücken liegt; die Untertunika hat man ihm halb vom Leib gerissen. Mit jedem Atemzug gurgelt es im Rachen des Lanzenkämpfers heftig und er zuckt. Seine Augen stehen weit offen und starren ins Nichts. Der Hauptmann erkennt das weißliche Rot des Chaos, das den Mann umgibt, ein Chaos, so rau und allgegenwärtig, dass Lorn sofort weiß: Der Mann wird noch vor Ende dieses Tages sterben.

Langsam geht Lorn an dem röchelnden Soldaten vorbei und lässt auch das nächste Bett hinter sich; bei der dritten Liege bleibt er schließlich stehen, dort liegt ein stämmiger blonder Lanzenkämpfer auf einem Pferdehaarkissen, das man mit einem zerschlissenen grauen Baumwolltuch bedeckt hat.

»Ser?«, fragt der Lanzenkämpfer, der eine Schiene aus Holz und Leder um den linken Unterschenkel trägt.

»Ich wollte nur sehen, wie es dir geht, Eltak.« Lorn lächelt.

»Ich werd schon wieder, Ser.«

»Da bin ich sicher.« Lorn nickt und beugt sich hinunter, damit seine Finger die Schiene berühren können. »Tut es weh?«

»Nein, Ser.«

Nur mit Mühe kann Lorn ein klein wenig dunkle Ordnung in sich sammeln, die stark im Gegensatz steht zu dem Klumpen aus rotem Chaos, der genau an der Bruchstelle des Knochens wächst und den es zu verdrängen gilt. Er lächelt immer noch, als er sich wieder aufrichtet. Der Knochen ist zwar eingerichtet und wird heilen und Eltak wird auch wieder gesund werden, aber ein leichtes Hinken wird ihm bleiben. »In einer Jahreszeit reitest du wieder.«

»Dachte ich mir, Ser.«

Lorn nickt und geht weiter, vorbei am nächsten leeren Bett zum dritten Lanzenkämpfer. Der knochige junge Mann mit schwarzen, störrischen Haaren sitzt aufrecht in den Kissen, ein Verband ist um seine rechte Schulter gewickelt. Lorn muss tief im Gedächtnis graben, um sich an den Namen des Jungen zu erinnern, obwohl er zu Shofirgs Einheit gehört. Nur wenige Sekunden verstreichen, dann fragt Lorn: »Wie geht es dir, Stynnet?«

»Hab mich schon besser gefühlt, Ser, und mir ginge es noch besser, wenn ich hier raus könnte.«

Lorn spürt die roten Chaos-Punkte unter den Narbenstichen und dem Verband. Sie sind zwar noch klein, aber ohne Heiler werden sie wachsen und Stynnet wird sterben wie der ältere Lanzenkämpfer im ersten Bett.

»Es geht dir nicht so gut, wie du glaubst, Lanzenkämpfer«, meint Lorn freundlich. »Schließ die Augen. Halte sie geschlossen, bis ich es dir sage.«

»Ser?« Stynnet runzelt die Stirn. Er öffnet den Mund, als wollte er dagegen protestieren.

»Wenn du willst, natürlich nur …« Lorn hält inne und richtet den Blick fest auf Stynnet. »Lanzenkämpfer … wehr dich nicht. Tu es einfach.«

Stynnet schluckt. »Ja, Ser.« Er schließt die Augen.

Lorn legt die Fingerspitzen der linken Hand sanft auf Stynnets Haut über dem oberen Rand des Verbandes. Er versucht sich an das wenige zu erinnern, das er von Myryan und Jerial gelernt hat. Dann führt er die Schwarzen Nebel der Ordnung – was den sicheren Ordnungs-Tod für das Chaos bedeutet, hier jedoch beabsichtigt ist – zu den von Wund-Chaos befallenen Stellen, die er deutlich spürt. Ein Chaos-Punkt nach dem anderen verschwindet. Das Chaos wird möglicherweise zurückkehren, aber Stynnets eigenes Chaos-Ordnungs-Gleichgewicht wird bis dahin selbst damit fertig werden können – hofft Lorn. Er richtet sich auf, atmet tief durch und versucht dabei den Schwindel nicht zu zeigen, der ihn beutelt.

Stynnets Augen sind noch immer geschlossen.

»Du kannst die Augen wieder öffnen, Lanzenkämpfer.«

»Ser … hat sich komisch angefühlt … was habt Ihr getan?«

»Habe nur einige positive Gedanken übertragen …« Lorn glaubt zu fühlen, dass sein Lächeln schief wirkt. »Wir wollen, dass du wieder mit uns reitest.«

»Ser …?«

»Ja?« Lorn sieht den jungen Mann mit einem nun etwas entspannteren Lächeln an.

»Nichts, Ser.« Stynnet kann ein leichtes Stirnrunzeln nicht verbergen.

»Du wirst wieder gesund werden, Stynnet.« Lorn nickt und dreht sich um. Er muss Dielbyn noch beibringen, dass die Lanzenkämpfer der Zweiten Kompanie nun der Fünften zugeordnet sind.

Dann muss er sich darum kümmern, dass die versprochenen Lanzen auch wirklich geladen und fertig gemacht werden – vielleicht auch etwas mehr geladen, als Brevyl meint.

Wie viel er wirklich tun kann, weiß er noch nicht, und diese Tat wird wieder Schädel zertrümmernde Kopfschmerzen mit sich bringen – in mehr als nur einer Hinsicht.

Wieder einmal … muss er unterscheiden zwischen dem, was er tun kann, und dem, was er gern tun würde. Schließlich darf er nicht viel mehr zeigen als wirklich nötig, um zu überleben.

XXXIX

Die Strahlen der Herbstsonne reichen noch kaum über die östlichen Mauern des Außenpostens in Isahl, als Lorn leise durch die verwitterte Tür aus Weißeiche schlüpft und in die Nordbaracke huscht, um dort eine weitere seiner unangekündigten Inspektionen durchzuführen.

Er vernimmt Stimmen aus den Schlafräumen rechts hinter den Säulen, welche die Räume der Offiziere von den Schlafsälen der zwei Einheiten der Kompanie trennen. Ein schlanker, braunhaariger Lanzenkämpfer schlurft barfuß an den Säulen vorbei, er ist auf dem Weg zu den Latrinen, so vermutet Lorn.

Der Lanzenkämpfer zuckt zusammen. »Ser?«

»Leise, Yubner«, murmelt Lorn und legt den Zeigefinger an die Lippen.

Yubner schluckt.

Lorn lacht und bedeutet ihm weiterzugehen.

Yubner wirft einen Blick zurück über die Schulter und eilt davon, die bloßen Füße klatschen auf die kalten Steinfließen der Unterkünfte.

Lorn schleicht sich zu den eckigen Granitsäulen und erkennt die raue Stimme.

»… weiß nicht, was er getan hat … will es auch gar nicht wissen … sie haben geglaubt, dass ich dort nicht mehr rauskommen würde. Gwinnt starb. Eltak und ich kamen mit dem Leben davon …«

»Vielleicht ist er ein Schwarzer …« Die folgenden Worte werden abgewürgt, so als hätte Stynnet seine große Hand auf den Mund des anderen Lanzenkämpfers gelegt.

Lorn muss sich anstrengen, um das Flüstern von Stynnet zu verstehen. »Wenn du auch nur ein Wort sagst … dann wirst du mit einer Lanze im Rücken sterben … ich war tot … wusste es nur nicht … wär mir sogar egal, wenn er der Anführer der Schwarzen Engel wäre … Erster in der Reihe und steht hinter seinen Männern … engelverdammt wenige Offiziere tun das … hörst du?«

»… hab schon verstanden …«

Lorn schleicht zurück zur Barackentür, wo er auf Yubner oder einen anderen Lanzenkämpfer wartet.

Yubner ist der Erste, der wieder auftaucht; nun bewegt er sich sehr viel vorsichtiger vorwärts, seine Augen suchen ständig den offenen Schlafraum der ranghöheren Offiziere ab, der sich zwischen den beiden Enden der Baracke befindet. Das Südende des Saales ist leer, denn die Vierte Kompanie ist am Tag zuvor ausgerückt. Yubner blickt seinen Hauptmann besorgt an, aber er sagt nichts.

Lorn kommt zu Yubner. »Kündige mich an, Yubner. Aber laut.«

»Ja, Ser.« Yubner richtet die Schultern gerade. »Achtung! Hauptmann besucht die Baracke!«

Stiefel scharren. Hölzerne Deckel klappern und das Gemurmel der Gespräche verstummt, als Lorn an den Säulen vorbeischreitet. Er spricht nicht sonderlich laut, aber deutlich. »Lasst uns noch rasch einen Blick auf die Ausrüstung werfen, die ihr tragen werdet.«

Die Lanzenreiter stehen neben ihren Betten und warten.

Die Baracken sind ganz einfach ausgestattet. Jedem Lanzenkämpfer steht eine Pritsche zu, den Kopf an der Ziegelwand, Füße zur Mitte, und eine hölzerne Uniformtruhe, die am Fußende des Betts steht. An der Wand neben jeder Pritsche befinden sich drei Haken – einer für die Winterjacke, einer für die Uniform und einer für die Garnisonskappe. Jeder Pritsche steht eine andere gegenüber, der Abstand zwischen den nebeneinander stehenden Pritschen beträgt sechs Ellen. Jeweils ein schmales Fenster trennt die eine Pritsche von der nächsten. Der Gang zwischen den Truhen misst sechs Ellen in der Breite. Die Erste Einheit schläft an der östlichen Mauer, die Zweite an der Westmauer.

Neben der dritten Pritsche auf der linken Seite bleibt Lorn stehen, er hat lediglich einen Fleck auf dem Heft eines Säbels gespürt und gesehen. »Westy … zeig mir die Klinge, bitte!«

»Ja, Ser.« Der Lanzenkämpfer schluckt, aber er gehorcht und legt den blanken Säbel vor Lorn hin.

Lorn studiert die Cupridiumklinge. »Solange du im Dienst bist, wirst du sie nicht sauber bekommen.«

»Ja, Ser.«

Der Hauptmann nickt und schreitet weiter durch den Mittelgang. Hier und da wirft er einen flüchtigen Blick auf das Bett oder die Ausrüstung eines Lanzenkämpfers. Dann bleibt er wieder stehen.

»Würdest du bitte die Truhe öffnen, Sherzak?«

»Äh … ja, Ser.« Der muskulöse Lanzenkämpfer wird rot, hebt aber den Deckel und es kommen sauber gefaltete Uniformtuniken zum Vorschein.

»Die Tuniken auch, bitte.«

Unter den Hosen und Tuniken liegen drei Flaschen Alafraan. Sherzak sieht den Hauptmann teilnahmslos an.

»Ich könnte sie jetzt zerschlagen und du müsstest die Schweinerei aufwischen«, sagt Lorn milde gestimmt. »Ich könnte dich aber auch allein zum Spähen ausschicken, später auf Patrouille.« Lorn hält inne, aber nicht lange genug, um den Lanzenkämpfer zu Wort kommen zu lassen. »All das würde der Kompanie jedoch nur schaden und noch dazu guten Wein vergeuden. Bring die Flaschen zu Kielt – sofort – und sag ihm, dass diese Flaschen zusammen mit den anderen persönlichen Wertgegenständen in den Tresorraum geschlossen werden müssen, bis du Urlaub hast. Sie sind schließlich sehr wertvoll.« Lorn lächelt frostig. »Aber es wird kein nächstes Mal geben, Sherzak. Ist das klar?«

»Ja, Ser.«

Lorn nickt und fährt fort mit seinem Kontrollgang. Vor der Truhe gegenüber bleibt er erneut stehen. »Würdest du bitte die Truhe öffnen, Skyr?«

»Ja, Ser«, lautet die resignierende Antwort des Lanzenkämpfers.

Gedämpftes Gekicher ist aus dem hinteren Teil des Schlafsaales zu hören, aber Skyr hebt brav den Deckel.

»Ausräumen!«

Skyr nimmt alle Tuniken, Hosen und Unterwäsche heraus. Ganz unten kommt eine leicht gekrümmte Klinge in einer abgeschabten braunen Scheide zum Vorschein, ein weiterer brystanischer Säbel.

Lorn hebt fragend die Augenbrauen.

»Wollte eine Trophäe haben, Ser. Tut mir Leid, Ser.«

Der Hauptmann lächelt nicht ganz unerfreut. »Bring die Klinge zu Kielt. Nach der Patrouille, dann stellt er weniger Fragen.« Lorn wundert sich immer noch, wie die Barbaren wohl zu diesen brystanischen Säbeln kommen, besonders zu so verhältnismäßig neuen Waffen wie der, die er selbst besitzt; obwohl auch Lorns Waffe im Vergleich zu den Schwertern der Lanzenkämpfer ziemlich altertümlich wirkt, genau wie die von Skyr.

»Ja, Ser!«

Lorn hält an der vorletzten Pritsche auf der rechten Seite ein weiteres Mal inne; dort steht ihm ein untersetzter rothaariger Lanzenkämpfer gegenüber.

»Teikyl, lass deine Stiefel nach der nächsten Patrouille neu besohlen und richte dem Schuster aus, er soll das dickere Leder nehmen. Sag ihm, dass ich das gesagt habe.«

»Ja, Ser.«

Lorn nickt und überprüft noch die letzten beiden Betten. Als er damit fertig ist, macht er kehrt und geht langsam zurück durch den Mittelgang, wobei seine Augen den Blick eines jeden Lanzenkämpfers im Vorbeigehen noch einmal erwidern. Er bleibt stehen und dreht sich kurz vor den Säulen um, welche die Grenze zwischen dem Schlafsaal der Fünften Kompanie und den Offiziersräumen bilden. »Ich bin sehr zufrieden mit euch und eurer Ausrüstung. Macht weiter so.«

Dann marschiert er an den Säulen vorbei und öffnet die Tür zum Hof.

»… ahnt nie, wann er auftaucht …«

»… *weiß* es einfach …«

Lorn bleibt stehen und tut so, als würde er den Fugenmörtel in der Mauer neben der Tür überprüfen, dabei schickt er seine Chaos-Sinne aus, um zu hören, was Stynnet zu Yubner sagt.

»… er gehört?«

»… weiß nicht … dieses Lächeln … hat mir gesagt, ich soll ihn ankündigen.«

Lorn tritt durch die Tür und hinaus ins leicht orangefarbene Licht der Morgendämmerung.

Die Fünfte Kompanie hat einen weiteren Patrouillenritt vor sich, der, so hofft Lorn, ohne größere Vorkommnisse bleiben wird, auch wenn er sich auf alles andere vorbereitet.

XL

Lorn betritt die Amtsstube im Turm und steht dem Kommandanten des Außenpostens gegenüber. Zum ersten Mal entdeckt er dunkle Ringe unter den Augen des Majors. Brevyls Gesicht wirkt beinahe ausgemergelt und das kurze Haar dünner, seine Stimme klingt fast heiser, als er Lorn einen Stuhl anbietet. »Nehmt Platz, Hauptmann.« Er hebt eine Schriftrolle hoch und legt sie zurück auf den Schreibtisch.

Lorn nickt und lässt sich auf dem einfachen Holzstuhl nieder, den Blick wendet er jedoch nicht von dem weißhaarigen Major ab.

»Ihr werdet abkommandiert zum Hauptaußenposten nach Geliendra, Hauptmann Lorn. Ihr werdet eine Kompanie anführen, deren Aufgabe darin besteht, die Sperrenmauern zu bewachen und die Spiegelingenieure zu unterstützen. Nach Eurem Heimaturlaub in Cyad.« Brevyl schnaubt, noch einmal hebt er die Befehlsrolle auf und wirft sie zurück auf das polierte Holz des Schreibtischs. Er blickt prüfend zur Tür, als wollte er sich vergewissern, dass sie auch wirklich geschlossen ist. »Dumme Befehle. Ganze Ausbildung umsonst.«

Lorn weiß darauf nichts zu erwidern. Er schweigt und wartet darauf, was der Major noch zu sagen hat.

»Ich mochte Euch nicht, Hauptmann, als Ihr damals als Unteroffizier zu uns kamt. Und nun seid Ihr der beste Hauptmann, den ich jemals hatte, und besser als die meisten, die ich noch kriegen werde, und ich mag Euch immer noch nicht.« Der Major lehnt sich über den Tisch. »Aber das tut nichts zur Sache. Ich achte Euch. Ihr arbeitet hart. Alle Lanzenkämpfer reißen sich um einen Platz in Eurer Kompanie und sie folgen Euren Befehlen aufs Wort. Ihr tötet mehr Barbaren und verliert dabei weniger Männer als alle anderen Offiziere hier. Das alles habe ich zu respektieren, aber ich muss Euch deswegen nicht mögen.«

Lorn nickt.

»Ihr wisst, dass die meisten der höheren Offiziere in Cyad Lanzenkämpferoffiziere mit Magierausbildung nicht leiden können. Bei den Magi'i sind sie noch weniger beliebt. Und die Guten mögen sie am allerwenigsten. Mit einem Wort, Hauptmann, sie haben Angst vor Euch. Sie haben schon seit vier Generationen Angst vor Männern wie Euch, seit Alyiakal sich selbst zum Kaiser machte. Sie wollen nicht, dass so etwas noch einmal geschieht.« Brevyl schnaubt erneut. »So etwas kann heute gar nicht mehr vorkommen, aber das wollen sie nicht glauben. Sollte es doch geschehen, würde so ein Kaiser sich nicht lange halten können, denn die Chaos-Türme wird es nicht mehr lange geben. Welchen Nutzen hätte ein magiergeborener Kaiser ohne die Chaos-Macht der Türme?«

Der Major blickt Lorn an, dann fährt er fort: »Ihr habt nicht einmal gezuckt bei meinen Worten. Ich wusstet es schon, bevor Ihr hierher kamt. Ihr sagt, es sei Euch egal, wenn sie Euch ins Verderben schicken. Das habe ich auch schon von anderen gehört. Alles.« Brevyl lehnt sich zurück. »Ihr seid ausgezogen, um zu lernen, wie man Barbaren umbringt und die Männer führt … und sie schützt.«

»Ja, Ser. Das habe ich versucht.«

Brevyl tut Lorns Worte mit einer Handbewegung ab. »Dann werden sie Euch also nun nach Geliendra schicken. Wenn Ihr nicht Acht gebt, wird eines Nachts eine Wasserechse oder eine Riesenkatze auftauchen und Ihr werdet einfach verschwunden sein. Keiner wird die Ausgeburt des Verwunschenen Waldes bemerken, aber Ihr werdet unwiderruflich tot sein.« Brevyls Lächeln ist grausam. »Ich mag Euch nicht, aber wenn man Euch nach Geliendra schickt, halte ich das für Verschwendung; ein guter Hauptmann wird einfach ins Verderben geschickt, wo ich ohnehin nicht viele davon habe. Sie würden lieber halb Cyador aufgeben, als einen neuen Kaiser wie Alyiakal riskieren. Sie vergessen, dass er der beste Kaiser seines Jahrhunderts war. Alles, was sie sehen, ist die Tatsache, dass er ein magiergeborener Lanzenkämpfer war.« Der Major lacht gequält. »Er war ein Kaiser, der sich den Magi'i nicht beugte … und er fragte nicht vor jeder Entscheidung seine ach so geschätzten Handelsberater nach dem Preis.«

Lorn weiß nicht viel von diesem mächtigen Alyiakal, nur das wenige, das ihm sein Vater erzählte. Worauf er sich dazu veranlasst sah, heimlich in den Büchern seines Herrn und Gebieters zu stöbern. Lorn wartet, denn er spürt, dass Brevyl wirklich die Wahrheit spricht, und hofft, dass der Major noch mehr zu sagen weiß.

»Das ist alles, Hauptmann.« Brevyl steht auf und reicht ihm die Schriftrolle. »Ihr könnt morgen aufbrechen oder auch übermorgen, wie Ihr wollt. Ihr seid von den Patrouillen freigestellt, ab sofort.«

Lorn steht schnell und anmutig auf und nimmt die Rolle entgegen. Er verneigt den Kopf. »Ja, Ser. Danke für alles, Ser.«

»Und, Hauptmann?«

»Ser?«

»Ich habe nichts gesagt. Ich habe Euch nur die Befehle übergeben und Euch alles Gute gewünscht bei Major Maran. Er beherrscht sein Handwerk.«

»Ja, Ser.« Lorn verneigt sich erneut. »Ja, Ser.«

Brevyl blickt Lorn ungerührt nach, der die alte Tür aus Weißeiche öffnet, welche bestimmt auf die Zeit von Kaiser Alyiakal zurückgeht.

Draußen im schmalen Gang vor der Amtsstube des Majors winkt er Kielt mit der Schriftrolle in der Hand zu.

»Wünsche Euch eine gute Reise und viel Erfolg, Ser«, ruft der Haupttruppenführer.

»Danke, Kielt.« Langsam verlässt Lorn den Turm und tritt hinaus in den grauen Herbstnachmittag. Ein leichter Nebel schleicht sich aus den niedrigen Wolken herab und hinterlässt einen glänzenden Schein auf den Steinen des Innenhofes.

»Maran«, murmelt Lorn vor sich hin, um sich den Namen einzuprägen. Brevyl hat ihn bewusst fallen lassen. Die Frage ist nicht, warum er das getan hat, sondern vielmehr, was er von Lorn erwartet – und Brevyl erwartet mit Sicherheit etwas von ihm. Aber Brevyl war schon immer so gewesen, er hat niemals auch nur am Rande erwähnt, dass Lorn vielleicht über magische Fähigkeiten verfügen könnte. Die Spiegellanzenkämpfer sind im Grunde froh darüber, denn sie können von diesen Fähigkeiten nur profitieren, aber niemals würden sie – nicht einmal im positiven Sinn – ein Wort darüber verlieren. Das versteht Lorn nur zu gut.

Nachdem er einige Sekunden im nebligen Hof gestanden hat, macht sich Lorn auf den Weg in die Offiziersunterkünfte.

XLI

Lorn faltet die dicke Wintertunika und legt sie aufs Bett neben die anderen Uniformen, die er schon zusammengelegt hat, bevor er alles zusammen in die Reisetaschen packt.

Er hebt die eine Untertunika hoch und da blinkt ihm etwas Grünes entgegen; er nimmt das in Silbergrün gebundene Buch in die Hand. Langsam blättert er durch die Seiten, in denen er schon so lange nicht mehr gelesen hat. Hat der ehrwürdige Schreiber vielleicht irgendetwas über die Versetzung von einem schrecklichen Außenposten zu einem anderen, noch ärgeren geschrieben? Er kräuselt die Lippen, als ihm die nächste Frage in den Sinn kommt: Warum schreibt in Cyad niemand Gedichte? Lorn runzelt die Stirn. Er kann sich nicht daran erinnern, dass er jemals ein geschriebenes Gedicht gesehen hätte, bevor er Ryalth kennen lernte – obwohl er natürlich wusste, was Verse sind. Ein Vers fällt ihm ins Auge und er liest ihn mit leiser, kaum hörbarer Stimme.

Frag nicht, welche Glocke erklang,
ob der stille Gott des Waldes sang.
Sieh die weißen Turmmauern,
in Stolz erbaut, hoch in der Sonne sie dösen,
bis die neuen grün-blutigen Flüsse fließen
in die dämmernde Nacht, in der das Chaos kauert.

Lorn fragt sich, wie und warum Chaos wohl irgendwo kauern sollte, und er zuckt zusammen bei dem Gedanken; dann blättert er weiter, bis er zu einem kurzen Vers kommt, der allein auf einer Seite steht und vom Lächeln handelt. Vielleicht …

Er liest:

Ein Lächeln ist so zerbrechlich
wie ein Bild auf dem Wasser des Seins,
Spiegelung ist nur möglich
durch die schwarze Tiefe darunter.

Was er da gerade gelesen hat, ist eigentlich gar kein Gedicht. Und doch … verbirgt sich hinter einem Lächeln nicht oft eine Tiefe, die niemand sehen möchte?

Poesie wird ihm im Verwunschenen Wald nicht weiterhelfen und ihn auch nicht schneller nach Cyad und zu Ryalth bringen. Er schließt das Buch und legt es zwischen die Unterwäsche in die Tasche.

XLII

Im orangefarbenen Licht der Morgendämmerung in Syadtar steht Lorn neben einer der kannelierten weißen Säulen, die das Dach stützen, unter dem die Reisenden Schutz finden; sie warten auf die Feuerwagen, welche die abgelegenen Städte in Cyador miteinander verbinden. Die von Chaos angetriebenen Fahrzeuge rollen über die glatten Steinstraßen vom warmen Sommerhafen im Westen nach Fyrad, der Stadt am südlichen Flussdelta, und von Cyad nach Syadtar, wie schon seit zweihundert Jahren.

Lorn hat sich erst gewundert, warum die Fahrten der Feuerwagen nicht eingeschränkt werden, wo doch die Chaos-Türme zu versagen drohen – doch solange kein Turm wirklich ausfällt, macht ein Feuerwagen mehr oder weniger keinen Unterschied. Er lächelt und muss daran denken, wie Lektor Abram'elth sich damals verplappert hat.

In der kalten Morgenbrise streckt sich Lorn ausgiebig, während er auf den Feuerwagen wartet, der ihn über die Große Nordstraße zur Großen Weststraße bringen wird, wo er dann in einen anderen Feuerwagen umsteigen wird, der ihn nach Hause, nach Cyad, bringen wird. In den zwei grünen Segeltuchtaschen zu seinen Füßen liegen seine Uniformen, der alte brystanische Säbel, den er in eine Untertunika eingewickelt hat, und Ryalths silbergrünes Buch zwischen der Unterwäsche.

An der anderen Säulenreihe, gut vierzig Ellen links von Lorn, stehen etwa zehn Passagiere, die im hinteren Abteil mitfahren wollen. Neben den dunkelbraunen und grauen Tuniken findet sich der kastanienbraune Umhang eines Handwerkermeisters und noch ein gelber Umhang mit purpurfarbener Umrandung. Die Frau mit dem gelben Umhang ist grauhaarig und trägt einen ledernen Musikinstrumentenkoffer bei sich, wahrscheinlich eine Sitarlyn. Doch da ist sich Lorn nicht ganz schlüssig, denn er ist in einem Magierhaushalt aufgewachsen, in dem Ordnungs-Schwingungen den Gebrauch des Chaos-Glases gestört oder es gar zerstört hätten.

Stiefel scharren auf den sauberen weißen Steinen der Haltestelle. Lorn dreht sich um und bemerkt einen dicken Händler, dem ein Gepäckträger mit Handkarren folgt. Auf dem Handkarren liegen drei würfelförmige, in Segeltuch gewickelte Pakete, jedes mit einer Seitenlänge von etwa zwei Ellen.

»Hier.« Der Händler zeigt auf die Säule neben Lorn.

Der Träger kippt den zweirädrigen Handkarren in eine aufrechte Stellung und überprüft, ob die drei Pakete sicher auf den unteren Leisten des Karrens liegen.

Der glatt rasierte und grauhaarige Händler in Blau

nickt kurz und sieht Lorn an; er bemerkt Lorns beige-grüne Uniform und die zwei Streifen auf dem Kragen. »Auf Urlaub, Hauptmann?«

»Versetzung«, antwortet Lorn höflich.

Der Händler lacht freundlich. »Ihr gehört also zu den Guten.«

»Gut genug.«

»Die Unfähigen bringen es nicht bis zum Hauptmann, bevor sie das Zeitliche segnen. Die Guten bleiben, bis das Unglück sie trifft oder bis sie alt werden.« Der Händler nickt. »Habe sie alle kommen und gehen sehen, so oder so.«

»Gehört Ihr zu einem Familienhandelshaus?«, fragt Lorn, als ihm der gute Schnitt der blauen Schimmertuchtunika und der glänzende Cupridiumbuckel an der silbernen Gürtelschnalle auffallen.

»Stitheth. Eines der ältesten in Syadtar.«

»Welche Waren …« Lorn lässt die Stimme sinken, als wäre er sich nicht mehr sicher, ob er die Fragen überhaupt stellen soll.

»Gebrauchsgüter … Tongeschirr, Bauholz aus Jakaafra, Lederwaren, Felle und Häute – alle Arten –, von den feinsten Gamaschen aus Wasserechsenhaut bis zu Bullenleder für sehr haltbare Stiefel. Farbstoffe und Politur, Lacke …«

»Also alles, was man braucht.« Lorn nickt. Der Händler hat die Worte zur Beschreibung seines Hauses sorgfältig gewählt: Er hat ›eines der ältesten‹ gesagt statt ›eines der besten‹. Lorn hegt jedoch wenig Zweifel daran, dass der Stitheth-Klan zu den reicheren Häusern zählt, denn Syadtar befindet sich weit weg von den Herkunftsorten der Waren, die das Haus vertreibt, und die meisten werden wohl mit Pferdewagen hierher gebracht und nicht mit Feuerwagen, denn die Masse der Waren würde den Transport per Feuerwagen unrentabel machen. »Zweifellos alles sehr einträglich hier in Syadtar.«

»Wir haben Glück gehabt«, bestätigt der Händler.

Beim leisen Rumpeln von schweren Rädern auf den Steinen wirft Lorn einen Blick nach Westen, wo die Morgensonne sich auf der weißen Lackfarbe des Feuerwagens spiegelt, der langsam auf die Haltestelle zufährt.

Hinter der gekrümmten Glashaube vorn auf dem Fahrzeug sitzen zwei Fahrer – einer weißhaarig, der andere mit grauem Haar – in den grünen Tuniken der Transporter. Alle Fahrer waren früher Haupttruppenführer bei den Spiegellanzenkämpfern, das hat Lorn in Isahl gelernt.

Acht Passagiere entsteigen dem Feuerwagen und nur einer davon dem Vorderabteil; es ist ein Magier von unbestimmbarem Alter, der Lorn kurz zunickt und dann an ihm vorbeigeht. Als Gepäck trägt er nur einen kleinen Beutel aus weißem Schimmertuch bei sich. Die sieben Passagiere aus dem Hinterabteil tragen ausnahmslos Braun oder Grau, nur eine Frau ist in das Gelb der Unterhaltungskünstler gekleidet.

Alle Passagiere verschwinden schon bald in den Straßen von Syadtar.

Lorn und der Händler warten, während zwei Fahrer und zwei Gepäckträger vorsichtig Kisten und Körbe entladen, was von einem jungen Buchhalter überwacht wird.

Dann erscheinen zwei andere Fahrer – einer ist kahlköpfig, der andere grau meliert. Letzterer geht um den Feuerwagen herum und überprüft jedes der sechs Räder sowie die Befestigungen und die Anordnung der Chaos-Zellen hinter dem rückwärtigen Abteil.

»Vorderabteil. Passagiere nach Westen! Passagiere nach Westen!«, verkündet der kahlköpfige Fahrer. »Vorderabteil.«

Lorn bückt sich und hebt seine zwei Taschen auf, vorsichtig, damit der Säbel der Tasche keinen Schaden zufügt. Während er auf die offene Wagentür zugeht, trägt der Wind Stimmen von der zweiten Haltestelle zu ihm herüber.

»… verstehe nicht, warum *die* umsonst erster Klasse fahren dürfen …«

»Weil die Hälfte von ihnen nicht so lange lebt, dass sie die Pension auskosten könnten, Vorkin. Ihre Frauen können sie nicht mitnehmen, wenn sie überhaupt eine finden, und sie sind nie zu Hause. Deshalb. Willst du etwa so leben?«

»Trotzdem … war doch nicht so schlecht für deinen Onkel.«

»Du warst nicht dabei.«

»Habe genug gesehen …«

»Psst!«

Ein Lächeln umspielt kurz Lorns Lippen und verschwindet wieder.

Hinter ihm dirigiert der Händler den Träger zum Laderaum des Feuerwagens, der das kleinere Vorderabteil vom größeren Hinterabteil trennt.

Lorn beugt sich nach vorne, um seine Taschen unter die dünn gepolsterte, gewölbte Sitzbank zu stellen und sie ganz nach hinten zu drücken. Dann nimmt er den Säbel samt Scheide vom Gürtel. Er lehnt ihn gegen die äußere Wand des Abteils und entscheidet sich für den hinteren Platz am Fenster auf der linken Seite, sodass er in Fahrtrichtung sitzt.

Durch die mit Cupridium verzierte Weißeichenwand hinter seinem Kopf spürt er, wie die restlichen Waren und Kisten aufgeladen werden, und fühlt das Zuschlagen der Laderaumtüren, als diese geschlossen werden.

Der Händler späht ins Abteil und lächelt erleichtert. »Ist ja richtig Platz hier, Hauptmann. Bis Coermat jedenfalls.« Er sucht sich den Platz auf der gegenüberliegenden rechten Seite aus, als wollte er so weit wie möglich vom Lanzenkämpferoffizier entfernt sitzen, und streckt seine dicken Beine aus. »Diesmal wird es wahrscheinlich nicht so arg.« Er beendet den Satz mit einem Gähnen.

»Mir ist es auch lieber, wenn wir nicht so eng aufeinander hocken«, stimmt Lorn freundlich zu.

»Türen schließen, Sers.« Der kahle Fahrer wirft noch einen Blick ins Abteil, bevor er die Tür zuschlägt.

»Verzeiht, Hauptmann, aber ich musste noch die Abrechnung machen vor der Abfahrt und es war nicht mehr viel Öl in der Lampe.« Der Händler nickt höflich, lehnt den Kopf zurück und schließt die Augen.

Der Feuerwagen fährt sanft an und gewinnt langsam an Fahrt. Lorn betrachtet die weißen Sonnensteingebäude von Syadtar, die vor dem Fenster vorbeirauschen.

Nach Syadtar wird er nicht zurückkehren. Das ist gewiss.

XLIII

Der Feuerwagen rumpelt durch die Abenddämmerung nach Chulbyn, einem Ort, der lediglich als Umsteige- und Umschlagbahnhof dient für Passagiere und eilige Fracht, die von der Großen Nordstraße zur Großen Oststraße gelangen wollen. Obwohl die Chaos-Zellen, die den Hinterradantrieb mit Energie versorgen, hinter dem zweiten Abteil liegen, kann Lorn das Schwinden der Chaos-Energie deutlich spüren. Diese Fahrt wird die letzte für das Fahrzeug sein, dann müssen die Zellen ersetzt werden durch neu aufgeladene Zellen, die von Zeit zu Zeit aus Cyad an die Kleinbahnhöfe geliefert werden.

Ein älterer Buchhalter, der Lorn gegenübersitzt, schnarcht vor sich hin, während der Stitheth-Händler in der anderen Ecke des vorderen Abteils ruhig schläft.

Der Feuerwagen schlingert ein wenig, als wären die Räder an ein Hindernis geraten, das sie erst zermalmen müssen, bevor das leichte Rumpeln der normalen Fahrt wieder einsetzt. Kurz verstummt das Schnarchen des Buchhalters. Aber nur für wenige Sekunden.

Die Feuerwagen auf der Großen Nordstraße sind kleiner als jene auf der Großen Oststraße, schließlich beträgt die Entfernung von Cyad nach Chulbyn weniger als ein Drittel der Entfernung von Cyad nach Syadtar. War das schon immer so gewesen? Lorn lehnt sich zurück in den immer härter werdenden Sitz und reibt sich ein Kinn, das schon viel zu stopplig ist.

Wird sich Cyad verändert haben? Lorn lächelt. Es wird ihm anders erscheinen, aber wie anders, das weiß er noch nicht. Er hofft, dass er diese Unterschiede erkennen wird und dass er einige Zeit mit Ryalth verbringen kann.

Ein Stirnrunzeln tritt an die Stelle des Lächelns. Hat Myryan sich schon damit abgefunden, Ciesrts Gemahlin zu sein? Lorn atmet tief und langsam ein. Hätte er die Sache zielstrebiger in die Hand nehmen sollen? Wird er es je erfahren? Will er es überhaupt erfahren?

Während Chaos das Fahrzeug über die schimmernden weißen Steine der Großen Nordstraße fahren lässt, geht draußen vor der Fahrerkabine des Feuerwagens die Abenddämmerung in die Nacht über. Drinnen schnarcht der Buchhalter, der Händler schläft tief und fest und Lorn denkt über die vor ihm liegenden Tage nach.

Lorn'alt, Cyad

XLIV

Der Feuerwagen passiert die zwei eckigen weißen Granitsäulen, welche die nördliche Stadtgrenze von Cyad markieren sollen, die Stadt des Ewigen Lichts und des Blühenden Chaos; im Augenblick des Vorüberfahrens stehen diese Säulen halb im späten Nachmittagslicht und halb im Schatten.

Lorn sitzt in der Mitte der Bank, den Blick auf das hintere Abteil gerichtet. Zu seiner Linken hat sich in Chulbyn ein schweigender Lanzenkämpfermajor niedergelassen, der während der ganzen Fahrt noch mit niemandem gesprochen hat. Rechts von ihm sitzt ein schwarzhaariger, spitznasiger Händler, der fast genauso schweigsam ist wie der Major. Lorn gegenüber sitzt eine schrecklich dünne junge Frau in den hellgrünen Farben einer Heilerschülerin, ihr Vater sitzt daneben an der Tür. Der Vater – noch hagerer als die Tochter – trägt das schmucklose Weiß eines Magiers, jedoch ohne die Blitznadel eines höherrangigen Meisters. Der Magier mustert unablässig die jüngeren Männer im Abteil. Für Lorn scheint er allerdings kein großes Interesse zu zeigen. Wahrscheinlich hat er bereits beschlossen, dass Lorn seine Aufmerksamkeit nicht verdient.

Lorn lehnt sich zurück und wartet, bis der Feuerwagen die Stadt durchquert hat und am Hauptbahnhof westlich des Lichtpalastes hält. Seine Gedanken sind bei Ryalth und Myryan … und bei Jerial und seinen Eltern. Keiner von ihnen hat ihn bisher als Offizier der Spiegellanzenkämpfer gesehen.

Er blickt nicht auf, als das Chaos-Fahrzeug in den Weg des Außenhandels einbiegt und an den aus Sonnenstein erbauten dreistöckigen Residenzen der Oberhäupter der Handelsfamilien vorbeifährt, kleinen Palästen auf dem vierthöchsten Hügel Cyads. Der Feuerwagen gleitet sanft über die glatten Granitblöcke, mit denen die Durchgangsstraßen in Cyad gepflastert sind, rollt vorbei an den Börsengebäuden, die alles bis auf den Palast des Lichts zwergenhaft erscheinen lassen, und an den großen Bauten, die zum Viertel der Magi'i gehören; aber Lorn blickt noch immer zu Boden.

»Dann stammt Ihr also aus Cyad, Hauptmann?«, fragt der Major, womit er Lorn während der gesamten Reise von mehr als zweihundert Meilen von Chulbyn nach Cyad zum erstenmal anspricht.

»Ja, Ser.«

Der Major nickt. »Das dachte ich mir. Dann kennt Ihr das alles schon, habt es schon viele Male gesehen.«

Auf dem Sitzplatz gegenüber hebt der Magier die Augenbrauen und neigt den Kopf zur Seite, als sähe er Lorn zum erstenmal.

»Ja, Ser.« Lorn nickt dem Major höflich zu, doch der andere Offizier verfällt wieder in Schweigen.

Erst einige Zeit später, als der Feuerwagen anhält, richtet sich Lorn auf. Als der Fahrer die Tür zum Vorderabteil öffnet, nickt Lorn dem Magier zu. »Guten Tag, Ser.«

»Guten Tag, Hauptmann.« Der dünne Mann wendet den Kopf und murmelt: »Pass auf, Kilenya.« Er schlüpft zur Tür hinaus, dreht sich um und hält seiner Tochter die Hand hin. Die junge Heilerschülerin schenkt weder Lorn noch ihrem Vater Beachtung, während sie eine kleine grüne Tasche unter dem Sitz hervorholt und ohne Hilfe aus dem Abteil springt.

Der Lanzenkämpfermajor schnallt sich den Säbel um, holt seine Tasche hervor und verlässt den Feuerwagen so schweigsam, wie er ihn Stunden zuvor betreten hat, nur Lorn erhält ein kurzes Nicken. Der schmalgesichtige Händler verneigt den Kopf ebenfalls vor Lorn.

»Nach Euch«, sagt Lorn mit einem Lächeln. »Ich

muss noch meine vielen Sachen unter dem Sitz hervorholen.«

»Sehr freundlich.« Der Händler nickt ein zweites Mal und steigt aus.

Lorn nimmt seinen Säbel und schnallt ihn an den Gürtel, bevor er die zwei Taschen herauszieht, in denen seine Sachen verstaut sind. Dann steht er an der Haltestelle unter den Granitsäulen; tief atmet er die Seeluft ein, die viel feuchter ist als die, die er in den letzten drei Jahren atmen durfte. Er geht zur nächsten Säule und stellt seine Taschen ab, wartet, bis die anderen den Säulengang verlassen haben; er beobachtet den Magier aus der Provinz und dessen Tochter, die in die erste der wartenden Kutschen einsteigen, der Major nimmt die zweite. Der Händler spricht mit einem weißhaarigen Buchhalter, beide stehen neben einem Wagen, der auf der anderen Seite der Haltestelle wartet – wahrscheinlich auf Waren, die aus dem mittleren Abteil des Feuerwagens ausgeladen werden.

Lorn nimmt seine Taschen und überquert den schmalen Weg zu den wartenden Kutschen, wo er den ersten Kutscher in der Reihe anspricht. »Zur Straße des Fortwährenden Lichts, Kreuzung Zehnter Weg.«

»Ja, Ser.«

Lorn öffnet die Kutschentür und stellt sein Gepäck auf den Boden, dann fügt er noch hinzu: »Den Dritten Hafenweg gerade hinunter und dann hinauf.« Er grinst. »Das ist der schnellere Weg.«

»Ja, Ser. Wie Ihr wollt, Ser.« Der Fahrer nickt bei jedem Wort nervös mit dem Kopf.

Lorn setzt sich in die offene Kutsche, schließt die halbe Tür und macht es sich in den gepolsterten Sitzen bequem. Dabei atmet er die feuchte Luft Cyads tief ein. Für einen Augenblick bleibt sein Blick an den dünnen weißen Wolken hängen, die bewegungslos am Himmel zu stehen scheinen.

Die zwei Pferde ziehen die Kutsche südwärts und

Lorn betrachtet den Hafen, die weißen Granitpiere, an denen etwa zehn Schiffe festgemacht haben. Mindestens zwei Drittel davon sind hochseetüchtige Schoner mit Heckflaggen aus Hamor oder Nordla. Nur ein einziges weißes Feuerschiff und zwei blaue Handelsschiffe von cyadorischen Handelshäusern kann er ausmachen, und er fragt sich, ob eines davon vielleicht zu den Schiffen gehört, an denen Ryalor Anteile hält. Er lacht und muss sich daran erinnern, dass er schließlich keinerlei Ansprüche stellen kann an das Handelshaus Ryalor oder dessen Vermögen. Nicht die geringsten.

Außer … Er schüttelt den Kopf.

Die Kälte, die von der Beobachtung durch ein Chaos-Glas herrührt, überkommt ihn, so wie es von Zeit zu Zeit auch in Isahl der Fall war, doch diesmal kommt es ihm etwas wärmer vor. Sein Vater? Es fühlt sich so an. Lorn schüttelt den Kopf. Es muss gelingen – irgendwie muss er seinen Vater dazu bringen, sich mit Ryalth abzufinden.

Aber kann es mit Ryalth überhaupt etwas werden? Ohne dass sie unter den Verstößen, die er während seiner Schülerzeit beging, zu leiden hat? Wird sie es überhaupt in Erwägung ziehen? Und was ist mit Myryan? Kann er etwas dazu beitragen, dass sie sich irgendwann mit der Vermählung mit Ciesrt abfinden wird? Oder hatte er nur eine Gelegenheit, bei der er kläglich versagte?

Seine Augen sehen die Stadt des Lichts gar nicht, als die Kutsche aus dem Hafen und dann Richtung Osten am Palast des Lichts vorbei fährt, denn er ringt mit all den Fragen, die sich hinter dem gelassenen Gesichtsausdruck überschlagen.

»Ser? Diese Ecke?«, fragt der Kutscher. »Wollt Ihr hier aussteigen?«

Lorn richtet sich auf, wirft einen Blick auf das dreistöckige Haus, in dem er aufgewachsen ist. Das Haus ist größer, als er es in Erinnerung hat, ein Haus, das in Syadtar mindestens ein Händlerpalast wäre. »Ja.«

»Drei Kupferlinge, Ser. Ich musste durch die halbe Stadt fahren.«

Lorn gibt ihm vier Kupferstücke und öffnet die Tür. Er schnappt sich die zwei Taschen und es gelingt ihm sogar, dass der Säbel beim Aussteigen nichts beschädigt. Kaum hat er sein Gepäck zur vorderen, offiziellen Eingangstür des Hauses geschleppt, steht Jerial schon auf der unteren Stufe der Treppe, weit vor dem grünen Wandschirm aus Keramik, der den Haupteingang verdeckt, welcher zur Straße des Fortwährenden Lichts hinausführt.

Lorn lacht übers ganze Gesicht.

Als seine Stiefel die Stufen hinter dem Tor berühren, schüttelt Jerial den Kopf.

»Ich habe gespürt, dass du kommst. Dann bin ich mir plötzlich nicht mehr sicher gewesen. Du siehst so … anders aus, so soldatenhaft – ich hätte dich fast nicht erkannt.« Nun lächelt sie und für einen Augenblick fällt der ernste Gesichtsausdruck der Heilerin von ihr ab. »Nach deiner letzten Schriftrolle habe ich gehofft, dass es nicht mehr lange dauern wird.«

Lorn stellt die Taschen ab und umarmt sie, wieder ist er verwundert darüber, wie klein sie in Wirklichkeit ist, denn auf ihn wirkt sie immer viel größer.

Nur ein paar Sekunden erwidert sie die Umarmung, dann befreit sie sich geschickt aus seinen Armen. »Du bist stärker geworden.«

Lorn versteht die Anspielung. »Das hoffe ich doch. Ich habe versucht, das zu tun, was du mir gesagt hast.« Er hält inne. »Wo ist Myryan?«

»Sie ist vermählt … Vater hat es dir geschrieben, soviel ich weiß …«

Er schüttelt den Kopf. »Ich wusste es. Ich … Myryan …« Lorn kann nur mit den Schultern zucken. »Was man nicht mit eigenen Augen sieht, kann man sich nur schwer vorstellen.«

»Sie und Ciesrt haben ein eigenes Haus. Du kannst

sie morgen früh besuchen. Nachmittags ist sie immer auf der Krankenstation.«

Lorn verkneift sich ein Stirnrunzeln. Er versteht auch diese Botschaft.

»Vater hat das Chaos-Glas benutzt, aber er und Mutter warten noch immer oben.«

»Der Anstand«, meint Lorn nur trocken.

»Immer«, antwortet Jerial darauf im gleichen Tonfall.

Lorn hebt also die Taschen wieder auf und die zwei steigen die Stufen hinauf, gehen um den dekorativ gefliesten Wandschirm herum und durch den unteren Eingang. Seite an Seite erklimmen sie die Marmorstufen der großen Treppe. Nur die Dienstboten bewohnen das unterste Stockwerk, in dem sich kaum einmal ein Luftzug regt.

Lorns Mutter – ihr einst mahagonifarbenes Haar ist nun beinahe weiß – steht ganz hinten in der Eingangshalle im ersten Stock. Neben ihr wartet Lorns Vater, gekleidet in weißes Schimmertuch; die Blitze des Chaos leuchten auf seiner Brust.

»Schön, dich zu sehen.« Nyryah lächelt scheu, aber doch warm. Sie kommt ihrem Sohn allerdings nicht entgegen.

»Schön, wieder zu Hause zu sein.« Lorn stellt die Taschen auf den Boden, geht zu seiner Mutter und umarmt sie steif. Ihre Umarmung ist fest, aber er vermisst die Stärke von früher.

Lorn tritt zurück und Kien'elth verneigt den Kopf vor seinem Sohn, dem Hauptmann der Spiegellanzenkämpfer. »Willkommen zu Hause.«

»Danke.«

»Schön, dich zu sehen, Lorn. Du bist gewachsen … in mehrerlei Hinsicht.« Kien'elth' Lächeln wirkt freundlich und gleichzeitig gezwungen.

»Ich habe es versucht.« Lorn ist im Lächeln geübter als sein Vater. »Bei den Spiegellanzenkämpfern muss man arbeiten und gleichzeitig denken.«

»Arbeiten mit Sicherheit. Du hast ein paar neue Muskeln bekommen«, bemerkt Nyryah.

»Ich bin dürr wie eh und je«, protestiert Lorn.

»Das bist du nicht«, entgegnet Jerial. »Mutter muss es wissen.«

Lorn zuckt nur die Schultern.

»Ich möchte gern ein paar Worte allein mit Lorn sprechen.« Kien'elth lächelt zuerst seinen Sohn an, dann seine älteste Tochter und schließlich seine Frau. »Nur ein paar Worte, dann könnt ihr ihn zurückhaben.«

»Ich sehe nach dem Abendessen«, sagt Nyryah. »Sicher lassen sich irgendwo ein paar Törtchen oder eine Birnapfelpastete finden.«

»Mutter ...« Jerial lächelt, obwohl ihre Stimme leicht aufgebracht klingt.

»Lorn ist zwar nun Lanzenkämpferhauptmann, ich glaube aber kaum, dass er deswegen seine Vorliebe für Süßigkeiten aufgegeben hat ...«, meint Nyryah freundlich, doch bestimmt. »Da kommt er ganz nach seinem Vater.«

Lorn kann nicht anders und muss seine Mutter anlächeln.

Selbst Kien schüttelt amüsiert den Kopf, wenn auch kaum merklich.

Lorn lässt die Taschen in der Eingangshalle stehen. Er schnallt den Säbel ab und legt ihn darüber, dann folgt er Kien'elth die Treppe hinauf zu seinem Arbeitszimmer, das im obersten Stockwerk liegt. Mit einem stillen Seufzer bemerkt Lorn den leicht schlurfenden Gang des Vaters und das dünner werdende weiße Haar.

Der ältere Magier schließt die Tür des Arbeitszimmers, bevor er zum Stuhl hinter dem polierten Schreibtisch aus Weißeiche tritt. Schwerfällig lässt er sich in den Stuhl fallen.

Lorn rückt mit seinem Stuhl nahe an den Schreibtisch heran, aber vorsichtig, damit seine Stiefel nicht an den hellen Stuhlbeinen wetzen.

Er sitzt stumm da, während sein Vater ihn in der Düsternis des getäfelten Arbeitszimmers betrachtet. Die sonnengoldenen Augen haben nichts von ihrer Stärke verloren, an die sich Lorn nur zu gut erinnert.

»Ich sagte bereits, dass du in mehr als nur einer Hinsicht gewachsen bist. Ich glaube, du weißt, was ich meine«, beginnt Kien.

»Ja, Ser.«

»Du schlägst einen gefährlichen Weg ein, den nur wenige zu Ende gehen können.«

Lorn zuckt die Schultern, aber er versteht sehr gut, warum sein Vater über Lorns wachsendes Vermögen, Chaos zu kontrollieren, nicht offen sprechen will. »Ich habe nur befolgt, was Myryan und Jerial mir geraten haben, meiner Gesundheit zuliebe.«

»Sie müssen darüber Bescheid wissen, aber am besten erwähnst du es nie wieder laut, auch nicht mir gegenüber.«

»Ja, Ser.« Lorn muss sich in Erinnerung rufen, dass er sich nun wieder in der Stadt des Lichts befindet, wo jede Aussage wahrgelesen und jede Bewegung jederzeit in einem Spähglas eingefangen werden kann, so wie in dem, das zugedeckt auf dem Schreibtisch seines Vaters steht. Er runzelt die Stirn, als er das helle bernsteinfarbene Holz betrachtet, welches das Glas einrahmt.

Kien folgt Lorns Augen. »Ja, das habe ich seit einem Jahr. Das alte habe ich letztes Jahr auf der Reise zurück von Fyrad verloren.«

»Das ist seltsam«, meint Lorn.

»In der Tat sehr seltsam«, betont sein Vater nachdenklich. »Ich habe es in Fyrad eingepackt, aber als ich hier meine Sachen ausgepackt habe, war es verschwunden.«

Lorn nickt langsam. Nun weiß er, dass er wirklich zurück in Cyad ist.

»Seit einem Jahr habe ich nichts davon gesehen oder gespürt, ich bezweifle, dass ich jemals etwas über das Schicksal des Glases erfahren werde.« Kien beugt sich über den Schreibtisch und studiert seinen Sohn. »Kannst du dich an Alyiakal erinnern?«

»Den Lanzenkämpfer-Kaiser?«

»Den Lanzenkämpfer-Magier-Kaiser. Jeder Spiegellanzenkämpfer, der über Fähigkeiten wie er verfügt, könnte Cyador ohne weiteres an die Barbaren übergeben.«

Lorn schweigt und wartet.

»Ich werde alt, Lorn, und ich halte gern Vorträge. Ich bitte dich nur, mir zuzuhören und keine Fragen zu stellen.« Bei diesen Worten dreht sich Kien'elth in seinem Stuhl um, sodass er den Lanzenkämpferhauptmann nicht mehr ansehen kann. »Alle, die zu den Magi'i gehören, müssen dem Chaos dienen und sind deshalb in ihren Handlungen durch Chaos eingeschränkt. Lanzenkämpfer kann es nicht in unbegrenzter Anzahl geben, weil Cyador die Kompanien der Spiegellanzenkämpfer nur begrenzt mit Feuerlanzen versorgen kann. Ein hoher Lanzenkämpferoffizier, der die Chaos-Kräfte beherrscht, wäre nicht in solchem Maße gebunden oder eingeschränkt, und deshalb müssen die ranghöchsten Kommandanten der Spiegellanzenkämpfer und die hohen Lektoren dafür sorgen, dass so ein Lanzenkämpfer niemals ein hoher Offizier wird. Niemand spricht darüber; niemand außer den Adepten der höchsten Stufe und den Lektoren weiß davon.«

Lorn schweigt weiter, auch während der Pause, die den Worten seines Vaters folgt. Genau genommen hat Kien'elth seinen Sohn nicht direkt angesprochen, und doch hat er schon viel riskiert mit dem, was er gesagt hat.

Kien wendet sich wieder seinem Sohn zu. »So mancher in Cyador neigt dazu, die Freiheit der Barbaren zu romantisieren.« Er zieht die weißen Augenbrauen hoch. »Gehörst du auch zu denen?«

»Nein. Obwohl ich mir schon Gedanken gemacht habe über diese Freiheit.« Lorn lacht barsch. »Aber das war, bevor ich sie kennen lernte.«

Kien nickt. »Ein Mensch, der keinerlei Beschränkungen unterliegt, ist ein Sklave des Zufalls und der Ordnung. Die Barbaren sind Sklaven des Zufalls, auch in ihrem Bestreben, frei zu sein.«

»Sie sind gefährlich und jedes Jahr scheinen es mehr zu werden«, erklärt Lorn.

»Ich vermute, dass dies schon seit vielen Generationen der Fall ist«, meint Kien darauf. »Cyador besteht weiter und die Barbaren stürzen sich immer wieder von neuem auf die Lanzenkämpfer – aber vergeblich.«

Lorn nickt, aber er weiß auch um Jostyn und Cyllt – und um andere, die an diesen vergeblichen Angriffen zu Grunde gingen.

»Du bleibst eine ganze Jahreszeit hier?«

»Fünf Achttage.«

»Gut. Dann werden wir noch öfter Gelegenheit zum Gespräch haben.« Lorn lächelt. »Genau so, wie eine Anzahl von jungen Damen auch, vermute ich.«

Lorn zuckt die Schultern und sieht ziemlich verlegen aus.

Der ältere Mann steht auf. »Ich will dich nicht länger von deiner Schwester und deiner Mutter fern halten. Sonst werden wir bald was von ihnen zu hören bekommen.«

Mit einem Lächeln im Gesicht steht Lorn auf.

»Wirst du zum Abendessen hier sein?«

»Natürlich. Wo sonst würde ich Birnapfeltörtchen mit Sahne bekommen?« Lorns Lächeln wächst sich zu einem breiten Grinsen aus.

Kien schüttelt den Kopf, als Lorn sich umdreht.

Draußen vor dem Arbeitszimmer blickt Lorn durch die Säulen des offenen Bogengangs, der das oberste Stockwerk umgibt. Er schaut nach Südwesten und zum Hafen, doch das Gebäude, in dem die Klanlosen Händler untergebracht sind – und das Handelshaus Ryalor –, sieht er nicht. Dann geht er langsam hinunter zu seinen eigenen Gemächern im ersten Stock; wenn man diese noch so bezeichnen kann nach dreijähriger Abwesenheit.

In der Eingangshalle sucht er nach seinen Taschen, aber jemand hat sie weggetragen, also geht er weiter zum Rückgebäude und schlüpft durch die offene Tür in seine Gemächer. Die Taschen stehen neben dem Schrank hinter dem Torbogen, der ins Schlafgemach führt. Der Säbel liegt auf dem Tisch. Der Raum hat sich nicht verändert, nur dass er etwas verlassen wirkt und es an den kleinen Dingen fehlt. Es liegen keine Kupferstücke in dem winzigen Gefäß in der Ecke des Schreibtischs und es fehlt an Papier im oberen Fach aus Weißeiche neben dem leeren Tintenfass.

Lorn wirft einen Blick auf die Taschen, dann lächelt er amüsiert in die Leere des Raums hinein, bevor er sich umdreht und zu Jerial geht.

»Es ist offen. Du kannst hereinkommen, Lorn.«

Jerial sitzt hinter dem Schreibtisch. Sie steckt die Feder mit der Cupridiumspitze zurück in den Halter und stöpselt das Tintenfass mit ihren schlanken, flinken und geschickten Fingern zu. Die stechend blauen Augen blicken den Bruder an und zwei fein gezeichnete schwarze Augenbrauen wölben sich fragend nach oben.

»Eine Warnung, dass ich die Fehler meiner Vergangenheit nicht wiederholen soll«, antwortet Lorn auf die unausgesprochene Frage.

»Waren es wirklich Fehler?«

»In Vaters Augen schon, nehme ich an.«

»Das ist nicht alles, aber ich will dich nicht drängen.«

»Danke.« Lorn lässt sich in den Lehnstuhl neben dem Schreibtisch fallen, der dem in seinen Gemächern sehr ähnlich ist. »Wie geht es dir?«

»So wie man es erwartet bei einer Heilerin … ohne Gemahl.« Jerial zuckt mit den Schultern. »Mir geht es nicht schlecht, und ich bin immer da, wenn man mich braucht. Dafür ernte ich nichts als Herablassung, aber der Druck, mich zu vermählen, ist nicht so groß.« Sie zeigt ein schiefes Lächeln. »Ich bin mittlerweile älter als die meisten jungen Adepten, die sich vermählen müssen, und die, die noch übrig sind, wollen keine scharfzüngige Heilerin.«

»Besonders nicht, wenn sie solche Brüder hat wie du?«, fragt Lorn beiläufig.

»Vernt wird von allen akzeptiert.«

»Das habe ich mir gedacht.«

»Und ein Lanzenkämpfer, der die Barbaren bekämpft, wird auch respektiert.«

»Kurz und gut, man erwartet von mir, dass ich jung und ehrbar sterbe, sodass Vernt aufsteigen kann.« Lorn spricht ohne Bitterkeit in der Stimme, als würde er über eine offensichtliche Tatsache sprechen, an deren Richtigkeit es nichts zu zweifeln gibt.

»Nein. Man erwartet von dir, dass du heldenhaft und wirkungsvoll handelst.« Die Augenbrauen gehen ein zweites Mal nach oben. »Ist es nicht genau das, was ein Lanzenkämpferhauptmann zu tun hat?«

»Dann kann ich nur die Hälfte der Erwartungen erfüllen.« Lorn zuckt die Schultern. »Ich bin nicht sonderlich heldenhaft.«

»Ich könnte mir aber vorstellen, dass du sehr wirkungsvoll handelst.«

»Der Major hat etwas in der Art erwähnt«, räumt Lorn ein.

»Gut.« Jerial hält inne. »Ich nehme an, du wirst beim Abendessen einiges über die Barbaren und Grashügel zum Besten geben.«

»Ja. Und wie die Lanzenkämpfer Cyador und den Magi'i dienen.«

»Diese Soße könnte vielleicht ein wenig zu schwer werden.«

Lorn lässt die Lippen nicht lachen, die Augen jedoch schon, obwohl er das ohne weiteres auch noch verhindern könnte.

Jerial lacht leise. »Ich vergaß, wie gut du den Empörten spielen kannst.«

»Ich bin nicht empört. Die Spiegellanzenkämpfer und die Feuerlanzen, die von den Magi'i bereitgestellt werden, dienen nur dazu, die Barbaren aus dem Norden davon abzuhalten, Cyador zu verwüsten.« Mit einem ernsthaften Ausdruck im Gesicht verschränkt Lorn die Arme vor der Brust.

»Hmm ... Vernt könnte dir eventuell glauben, wenn du mit den Feuerlanzen anfängst.«

Lorn sucht Jerials Blick.

»Er will so sein wie Vater, Lorn.« Ihre Heilerstimme klingt traurig. »Aber er kennt Vater nicht einmal.«

»Ich werde sehr vorsichtig sein ... und sehr fröhlich.«

»Das wäre gut. Mutter ist noch immer sehr feinfühlig.«

Lorn nickt. »Was ist mit Myryan?«

»Sie versucht, mit Ciesrt so gut wie möglich zurechtzukommen. Dein Gespräch mit Vater hat ihr noch etwas Zeit verschafft.«

»Glaubst du, es war nicht genug Zeit?« Lorn studiert Jerials Gesicht sehr gründlich, obwohl er sich nicht den Anschein gibt, so gelassen, wie er im Lehnstuhl sitzt.

»Sie spricht nicht mit mir. Nicht aufrichtig.«

»Ich werde sie morgen besuchen, das verspreche ich.«

»Das wäre gut. Mutter hat in ihrer ruhigen Art darauf bestanden, dass du Ciesrt nicht gleich gegenübergestellt wirst, wenn du ankommst.«

»Sie ist auch nicht glücklich mit dieser Vermählung.«

»Weder sie noch Vater haben eine andere Möglichkeit gesehen. Myryan konnte meinem Weg nicht folgen.« Jerials Lächeln wirkt gequält.

»Das habe ich befürchtet.«

»Du hast getan, was du konntest.«

»Ich brauche jetzt etwas Zeit, um auszupacken.« Lorn steht auf und streckt sich. »Und um mich vor dem

Abendessen zu waschen. Es war eine lange Reise von Syadtar bis hierher.«

»Und du hast lange nachgedacht?«

»Das auch.« Er wendet sich zur Tür.

»Lorn?«

»Ja.«

»Falls du sie brauchst … in deinem Schrank hängen die blauen Kleider eines Oberbuchhalters unter dem Wintermantel. Ich dachte, deine Freundin sollte … bevorzugt behandelt werden.«

»Danke.« Lorn verabschiedet sich von Jerial, dann schlendert er über den offenen Flur langsam zurück in seine Gemächer, die doch nicht seine sind.

Dort öffnet er die erste grüne Tasche und räumt die Uniformen in den Schrank, hängt sie neben die blauen Sachen. Ein Lächeln huscht über seine Lippen.

Nachdem er die Kleidung ausgepackt und das silberne Buch zwischen der Unterwäsche versteckt hat, holt er den brystanischen Säbel hervor, den er quer durch Cyador geschmuggelt hat, neu geschliffen und in Form gebracht. Er fühlt die leichte Ordnung in dem bearbeiteten und polierten Eisen in der Scheide. Er hat sich eine kleine Freiheit herausgenommen mit der Klinge, die jedoch eine große Wirkung hat, denn nun besitzt die Spitze der Klinge zwei Schneiden, wenn auch auf der ehemals stumpfen Seite nur eine Spanne lang. Seine Sinne sagen ihm, dass zwei Schneiden die Klinge nicht schwächen, und bei dem Vorhaben, das er im Sinn hat, muss er mit dem Säbel zustoßen.

Er kann das Eisen halten, ohne sich die Hände daran zu verbrennen, es gibt auch keinen Grund dafür, auch wenn Vernt oder sein Vater vielleicht ein Brennen spüren würden. Er lächelt. Schließlich steht ihm nach all den Kämpfen mit den Barbaren ein Andenken zu. Vor den anderen Lanzenkämpfern in Isahl hat er es jedoch gut versteckt gehalten und das wird er auch vor seiner Familie tun. Selbst wenn sein Vater das Eisen mit dem

Spähglas entdecken sollte, wird er Lorn gegenüber nichts erwähnen.

Er faltet schließlich die grünen Taschen zusammen und verstaut sie ganz hinten im Schrank, dann zieht er Stiefel und Uniform aus, die er schon zu viele Tage getragen hat. An einem der Haken am Schrank hängt ein Hausmantel, den er anzieht, bevor er sich auf den Weg zum Waschraum macht.

Er wäscht und rasiert sich gründlich, kehrt in sein Zimmer zurück und legt sich aufs Bett. Was kann er nur für Myryan tun … und für Ryalth?

Über beides kann er nicht lange nachdenken, denn der Schlaf übermannt ihn viel zu schnell.

Ein sanftes Klopfen an der Tür weckt ihn und Lorn schreckt auf.

»Abendessen ist bald fertig«, sagt Jerial auf der anderen Seite der geschlossenen Tür. »Ich dachte, das würde dich interessieren.«

Lorn muss sich erst räuspern, bevor er antworten kann. »Danke. Ich bin eingeschlafen.«

»Hab ich mir schon gedacht.«

Schweigen. Lorn fühlt, dass sie weggegangen ist, damit er sich fertig machen kann.

Lorn zieht sich hastig an und verlässt die Gemächer. Gemütlich schlendert er zum kleineren und wärmeren inneren Speisesaal, seine Stiefel sind kaum zu hören auf den Marmorstufen.

Und doch bemerkt ihn eine der Dienstbotinnen, als er vorbeigeht. Lorn kennt die Brünette mit dem runden Gesicht und den zu einem Zopf zusammengebundenen Haaren nicht. »Entschuldigung. Ich heiße Lorn. Ich glaube nicht, dass wir uns schon kennen gelernt haben.«

»Sylirya, Ser. Ich bin eine Jahreszeit nach Eurer Abreise hierher gekommen.« Sylirya hält den Blick gesenkt.

»Und wie gefällt es dir hier?«

»Eure Familie ist sehr freundlich, Ser. Ein besseres Haus hätte ich nicht finden können.« Sie befeuchtet ihre Lippen. »Ich muss beim Kochen helfen, Ser …«

Lorn lacht fröhlich. »Geh nur.«

Er wartet, bis sie sich umdreht; gleich darauf vernimmt er die schweren Schritte seines Vaters auf der Treppe.

Der Magier, dessen Haarfarbe in den vergangenen fast vier Jahren von schimmerndem Silber zu einem schmeichelnden Weiß gewechselt hat, nickt seinem Sohn zu. »Du bist immer noch der Erste am Tisch.« Er sieht sich um. »Ist Jerial hier? Du hast mit jemandem gesprochen.«

»Mit dem neuen Dienstmädchen – Sylirya.«

»Sie ist nicht mehr neu, Lorn. Schon fast drei Jahre ist sie nun bei uns und Kysia auch, und Quyal – die neue Köchin – schon über ein Jahr.«

»Was ist mit Elthya geschehen?«

»Ihre Mutter ist krank geworden und so ist sie in ihre Heimatstadt zurückgekehrt – den Namen habe ich vergessen. Ein Witwer, den sie schon seit Kindertagen kennt, hat um ihre Hand angehalten.« Kien presst die Hände aneinander. »Also mussten wir eine neue Köchin einstellen. Quyal kocht genauso gut wie Elthya, nur etwas anders, mehr … westlich, würde ich sagen. Schärfer.«

Die zwei Männer schlendern durch die Eingangshalle und den Flur entlang zum Speisesaal, wo sie an der Tür stehen bleiben, um auf die anderen zu warten.

»Zu scharf?«, fragt Lorn.

»Ich musste immerhin um etwas mildere Speisen bitten«, gibt sein Vater zu.

Sie drehen sich um, denn Jerial stößt zu ihnen.

»Lorn war zuerst hier, da wette ich«, ruft Jerial.

»Vor mir«, bestätigt der Vater.

»Vernt wird nicht mehr lange auf sich warten lassen«, meint Jerial. »Ich habe ihn kommen hören, aber er wird auf Mutter warten wollen.«

Während seine Schwester noch spricht, hört Lorn Schritte, und Vernt und seine Mutter erscheinen auch schon auf der Treppe. Wie sein Vater trägt Vernt das weiße Schimmertuch der Magi'i-Adepten, aber ohne die Blitze auf der Brust. Er hat sich auch einen kurzen Bart wachsen lassen, sandfarben wie sein Haar.

»Der Lanzenkämpfer ist zurückgekehrt«, ruft der junge Magier. »Willkommen zu Hause.«

»Danke.« Lorn verneigt den Kopf. »Schön, euch alle wieder zu sehen.«

»Können wir nun endlich essen?« Kien'elth rollt mit den Augen.

»Natürlich, mein Lieber«, antwortet Nyryah. »Warum geht ihr nicht hinein und setzt euch einfach?«

Lorn folgt seinem Vater. Kien setzt sich ans Ende des Tisches mit dem Rücken zum Fenster und Lorn nimmt rechts von seinem Vater Platz. Jerial sitzt neben Lorn und Nyryah lässt sich gegenüber von ihrem Gemahl nieder. Vernt nimmt auf der gegenüberliegenden Seite von Jerial und Lorn Platz.

Sylirya stellt einen großen irdenen Topf vor Kien auf den Tisch und legt eine Schöpfkelle daneben. Eine andere Frau bringt zwei Körbe mit Brot herein – Sonnennussbrot und ein dunkles Roggenbrot.

»Danke, Quyal.« Nyryah nickt der Köchin zu.

»Was …«, will Kien wissen.

»Es gibt Rindfleischeintopf. Quyal wusste nicht, dass Lorn heute nach Hause kommt«, unterbricht Nyryah ihn schnell.

»Keiner von uns wusste, wann er kommt«, fügt Jerial hinzu.

Lorn zuckt nur die Schultern.

»Bedien dich einfach, Liebster«, schlägt Lorns Mutter vor.

»Das werde ich auch.« Der ältere Magier schüttelt den Kopf.

Vernt reicht seiner Mutter den Korb mit Nussbrot,

dann nimmt er selbst zwei Scheiben und legt sie auf seinen Teller, bevor er den Korb an Jerial weitergibt.

»Du siehst gut aus.« Vernt lächelt zuerst Lorn erfreut an und anschließend den Brotkorb, den Jerial in Händen hält. »Ich weiß noch gut, wie du dir immer ein paar Extrascheiben von dem Sonnennussbrot erschlichen hast. Du hast den Korb erst weitergegeben und dann später drei Scheiben auf einmal genommen.«

Lorn grinst. »Warum auch nicht? Du hast immer versucht, gleich zu Anfang zwei zu nehmen, und immer haben wir dich dabei erwischt. Jetzt kannst du es tun und keiner verliert ein Wort darüber.«

»Dass euch das nach all den Jahren noch immer beschäftigt?«, brummt Kien gut gelaunt.

Jerial lacht. »Sie sind Brüder. Hast du erwartet, dass sich das ändert?«

»Ich werde älter. Hoffen kann man ja zumindest.« Kien schiebt den Topf zu Lorn, der zuerst Jerial daraus bedient und dann sich selbst, bevor er ihn weiterreicht.

Vernt schöpft zuerst für Nyryah eine Portion heraus und dann für sich, während Lorn allen von dem dunklen Rotwein einschenkt.

»Gib Acht mit dem Fhynyco«, meint Kien zu Lorn. »Der schmeckt besser als Byrdyn.«

»So gut wie Alafraan?«

»Alafraan? Jetzt kennt er Weine, von denen wir nie gehört haben.« Kien schüttelt den Kopf. »Als grüner Junge zieht er aus und zurück kommt er als Lanzenkämpfer und Weinkenner.«

Jerial und Lorn lachen laut.

»Das kommt nur daher«, klärt Lorn die anderen auf, »dass einer der Offiziere in Isahl aus einer Winzerfamilie in Escadr stammte.«

»Wenigstens gibt er es zu«, meint Nyryah zu. »Und jetzt esst … bevor es kalt wird.«

Das lässt sich Lorn nicht zweimal sagen. Schon der erste Löffel Eintopf sagt ihm, dass es die beste Mahlzeit ist, die er seit seiner Abreise vor mehr als drei Jahren zu sich genommen hat.

»Wie ist es in Isahl?«, fragt Jerial, nachdem Lorn bereits den halben Teller leer gegessen und eine Scheibe vom Nussbrot vertilgt hat.

Lorn schluckt. »Im Sommer ist es dort heißer als hier, im Winter kälter und das ganze Jahr über windiger. Außerhalb des Außenpostens leben nicht mehr als vielleicht zwanzig Familien im gleichen Tal und noch weniger in den benachbarten Tälern. Es wachsen dort keine richtigen Bäume, nur Zederngestrüpp und niedrige Büsche …« Lorn gibt sich alle Mühe mit der Beschreibung. »… und um alles haben sie Mauern gebaut. Sogar die Hirten errichten Erdwälle um ihre Hütten.«

»Dort möchte ich nicht leben.« Vernt lächelt gequält. »Zu dumm, dass du das den Magierschülern nicht erzählen kannst.«

»Sie würden es mir nicht glauben.« Lorn zuckt die Achseln. »Ich hätte es früher selbst auch nicht geglaubt.«

Eine leichte Kälte streift den Raum, Lorn und sein Vater werfen sich Blicke zu. Der junge Hauptmann isst weiter, bemerkt aber das vorsichtige Nicken, das seine Mutter und Jerial austauschen. Jemand beobachtet sie mit einem Chaos-Glas. Um nachzusehen, ob Lorn tatsächlich bei seiner Familie ist? Oder um Vernt zu überprüfen oder seinen Vater?

»Was wirst du unternehmen während deines Urlaubs?«, fragt Nyryah schnell.

»Zeit mit euch verbringen, Freunde besuchen, das gute Essen genießen und mich ausruhen. All das, was man draußen in den Hügeln des Endlosen Grases nicht tun kann.«

»Und dann …?«, will Vernt wissen.

»Dann werde ich meinen nächsten Dienstposten antreten. In Geliendra. Man hat mir gesagt, dass mir dort eine Kompanie unterstehen wird.« Lorn zuckt mit den

Schultern. »Aber bei den Spiegellanzenkämpfern erfährt man Genaueres immer erst, wenn man wirklich dort ist.« Er trinkt einen kleinen Schluck von dem Fhynyco, der stärker und gleichzeitig weicher schmeckt als Byrdyn, dann nimmt er sich eine zweite Portion Eintopf.

»Und danach?«, drängt Vernt weiter. »Weißt du das schon?«

»Ich kann nur raten.« Lorn isst noch einen Löffel Eintopf, bevor er fortfährt. »Wenn ich es bis zum Oberst bringe oder zum Sub-Major, könnte ich irgendwo zweiter Befehlshaber werden oder Kommandant eines Hafenpostens … oder …« Die anderen Möglichkeiten lässt er offen.

»Es liegen noch genügend Jahreszeiten vor uns, in denen wir uns darüber Gedanken machen können«, meint Kien. »Am besten richten wir unser Augenmerk nur auf die bevorstehenden Achttage.« Er lächelt erst Lorn und dann Nyryah an.

»Und du«, erwidert sie auf den Blick ihres Gemahls, »bist genau wie deine Söhne, sicher willst du wissen, was es zum Nachtisch gibt.«

»Daran ist doch nichts auszusetzen, oder?«, entgegnet der ältere Magier.

Nyryah winkt Sylirya zu, die daraufhin hinausläuft und mit einer flachen Schüssel zurückkehrt, die sie vor Kien abstellt. Dann bringt das Dienstmädchen kleinere Schüsselchen aus Porzellan mit Goldrändern und teilt jedem Familienmitglied eines zu, bevor sie sich wieder auf ihren Platz neben der Tür zurückzieht.

»Du wirst dich mit getrockneten Birnäpfeln und süßer, brauner Soße begnügen müssen«, beichtet Nyryah ihrem Sohn Lorn.

»Damit kann ich leben«, grinst Lorn. »In Isahl habe ich keinen einzigen Birnapfel gesehen, auch in Syadtar nicht.«

»Wie ist es in Syadtar?«, will Jerial wissen. »Ist es dort

schmutzig und sind die Straßen eng, wie in einer Barbarenstadt?«

Lorn schüttelt den Kopf. »Syadtar unterscheidet sich nicht von den anderen Städten, die ich in Cyador gesehen habe: Häuser aus Granit und Sonnenstein, stabile Ziegeldächer, breite, gepflasterte Straßen. Die Häuser dort kann man mit den kleineren Gebäuden hier in Cyador vergleichen.« Er zuckt die Schultern. »Bis auf die Größe der Häuser und deren Anzahl ähneln sich Syadtar und die anderen cyadorischen Städte sehr, die ich bisher gesehen habe. Draußen im Grasland mit den Hütten der Hirten verhält es sich natürlich anders.«

»Ich glaube nicht, dass mir das gefallen würde«, bemerkt Jerial.

Lorn spürt, dass er beobachtet wird, aber als er unauffällig aufblickt, schaut niemand der anderen in seine Richtung. Es fühlt sich auch nicht so an, als würde ihn jemand mit dem Glas beobachten, wie er es schon bei seinem Vater gespürt hat oder bei anderen Gelegenheiten – wie vorhin beim Essen. Wird er jetzt sogar im Haus seiner Eltern überwacht? Wenn andere Magi'i ihn mit einem Glas beobachten, kann er das verstehen. Aber wer sonst könnte sich für ihn interessieren?

Er nimmt sich einen Birnapfel und das Lächeln weicht nicht von seinen Lippen.

XLV

Ein rauer Winterwind peitscht vom Westmeer herüber auf die Stadt Cyad und führt eine Kälte mit sich, die die helle Vormittagssonne Lügen straft, welche arglos am wolkenlosen grünblauen Himmel steht. Lorn trägt die weiße Winteruniform mit den grünen Tressen und weiße Lederhandschuhe, den Säbel hat er zu Hause gelassen. So schreitet er hastig auf dem Gehweg der Straße des Fortwährenden Lichts gen Osten und kreuzt den Weg der Ersten Zwanzig. Die Tragetasche in seiner linken Hand ist grau – sie kann also einem Lanzenkämpfer, einem Händler oder genauso gut einem Kaufmann gehören. Darin befindet sich die blaue Schimmertuchkleidung eines Buchhalters.

Das Haus, das Jerial ihm beschrieben hat, liegt noch weiter im Osten, fast außerhalb der Stadt. Lorn beeilt sich, denn er möchte noch am Vormittag ankommen – während Ciesrt seinen Aufgaben im Viertel der Magi'i nachgeht.

Als er den Dreiundzwanzigsten Weg erreicht, bleibt er stehen und rückt sich die weiße Offizierskappe zurecht, während er im Geiste die Beschreibung wiederholt, die ihm Jerial gegeben hat. Er vergleicht diese mit den Häusern zu seiner Rechten. Das zweistöckige Haus ist aus grünen glasierten Ziegeln gebaut und hat ein blaues Ziegeldach. Es steht zwischen zwei größeren Gebäuden, wodurch es teilweise von der kühlen Meeresbrise abgeschirmt wird. Der Wandschirm vor dem Eingang ist mit blauen und grünen Fliesen verschönert und mit einer mittlerweile verblassten, goldenen Lilie in der Mitte verziert.

Lorn geht hinauf zur linken Seite des Wandschirms und zieht an der grünen Seidenkordel, um die Glocke zu läuten.

Nach einigen langen Augenblicken hört er Schritte und der Sichtschlitz klappert.

»Lorn!« Myryan springt mit einem Satz aus der Tür und um den Wandschirm herum. Sie umarmt ihren Bruder fest und vergräbt den Kopf an seiner Brust. »Du bist da! Du bist gekommen!«

Lorn muss erst die Tragetasche fallen lassen, um die Umarmung erwidern zu können.

Nach dem ersten Aufschrei und der Umarmung löst sich Myryan genauso schnell wieder und blickt zu Boden. »Ich glaube, verheiratete Heilerinnen sollten so etwas nicht tun.« Ihr Lächeln wirkt verlegen und so anders als früher, dass Lorn es gar nicht mit Worten beschreiben kann. »Aber du warst so weit weg und hast gegen die Barbaren gekämpft und jetzt bist du zurückgekommen. Schließlich bist du mein Bruder.«

Lorn bemerkt sofort, wie dünn und zerbrechlich Myryan trotz ihrer Größe und selbst in der weiten, grünen Heilerkleidung wirkt. Er fühlt kein Chaos in ihr oder um sie herum, keine Krankheit … doch irgendetwas stimmt nicht. Ein Duft von Trilia und Erhenblumen umgibt sie, eine Mischung, die viel lieblicher riecht als Erhenblume allein und nicht so übermächtig süß wie Trilia an sich.

»Du musst hereinkommen.« Sie bückt sich, als wollte sie seine Tasche aufheben.

»Hab sie schon.« Lorn ist schneller und hält die Tasche bereits in Händen, bevor sie sich auch nur halb hinunterbeugen kann.

»Immer noch der gleiche Lorn. Lässt du jemals irgendjemand anderen etwas für dich tun?«

»Manchmal.«

»Ha! Das würde ich gern sehen.« Myryan wartet die Antwort darauf nicht ab, sondern geht um den Keramikwandschirm herum und durch die noch offen stehende Vordertür.

Lorn folgt ihr mit der Tasche in der Hand.

Gleich hinter der Eingangstür befindet sich ein kleiner gefliester Flur, etwa vier Ellen im Quadrat, mit Torbögen, die in drei Richtungen führen. Myryan winkt Lorn durch den linken Torbogen in einen Raum, der etwa zehn Ellen lang ist und sechs breit. Die Wände wurden erst kürzlich neu verputzt und in einem Grünton gestrichen, der Fliesenboden wurde neu verfugt.

Drei kleine, geschlossene Fenster schmücken die Frontmauer des Hauses, die Fensterbänke sind mit einem Abstand von nur zwei Ellen über dem glatten, aber abgewetzten grünen Keramikfliesenboden angebracht. Zwei schmale Regale stehen zwischen dem linken Fenster und der Ecke. Darin findet sich lediglich eine einzige Sonnensteinfigur, die einen Magier darstellt, welcher auf eine Stufe blickt. Die andere Ecke ziert der hüfthohe, runde Tisch mit einer Öllampe darauf, der früher in Myryans Zimmer stand. Gegenüber den Fenstern lädt ein dick gepolstertes Sofa in einem ausgeblichenen Blau zum Verweilen ein. Links daneben steht ein weiterer Tisch aus dunklem Holz, den eine blaue Glaslampe ziert. Rechts daneben, zwischen dem Sofa und dem Tisch nahe dem Fenster, steht ein Eichenstuhl mit gerader Lehne. Das letzte Möbel in dem Raum ist ein dünn gepolsterter Stuhl vor dem mittleren Fenster.

Myryan geht zur Fensterwand und öffnet einen Fensterladen nach dem anderen, um Licht hereinzulassen. Sie dreht sich um und breitet die Arme in dem kleinen Raum aus. »Das muss genügen. Wir haben nur das eine Wohnzimmer und keinen Säulengang.« Sie steht vor dem Stuhl am Fenster und blickt aufs Sofa.

Lorn stellt die Taschen ab und lässt sich auf dem Weißeichenstuhl mit der geraden Lehne nieder; die Patina lässt vermuten, dass er wahrscheinlich älter ist als beide Geschwister zusammen.

Myryan setzt sich auf den Stuhl. »Wann bist du zurückgekommen?«

»Gestern Abend.« Lorn lächelt. »Jerial meinte, man würde mich nicht sonderlich freundlich empfangen, wenn ich spät am Abend vor eurer Tür aufkreuze. Also habe ich mir den Besuch für heute Vormittag aufgehoben.« Er erwähnt nicht, dass seine Eltern ihm keine Hilfe angeboten haben, außer indirekt durch Jerial.

»Jerial hat sich nie sonderlich um Ciesrt gekümmert.« Myryan lächelt matt.

»Sie hat kein Urteil abgegeben.«

»Muss sie das?«, fragt Myryan trocken, so wie sie es von ihrer Mutter geerbt hat.

»Jerial geht ihren eigenen Weg«, antwortet Lorn.

»Das hat sie schon immer getan. Das wird sich vermutlich auch nicht mehr ändern.«

»Wie geht es dir?«

»Ich arbeite immer noch als Heilerin.« Die bernsteinfarbenen Augen funkeln einige Sekunden lang. »Und ich versuche dieses Haus in eine einigermaßen respektable Wohnung zu verwandeln. Alle Wände waren vorher dunkelblau.«

»Mit großen goldenen Lilien darauf?«

»Kleine ausgebleichte gelbe Lilien. Überall.« Myryan lacht. »Es war das Beste, was wir tun konnten. Ciesrt wollte nicht, dass wir bei meinen Eltern leben, und ich wollte nicht bei seinen wohnen. Also ...«

»Junge Adepten der zweiten Stufe verdienen schließlich keine Reichtümer.«

»Du bist sehr freundlich, Lorn. Dritte Stufe. Er sagt, dass er im nächsten Sommer die zweite Stufe erreichen will, wenn die Lektoren alle Dritten geprüft haben.«

Lorn denkt über das Haus nach: Man muss es bescheiden nennen im Vergleich zu dem Heim, in dem er und seine Schwester aufgewachsen sind, aber nicht im Entferntesten bescheiden im Vergleich zu Ryalths Zuhause ... es sei denn, Ryalth hat sich inzwischen eine größere Wohnung genommen, die dem Erfolg des Hauses Ryalor angemessen ist.

Myryan folgt seinem Blick. »Man hat uns geholfen. Kharl'elth und Vater ... und noch jemand.«

»Noch jemand?«, fragt Lorn verwundert.

Myryan zuckt die Schultern. »Ich dachte, du wärst es gewesen. Wie bei der Heilernadel. Da war ein Guthaben auf einem Konto an der Börse auf meinen Namen ... so haben Vater und Kharl es genannt. Ich habe Ciesrt erzählt, dass das Geld von der Familie meiner Mutter stammt. Er hat nur genickt.«

Lorn sieht Ciesrt förmlich vor sich, wie er einfach hinnimmt, was er nicht verstehen kann, und weiter durchs

Leben geht, ohne darüber nachzudenken, was außerhalb der Viertel der Magi'i geschieht. »Hast du eine Ahnung, wer es gewesen sein könnte?«

Myryan schüttelt den Kopf. »Ich habe die Goldstücke fast eine Jahreszeit lang aufgehoben, aber es kam niemals auch nur der kleinste Hinweis. Dann habe ich das Haus gefunden. Tyrsal hat mir dabei geholfen, er hat sich als Verwandter ausgegeben. Ciesrt und ich leben erst seit einer Jahreszeit hier.«

»Hier bist du glücklicher.«

Myryan lächelt. »Viel glücklicher. Ich habe schon angefangen, draußen zu arbeiten, und ich kann es kaum erwarten, endlich den Garten zu bepflanzen. Der Boden ist gut, ich werde einige der kostbaren Kräuter anbauen, glaube ich. Jerial hat ein Bett und einen Schrank für uns in Auftrag gegeben. Ich weiß nicht, wie sie das macht …«

Lorn hebt die Augenbrauen.

»Na ja … sie musste es nicht tun …«

»Du musstest ihr versprechen, nichts zu sagen, habe ich Recht?«

Myryan nickt. »Du wirst doch nichts ausplaudern, oder?«

»Chaos-Licht, nein. Wie denkt Ciesrt über all das?«

»Er ist froh, dass wir unser eigenes Haus haben. Aber da ist er auch der Einzige.«

»Und du bist auch glücklicher hier.«

»Wie geht es dir denn?«, fragt Myryan.

»Ich habe etwas weniger als fünf Achttage Urlaub, bevor ich wieder weg muss, um mich in Geliendra zum Dienst zu melden. Du hast also noch etwas Zeit, um mir alles zu erzählen.« Er lächelt. »Alles. Oder fast alles«, fügt er schnell hinzu.

»Geliendra?« Sie runzelt die Stirn. »Sei vorsichtig. Die Magi'i führen dort etwas im Schilde. Ich hörte zufällig, wie Kharl davon sprach … aber er verstummte sofort, als er Ciesrt und mich kommen sah.«

»Ist es *der* Kharl'elth, noch immer Zweiter Magier?«

»Sehr mächtig – und er lässt es die Familie auch spüren.« Myryans Lippen kräuseln sich zu einem ironischen Lächeln. »Er verbringt all seine Zeit im Palast. So drückt es Ciesrt zumindest aus.«

»Weißt du noch mehr über Geliendra?«

»Ich habe nicht viel gehört. Gewöhnlich hätte ich überhaupt nichts gehört, aber mir ist immer unbehaglich, wenn wir dorthin gehen und so …« Diesmal lächelt sie verlegen.

»Du hast deine Chaos-Ordnungs-Sinne gebraucht?«

Sie nickt und fügt hinzu: »Ich habe lediglich etwas von der Wichtigkeit einer Erprobungsphase gehört und dem Interesse des Kaisers daran. Das war bei einer Zusammenkunft, Kharl sprach mit einem anderen Magi'i. Es war nicht Chyenfel und ich wurde ihm auch nicht vorgestellt – *ich* nicht. Kharl hat Ciesrt zur Seite genommen und die beiden miteinander bekannt gemacht.« Myryans Gesichtszüge verhärten sich. »Da ich nicht vorgestellt wurde, habe ich auch nicht gefragt, wer er war. Ich wünschte, ich hätte es getan.«

»Das ist nicht so wichtig.« Lorn meint, was er sagt. Der Wert einer Information hängt vom Inhalt und vom Überbringer ab, nicht vom Zuhörer.

Myryan streicht sich eine schwarze Locke aus dem Gesicht und verlagert das Gewicht auf dem gepolsterten Stuhl. »Manchmal, wenn ich dort bin, fühle ich mich mehr wie ein Sofa oder ein Tisch und nicht wie ein Mensch.«

»Im Haus von Ciesrts Eltern?«

»Sie wollen, dass wir Kinder bekommen, und seine Mutter fragt mich ständig, wann sie mit einem Enkelkind rechnen kann.« Myryan verzieht das Gesicht. »Ich sage ihr immer, dass es in der Hand des Chaos liegt. Das tut es wirklich, aber nicht so, wie sie denkt.«

»Jerial?«

Myryan nickt. »Sie weiß sehr viel. Das ist manchmal sehr hilfreich und sie stellt keine Fragen.«

»Ahnt Ciesrt etwas?«

Myryan lacht freundlich. »Er ist ordnungsblind, genau wie Vernt. Vielleicht verstehen sie sich deshalb so gut.«

»Ich wusste gar nicht, dass sie Freunde geworden sind«, stellt Lorn verwundert fest.

»Freunde? Das kann ich nicht beurteilen. Aber wenn sie sich unterhalten, verstehen sie sich gut, und sie gehen sich nicht aus dem Weg.« Die Heilerin zuckt die Schultern. »So verhält sich Ciesrt allen gegenüber – und Vernt ist genauso.«

»Vernt stellte gestern beim Abendessen immerhin ein oder zwei neugierige Fragen«, berichtet Lorn.

»Dazu musste er sich wahrscheinlich zwingen.«

»Ciesrt … spricht er viel? Mit dir, meine ich.«

»Er erzählt mir so viel wie möglich von seinem Arbeitstag: wie viele Feuerwagenzellen er geladen hat, warum die Zellen auf den größeren Feuerwagen anders sind und wie wichtig das alles für Cyad ist, was er und die anderen tun.« Sie lacht leise. »Ich höre ihm zu. Er meint es gut und auf seine eigene Art versucht er, mich glücklich zu machen.«

»Darüber bin ich froh.« Lorn verlagert sein Gewicht auf dem Stuhl.

»Der Stuhl ist zu hart. Setz dich doch aufs Sofa.«

Er grinst, steht auf und streckt sich ausgiebig. »Ich bin immer noch ein wenig steif von der Reise. Ich bin es nicht gewohnt, tagelang in einem Feuerwagen zu sitzen.«

»Du … der alles abwarten kann?«

»Nur wenn ich einen triftigen Grund habe«, stellt Lorn richtig. »Sonst fällt mir das Stillsitzen eher schwer.«

»Das kann ich kaum glauben, mein lieber Bruder.«

Lorn verdreht die Augen.

»Über andere … Angelegenheiten werde ich dich gar nicht erst befragen.« Myryan steht auf. »Die Küche ist nichts Besonderes, aber ich muss jetzt etwas essen und du solltest das auch tun.« Sie streckt sich und ist fast so groß wie Lorn. Dann bedeutet sie ihm zu folgen.

Die Küche ist ebenfalls neu verputzt worden und riecht trotz der alten Mauern frisch und sauber. Irgendwie passt die spartanische Umgebung zu Myryan, denkt Lorn, während er zusieht, wie sie einen Keil Käse aus dem Kühler holt.

Geschickt schneidet seine Schwester den harten Käse in fingerdicke Streifen, aber Lorn spürt ihren leichten Widerwillen gegen das Messer und die Erleichterung, als sie es sauber machen und schnell zurückstellen kann in den hölzernen Messerblock.

»Das Messer behagt dir nicht.«

»Die meisten Heiler können Messer nur schwer ertragen, selbst Cupridiummesser, aber die sind immerhin nicht ganz so arg wie Messer aus Eisen.«

»Das Eisen …«

»Es ist nicht das Eisen. Ich kann Eisen in die Hand nehmen, alle Arten von Eisen, und es macht mir nichts aus.«

Lorn runzelt die Stirn. »Ich dachte … Das war doch nicht immer so, oder?«

Myryan lacht. »Nicht immer? Das ist schon seit den Erstgeborenen ein Problem. Die Magi'i erwähnen es nur nicht, weil wir ja bloß Heiler sind und nicht mit Chaos umgehen.«

Lorn fühlt, wie er innerlich zusammenzuckt.

»Nimm dir von dem Käse. Du siehst blass aus. Ich bin schließlich Heilerin, ich kann das beurteilen.« Myryan bricht ein Stück von dem schon etwas altbackenen Brot ab und hält es ihm hin.

»Ich hatte keine Zeit zum Essen.«

»Das weiß ich. Du bist gekommen und ich freue mich darüber.« Myryan kaut Brot und Käse, bevor sie weiterspricht. »Schmeckt es dir? Ich mag Brot und Käse gern. Ciesrt nicht. Er will ein warmes Frühstück und ein warmes Abendessen. Also esse ich den Käse am Mittag.«

»Dieses Brot und dieser Käse schmecken sehr gut«, versichert Lorn seiner Schwester. »Nicht zu vergleichen mit dem, was Lanzenkämpfer und Lanzenkämpferoffiziere vorgesetzt bekommen. Ich habe nicht viel vom Essen gesprochen gestern beim Abendmahl, aber ich glaube, dass mir alles in Cyad ganz wunderbar schmecken wird. Dieser Käse hier ist wirklich ausgezeichnet.« Er zieht die Augenbrauen hoch. »Was ist das für ein Käse?«

»Er kommt aus dem Osten, aus Worrak, glaube ich.«

»Dann stellen die östlichen Barbaren tatsächlich guten Käse her?«

»Es sind nicht alle so wie die im Norden«, entgegnet Myryan.

»Auch wenn Vater etwas anderes behauptet?« Lorn lächelt.

»Ach ...« Sie hält inne. »Vater wird langsam alt, glaube ich. Hast du das nicht bemerkt?«

»Sein Haar ist weiß und nicht mehr silbern. Aber das blüht uns allen einmal«, meint Lorn.

»Aber es ging so schnell. Letztes Jahr war es noch silbern.«

Lorn runzelt die Stirn.

»Ich kann nichts dagegen unternehmen. Mutter tut, was sie kann. Ich hoffe nur, dass sie sich nicht übernimmt.«

»Übernimmt?«

»Sie ist auch Heilerin und nicht nur Mutter. Wenn sie zu viel Energie verbraucht, um ihn zu unterstützen, dann ...« Myryan sieht Lorn an.

»Es könnte ihr schaden.«

»Es könnte. Und es wird ihr schaden.« Myryan packt den Käse ein und stellt ihn zurück in den Kühler, das Brot kommt in den Brotkasten. Sie wirft einen Blick auf das Sandglas auf dem Sockel. »Ich habe zwar keine große Lust zu gehen ... aber ich sollte jetzt aufbrechen ... sie erwarten mich.«

»Ich komme wieder.«

»Das hoffe ich. Du bist mein Bruder.« Ihr Lächeln ist herzlich, aber es verschwindet zu schnell wieder von ihrem Gesicht. »Ich werde dich über andere Dinge nicht befragen, Lorn. Ich hoffe, du findest es heraus, aber ich sollte nichts davon erfahren. Wir sind mindestens einmal im Achttag bei Ciesrts Eltern zum Abendessen.«

Lorn nickt und versteht nur zu gut. »Danke. Ich hoffe es.«

»Ich muss jetzt zur Krankenstation. Kann ich noch etwas für dich tun, bevor ich gehe?«

Lorn hätte am liebsten gelacht. Ob *sie* etwas für ihn tun kann? Er ist derjenige, der etwas hätte tun sollen.

»Lorn ...« Myryans bernsteinfarbene Augen blicken in seine. »Du hast getan, was du konntest. Es ist besser so. Ich kann Ciesrt so annehmen, wie er ist.«

Annehmen. Lorn mag dieses Wort nicht.

»Hast du etwas dagegen, wenn ich mich noch eine Weile in den Garten setze?«, fragt er schließlich. »Ich brauche etwas Ruhe. Ich gehe dann von dort aus.«

»Du kannst auch im Haus bleiben.«

»Mir ist der Garten lieber, glaube ich.« Lorn möchte nicht riskieren, dass man ihn in ihrem Haus durch ein Glas beobachtet, ohne dass Myryan dabei ist – aus verschiedenen Gründen.

»Wenn du unbedingt willst.« Sie lächelt noch einmal. »Du hast dich schon immer gern für eine Weile zurückgezogen. Ich bin froh, dass sich wenigstens das nicht verändert hat.«

»Immer möchte ich diesen Abstand auch nicht haben, Myryan.« Er tritt vor und umarmt sie. »Ich kann nur nichts daran ändern. Nicht jetzt.«

Sie erwidert die Umarmung und löst sich schnell wieder. Lorn fragt sich, ob er sich wohl so sehr verändert hat, dass sie sich an ein paar alten Gewohnheiten festhalten muss, um sich selbst davon zu überzeugen, dass er der Lorn geblieben ist, den sie kennt.

Er nimmt die Tragetasche wieder an sich, winkt Myryan noch vom Gartentor aus nach, als sie hinausgeht auf den Dreiundzwanzigsten Weg, und sucht dann den Garten auf, wo er sich in die Laube zurückzieht.

Myryan ahnt vielleicht, was er vorhat, aber sie *weiß* es nicht, und in einem Spähglas gleicht eine Gartenlaube der anderen.

Er wartet noch, bis sie weit genug entfernt ist vom Haus, sodass sie nicht fühlen kann, was er tut. Dann stellt er sich in die Ecke der Gartenlaube. Das graue Winterlaub des Weins ist noch dick genug, um ihn vor den neugierigen Blicken aus den Nachbarhäusern zu schützen, die sich über die grauen Steinmauern des Hintergartens erheben.

Als er sich die blauen Kleider und Stiefel übergestreift hat, die er in der Tasche bei sich trug, streckt er sich und zupft die Tunika zurecht. Das Blau fühlt sich seltsam an … als wäre er daraus schon herausgewachsen. Er überprüft den Sitz; die Tunika passt einwandfrei. Er schnaubt und lächelt gleichzeitig.

Als Oberbuchhalter tritt er aus der Laube heraus, die Tragetasche hält er wieder in der Hand. So durchschreitet er das Gartentor, das er sorgfältig hinter sich schließt. Dann macht er sich auf den Weg zurück nach Westen in die Stadtmitte von Cyad.

Beim Fünfzehnten Weg, lange bevor man ihn vom Haus seiner Eltern sehen kann, biegt er ab und geht nach Süden zur Straße des Lauteren Handels. Dieser folgt er bis zum Händlerviertel.

Je höher die Sonne in den klaren, blaugrünen Himmel steigt, desto wärmer und leichter wird der Wind und desto mehr Menschen füllen den Gehweg neben der Straße. Ein Wagen, gezogen von einem einzigen Pferd, fährt an Lorn vorbei. Lorn liest die Inschrift, die in gelber Farbe auf die grüne Wagenseite gepinselt wurde: HAUS TARFAK, GEWÜRZE.

Vielleicht sollte das Haus Ryalor einmal über Gewürze nachdenken. Er lächelt in sich hinein und geht schnellen Schrittes weiter. Als er am *Leeren Viertel* vorbeikommt, dem Kaffeehaus, muss er feststellen, dass es noch leerer erscheint als vor gut drei Jahren und dass man die Markise, die einst die Tische auf der Terrasse vor der Sonne schützte, entfernt hat. Genau wie die Tische. Gibt es denn so wenig Kaffee, dass ihn sich die Junghändler nicht mehr leisten können?

Am Dritten Hafenweg überquert er hinter einem leeren Wagen, der von zwei Mauleseln gezogen wird, die Straße, um sich auf dem weißen Steingehweg Richtung Hafen zu halten und schließlich über einen flachen Hang zum unteren Händlerplatz zu gelangen. Die Stände sind noch immer mit den traditionellen grün und weiß gestreiften Planen bedeckt, als Lorn über den Platz zur nordwestlichen Ecke schlendert; sein Ziel ist das weiße Gebäude der Klanlosen Händler, wo Ryalth noch immer das kleine Kontor des Hauses Ryalor unterhält.

Den offenen, eckigen Torbogen des Gebäudes und den verhältnismäßig wenig besuchten Platz lässt er hinter sich und findet sich inmitten eines Getümmels aus blauen Gestalten wieder; einige tragen auch Rot, Weiß oder Grün. Ohne groß Beachtung zu finden, drückt sich Lorn um die kleinen Gruppen von Händlern, Kaufleuten und deren Gefolge herum und bahnt sich den Weg zur Treppe im hinteren Teil der hohen Halle. Er blickt hinauf auf die drei Stockwerke von Balkonen und hofft, dass Ryalth mit ihrem Kontor noch nicht umgezogen ist.

Sie ist überhaupt nicht umgezogen – immer noch hat sie den zweitürigen Raum ganz hinten im dritten Stockwerk, fast in der nordöstlichen Ecke des Gebäudes. Sie sitzt am kleinen Ecktisch und studiert ein Buch. Den Kopf hält sie tief nach unten gesenkt, und als Lorn sich anschleicht, fällt ihm auf, dass sie die Haare nun viel kürzer trägt als früher.

»Könnt Ihr einen Oberbuchhalter gebrauchen, Händlerin?« Lorn lächelt und sein Herz schlägt schneller, als es eigentlich sollte.

»Ja …« Ryalth blickt auf und verstummt mit geöffnetem Mund. »Du bist gekommen«, flüstert sie. »Du bist wirklich gekommen.«

Lorn fühlt, dass niemand in der Nähe ist und sie hören kann. »Ich bin gestern Abend angekommen … meine Eltern haben von mir erwartet, dass ich den Abend bei ihnen verbringe … also bin ich gekommen, so bald ich konnte.« Er bricht die Erklärungen ab, warum er den Verdacht der Eltern mit einem sofortigen Verschwinden am Abend zuvor nicht weiter erregen wollte. »So bald ich nur konnte.«

Ryalth schließt das Buch. »Du versuchst immer noch, mich zu schützen, nicht wahr?«

»Du scheinst mir sehr gut auf dich selbst aufpassen zu können.« Er lächelt. »Und du hast mich auch in so vielerlei Hinsicht geschützt. Es wäre mir nie in den Sinn gekommen, Schriftrollen über Fyrad zu schicken, auf so etwas wäre ich niemals gekommen.«

»Das war einfach.« Sie hält inne. »Na ja, jedenfalls nicht sonderlich schwierig.«

»Dein Buchhalter?«

»Eileyt ist noch im Hafen und überprüft die Abrechnung des letzten Geschäfts mit dem Jekseng-Klan. Farben aus Brysta … ihr Grün ist schöner als jedes andere auf dieser Seite des Ostmeers.«

»Betreibt das Haus Ryalor denn Geschäfte mit aller Welt?« Lorn schüttelt den Kopf.

»Das ist besser für uns. Alle denken, wir sind zu klein, um allein bestehen zu können, und so kann ich das Risiko besser streuen.« Ryalth steht auf.

Lorn wünscht, er könnte sie in die Arme nehmen, aber seine Hand streift nur leicht die ihre. Beide erstarren.

»Ich höre jetzt besser auf.« Sie lächelt. »Ich werde heute sowieso nicht mit der Überprüfung der Bücher fertig.« Sie nimmt das Buch und schiebt es in eine Lederhülle, die sie unter dem Schreibtisch hervorgeholt hat.

Lorn sieht zu, wie Ryalth eine Börse aus dem Schreibtisch herauszieht, dann schiebt sie ein Vorhängeschloss vor die Schublade und schließt sie ab. »Das wird einen Klandieb nicht abhalten, aber wenn er das Schloss aufbricht, macht er genug Lärm, um die anderen Händler auf sich aufmerksam zu machen.« Sie legt die dünne und lange Lederbörse – es ist fast ein schmaler Beutel – auf den Schreibtisch und schüttelt die Goldstücke darin so, dass sie die Börse in der Mitte zusammenlegen kann. Die so gefaltete Börse steckt sie in einen Schlitz innen an ihrem schweren und breiten blauen Ledergürtel.

Nachdem Ryalth die Türen geschlossen und verriegelt hat, marschieren die zwei flott die Treppe hinunter und durch die Halle. Einige Köpfe drehen sich nach Ryalths rotem Haar um, sehen das Gewand des Buchhalters und wenden sich ab.

»Wieder ein neuer Buchhalter … der dritte …«

»… handelt mit allem … aber nicht viel … verliert auch nicht viel …«

»Bring du das erst einmal fertig, Tymyk.«

»Alle kennen dich«, bemerkt Lorn.

»Ich habe mich bemüht«, sagt sie. »Ich habe geholfen, wo ich konnte, und niemanden betrogen.«

»Die gute und gerechte Händlerin.«

»Nicht immer gut.«

Die Freudlosigkeit in ihrer Stimme überrascht Lorn, aber er sagt nichts, als sie den offenen Platz vor der Halle überqueren.

»Du hattest Recht, als wir zuerst mit Baumwolle und Öl handelten.« Sie dreht den Kopf herum und die tiefblauen Augen blicken in Lorns bernsteinfarbene. »Das habe ich inzwischen gelernt – eine harte Erfahrung. Ich muss mich immer wieder selbst daran erinnern, obwohl es mir schwer fällt.«

Lorn nickt, aber die Worte jagen ihm einen kalten Schauer über den Rücken.

Sie gehen schweigend die Straße des Lauteren Handels entlang, vorbei an einer Reihe von Arymiden, deren graues Winterlaub zusammengerollt an den Zweigen hängt und deren Stämme hellgrau im Nachmittagslicht leuchten.

»Wie lange wirst du hier bleiben?«, fragt Ryalth leise.

»Fast fünf Achttage. Ich habe sechs Achttage Urlaub bekommen, aber man muss die Reisen von Isahl und nach Geliendra wegrechnen. Geliendra wird mein nächster Dienstposten sein.«

»Und du hast mich innerhalb des ersten Tages aufgesucht? Gibt es nicht Dutzende von Heilerinnen und Frauen aus hohen Lanzenkämpferfamilien, die um deine Aufmerksamkeit buhlen?«

»Kein Interesse.« Lorn gelingt es nicht, gleichgültig zu klingen. »Ich hätte dich schon letzte Nacht aufgesucht, aber meine Familie hat mich beobachtet. Man verfolgt mich mit dem Spähglas und es ist nicht immer mein Vater. Ich komme auch jetzt nicht unmittelbar aus meinem Elternhaus. Ich war bei Myryan zu Besuch und habe mich in ihrer Gartenlaube umgezogen, nachdem sie zur Krankenstation gegangen ist.«

»Das hätte ich gern gesehen.« Ryalth verzieht das Gesicht.

»Da bin ich sicher«, lacht Lorn.

Sie kommen am Vierten Hafenweg vorbei – am östlichen, doch auf den Schildern ist nicht näher beschrieben, ob die Wege nun östlich oder westlich vom Hafen verlaufen.

»Wie geht es Myryan?«, fragt Ryalth nach einer Weile.

»Ich weiß nicht genau. Sie scheint gesund zu sein, aber sie ist nicht glücklich … hat sich abgefunden. Sie klang nur einmal fröhlich, und das war, als sie vom Haus und von ihrem Garten gesprochen hat.«

»Ist das nicht gut?«

»Ich bin froh, dass sie das Haus hat«, sagt Lorn. »Ich kann mir nicht vorstellen, dass sie es bei Ciesrts Eltern aushalten würde. Er ist der zweithöchste Magi'i. Kharl, Ciesrts Vater, meine ich.«

»Es muss doch eine Ehre für Myryan sein, mit Ciesrt vermählt zu sein«, meint Ryalth mit tonloser Stimme. Sie versteckt ihre Gefühle.

»Sie wollte es nicht und ich versuchte es Vater auszureden vor meiner Abreise. Er wartete dann zwar mit der Vermählung, aber er änderte seine Meinung nicht.« Lorn atmet tief ein. »Ich glaube, Myryan würde es ohne diese Ehre besser gehen.«

»Du tust fast alles für die, die dir nahe stehen.«

»Fast.« Lorn versucht Zeit zu gewinnen, wieder fragt er sich, ob es nicht doch besser gewesen wäre, Kharl umzubringen. Denn nun hat der Lektor herausgefunden, dass Lorn eine Bedrohung darstellt.

»Mehr als das, glaube ich.« Ryalth klingt ruhig, beinahe abwesend. »Und dein Vater weiß das.« Nach einer winzigen Pause fügt sie hinzu: »Glaubst du nicht?«

»Vater? Ich glaube, er weiß gar nicht genau, was er denken soll. Ich bin nicht der Magi'i-Sohn, den er sich wünscht, und ich bin auch kein Lanzenkämpferoffizier, wie er ihn sich vorstellt.«

»Du bist immerhin noch am Leben und hast es bis zum Hauptmann gebracht«, meint Ryalth.

»Ich arbeite … wirkungsvoll«, sagt Lorn. »Aber nicht ruhmreich.« Seine Augen wandern zum nächsten Weg, wo ein Kesselflickerkarren vor einem kleinen Haus angebunden steht und der braun gewandete Handwerker mittels eines Fußpedals einen Schleifstein antreibt, mit dem er geschickt ein Messer nach dem anderen schärft.

Ryalth nickt und schürzt die Lippen. »Vielleicht bist du deshalb ein so guter Händler.«

»Ich bin kein Händler. Du bist viel besser darin, als ich es jemals sein werde.«

»Du weißt immer schon im Voraus, wenn sich etwas

verändert«, verbessert sie ihn. »Und ich weiß, was ich tun muss, wenn du mir sagst, was passieren wird.«

»Wir sind ein gutes Gespann.« Er lächelt und ist froh, sie neben sich zu haben, als sie an dem Karren des Kesselflickers vorbeigehen.

»Das hast du noch niemals gesagt.«

»Habe ich das nicht? Gedacht habe ich es oft genug.«

»Es gibt vieles, über das du nachdenkst, was du aber nicht mit mir teilst, Lorn.«

Da spürt er die Wehmütigkeit hinter der äußeren Fassade der erfahrenen Händlerin, eine Wehmut, die die meisten anderen nicht bemerken würden. »Es tut mir Leid.« Das stimmt wirklich, aber er weiß, dass jedes Wort, das sie in der Öffentlichkeit austauschen, den falschen Personen zu Gehör kommen kann.

Ryalth zeigt auf das Gebäude an der unteren Seite der Straße des Lauteren Handels. »Ich habe mir im dritten Stock Zimmer gemietet. Ganz oben.«

Lorn folgt ihr durch den Torbogen in der Mauer und dann durch den einfachen Gemeinschaftsgarten – einige zugeschnittene Zwergzedern, zwei Blumenbeete, die bereits umgegraben sind für den Winter, und ein paar von den Jahren polierte Steinbänke, die von einer Hand voll dichter Nadelbäume beschattet werden.

»Die Wohnung stand leer. Die Zimmer kosten nur drei Goldstücke mehr pro Jahreszeit und der Balkon ist geschützter«, erklärt Ryalth, während sie die äußere Steintreppe hinaufläuft. »Das ist es mir wert. Die Zimmer sind größer und im Sommer habe ich immer eine leichte Brise.«

»Ist es im Winter nicht kalt darin?«

»Davon habe ich bislang nichts bemerkt.« Sie lächelt, als sie vor der letzten Tür des überdachten Ganges im dritten Stock stehen bleibt.

»Schöner Ausblick von hier oben«, sagt Lorn.

»Das stimmt.«

Der Schlüssel dreht sich im Schloss, Ryalth öffnet die

Tür und wartet, dass Lorn hineingeht. Lorn jedoch wartet seinerseits, dass sie eintritt. Beide lächeln, obwohl sie nervös sind.

Lorn schüttelt schließlich den Kopf und tritt ein, vorbei an dem schmalen inneren Wandschirm. Dann dreht er sich um und blickt Ryalth ins Gesicht und in die tiefblauen Augen, nach denen er sich in so vielen Nächten gesehnt hat.

Ryalth schließt die Tür. Sie geht um den Schirm herum und schon hat Lorn die Arme um sie geschlossen; ihre Arme umschlingen ihn ebenso schnell.

Der Schlüssel fällt zu Boden. Keiner bückt sich danach, denn ihre Lippen finden endlich zueinander.

XLVI

Lorn sitzt in der Untertunika in der kleinen Essecke neben der Tür zum Balkon und blickt über die leeren Teller hinweg, auf denen vorhin ein Omelett und das fast frische dunkle Brot gelegen haben, zu Ryalth; er betrachtet ihre cremefarbene, sommersprossige Haut und schaut ihr in die tiefblauen Augen, die das Händlerblau im Vergleich dazu blass aussehen lassen, und das selbst in dem unförmigen weißen Hausmantel aus Baumwolle, den sie sich übergeworfen hat, bevor sie das Omelett zubereitet hat.

Lorn lächelt und Ryalth erwidert sein Lächeln.

Er nippt an dem Wasser im Kelchglas und grübelt über den morgendlichen Nieselregen vor dem kleinen Fenster nach. Ist das der typische winterliche Morgenregen, oder lässt er nach, wenn die Sonne höher am Himmel steht?

Die Händlerin blickt auf das Kelchglas, das Lorn in der Hand hält. »Ich kaufe keinen Kaffee mehr.«

»Ich finde ihn ohnehin zu bitter.«

»Ich mochte Kaffee gern, aber unter zehn Goldstücken für ein zehntel Stein ist er nicht mehr zu bekommen.«

»So teuer?« Lorns Lippen formen ein O, während er das Kelchglas absetzt.

»Die Braunfäule. Alle Kaffeepflanzen gehen ein, wenn sie nicht schon abgestorben sind. Man sagt, dass die Chaos-Macht der Erstgeborenen schwindet, und da sie die Kaffeepflanzen eingeführt haben, wird keine davon übrig bleiben.«

»Davon habe ich noch nie etwas gehört. Aber es könnte stimmen«, überlegt Lorn unter Einbeziehung dessen, was er über das bevorstehende Versagen der Chaos-Türme weiß.

»Es stimmt. Sie sterben ab.«

»Nein. Ich meine den Grund dafür.« Er lächelt, als er sie wieder ansieht.

»Ich muss mich fertig machen. Schließlich habe ich immer noch ein Handelshaus zu führen.« Ryalths Gesicht verfinstert sich.

»Du machst dir Sorgen.« Lorn hält inne, dann sagt er: »Und heute nicht über den Handel.«

Ryalth schaudert. »Ich weiß immer noch nicht, warum du hier bist.«

»Weil ich dich eines Nachts getroffen habe, als ich noch Schüler war, und seitdem ist nichts mehr wie vorher.«

Sie lacht etwas gequält. »Du wolltest mich doch nur ins Bett kriegen.«

»Zuerst ja«, gibt Lorn zu. Dann grinst er. »Und du wolltest nur wissen, wie es mit einem Magi'i im Bett ist.«

»Einem netten Magi'i«, verbessert sie ihn.

Er schüttelt den Kopf. »Ich bin nicht nett.«

»Doch, in deinem Innern bist du es – und auch zu denen, die du magst.«

»Du weißt, warum ich hier bin«, sagt Lorn.

»Aber du sprichst es nie aus. Das ist etwas, was ich an

den Magi'i hasse. Ihr – vielleicht du nicht – aber die meisten Magi'i verwenden Worte als Waffen und keiner von euch lässt sich zu mehr hinreißen als zu ein paar Höflichkeiten, weil ihr Angst habt, dass jemand die Wahrheit in euren Worten erkennen und gegen euch verwenden könnte.«

»Die anderen tun das«, entgegnet Lorn. »All das beschäftigt dich, aber es ist nicht das, was dir wirklich Kopfzerbrechen bereitet.«

»Mir geht es gut.«

Lorn verbirgt ein Stirnrunzeln. Er steht auf und geht zu ihr, er zieht sie hoch und knabbert an ihrem Ohr

Ryalth bleibt hartnäckig, unnachgiebig.

»Ich würde mich besser fühlen, wenn ich es auf diese Weise sagen könnte«, flüstert er. »Man weiß nie, wie genau uns die Magi'i beobachten und wie sie die Chaos-Gläser gebrauchen.«

Sie kneift ihn ins Ohr, etwas härter als vielleicht notwendig. »Dafür, dass du es mir nicht eher gesagt hast. Ich wusste es, aber ich wollte, dass du es mir sagst.«

»Es tut mir Leid«, murmelt er. »Aber willst du mir nicht endlich erzählen, was dir solche Sorgen bereitet?«

»Ich sagte …«

»Das stimmt nicht.«

»Ich muss mich ausgerechnet in einen Mann verlieben, der noch immer ein Magi'i ist.«

»Er liebt dich.« Lorn spricht mit leiser Stimme und mit der linken Hand massiert er die verkrampften Muskeln neben Ryalths rechtem Schulterblatt. »Sag's mir.«

»Shevelt erpresst mich … er behauptet, ich hätte überhaupt keinen Gemahl«, erzählt Ryalth und Lorn schlingt die Arme noch fester um sie.

»Wer ist Shevelt? Ein verarmter Händler?« Lorns linke Hand massiert weiter die verhärteten Schultermuskeln.

»Der Erbe des Yuryan-Klans … Schimmertuch, hamorische Baumwolle, Gewürze …«

»Sucht er eine Gemahlin?«

Ihr verkrampftes Lachen klingt bitter.

»Komm nach Geliendra, wenn ich meinen ersten Urlaub dort habe«, sagt Lorn plötzlich. »In einem Jahr.«

Sie zieht die Augenbrauen hoch und lehnt sich zurück, um ihn anzusehen. »Warum?«

Lorn schluckt, dann beugt er sich hinunter und berührt mit den Lippen ihr Ohr. »Wir werden uns dort vermählen.«

»Ist das dein Ernst?« Sie schüttelt den Kopf, stößt ihn zurück und flüstert: »Warum dort?«

»Überall, nur nicht hier.«

Sie lacht über seinen trockenen Tonfall. »Und?«

»Hier werde ich beobachtet, und alle denken, du bist meine Mätresse …« Lorn hält inne, er weiß nicht, wie er es ausdrücken soll.

»Bin ich das nicht?« Ihre Augenbrauen wölben sich nach oben.

»Du bist viel mehr als das.« Schnell murmelt Lorn die nächsten Worte. »Es ist nur zu deinem Schutz, wenn alle glauben, du seist meine Mätresse.«

Sie nickt. »Ich glaube, ich verstehe. Aber es gefällt mir nicht.«

»Ich versuche nur …«

»Ich weiß.« Sie verstärkt ihre Umarmung für einen Augenblick. »Ich weiß.«

Lorn hält sie fest, genauso wie sie ihn.

Ryalth wird sehr bald gehen müssen, viel zu früh.

Und Lorn muss sich etwas einfallen lassen für Shevelt … und zwar noch bevor er nach Geliendra geht.

XLVII

Lorn betrachtet vom oberen Säulengang seines Elternhauses die Stadt und sieht zu, wie die morgendliche Wintersonne einen silbernen Schimmer auf das Hafenbecken und das Westmeer weiter im Süden zaubert. Doch in Lorns Augen scheint die Weiße Stadt nicht so lebhaft wie sonst. Ist es wegen des wintergrauen Laubwerks … oder wegen der fehlenden grünweißen Markisen, die im Winter aufgerollt werden … oder weil er die Stadt nun anders sieht?

Die Luft regt sich nicht, sie erwärmt sich jedoch mit der aufsteigenden Sonne.

Jemand nähert sich, er fühlt es und dreht sich um. Das rundgesichtige Dienstmädchen – Sylirya – schnauft die Treppe herauf mit einem kleinen Korb in der Hand und verneigt den Kopf.

»Guten Tag, Sylirya.«

»Guten Tag, Ser.«

Lorn wirft einen Blick auf den Korb.

»Bürsten und Ätzmittel, Ser. Um die Fliesen im hinteren Säulengang sauber zu machen.«

»Keine leichte Aufgabe. Früher, als wir noch Kinder waren, hat Mutter uns diese Arbeit immer übertragen.« Lorn muss lächeln bei diesem Gedanken. »Ich will dich aber nicht aufhalten.«

Er tritt zur Seite, um Sylirya vorbeizulassen, dann dreht er sich um und schickt sich an, die Treppe zu seinen Gemächern hinunterzugehen. Die Tür zum Arbeitszimmer seines Vaters ist offen und Kien steht dort auf einen polierten Gehstock aus Weißeiche gestützt.

»Oh … ich dachte, du wärst schon im Viertel«, ruft Lorn.

»Ich wollte gerade gehen.« Der ältere Mann setzt ein entschuldigendes Lächeln auf. »In meinem Alter hat man einen kleinen Spielraum. Vernt ist schon viel früher gegangen.«

»Geht es dir gut?« Lorn betrachtet den Vater, seine Sinne sagen ihm, dass er gesund ist – nur der Kern aus Ordnungs-Chaos, der jedes Individuum am Leben erhält, scheint nicht mehr so stark wie früher.

»Es geht mir gut, nur bin ich nicht mehr so jung, wie ich schon einmal war.«

Lorn spürt die Schatten über der Wahrheit, aber er lässt die Worte unerwidert.

»Du gehst immer noch zu dieser Händlerin.«

Kien'elth stellt kein Fragezeichen hinter den Satz.

»Du kennst die Antwort darauf, Vater. Warum fragst du?«

»Ich mache mir Sorgen. Das tun alle Eltern, auch wenn ihre Kinder schon lange erwachsen sind.«

»Sie hat mir sehr geholfen.« Lorn schürzt die Lippen. »Als Lanzenkämpfer bin ich schließlich nicht gerade begehrt von den Familien, mit deren Töchtern ich aufgewachsen bin.«

»Es gibt viele höchst ehrenwerte Lanzenkämpferfamilien«, empört sich Kien. »Mehr als nur ein paar Mütter haben schon bei deiner Mutter vorgesprochen.«

Lorn zuckt die Schultern. »Ich glaube, diese Gespräche sollten warten, bis ich meinen nächsten Dienstauftrag erfolgreich erfüllt habe.«

»Vielleicht … würde sich aber eine geeignete Vermählung als nützlich erweisen.«

Lorns Magen verkrampft sich, aber er bringt trotzdem ein Lächeln zu Stande. »Das könnte sein, aber das würde in den kommenden Jahren womöglich nur noch weitere Gefahren mit sich bringen.«

»Deine … Freundin … hat sich gut gemacht, Lorn, aber sie stammt nicht aus einem alteingesessenen Haus, und alles, was sie erreicht hat, könnte mit einem Schlag weg sein. Sie hat kein großes Haus hinter sich.«

»Das stimmt.«

Kiens Augen verengen sich zu einem Schlitz. »Du wirst diese Beziehung beenden. Erst nachdem du deinen Dienst wieder angetreten hast, natürlich.«

»Ich kann nur das tun, was ich für richtig halte, Vater.«

Kien'elth zuckt sichtlich zusammen. Er bewegt die Arme, als wollte er den Gehstock gegen Lorn erheben, doch stattdessen klopft er damit heftig auf die Bodenfliesen. Schließlich sagt er: »Vernt macht einer reizenden jungen Dame den Hof.«

»Ich wünsche ihm alles Gute.« Lorn lächelt. »Er verdient eine reizende junge Dame.«

»Du schlägst einen gefährlichen Weg ein, Lorn.«

Der Lanzenkämpferhauptmann lächelt träge. »Wie gefährlich ist denn mein Dienst als Lanzenkämpfer? Und wie gefährlich ist eine Frau, die eine talentierte Händlerin ist?«

Kien'elth räuspert sich ... einmal ... zweimal. Dann schüttelt er den Kopf. »Deine Mutter und ich haben versucht, den Weg des blühenden Chaos zu gehen, dem Licht zu folgen und euch ein Vorbild zu sein.«

Lorn hält einen Seufzer zurück. Wie kann er erklären, was er nicht in Worte zu fassen wagt? »Ich schätze das und all jenes, was ihr für mich getan habt, und all das, von dem du nicht glaubst, dass ich es weiß oder verstehe. Du hast mir zu einem zusätzlichen Jahr an der Magi'i-Akademie verholfen, das anderen nicht mehr zugestanden worden wäre. Du hast mir erlaubt, Dinge zu lernen, die für mich wichtig sind, die du aber selbst immer angezweifelt hast. Du hast meine Meinung über Myryan und ihre Vermählung respektiert.« Lorn hält inne. »Bitte glaube nicht, dass ich dich nicht verstehe oder dass ich all das nicht zu schätzen wüsste.«

Kien sieht Lorn lange an, bevor er weiterspricht, als müsste auch er seine Worte höchst sorgsam wählen. »Ich fühle deine Anerkennung und dafür bin ich dir dankbar. Aber als Oberlektor, der ich in meinem Leben dazu privilegiert war, viel zu sehen und zu hören und Cyador zu dienen, so weit es in meiner Macht steht, kann ich nur mit Sorge verfolgen, dass du nicht fähig bist, deine Begabung dort einzusetzen, wo sie am meisten akzeptiert und geschätzt würde.«

Lorn nickt. »Auch mir wäre es so lieber und auf meine eigene Art werde ich weiterhin danach streben. Vielleicht sollte ich mich umsichtiger verhalten in den kommenden Jahren.« Er lächelt. »Aber ich hoffe, dass im Angesicht der Verpflichtungen, die auf mich warten, niemand etwas dagegen hat, wenn ich mir ein wenig Erholung während meines Heimaturlaubs gönne.«

Ein verhaltenes Lächeln huscht über Kiens Gesicht. »Ich werde jedem, der danach fragt, sagen, dass man nach drei Jahren harten Kampfes gegen die Barbaren in der Tat etwas Erholung verdient. Du bist jung für einen Lanzenkämpferhauptmann und viele werden dir zustimmen, wenn dieses Thema zur Sprache kommt. Dann freuen wir uns also darauf, in deinem nächsten Urlaub eine zukünftige Gemahlin kennen zu lernen, die deinen Leistungen und Ehren entsprechend zu dir passt.«

Lorn erwidert das Lächeln. »Das würde ich sehr begrüßen, Vater, sehr sogar.«

Kien runzelt die Stirn, dann schüttelt er den Kopf. Schließlich lacht er. »Deine Vorbehaltlosigkeit ist so ehrlich, dass sie mich überrascht.«

Lorn streckt hilflos die Hand aus. »Siehst du, ich höre zu.«

»Aber nur, wenn du willst.« Wieder schüttelt Kien den Kopf. »Ich muss jetzt gehen, aber ich bin froh, dass wir miteinander gesprochen haben.«

»Ich auch.«

Lorn begleitet seinen Vater die Treppe hinunter. Auf den Stufen vor dem Wandschirm bleibt er stehen und sieht dem älteren Magier nach, der munter ins Viertel der Magi'i marschiert. Ein Lächeln huscht über Lorns

Gesicht, während er über die Gemahlin nachdenkt, von der er weiß, dass sie, was seine Leistungen und Bedürfnisse angeht, durchaus zu ihm passt.

XLVIII

In der warmen Luft des Übungsraumes lässt Lorn den Säbel sinken und wischt sich über die Stirn; ihm gegenüber steht der rothaarige Tyrsal.

Tyrsals Tunika ist völlig durchgeschwitzt. Auch er lässt den stumpfen Übungssäbel sinken und schüttelt ungläubig den Kopf. »Du schwitzt kaum und ich komme beinahe um vor Hitze. So hart habe ich seit Jahren nicht mehr gekämpft. Nicht, seitdem du weg bist. Du hättest mich drei- oder viermal ohne weiteres töten können.«

»Einmal … höchstens.« Lorn grinst.

»Und … du kämpfst mit links. Denk ja nicht, ich wüsste nicht mehr, mit welcher Hand du früher den Säbel gehalten hast.«

Lorn zuckt die Schultern. »Ich arbeite schließlich schon eine Zeit lang daran.« Er grinst. »Drei Jahre, um genau zu sein. Gegen die Barbaren musst du mit jeder gerade freien Hand kämpfen können.«

»Ich kenne dich und weiß ganz genau, dass du mehr als nur daran gearbeitet hast. Du betreibst alles bis zur Perfektion. Deshalb habe ich nie verstanden …« Tyrsal runzelt die Stirn und spricht den Satz nicht zu Ende.

Die zwei gehen auf die offene Tür zu, durch die eine kühle Brise hereinweht, doch bleiben sie etwa zehn Ellen davor stehen.

»Ich möchte nicht zu sehr aus der Übung kommen.« Tyrsal sieht Lorn an. »Es gibt niemanden mehr, mit dem ich trainieren kann. Sogar Vernt …«

»Ich weiß.« Lorn lacht. »Er denkt nur noch an Chaos-Übertragung und das Leben der Magi'i … und daran, die richtige Gemahlin zu finden.«

»Du hast auch noch keine«, bemerkt Tyrsal und wischt sich über die Stirn.

»Ein Lanzenkämpferhauptmann soll sich nicht vermählen. Jedenfalls nicht, bevor er seinen zweiten Dienstposten abgeleistet hat, und vorzugsweise auch nicht, bevor er Oberst oder sogar Sub-Major geworden ist. Und du …?« Lorn zieht fragend die Augenbrauen hoch. »Welche Entschuldigung hast du vorzubringen?«

»Ich? Ich bin kein Adept der zweiten Stufe mit hohem Gehalt und ich stamme auch nicht aus einer wohlhabenden alten Magi'i-Familie. Man darf nicht vergessen, dass mein Vater der erste Magi'i in meiner Familie war und er wiederum war der Enkel eines klanlosen Händlers.« Tyrsal rollt die Augen.

»Es gibt bestimmt Magi'i-Töchter, die an dir interessiert wären. Du bist begabt, siehst gut aus und bist stets gut gelaunt.« Lorn macht eine Pause, bevor er fortfährt: »Und du kennst deine Pflichten.« Dann grinst er. »Und erzähl mir nichts von Armut. Du stammst zwar von Händlern ab, aber immerhin von sehr erfolgreichen. Es gibt sicher viele Damen, die liebend gern einen jungen Magier nehmen würden, der das erbt, was du einmal erben wirst.«

»Hast du da jemand Bestimmtes ins Auge gefasst?«

Lorn zuckt die Schultern, dann zieht er ein graues Stück Stoff aus dem Gürtel, um den Säbel zu säubern, bevor er ihn in die arg mitgenommene Scheide steckt. »Niemand im Besonderen. Ich erinnere mich noch gut daran, wie mein Vater die Namen aufgezählt hat.« Er runzelt die Stirn. »Es gab da eine … Aleyar, Liataphis Tochter. Blond, sehr hübsch. Gut erzogen und ›es ist sicher nicht von Nachteil, Lorn, dass sie die Tochter des Dritten Magiers ist‹.«

Tyrsal lacht, weil Lorn den pedantischen Tonfall seines Vaters Kien'elth nachgeahmt hat. Aber dann schüttelt der rothaarige Magier den Kopf. »Er hatte zwei Töchter, du weißt doch noch. Syreal ist blond und nett und die Älteste. Detts Alter, wenn nicht älter. Sie wollte sich mit niemandem vermählen, Lorn. Jedenfalls nicht mit einem, den ihre Familie ausgesucht hat ... Es gab Gerüchte über einen Händler ... mehr weiß ich auch nicht. Wäre sie ihres Vaters Sohn gewesen, hätte das niemanden gekümmert.«

»Was ist mit den anderen Töchtern? Hat er nicht noch mehr?«

»Salshya – sie hat einen Lanzenkämpferkommandanten geheiratet, dessen erste Frau an Bauchfluss gestorben ist, als er Hafenkommandant in Biehl war, vor Jahren schon. Diese Heirat hat ihm einen gewissen Status verschafft, aber Salshya hat eine Zunge wie ein Säbel, habe ich mir sagen lassen. Die zweite Tochter ... sie sollte einen Adepten der zweiten Stufe heiraten, aber sie ist plötzlich gestorben. Niemand hat erfahren, wie es geschah, aber es gab Gerüchte, dass sein Rivale ...«

»Liataphis Einfluss?«

Tyrsal grinst. »Verstehst du jetzt, warum ich einer Werbung einer unwilligen Dame gegenüber keinen Nachdruck verleihen will?«

»Was ist mit den zwei jüngeren?«

»Aleyar ist so nett wie Syreal, aber sie ist jünger als sie aussieht, wenn du weißt, was ich meine. Die andere ist zu jung, erst neun, glaube ich.« Dann fügt Tyrsal noch trocken hinzu: »Außerdem würde eine Vermählung mit Liataphis Tochter meinem Wunsch nach einem langen und ruhigen Leben entgegenstehen.«

Lorn lacht.

»Ich habe mich natürlich schon umgesehen nach einem ruhigen Mädchen aus einer anständigen Magi'i-Familie, die keine besonderen Ansprüche stellt. Ganz unverbindlich, du verstehst.«

»Ich wünschte, du hättest dich mehr für Myryan interessiert.«

»Das habe ich. Bloß beruhte das nicht auf Gegenseitigkeit.«

»Das tut mir Leid. Ich hätte gehofft ...«

»Ich weiß, Lorn. Sie interessiert sich für keinen. Ich hätte sie vielleicht heiraten können und sie wäre bestimmt nett zu mir gewesen, denn sie ist ...«

»Aber du willst keine Gemahlin, die nur nett zu dir ist.« Der Lanzenkämpferhauptmann nickt. »Das verstehe ich.«

»Ja, du verstehst mich, aber meine Mutter nicht.«

»Drängt sie dich?«

»Sie hat noch kein einziges Wort darüber verloren.« Tyrsal hebt die Augenbrauen und rollt die Augen.

»Das ist noch ärger.« Nach einer Pause fragt Lorn: »Arbeitest du auch an diesem großen Vorhaben mit den Chaos-Türmen?«

»An welchem denn?« Tyrsal schnaubt. »Es gibt ein Projekt im Verwunschenen Wald – dort soll eine neue Technik erprobt werden, um seine Schwarze Ordnung zu verringern –, sowie ein anderes, womit die Sperren auf den Feuerschiffen verstärkt werden sollen, und noch einige weitere Pläne, die alle sehr geheim sind.«

»Dann sorgst du also dafür, dass die Feuerlanzen weiterhin geladen werden und die Feuerwagen fürderhin bequem und schnell durch Cyador fahren?«

»Genau! Wozu würde sonst ein unwissender Adept der dritten Stufe taugen?« Tyrsal runzelt die Stirn. »Ich gehe jetzt besser zurück an meine Arbeit. Leibesübungen während der Mittagspause sind zwar durchaus erwünscht, aber übertriebene Verausgabung ...«

»Noch dazu mit einem Lanzenkämpfer.« Lorn grinst.

»Mit wem sonst könnte ich so trainieren?« Der Rotschopf geht zu dem Regal, in dem die Übungswaffen aufbewahrt werden, und stellt den Säbel zurück.

Lorn tut es ihm gleich und wendet sich noch einmal an seinen Freund: »Dann also morgen?«

»Natürlich.«

»Und du kommst auch zum Abendessen zu uns am fünften Tag?«

»Das werde ich mir nicht entgehen lassen.«

Nachdem Tyrsal gegangen ist, schlendert Lorn zurück über die Straße des Fortwährenden Lichts zum Haus seiner Eltern; ein Lächeln liegt auf seinem Gesicht, während er darüber nachdenkt, was er noch erreichen muss.

XLIX

Lorn sitzt auf der Kante des Sofas und betrachtet den Hauptraum in Ryalths Wohnung. Vor ihm steht ein niedriger Ebenholztisch, ihm gegenüber sitzt Ryalth auf einem Lehnstuhl aus Schwarzeiche mit gerader Lehne und dahinter versperrt der grüne Keramikwandschirm die Sicht auf die Eingangstür. Rechts hinter Lorn befindet sich die Nische mit dem runden Esstisch und den zwei einfachen Stühlen und auch die Tür, die auf den kleinen Balkon hinausführt. Links gelangt man durch einen Torbogen ins Schlafgemach und dahinter wiederum befindet sich das kleine Badezimmer. Lorn kann es kaum glauben, dass bereits zwei Achttage seines Urlaubs vorüber sind.

Dann fällt sein Blick auf das Gemälde: Es ist ein Porträt von Ryalth als kleines Mädchen, worauf sie eine hoch geschlossene blaue Tunika und eine dünne goldene Halskette trägt. Er bewundert das Bild jedes Mal, wenn er sie besucht, hat jedoch noch nie ein Wort darüber verloren. »Haben deine Eltern es malen lassen?«

»Ja, kurz bevor sie gestorben sind«, bestätigt Ryalth. »Ich hätte ebenfalls mit dem Schiff fahren sollen, aber ich wurde krank und meine Mutter wollte, dass ich bei Tante Elyset bleibe. Elyset war eigentlich meine Großtante, aber ich nannte sie nur ›Tante‹. Sie starb, kurz bevor ich dich kennen lernte.« Ryalth zeigt mit einer Handbewegung in den Raum. »Das meiste hier stammt aus ihrem Haus – alles, was Wynokk nicht wollte. Von meinen Eltern habe ich nur das Bett behalten, alles andere habe ich verkauft, um Vaters Schulden zu tilgen. Mit dem Schiff ging auch sein ganzes Vermögen unter.«

»Für dich selbst gibst du wohl nicht gerne Geld aus.«

»Das hat Vater zur Genüge getan, für sich und für uns.« Ihr Lächeln ist freudlos. »Es war nichts mehr übrig.«

Lorn nickt, dann fragt er vorsichtig: »Warum hast du Myryan die Nadel geschickt und das Geld fürs Haus?«

»Ich hätte wissen müssen, dass du es herausfindest.« Sie zuckt kaum merklich mit den Schultern. »Du liebst sie und konntest nichts für sie tun. Ich wollte nicht, dass du dich grämst, wenn du zurückkommst.«

»Und Kysia … du bezahlst sie, damit sie beobachtet, was im Haus passiert?«

Ryalth schüttelt den Kopf. »Wie hast du das nun wieder herausgefunden? Dir hat sie doch niemals nachspioniert.«

»Ich habe gespürt, dass mich jemand beobachtet, und es war nicht die Köchin und Sylirya auch nicht. Ich habe Kysia nie richtig gesehen, immer nur von hinten oder aus der Ferne, und das bedeutet, dass sie über die Magi'i Bescheid weiß und nicht entdeckt werden will. Außerdem hätte es für dich keine andere Möglichkeit gegeben zu erfahren, wie du Myryan helfen kannst.« Hilflos hebt Lorn die Hand. »Niemand sonst hätte so etwas getan.«

»Du hast mir geholfen … als niemand anderer sich um mich scherte. Und du hilfst mir immer noch. Wie hätte ich dir für das alles jemals danken können? Also habe ich Myryan ein wenig unter die Arme gegriffen.« Die rothaarige Händlerin starrt auf den alten blauen Wollteppich, in den ein Handelsschiff mit gesetzten

Segeln gewebt und der am Rand mit scheinbar ineinander geschlungenen dünnen Schnüren eingefasst ist.

»Das Schiff deines Vaters?« Lorn zeigt auf den Teppich, der teilweise von dem niedrigen Tisch verdeckt wird.

»Niemand wollte einen Teppich, auf dem ein gesunkenes Handelsschiff abgebildet ist. Ich konnte ihn nicht wegwerfen.«

»Und deshalb investierst du in alle möglichen Frachten auf vielen verschiedenen Schiffen?«

Sie nickt. »Die Gewinne sind niedriger, aber die anderen Häuser nehmen unser Gold, denn das senkt ihr Risiko. Ich wähle sehr sorgfältig aus. Bis jetzt haben wir nur eine Ladung verloren.«

»Du bist eine sehr vorsichtige Frau.«

»Außer bei dir.«

Lorn weiß nicht genau, was er darauf antworten soll. »Ich glaube, ich bin ein Risiko für dich.«

»Nicht annähernd so groß, wie ich anfangs vermutete, und du hast schon viele Münzen verdient.«

Er zieht die Augenbrauen hoch.

»Das Cuprit war ein voller Erfolg«, sagt Ryalth. »Wie bist du darauf gekommen?«

»Ich weiß nicht.« Lorn lächelt verschmitzt. »Ich hatte so ein Gefühl.«

»Hast du vielleicht noch mehr solche ›Gefühle‹?«

»Apfelwein«, schlägt er vor. »Oder etwas Ähnliches. Oder Wein überhaupt.«

»Weil der Kaffee knapp wird?«

»Nein, in ein paar Jahren wird es nichts mehr von diesen Dingen geben, ich fühle es.« Er zuckt die Achseln. »Die Leute werden etwas anderes trinken, ich weiß nur noch nicht, was.«

»Darüber muss ich nachdenken.«

Da kommt ihm noch ein Gedanke. »Eisen ... noch nicht gleich, aber in ein paar Jahren.«

»Es wird hier kaum verwendet.«

»Aber in anderen Ländern.«

Ryalth runzelt die Stirn. »Ich kenne einige Händler, die an der hamorischen Börse handeln.«

»Das ist alles, was mir im Augenblick dazu einfällt.« Er streckt sich und wirft einen Blick hinaus, wo die Sonne schon über den Häusern am westlichen Hang steht.

»Du hast mich noch immer nicht deinen Eltern vorgestellt«, wechselt Ryalth mit einem scherzhaften Schmollmund das Thema.

Lorn erkennt, dass diese Bemerkung nicht ganz so scherzhaft gemeint ist.

»Du würdest ihnen gehörige Angst einjagen.«

Diese Antwort veranlasst Ryalth zu einem Stirnrunzeln.

»Das stimmt wirklich. Sie würden unweigerlich erkennen müssen, wie sehr ich dich mag und wie gut du in deinem Beruf bist. Weder vor Mutter noch vor Vater ließe es sich verbergen – nicht vor einem Magi'i.«

»Dein Ziel ist es, Major-Kommandant zu werden, nicht wahr? Zumindest willst du es versuchen.«

»Das ist anderen vor mir auch schon gelungen«, antwortet Lorn leichtfertig.

»Nur, dass du auch mich willst. Oder willst du mich nur, weil ich dir helfen kann?«

»Ich wollte dich von Anfang an, und ich habe niemals daran gedacht, dich zu benutzen, um Major-Kommandant zu werden … oder etwas anderes.« Er runzelt die Stirn. »Am Anfang wollte ich mit deiner Hilfe ein bisschen Geld verdienen. Das gebe ich zu, aber das hat sich schon bald geändert.«

»Dann hast du mir die Geldkassette geschenkt, weil du Schuldgefühle hattest?«

»Schuldgefühle … und weil ich dich liebe.«

»Ich glaube nicht, dass irgendjemand dich wirklich kennt.« Ryalth schüttelt den Kopf. »Jedes Mal, wenn ich dich treffe, und mit jeder Schriftrolle, die du mir sendest … entdecke ich etwas Neues an dir. Du bist wie ein

Edelstein, so raffiniert geschliffen, dass der Glanz den Blick auf den Stein selbst versperrt.«

»Willst du den Stein sehen?«

Die rothaarige Händlerin nickt langsam.

Lorn steht auf und geht um den niedrigen Tisch herum, er nimmt sie in die Arme, küsst sie und hebt sie hoch. Er trägt sie ins Schlafgemach, wo er sie auf die dunkelblaue Tagesdecke legt. Er schmiegt sich an sie, hält sie fest und flüstert ihr etwas ins Ohr.

Sie hört ihm zu und erstarrt, die Augen weiten sich, als er noch zwei Sätze hinzufügt.

Dann küsst Ryalth ihn zärtlich auf die Wange. Sie rückt ein wenig von ihm ab, bevor sie ihm ins Ohr flüstert: »Alyiakal muss einer deiner Vorfahren gewesen sein.«

»Nicht, dass ich wüsste.«

»Wie könntest du auch?« Sie lacht und rollt sich zur Seite. »Du sagtest, du wärst zum Abendessen bei Myryan und Ciesrt eingeladen. Es ist schon spät und ich bin nicht eingeladen. Ich habe Hunger und du musst gehen.« Sie lächelt ihn schelmisch an. »Soll ich dich wieder mit etwas Duftöl betupfen?«

»Ich möchte nicht weg von dir.« Er legt den Kopf zur Seite, um ihre blauen Augen zu betrachten. »Das mit dem Duftöl ist keine schlechte Idee. Ciesrt wird es sofort seinem Vater erzählen.«

»Raffiniert …«

Lorn schüttelt hastig den Kopf, als er die Kälte eines Spähglases fühlt. Er zieht sie an sich; es soll leidenschaftlich wirken.

Sie schlingt die Arme um ihn, wenn schon nicht leidenschaftlich, dann doch liebevoll, und so halten sie einander eine Zeit lang fest – bis die Kälte langsam wieder verschwindet. Lorn küsst Ryalth auf die Wange und lehnt sich zurück. »Danke für dein Verständnis.«

»Ich habe es fast selbst gespürt … jemand hat uns beobachtet.«

»Das stimmt … durch ein Glas.«

Ryalth schaudert. »Leben alle Magi'i so? Mit dem Wissen, dass sie keine Privatsphäre haben können? Keine Geheimnisse?«

»Die wenigsten können es fühlen, und wenn, dann nur schwach. Sogar mein Vater muss sich sehr konzentrieren.«

»Aber du fühlst es? Und dann wollten sie dich nicht als Magier haben?«

»Es gehört mehr dazu, ein Magi'i zu sein, als nur diese Fähigkeit«, erklärt Lorn nüchtern. »Es muss das Wichtigste in deinem Leben sein. Vater hat das schon mehrmals andeutungsweise wiederholt, seit ich zurück bin.«

Mit einer geschmeidigen Bewegung schält sich Ryalth aus Lorns Umarmung, schlüpft aus dem Bett und geht zum niedrigen Frisiertisch unter dem hohen Nordfenster. Dort öffnet sie eine Schublade und holt ein Fläschchen heraus. »Wenn das so ist, brauchst du ganz dringend einen Duft.« Sie verzieht das Gesicht zu einem Lächeln, von dem Lorn weiß, dass es erzwungen ist.

»Ich habe gar keine Lust zu gehen.« Lorn springt auf die Füße und stellt sich hinter sie, die Arme schlingt er um ihre Taille.

»Ich weiß.«

Lorn fühlt einen stummen Seufzer.

Nur wenig später fügt Ryalth hinzu: »Ich weiß, dass du dich gegen deine Familie stellst, und ich weiß auch, was es bedeutet, dass du mich gebeten hast … nach Geliendra zu kommen.«

»Aber du willst, dass wir alles öffentlich machen.«

»Ja.«

Er lacht, zärtlich, aber gleichzeitig auch ein wenig bitter. »Alle wichtigen Magi'i wissen von dir und mir. Ist das öffentlich genug?« Im Schlafgemach bleibt es still und so fügt er noch zärtlicher hinzu: »Ich werde unsere

Vermählung öffentlich verkünden. Habe ich mein Wort bisher nicht immer gehalten?«

»Doch, das hast du. Mehr als das.« Ryalth windet sich aus seinen Armen, um ihn anzusehen, seine linke Hand lässt sie dabei nicht los. »Wir wären nicht hier, hättest du das nicht getan.«

Lorn berührt ihr Kinn.

»Ich bin nicht wütend auf dich.« Der Ausdruck in ihren Augen verhärtet sich. »Auf deine Eltern schon. Und auch auf die Magi'i.« Sie streichelt seine Wange, dann lehnt sie sich wieder nach vorne und flüstert: »Ich werde in einem Jahr nach Geliendra kommen.«

»Und ich werde dort auf dich warten, alles wird vorbereitet sein.«

»Gut.« Ein Lächeln, strahlend und gleichzeitig wehmütig, schleicht sich in ihr Gesicht. »Du solltest dich jetzt besser anziehen.« Sie dreht sich um und nimmt das Fläschchen wieder in die Hand. »Und du bekommst noch etwas von dem Duft verpasst. Aber diesmal nicht so viel. Ich möchte, dass sie wissen, dass auch ich ein wenig Geschmack habe.« Sie tupft einige Spritzer von dem Duft auf Lorns Wangen, dann nimmt sie sein Gesicht in die Hände und küsst ihn zärtlich.

Er erwidert den Kuss genauso liebevoll.

Langsam lösen sie sich voneinander.

Lorn nimmt seine Tunika vom Wandhaken und zieht sie an.

»Du bist ein schöner Mann.«

Er schüttelt den Kopf.

»Doch, das bist du.«

»Es freut mich, dass du so denkst. Sehr sogar.«

Sie gehen zur Wohnungstür, wo er sich noch einmal umdreht, um sie auf die Wange zu küssen.

»Sei nett zu dem guten Ciesrt«, gibt Ryalth ihm noch mit auf den Weg, als sie die Tür öffnet.

»Nur Myryan zuliebe.« Lorn lächelt sie an und geht hinaus.

Ryalth schließt die Tür, während Lorn langsam die Treppe hinuntersteigt und hinaustritt auf die Straße des Lauteren Handels.

Forschen Schrittes läuft er den Dreizehnten Hafenweg Ost hinauf und biegt dann in die Straße des Fortwährenden Lichts ein. Er hört Hufschläge hinter sich und wirft einen Blick über die linke Schulter; ein Einspänner kommt näher. Darin sitzen eine Frau in Heilergrün und ein Magier in Weiß, beide scheinen etwa zehn Jahre älter als Lorn zu sein. Keiner von beiden würdigt ihn eines Blickes, als die Kutsche vorbeifährt.

Lorn hat schon fast den nächsten Häuserblock erreicht, da kommt ihm eine weitere offene Kutsche entgegen. Diesmal nicken ihm die beiden Passagiere zu. Der Mann trägt eine Lanzenkämpferuniform mit dem Sternabzeichen eines Kommandanten; die Frau ist in eine elegante Tunika aus grünem Schimmertuch gekleidet und an ihrem Hals glänzt eine silberne Kette mit Smaragden, die weit über die Kutsche hinaus glänzen und funkeln. Lorn erwidert den Gruß mit einem Lächeln und nickt.

Die Sonne schickt sich bereits an, hinter den Bäumen oben am Hügel unterzugehen, als Lorn vor dem Eingang zu Myryans Haus angelangt. Eine kühle Brise weht vom Hafen herauf und verspricht einen kalten Abend. Er lächelt, als er die verblichene goldene Lilie auf dem äußeren Wandschirm erblickt, dann läutet er die Glocke.

Erst öffnet sich der Sichtschlitz und dann die Tür. »Komm herein, Lorn«, begrüßt ihn Myryan herzlich, aber sie bleibt sittsam hinter dem äußeren Wandschirm stehen.

Lorn geht um den Schirm herum und ins Haus, wo Ciesrt neben Myryan steht, seine Hand liegt auf ihrer linken Schulter. Die langen Finger erscheinen seltsam schmal im Vergleich zu Ciesrts großer Gestalt und den breiten Schultern.

Myryan rümpft kaum merklich die Nase, als Lorn sich nähert, und plötzlich zwinkert sie ihm zu.

Lorn lacht innerlich, doch äußerlich verneigt er den Kopf mit einem höflichen Lächeln auf den Lippen. »Schön, dich zu sehen, Ciesrt.« Seine Stimme klingt warm und freundlich.

»Ich freue mich auch, Lorn.« Ciesrt rümpft ebenfalls die Nase und er reibt sie geistesabwesend mit der rechten Hand. »Lange her.« Er deutet auf den linken Torbogen im Flur.

»Danke.« Lorn folgt ihm in den vorderen Wohnraum.

Dort setzen sich Myryan und Ciesrt auf das Sofa und überlassen Lorn den Lehnstuhl. Er macht es sich bequem und wendet sich dem Pärchen zu. »Mir gefällt das Haus. Es ist dir gelungen, etwas daraus zu machen, Myryan.«

»Das stimmt wirklich«, antwortet Ciesrt stolz; er legt wiederum einen Arm um ihre schmalen Schultern und drückt sie. »Sie ist eine wundervolle Gemahlin.«

»Sie ist auch eine wundervolle Schwester«, entgegnet Lorn, »und eine ausgezeichnete Heilerin, wie ich vernommen habe.«

»Sie kocht auch gut, aber bald werden wir eine Köchin bekommen, damit sie mehr Zeit für den Garten hat und hoffentlich bald auch für unsere Kinder.«

»Man hört«, sagt Lorn und sieht dabei Myryan an, »dass du schon viel im Garten gearbeitet hast.«

»Die Erde hinten an der Mauer ist wie geschaffen für Brinn und im Herbst habe ich bereits ein paar Astrapflanzen eingesetzt. Sie fühlen sich stark an …« Die Augen der Heilerin strahlen, als sie ihre Gartenpläne in allen Einzelheiten schildert. »… es ist kalt genug für die Wintersaat, aber dazu brauche ich mehr Kalk … Ciesrt hat mir versprochen, dass er ihn für mich zerkleinert …«

Lorn hört zu und genießt die Begeisterung und die Wärme in der Stimme seiner kleinen Schwester und das

Funkeln in ihren Augen, während sie von ihrem zukünftigen Garten spricht.

Plötzlich springt Myryan auf. »Oh … ich muss das Abendessen fertig machen … und ich sitze hier und langweile euch mit meiner Gartenarbeit.«

»Ich höre dir gern zu«, sagt Lorn.

»Sie ist so glücklich darüber, dass wir unseren eigenen Garten haben«, fügt Ciesrt hinzu.

»Unterhaltet euch einfach weiter.« Myryan klopft Ciesrt auf die Schulter. »Ich höre euch von nebenan zu«, meint sie und bleibt im Durchgang noch einmal kurz stehen, bevor sie in der Küche verschwindet.

Beide Männer lächeln.

»Sie hat alles, was eine gute Gemahlin braucht«, schwärmt Ciesrt. »Meine Eltern sind begeistert. Besonders Vater schätzt es sehr, dass sie so vieles weiß und versteht und er sich mit ihr unterhalten kann wie mit mir oder anderen Magi'i.«

»Myryan hatte schon immer eine schnelle Auffassungsgabe«, erzählt Lorn. »Sie ist sehr feinfühlig. Man muss ihr nie etwas zweimal sagen oder laut werden.« Er hofft, dass Ciesrt versteht, was er damit sagen will.

»Das ist es, was ich an ihr so mag«, antwortet der junge Magier. »Sie weiß, was ich brauche, ohne dass ich ihr etwas erklären muss.«

Lorn nickt. »Sie mag es, wenn es ruhig und friedvoll zugeht.«

»Es ist so erholsam hier, wenn ich abends aus dem Viertel zurückkomme.« Ciesrt lächelt. »Das Eheleben ist viel schöner, als ich es mir vorgestellt habe.«

»Von den Lanzenkämpfern wird erwartet, dass sie sich nicht vermählen, bevor sie nicht mindestens einige Jahre als Hauptmann gedient haben«, plaudert Lorn weiter. »Mit welcher Aufgabe bist du nun betraut … ich meine, welche Art von Arbeit?«

»Adepten der dritten Stufe verrichten meist unterstützende Arbeiten: Chaos übertragen, Aufräumarbeiten nach größeren Projekten, solche Dinge. Ich bin hauptsächlich mit dem Laden von Chaos-Zellen beschäftigt und mit all den anderen Dingen, die man mir aufträgt.«

»Es herrscht gerade eine aufregende Zeit für die Magier, hat Vernt mir erzählt, bei all den neuen Vorhaben.« Lorn lehnt sich nach vorn und will damit Interesse bekunden an dem, was Ciesrt ihm vielleicht gleich verraten wird.

»Das stimmt. Große Pläne …« Ciesrt zuckt die Schultern.

»Ich verstehe. Ich bin zum Verwunschenen Wald abkommandiert worden und habe gehört, dass euer Tun von einigem Nutzen sein könnte für uns arme Lanzenkämpfer dort.«

»Vater ist ganz begeistert davon«, erzählt Ciesrt eifrig. »Ich kann natürlich keine Einzelheiten verraten, wie du verstehen wirst, aber sie arbeiten an einer neuartigen Sperre.« Er zuckt die Achseln. »Ich weiß nicht genau, wie sie funktionieren soll, aber … sie wird den Spiegellanzenkämpfern sicherlich dienlich sein.«

»Wenn das stimmt, könnten wir mehr Lanzenkämpfer nach Norden schicken«, überlegt Lorn.

»Wenn alles klappt, braucht man vielleicht überhaupt keine Lanzenkämpfer mehr an den Sperrenmauern, wie ich höre.«

Lorn nickt. »Es gibt so viel anderes, was die Lanzenkämpfer dann anpacken könnten.«

»Wie gefällt dir denn dein Lanzenkämpferdasein?«, fragt Ciesrt nach ein paar Sekunden des Schweigens.

»Ich glaube, ich habe Talent dafür«, antwortet Lorn. »Zumindest ein Talent zum Überleben.«

Lorn blickt auf und entdeckt Myryan, die im Durchgang steht und zuhört.

Ciesrt beugt sich auf dem Sofa nach vorn, seine Augen sind gänzlich auf Lorn gerichtet; offenbar hat er Myryans Rückkehr nicht bemerkt.

»Auch jetzt sprichst du nicht von Pflicht und Hingabe«, stellt Ciesrt fest.

Lorn fährt sich übers sauber rasierte Kinn, bevor er antwortet. Er hat Ciesrts Anspielung bemerkt und weiß, dass Ciesrt und sein Vater, der Zweite Magier, über ihn gesprochen haben. »Es ist unser aller Pflicht, Cyador und den Weg des Lichts zu schützen«, sagt er langsam. »Und dem gilt meine ganze Hingabe. Du hast den Weg gefunden, der am besten zu dir passt, Ciesrt. Und ich habe meinen gefunden. Aber ich arbeite noch daran, wie ich auf diesem Weg am besten zurechtkomme.« Lorn lächelt sein Gegenüber offen an. »Es ist schwieriger, wenn man nicht da hineingeboren wurde, wo die eigenen Talente gefordert sind.«

»Das sehe ich ein«, meint Ciesrt überheblich.

»Und wie steht es mit dir? Wie gefällt es dir als Adept?«, dreht Lorn den Spieß freundlich um.

»Mein Vater war bereits einer und sein Vater davor auch«, erklärt Ciesrt, »und dessen Vater vor ihm auch. So weit man zurückblickt, gab es in meiner Familie nur Magier und Heiler, der Stammbaum reicht zurück bis zum Erstgeborenen des Chaos. Vater hat ein Glas in seinem Arbeitszimmer stehen … es ist so alt …«

Die bereits vertraute Kälte eines Spähglases durchdringt den Raum. Myryan und Lorn tauschen Blicke aus, aber beide schweigen und lassen Ciesrt, der die Kälte offenbar nicht spürt, weiterreden.

»… stammt aus der Zeit vor Alyiakal, aber es ist zu alt und zerbrechlich, als dass man es noch benützen könnte. Warum sollte ich bei diesem Erbe nicht Magier werden wollen?« Ciesrt lächelt. »Ich finde es lohnend. Mir gefällt es, Energie für die Feuerwagen und Feuerlanzen bereitstellen zu können, die ihr Lanzenkämpfer so notwendig braucht, um die Barbaren zu bekämpfen. Ich fühle mich nützlich, wenn ich durch mein Chaos bei der Herstellung von Cupridium mitwirken kann.« Der Magier schürzt die Lippen. »Zu den meisten Lanzenkämpfern würde ich wohl nicht so sprechen, ich würde mich nicht gut dabei fühlen, aber du entstammst schließlich dem Geschlecht der Magi'i und warst einmal Magierschüler – und außerdem bist du Myryans Bruder.«

»Die meisten Lanzenkämpfer könnten es auch nicht verstehen, jedenfalls nicht so, wie du es meinst«, sagt Lorn.

»So ist es«, antwortet Ciesrt. »Die meisten wohl nicht.«

Myryan räuspert sich.

»Ja?« Ciesrt blickt auf und sein Gesichtsausdruck wirkt für kurze Zeit etwas verärgert, als er bemerkt, dass seine Gemahlin die ganze Zeit über im Wohnzimmer gestanden hat.

»Wenn ihr keine kalte Emburhka wollt …«, meint Myryan vorsichtig.

Lorn steht auf. »Ich bin hungrig … und es ist schon lange her, dass ich Emburhka gegessen habe.«

Ciesrt steht auch auf. »Das habe ich ganz vergessen … natürlich. Nicht in den Hügeln des Endlosen Grases.«

»Ich habe sie nach Mutters Rezept gekocht … so wie Elthya sie früher immer zubereitete.«

Lorn muss einfach lachen bei ihrem halb schelmischen und halb flehenden Ton. »Ganz bestimmt schmeckt sie wundervoll.«

»Ganz bestimmt. Ist sie nicht eine wundervolle Gemahlin?«, wiederholt Ciesrt noch einmal stolz.

Lorn achtet darauf, dass er weiterhin lächelt, während er Myryan ins Esszimmer folgt. Er nimmt sich vor, den restlichen Abend nur noch über Belanglosigkeiten zu reden und über sonst nichts.

L

Früh am Morgen, noch vor dem Frühstück, steht Lorn bereits vor Jerials Tür. Zieht sie sich gerade an … oder ist sie schon weg?

»Komm herein«, ruft Jerial. »Ich habe noch ein bisschen Zeit, bevor ich zur Heilerstation gehe.«

Lorn öffnet die Tür. Jerial sitzt auf dem einfachen Holzstuhl und zwängt sich gerade in den zweiten schwarzen Stiefel.

»Du gehst aber früh außer Haus«, meint Lorn. »Ich wollte mit dir sprechen.«

Jerial blickt auf, dann erhebt sie sich und nimmt den schweren grünen Wollumhang von der Rückenlehne. »Ich fange früh an, damit ich eher aufhören kann. Die Oberheiler sind froh, wenn jemand so zeitig da ist. Denn dann können die verheirateten Heiler, wie Mutter und Myryan, später kommen.«

Lorn nickt.

»Welchen Gefallen soll ich dir diesmal tun?« Jerial lächelt amüsiert.

»Wie kommst du darauf? Weil ich so früh aufgestanden bin?« Lorn lacht.

»Nein, weil du zu Hause bist und weil du wieder diesen besonderen Blick hast.«

»Ich wusste gar nicht, dass ich so durchschaubar bin.«

»Das bist du gar nicht. Ich weiß nie, was du willst, wenn du etwas willst.«

»Schwestern …« Er schüttelt den Kopf.

»Lorn … ich muss bald gehen.«

»Ich möchte gern alles erfahren, was du über einen Händler namens Shevelt weißt. Aufgrund deiner anderweitigen … Betätigungen dachte ich, du könntest vielleicht …«

»… etwas wissen?« Sie hüllt sich in den Umhang. »Ich kenne ihn tatsächlich. Er wirft kalte Würfel und versteht nicht, warum er ständig verliert. Er schikaniert, wo er nur kann, und steigt mit allem ins Bett, was rote Haare hat. Warum, das weiß keiner. Er ist der zukünftige Erbe des Yuryan-Klans … wenn sich sein Vater nicht dazu entschließt, ihn vorher auf einem unabgedichteten Lastkahn übers Westmeer zu schicken.«

»Du hast ihm wohl schon mehr als nur ein paar Münzen abgenommen.«

Jerial zuckt die Schultern. »Er vergisst zu zählen, wenn er spielt.« Sie runzelt die Stirn. »Das stimmt nicht ganz. Wie oft er gewinnt, ist für ihn wichtiger, als wie viel er gewinnt. Er spielt gern gegen Jeron'mer, weil er da oft gewinnt – ungefähr acht- oder neunmal in zehn Spielen. Ich gewinne nur ein- oder zweimal, aber dann zehnmal so viel, wie er verliert, und ich suche mir den sichersten Zeitpunkt zum Gewinnen aus.«

Jeron'mer – das ist der Händlername, unter dem Jerial spielt und sich als bartloser, leichtlebiger Händler ausgibt. »Wie sieht er aus?«

»Groß … breite Schultern. Er ist nicht viel älter als du, hat aber bereits einen Bauchansatz und Hängebacken. Er ist stark. Einmal hat er einen von Fragons Wächtern hochgehoben und durch eine Tür geworfen. Er trägt einen langen braunen Bart und wird bereits kahl. Immer ist er mit einem Duft eingesprüht, eine Mischung aus Moschus und Rosen.« Jerial runzelt die Stirn. »Es würde ihn wohl keiner sehr vermissen, aber du solltest vorsichtig sein. Der Dyljani-Klan hasst ihn.«

»Das hilft mir schon weiter.«

»Hier.« Jerial wühlt in der einzigen Schublade ihres Schreibtischs und überreicht Lorn einen kurzen Dolch.

»Was ist das?«

»Ein dyljanischer Schmuckdolch.«

Lorn atmet tief ein.

»Sie hat Myryan geholfen. Und sie hat auch dir allein durch ihre Anwesenheit geholfen. Ich wusste, dass du es herausfinden würdest. Sie könnte auch jemanden anheuern, der das mit Shevelt erledigt, aber die bessere Lösung wäre, du tätest es. Die Leute werden dann wissen, dass sie Wege zur Beseitigung von unliebsamen Menschen kennt, die man nicht zurückverfolgen kann. Du kannst die Angelegenheit so regeln, dass selbst die *Hand* nichts davon bemerkt.«

Lorn wundert sich über den Hinweis auf die *Hand* des Kaisers und ihm fällt auf, dass Jerial peinlichst darauf achtet, Ryalth nicht beim Namen zu nennen, selbst in ihren eigenen Gemächern. Er nimmt den Dolch an sich. »Wird man es nicht ahnen?«

»Ein Lanzenkämpfer in einer Händlerrauferei? Oder beim Handeln?« Jerial zieht die Augenbrauen hoch. »Selbst Vater weiß nicht alles …«

»Wo kann ich Shevelt finden? Nach Handelsschluss?«

»Im *Silberkelch* … meistens.« Jerial macht einen Schritt in Richtung Tür, um anzukündigen, dass sie gehen muss.

Lorn öffnet die Tür und tritt auf den Flur.

Jerial geht noch einmal zu ihrem Bruder und flüstert: »Ach, übrigens … du kannst die blauen Sachen auch hier schon anziehen und die Hintertreppe nehmen. Nur als kleiner Hinweis … Mutter und Vater wissen es bereits. Ich auch. Sylirya und Quyal kümmert es nicht und Kysias Lohn wird vom Haus Ryalor aufgestockt.«

Lorn zieht die Augenbrauen hoch. »Es geht doch nichts über das Leben in einem Magi'i-Haus … wer weiß noch davon?«

»Neben der Hälfte der Ober-Magi'i? Sie alle denken, dass du nur mit ihr schläfst, um Vater zu ärgern, und warum sollte es sie kümmern, solange es niemand öffentlich zur Sprache bringt? Kharl wird es den Lanzenkämpfern nicht verraten, es sei denn, es brächte ihm Chyenfels Posten ein. Was könnte die blaue Kleidung schließlich anderes bezeugen als deine Heißblütigkeit? Und du bist auch sicher nicht der Erste.«

Lorn hält ein Zucken und den Widerspruch zurück.

Jerials letzter leiser Satz jagt ihm einen kalten Schauer über den Rücken. »... gib Acht, dass niemand sonst davon erfährt ...« Sie lächelt strahlend und sagt laut: »Schönen Tag noch und genieß deinen Urlaub.«

»Das werde ich versuchen.« Er erwidert das Lächeln mit einem schelmischen Grinsen.

Jerial nickt und ist verschwunden.

Lorn steigt die Treppe hinunter zur Küche, wo er im Stehen etwas Käse und Brot und hinterher eine Hand voll getrockneter Birnäpfel verschlingt. Dann huscht er wieder nach oben und folgt Jerials Empfehlung; er zieht die blauen Sachen an. Aber er läuft erst zur Hintertreppe, als er sicher ist, dass niemand ihn sehen kann.

Mit schnellen Schritten läuft er die Straße des Fortwährenden Lichts entlang nach Westen und biegt dann in den Zweiten Hafenweg ein. Die Morgenluft ist frisch, der Tag scheint aber dank der hellen Wintersonne wärmer, als er wirklich ist.

Als Lorn sich dem Hafenweg nähert, stößt er auf eine Gruppe von drei Händlern; er schlendert mit gebührendem Abstand hinter ihnen her und belauscht ihr Gespräch.

»... Cuprit ist immer noch zu teuer ...«

»... vielleicht noch über Jahre hinweg ... und Eisen birgt ein großes Risiko ...«

»... braucht man einen fremdländischen Partner ...«

»... trockener Winter in Hydlen, so hört man.«

»... Frühling scheint trocken zu werden und das Korn knapp.«

Lorns Augen wandern von den dreien, die er verfolgt, zu den anderen blau gekleideten Gestalten, die den Händlerplatz nun allmählich bevölkern; es sind fast nur Männer und die meisten tragen Bärte und kommen zu zweit oder zu dritt.

»Buchhalter! Ihr kommt spät!« Ryalths Stimme trifft ihn wie ein Peitschenhieb.

Lorn zuckt zusammen und dreht sich um. Er verbeugt sich vor Ryalth, die im Schatten der Morgensonne steht, welcher von den Eingangssäulen der Halle auf den Platz geworfen wird. »Ich bitte um Vergebung, Händlerin. Es tut mir Leid.«

»Es interessiert mich nicht, ob es Euch Leid tut. Noch einmal, und Ihr landet in Jera … oder im Kielraum eines hamorischen Lastkahns.«

Als Lorn die Verachtung in ihrer Stimme hört und das Gekicher der Händler um ihn herum, wird er rot im Gesicht. »Ja, meine Dame.« Er verbeugt sich wieder.

Ryalth beachtet ihn nicht weiter, dreht sich um und schreitet in Richtung Hafen.

Lorn stolpert hinter ihr her und wieder ertönt Gelächter im Hintergrund.

»… Stimme, bei der das Blei im Rumpf eines Feuerschiffs schmilzt …«

»Verstehst du jetzt, warum man sich mit ihr nicht anlegen sollte?«

Offenbar genießt Ryalth einen bestimmten Ruf.

Eine Zeit lang geht Lorn einen halben Schritt hinter der Händlerin her. Sie biegt in den Ersten Hafenweg ein und er folgt ihr; als sie schließlich außer Sichtweite sind für die Zeugen der Schelte, holt er sie ein.

»Du warst wirklich spät«, murmelt sie, ohne das Tempo zu verlangsamen, mit dem sie den Gehweg an der östlichen Seemauer des Hafens ansteuert.

»Das stimmt. Ich glaube, ich habe den Tadel verdient.« Er grinst. »Hat es dir gefallen?«

»Ja, eigentlich schon.« Ein Lächeln huscht über ihr Gesicht. »Ich habe nicht oft Gelegenheit, jemanden aus der Oberschicht zu maßregeln.« Das Lächeln verschwindet. »Eileyt ist im Büro geblieben. Wir müssen uns beeilen.«

»Warum wolltest du, dass ich mit dir komme?«

»Du hast ein Gespür für Menschen, und da ist etwas, was mich an L'Igek stört.« Sie runzelt die Stirn.

»Dein Gespür ist aber doch ebenso gut.«

»Manchmal sogar besser, aber in diesem Fall nicht.«

Die zwei biegen ab und gehen auf die äußerste weiße Steinpier zu, an der ganz am Ende der geölte Holzrumpf des aufgetakelten Dreimasters liegt. Lorn entziffert den Namen, der am Heck des Schiffes ins Holz geschnitzt ist: *Rotwind*. Die tiefen Buchstaben sind mit einer leuchtend hellgrünen Farbe ausgemalt, die deutlich aus dem Holz heraussticht. Eine brystanische Fahne hängt schlaff am Heckflaggenstock.

Zwei bewaffnete Wachen mit eisenbesetzten Lederwesten über den grauen Hemden stehen am Fuß der Laufplanke. Beide tragen einen breiten Ledergürtel um die Hüften, an dem ein Schlagstock und ein Krummschwert hängen. Die schweren Stiefel sind mit Eisenspitzen verstärkt.

Ryalth bleibt gut drei Ellen vor den beiden stehen. »Händlerin Ryalth und ihr Buchhalter aus dem Hause Ryalor«, kündigt sie sich an.

»Lasst sie an Bord«, ruft eine Stimme vom Hauptdeck.

Lorn sieht an den Wächtern vorbei und entdeckt einen blassen bärtigen Mann, der eine grüne Tunika und eine kurze goldene Weste trägt. Dann folgt er Ryalth die Laufplanke hinauf aufs Holzdeck der *Rotwind*.

»Verehrte Händlerin.« Der schlanke Kaufmann, einen Kopf größer als Lorn und Ryalth, verbeugt sich. »Es ist uns eine Ehre, Euch hier begrüßen zu dürfen.«

»Die Ehre liegt ganz auf unserer Seite.« Ryalths Stimme klingt kühl und selbstsicher, sie erwidert die Verbeugung.

Lorn folgt ihrem Beispiel und verbeugt sich ebenso, aber seine Sinne durchsuchen bereits das Schiff und versuchen zu finden, was Ryalth bei einem früheren Besuch gestört haben könnte.

»Meister L'Igek!«, ruft ein junger Bursche in Grün, der auch eine goldene Weste trägt, die jedoch einfacher gearbeitet ist als die seines Meisters.

Der Brystaner verbeugt sich erneut vor Ryalth. »Wenn Ihr mich für einen Augenblick entschuldigen wollt …«

»Bitte. Dürfte ich meinem Buchhalter in der Zwischenzeit das Schiff zeigen? Nur die oberen Decks natürlich. Seine Erfahrungen beschränken sich bisher nur auf Grasland.«

»Bitte, Ihr seid meine Gäste.« L'Igek lächelt höflich, dann dreht er sich um.

»Hier entlang«, meint Ryalth kühl, ihre Stimme klingt härter als vorhin, als sie mit L'Igek gesprochen hat. Lorn folgt ihr über die Leitertreppe zum höheren Hinterdeck. Sie laufen an einer erhöhten Plattform vorbei, auf der das Steuer angebracht ist und dazu ein Gestell, in dem wahrscheinlich die Navigationsgeräte untergebracht werden, wenn das Schiff auf See ist.

Lorn kann Ryalths Bedenken bezüglich des Schiffes verstehen. Die Menschen an Bord tragen zwar das normale Maß an Ordnung und Chaos in ihren Körpern, aber mit dem Schiff stimmt etwas nicht. Lorn lässt seine Sinne am hinteren Ruder hinabgleiten, aber dort ist das Holz einwandfrei.

Sie gehen an der Heckreling entlang wieder in Richtung Bug und steigen die Leiter auf der seewärtigen Seite hinab. Lorn erstarrt, schnell flüstert er Ryalth zu: »Die Verstrebungen … der Kiel bricht … wahrscheinlich eine schwache Stelle im Holz …«

Ryalth nickt steif und murmelt zurück: »Sag nicht mehr. Nicht jetzt.« Dann fügt sie etwas lauter hinzu: »Das ist die Klappe zum Laderaum. Frag doch nicht so dumm.«

Lorn neigt den Kopf und antwortet unterwürfig: »Ja, Händlerin. Wie Ihr wünscht.«

Ryalths Augen werden hart. »Denk dran. Ein für alle Mal.«

L'Igek hat sich bereits von dem jungen Maat abgewandt und verkneift sich ein Lachen, als er wieder auf das Pärchen zugeht. »Ich habe den Vertrag in meiner Kabine.« Er gestikuliert und führt Ryalth durch den offenen Gang vom Hauptdeck zum Hinterdeck und der Kajüte.

Lorn folgt ihnen.

»Dieser Buchhalter ist … muskulöser als der letzte«, meint der Brystaner mit leiser Stimme zu Ryalth.

»Sie haben auch verschiedene Talente«, erwidert Ryalth schlagfertig.

L'Igek lacht. »Ihr gefallt mir, Dame Ryalth. Wie ein Dolch trefft Ihr immer den Punkt.« Er bleibt in dem schmalen Gang stehen, öffnet eine Tür und bittet Ryalth und Lorn einzutreten.

Die Kabine des Meisters ist eng, am hinteren Schott ist eine schmale Koje angebracht. Vor der Koje steht ein runder Tisch, der am Fußboden festgeschraubt ist; vier Stühle mit niedrigen Lehnen sind darum herum angeordnet. Einige Schriftrollen und ein Papierstapel, der offenbar nur Frachtbriefe umfasst, türmen sich auf einer Seite des Tisches, ein geschlossenes Buch liegt auf der anderen Seite.

Der Brystaner setzt sich zu den Papieren und wartet, bis auch Ryalth Platz genommen hat.

»Ihr habt bereits ein Zehntel der Rapsladung und den zwanzigsten Teil der getrockneten Früchte gekauft. Wünscht Ihr auch ein Zehntel vom Ingwerholz?«

»Das würde ich sehr gern nehmen«, meint Ryalth, »aber die Finanzen des Hauses lassen das im Augenblick nicht zu.«

L'Igek nickt, als hätte er bereits mit dieser Antwort gerechnet.

»Und wie viel gedenkt Ihr von der zurückkommenden Gewürzladung zu kaufen?«, fragt der Brystaner. »Ihr habt früher schon einmal Euer Interesse daran bekundet.«

»Den kleinsten Anteil, den Ihr mir zuteilen könnt«, sagt Ryalth beinahe flehend. »Wir sind nur ein kleines Haus, aber das wisst Ihr ja, und … Ihr habt bestimmt gehört, was der *Westhase* widerfahren ist?«

Der blasse Brystaner nickt. »Ich wusste nicht, dass Ihr …«

»Genug«, entgegnet Ryalth. »Mehr als genug. Wir halten zwar noch Anteile an anderen Schiffen, aber ich kann für nichts garantieren, was noch nicht im Hafen angelangt ist.« Sie zuckt entschuldigend mit den Schultern. »Ihr werdet auslaufen, noch bevor wir dieses Geld sehen, aber ich will es mir mit Euch nicht verscherzen.«

»Fünfzig Goldstücke … darunter kann ich nicht gehen, nicht für bestes hamorisches Pfefferkorn und feinsten Kreuzkümmel.«

Ryalth zuckt zusammen. »Für Euch und für Eure Freundschaft werde ich die fünfzig zahlen.« Sie macht eine Pause. »Aber es gelten die üblichen Vereinbarungen.«

»Natürlich. Daran ändert sich nichts.«

Ryalth holt eine Börse unter der Tunika hervor und zählt sorgfältig fünfundzwanzig Goldstücke ab, die sie auf den polierten Holztisch vor L'Igek legt. Der Brystaner zählt das Geld. Erst danach nimmt er die Feder zur Hand und stellt den Wechsel aus.

Als er damit fertig ist, reicht er Ryalth das Pergament. Sie liest es genau durch. Dann nickt sie. L'Igek schiebt ihr das Tintenfass hinüber und bietet ihr den Federkiel an. Sie unterzeichnet mit ihrem schrägen, klaren Namenszug für das Haus Ryalor.

Dann setzt auch L'Igek seine Unterschrift darunter und gibt ihr das Pergament zurück. »Es ist mir stets eine Freude, mit dem Hause Ryalor Geschäfte zu machen, meine Dame.« L'Igek grinst. »Werden wir je einen richtigen Mann in Eurem Hause sehen?«

Ryalth erwidert das Grinsen mit einem Lächeln. »Da bin ich mir ganz sicher. Vielleicht sogar schon früher als Ihr denkt.«

»Das habt Ihr schon öfter behauptet.« L'Igek steht auf.

»Und ich werde es wieder tun«, antwortet Ryalth, während auch sie sich erhebt.

Lorn folgt den beiden hinaus aufs Hauptdeck.

»Wir werden mit dem Abendwind in See stechen«, verkündet L'Igek.

»Ich wünsche Euch stetigen Rückenwind«, antwortet die Händlerin, »und eine frühzeitige und gewinnreiche Rückkehr nach Cyad.«

Oben auf der Laufplanke verbeugt sich der Brystaner noch einmal. »Das Kombinat wird erfreut sein, von Eurer weiteren Unterstützung zu erfahren.«

»Und ich schätze die Nachsicht, die das Kombinat mit einem kleinen Handelshaus hat.« Ryalth nickt.

Lorn wartet ab, bis er und Ryalth sich etwa hundert Ellen vom Schiff entfernt und die schwitzenden Arbeiter hinter sich gelassen haben, die den Küstenschoner ausladen, der neben der *Rotwind* angelegt hat. »Warum hast du so lange gewartet?«, fragt er schließlich neugierig.

»Wenn sie die Ladung versichern wollen, schließt man meist ein besseres Geschäft ab, wenn man bis zum Schluss wartet. Sie wollen das gesamte Risiko für eine Ladung nicht gern allein tragen. Wenn ich keinen Anteil bekomme, finde ich einen anderen Meister, der etwas hat, was ich vielleicht mit Gewinn verkaufen kann. Sie behalten meine Münzen, ganz gleich ob die Fracht Gewinn einbringt oder nicht. An diesem Ende habe ich mehr Kontrolle darüber, aber man kann keine Anteile an gerade hereinkommenden Frachten kaufen. Nicht, wenn man vorhat, noch länger Händler zu bleiben.«

Lorn nickt, obwohl er weit davon entfernt ist, behaupten zu können, er hätte alles verstanden. Während er über ihre Worte nachdenkt, schlendern die beiden auf der Pier zurück.

»Wenn die *Rotwind* in einen Sturm gerät oder in raue

See, wirst du fünfzig Goldstücke verlieren und dazu deinen Anteil an der auslaufenden Fracht«, meint Lorn schließlich, als er sicher sein kann, dass sie weit genug entfernt sind von allen neugierigen Ohren.

»Das stimmt. Wenn …« Sie zieht das kleine Wörtchen in die Länge und fügt dann hinzu: »Es gibt Schiffe, die legen zwei oder mehr Passagen mit angeschlagenem Kiel zurück, einige sogar noch mehr. So mancher Schiffseigner hat sogar schon wissentlich Schiffe mit gebrochenem Kiel auslaufen lassen.«

»Warum?« Lorn runzelt die Stirn. »Spekulieren sie darauf, ein wertloses Schiff vielleicht nicht ersetzen zu müssen?«

»Die meisten besitzen nicht die erforderliche Menge an Goldstücken, die für die Reparatur eines Schiffes notwendig ist – oder für die Beschaffung eines gleichwertigen Ersatzes. Es ist billiger, einen neuen Kapitän samt neuer Mannschaft anzuheuern und ihm einen Bonus von fünfzig Goldstücken anzubieten, damit er das Schiff sicher zurückbringt; oder es an einen anderen Händler zu verkaufen, der sich um einen kaputten Kiel nichts schert.« Sie zuckt die Achseln. »Vielleicht weiß L'Igek sogar um den Schaden an der *Rotwind*. Vielleicht hält er deshalb die Preise so niedrig.«

Lorn zupft an seinem Kinn. Jede Minute mit Ryalth lehrt ihn, dass er über den Handel noch nicht viel weiß. »Du hast gar nicht darüber nachgedacht, es ihm zu sagen?«

»Nein. Ich hätte erklären müssen, woher ich es weiß, und dann würde niemals wieder auch nur ein Händler mit uns Geschäfte machen. Sie hassen die Magi'i. Deshalb habe ich auch etwas von der Rückfracht gekauft. Das Schiff könnte ja wirklich zurückkommen, und wenn dem so ist, oder besonders wenn L'Igek das Problem entdeckt und überlebt, würde keiner von ihnen jemals wieder Geschäfte mit mir machen.« Ihre Stimme wird weicher, während sie spricht. »Du weißt, dass es zu Zeiten der Erstgeborenen noch keine Händler gab. Die ersten Händler – die meisten zumindest – kamen aus Spidlar, das liegt im Norden Candars, östlich der Westhörner.«

»Ich weiß.«

»Aber sie waren die Einzigen, mit denen die Hamoraner und Austrier Handel trieben. Erst mit der Zeit kamen Händler aus Cyad hinzu.«

»Sehen deshalb die Lanzenkämpfer und Magi'i auf die Händler herab?«

»Sie stellen ihre Überlegenheit auch gern zur Schau.« Ryalth lächelt. »Glaubst du nicht, dass Bluoyal genauso intelligent ist wie der Major-Kommandant der Spiegellanzenkämpfer?«

»Ist das nicht der Handelsberater des Kaisers?« Lorn lacht. »Nach dem, was ich gehört habe, ist er wahrscheinlich sogar klüger.«

»Die Magi'i und Lanzenkämpfer denken nicht so. Deine Eltern zum Beispiel glauben, dass ich deiner nicht würdig bin.«

»Aber ich nicht.«

»Du bist ja auch nicht wie deine Eltern.«

Am Ende der Pier bleibt Ryalth stehen, in einiger Entfernung zu den Männern, die mit Handkarren Vorräte zu den Schiffen fahren, die entlang der Piere vertäut liegen. »Ich muss zurück zum Händlerplatz. Ich erwarte eine Antwort vom Haus Nylyth auf meine Anfrage wegen Anteilen am Pfefferkorn aus Atla. Es ist ein hamorisches Haus.«

»Betreibst du – oder wir – Handel auf der ganzen Welt?«

»Nur dort, wo sich Goldstücke verdienen lassen«, antwortet sie. Sie zeigt nach Osten. »Vielleicht solltest du noch etwas Zeit mit deiner Familie verbringen. Dein Urlaub ist schon auf drei Achttage zusammengeschrumpft.«

»Heute Abend?«

»Natürlich.« Zum ersten Mal an diesem Morgen ist ihr Lächeln warm und strahlend.

Lorn schüttelt lachend den Kopf und strahlt die Händlerin an. »Darauf freue ich mich.«

Ihre Augen funkeln. »Das hoffe ich doch.«

Er sieht ihr noch eine Weile nach, als sie flotten Schrittes zurück zum Händlerplatz geht. Schließlich dreht er sich um und schlägt den Weg Richtung Norden zur Straße des Fortwährenden Lichts ein.

LI

»Langer Tag?« Lorn steht auf dem Absatz der Haupttreppe zum zweiten Stock, während Jerial mühsam eine Marmorstufe nach der anderen erklimmt.

»Du bist noch hier?« Jerial lächelt hinauf zu ihrem Bruder. »Ich dachte, du wärst längst weg.«

»Ich gehe auch … später. Was ist mit dir?«

»Bin zu müde.«

Lorn betrachtet ihr müdes und abgespanntes Gesicht. Sogar das Ordnungs-Chaos-Gleichgewicht ist gestört. »Was ist geschehen?«

»Hast du nicht davon gehört?«

Lorn schüttelt den Kopf. »Ich habe mich mit Tyrsal getroffen, wir haben trainiert.«

»Es gab eine Chaos-Explosion auf der *Ozeanflamme* …« Jerial schüttelt langsam den Kopf. »Die Explosion war wohl nicht sehr gewaltig, aber sie hat ein schreckliches Feuer ausgelöst. Viele erlitten Brandwunden. Sonst wäre ich viel früher nach Hause gekommen.«

»Konntest du Menschen retten?«

»Wir werden sehen. Ich habe getan, was ich konnte. Sie haben auch Myryan geholt, um zu helfen, aber am Ende wurden wir alle weggeschickt.«

»Weil es euch geschadet hätte, wenn ihr mehr getan hättet?«

Jerial nickt. »Ich brauche jetzt ein gutes Abendessen und etwas Ruhe.«

Die Glocke an der Vordertür läutet.

Lorn und Jerial, die inzwischen in den bequemen Stühlen des Wohnraums im zweiten Stock Platz genommen haben, sehen sich stirnrunzelnd an.

»Könnte ein Lanzenkämpfer sein«, meint Jerial.

»Ich mache auf.« Lorn springt auf. »Wie kannst du das auf diese Entfernung fühlen?«

»Du könntest es auch, wenn du nur daran arbeiten würdest.« Jerial steht auf und rückt die grüne Tunika zurecht; dabei beantwortet sie seine unausgesprochene Frage. »Das Fühlen selbst verbraucht nicht viel Energie. Es ist die Wiedererlangung des Gleichgewichts zwischen Ordnung und Chaos, die zehrt.«

»Bleib sitzen.« Lorn springt die Stufen hinunter und erreicht den Wandschirm vor Sylirya. »Ich sehe nach, wer da ist.« Er geht um den inneren Wandschirm herum, öffnet die Tür und späht durch den Sichtschlitz des äußeren Wandschirms.

Draußen steht jemand in der Uniform eines Lanzenkämpfers, es ist Dettaur'alt. Er ist größer geworden, breiter, und sein Gesichtsausdruck ist härter, doch noch immer wirkt er wie ein Schulhofraufbold.

Lorn tritt hinter dem Schirm hervor. »Dettaur! Was für eine Überraschung!«

Die drei silbernen Streifen des Sub-Majors glitzern auf dem Kragen von Dettaurs beige-grüner Uniform, als er den Kopf verneigt. »Ich habe gehofft, ein paar Worte mit deiner Schwester Jerial wechseln zu können, um ihr für ihre herausragenden Heilkünste zu danken.«

Lorn bittet ihn herein. »Sie ist oben. Bitte, komm doch herein.« Bei einem Blick auf den Hafen entdeckt er die dünne Rauchsäule, die noch immer in den Himmel steigt, bevor sie sich mit dem Grau der hohen Wolken vereinigt.

»Danke.« Dettaur'alt verneigt sich erneut, bevor er das Haus betritt.

Die zwei Lanzenkämpfer gehen die Treppe hinauf, Lorn hält sich einen halben Schritt hinter Dettaur.

Als Dettaur den Wohnraum im zweiten Stock betritt, verbeugt er sich sogleich vor Jerial, die neben einem der gepolsterten Lehnstühle steht. »Verehrte Heilerin, ich möchte meinen Dank überbringen für Eure Hilfe heute Nachmittag. Einige der Marinelanzenkämpfer werden wahrscheinlich nur dank Eurer Hilfe überleben, einer von ihnen ist der Bruder des Gemahls meiner Base.«

»Danke.« Jerial bietet dem Lanzenkämpfer einen Sitzplatz an und lässt sich selbst auch wieder nieder.

Dettaur entscheidet sich für den Lehnstuhl aus Weißeiche ihr gegenüber. Lorn setzt sich auf den anderen hölzernen Lehnstuhl rechts von Dettaur.

»Ich habe gehört, dass Ihr sehr vielen Verletzten geholfen habt«, fährt Dettaur fort.

»Deshalb gibt es die Heiler, Ser. Um zu heilen. Es freut mich, dass unsere Bemühungen auch Euch und Eurer Familie zugute kommen konnten.«

»Sehr zugute«, meint Dettaur, »und nicht nur meinen Anverwandten.«

Ein Lächeln huscht über Lorns Lippen, verschwindet jedoch sofort wieder, als der höherrangige Lanzenkämpfer sich an ihn wendet.

»Ich wusste gar nicht, dass du Heimaturlaub hast, Lorn«, sagt Dettaur mit seiner tiefen, lauten Baritonstimme, die aus dem hintersten Winkel seines Rachens zu kommen scheint.

Lorn beantwortet die Lüge mit einem Lächeln. »Selbst ein Hauptmann, der in Isahl gedient hat, genießt alle paar Jahre das Privileg eines Heimaturlaubs.« Dann fragt er: »Bist du hier stationiert? Oder hast auch du Heimaturlaub?«

Dettaur passt offenbar der vertraute Ton nicht, in dem Lorn mit ihm spricht, und seine Augen prüfen die Streifen auf dem Kragen des jungen Hauptmanns. »Ich habe das Glück, befördert worden zu sein, und das erfordert einen Dienstortwechsel. Die Annehmlichkeiten eines Urlaubs gehen damit einher.« Ein falsches Lächeln verzieht ihm die Lippen. »Und du?«

»Nur ein Dienstortwechsel. Die Beförderung liegt schon ein paar Jahre zurück.«

»Wir haben Euch lange nicht gesehen«, bemerkt Jerial mit einem offenbar ehrlich gemeinten Lächeln. »Es gibt doch bestimmt einen Grund, warum Ihr gerade heute kommt.«

»Genau genommen gibt es zwei Gründe: erstens wegen Eurer guten Arbeit in der Lanzenkämpfer-Krankenstation und zweitens wegen Eures Bruders. Ich habe gesehen, wie er sich … abgemüht hat beim Training und seine Gegenwart hat mich an Euer zauberhaftes Wesen erinnert.«

»Ich muss zugeben, dass ich mich wirklich bemüht habe«, gesteht Lorn gut gelaunt. »Ich werde noch viele meiner verbleibenden Urlaubstage damit verbringen müssen, meine Fähigkeiten zu verbessern. Ich habe dein Können bemerkt, Dettaur, du hast dich um einiges verbessert, seit wir das letzte Mal zusammen trainiert haben.«

»Ich bedauere, dass wir nicht die Gelegenheit haben werden, uns zu messen … diesmal.« Dettaur lächelt.

»Vielleicht ein andermal.« Auch Lorn lächelt.

»Werden wir Euch bald wieder einmal sehen?«, fragt Jerial höflichkeitshalber.

»Leider nein, verehrte Heilerin«, sagt Dettaur, »wäre ich nicht heute gekommen, durch Euren Bruder an Euch erinnert, hätte ich überhaupt nicht kommen können. Ich werde übermorgen nach Assyadt abreisen und dort den Posten des stellvertretenden Befehlshabers übernehmen.« Dettaurs Lächeln ist gleichzeitig an Lorn und an Jerial gerichtet.

»Ich wünsche dir alles Gute«, sagt Lorn. »Assyadt wird von den Jeranyi bevorzugt angegriffen.«

»Das wird sich ändern, wenn ich dort bin«, verspricht Dettaur.

»Ich bin sicher, sie werden Eure Anwesenheit dort zu spüren bekommen«, stimmt Jerial zu. »Das habt Ihr schon vielerorts bewiesen.«

»Und über einen langen Zeitraum hinweg«, fügt Lorn hinzu.

Dettaur wird rot. »Für einen Hauptmann, Lorn, bist du ganz schön …«

»Aufsässig?« Lorn schüttelt den Kopf. »Du hast immer das erreicht, was du wolltest. Und das schon seit Jahren. Man kann es wohl kaum als aufsässig bezeichnen, wenn ich nur von Tatsachen spreche.« Lorns Mund formt ein kaum wahrnehmbares Lächeln. »Unklug, vielleicht, aber nicht aufsässig, Major Dettaur.«

»Unklug. Das gefällt mir.« Dettaur verneigt den Kopf vor Jerial und erhebt sich. »Mit Eurer Erlaubnis, Heilerin, werde ich Euch wieder besuchen, aber es wird erst in einer Jahreszeit oder auch später sein.«

»Sicher werde ich noch einige Zeit hier verbringen, Major.« Jerials Lächeln wirkt einstudiert, so würde sie wahrscheinlich auch einen schwierigen Patienten anlächeln. Sie nickt kurz. »Bis dann.«

»Ich sehe diesem Tag mit Freude entgegen, verehrte Heilerin.« Dettaur lächelt triumphierend, wenngleich seine Stimme gleichmütig bleibt, und er verbeugt sich tiefer als notwendig vor Jerial.

Lorn bringt seinen früheren Schulkameraden und nun höherrangigen Lanzenkämpfer hinunter zur Tür.

Dort verneigt Dettaur kaum merklich den Kopf. »Deine Schwester ist sehr freundlich, anziehend und begabt. Es wäre eine Schande, würde sie sich nicht vermählen.«

»Diese Entscheidung liegt ganz bei ihr.«

»Vielleicht kann ich ihre Meinung ändern.«

»Vielleicht.«

»Oder deine, Hauptmann Lorn. Geliendra ist eine größere Herausforderung als die Barbaren.«

»Ich weiß deinen Rat zu schätzen, Sub-Major Dettaur.« Lorn verbeugt sich respektvoll.

Dettaurs Augen funkeln zwar, aber die Verbeugung erwidert er. »Überbringe deiner Schwester meine Grüße.«

»Das werde ich.«

Hölzern wendet sich Dettaur zum Gehen.

Lorn wartet, bis der Sub-Major die Treppe zur Straße des Fortwährenden Lichts hinuntergestiegen ist, bevor er wieder ins Haus geht. Eilig läuft er hinauf in den zweiten Stock.

»Dettaur hat mich gebeten, dir seine Grüße zu überbringen.«

»Du weißt, was er andeuten wollte?«, fragt Jerial, die noch immer im Lehnstuhl sitzt, als Lorn in den Wohnraum zurückkommt.

Lorn nickt. Dettaurs Absicht ist klar: Jerial wird nur noch so lange zu den Magi'i gehören, wie Kien'elth am Leben ist, da Lorn der älteste männliche Nachkomme ist und nun zu den Lanzenkämpfern gehört. Es sei denn, Lorn stirbt vor seinem Vater, dann würde Vernt zum Erben.

»Er hat deine Fähigkeiten beleidigt und doch bist du ziemlich sanft mit ihm umgegangen.«

»Ich habe den Säbel in der linken Hand gehalten und er hat es nicht bemerkt.« Lorn lacht. »Ich fürchte, er wird auch in Zukunft so unachtsam bleiben.«

»Mit der linken Hand? Warum?«

»Vielleicht wird es mir eines Tages nützlich sein. Im Kampf greifen die Barbaren – oder auch andere – nicht immer von der Seite an, auf der man sich am besten verteidigen kann.«

»Wie lange kämpfst du schon mit beiden Händen?«

»Vielleicht zwei Jahre.« Lorn verstummt, als ihre Mutter die Eingangshalle des zweiten Stocks betritt.

»War das nicht eben der junge Dettaur?«

»Ja, das war er«, antwortet Jerial.

Nyryahs Blick wandert von Jerial zu Lorn. »Es wundert mich, dass er uns besucht ...«

»Mich nicht«, wirft Jerial ein.

»Du bist Heilerin. Er macht sich vielleicht Hoffnungen, aber du stehst ganz klar über ihm. Er ist schließlich Lanzenkämpfer«, meint die Mutter.

»Das bin ich auch«, bemerkt Lorn.

»Notgedrungen, aber nicht weil du zu wenig intelligent oder unfähig für einen anderen Beruf wärst.« Nyryah schüttelt den Kopf. »Ich glaube, ich sollte so etwas gar nicht sagen, aber in diesen Tagen hat es keinen Sinn mehr, so übertrieben vorsichtig zu sein.«

Lorn verharrt in einem Stirnrunzeln und bündelt seine Sinne auf die Mutter. Er findet weder das Chaos einer Krankheit noch die Dunkelheit der tödlichen Ordnung, nicht einmal eine kleine Spur davon. Dennoch stimmt irgendetwas nicht mit ihr ... er kann es jedoch nicht genau erkennen, geschweige denn beschreiben.

»... habe diesen jungen Mann noch nie gemocht, selbst damals nicht, als er mit dir in der Schule war, Lorn. Er war nicht in deiner Stufe.«

»Er ist zwei Jahre älter als ich und war immer eine Stufe vor mir«, antwortet Lorn.

»Es gab damals ein ziemliches Gerede, als er sich den Finger beim Korfalspiel brach. Natürlich nur unter den Heilern.« Nyryahs Augen funkeln ein ganz klein wenig. »An der Schule hat es niemand herausgefunden, ihnen ist nicht aufgefallen, was ein Heiler sehr wohl bemerkt, nämlich dass jeder Mensch sein ganz persönliches Chaos-Muster besitzt, so verschieden wie die Augen oder die Wirbel auf jedem Finger. Manchmal bleibt dieses Muster nach einem Kampf zurück. Ein Magier kann sein Chaos-Muster selbst verändern, aber die meisten denken nicht daran.« Sie lächelt ihre Kinder an. »Aber es ist dumm von mir, so alte Geschichten wieder hervorzukramen.«

Wieder kann Lorn nur nicken; er muss akzeptieren, was er nicht bestätigen kann, nicht in Cyad, nicht wenn man ständig und überall in die Fänge eines Chaos-Glases geraten kann.

Zwei Treppen unter ihnen geht die Vordertür auf und Kien'elth betritt die Eingangshalle. Er quält sich die Stufen herauf, sein Atem geht schwer. Die drei warten, bis er sich zu ihnen gesellt hat.

Wie Jerial vorhin bewegt auch er sich langsam, sein Gesicht wirkt blass und abgespannt und er keucht heftig, als er den zweiten Stock erreicht. »Wo bist du heute gewesen?« Kien'elth blickt seinen ältesten Sohn prüfend an.

»Ich habe Tyrsal im Viertel abgeholt. Wir waren dann in einem kleinen Kaffeehaus außerhalb des Viertels, um etwas zu essen. Dann ging ich ins Übungsgebäude im Lanzenkämpferviertel und habe den ganzen Nachmittag trainiert.«

Kien'elth nickt. »Ich habe zwar nichts anderes vermutet, aber ich wollte mich doch vergewissern.«

»Die Chaos-Explosion?«

»Du weißt davon?«

»Jerial hat mir davon erzählt.« Lorn runzelt die Stirn. »Die Explosion kann nicht so arg gewesen sein. Ich habe nichts davon gespürt.«

»Sie war nicht sehr groß. Eine einzige Zelle in einer der Feuerkanonen war defekt. Aber das Schiff hatte unter anderem Lampenöl geladen und ein Bruchstück von dem heißen Metall der Kanone traf auf die Fässer.« Kien'elth deutet ungefähr in die Richtung des Hafens. »Hast du den Rauch nicht gesehen?«

»Ich hätte ihn wohl sehen müssen, aber ...«, Lorn errötet, »ich war so mit meiner Kampftechnik beschäftigt, dass ich ständig nur daran gedacht habe, was ich noch alles üben muss.«

Jerial zieht die Augenbrauen hoch und enthält sich eines Kommentars darüber, welcher Natur die Übung ihres Bruders wohl war; stattdessen berichtet sie: »Dettaur ist gerade wieder gegangen, er hat Lorn zufällig im Übungsgebäude gesehen. Er hat natürlich erst danach herausgefunden, dass ich einen entfernten Verwandten von ihm gerettet habe.«

»Dettaur'alt ist ein geachteter Schützling des Hauptmann-Kommandanten Luss'alt, Jerial. Man sollte ihm den entsprechenden Respekt entgegenbringen.«

»Ich habe mich durchaus respektvoll betragen, Vater, und ihm sogar vorgeschlagen, dass er uns doch wieder einmal besuchen soll während seines nächsten Urlaubs.«

»Sehr klug von dir.« Kien'elth atmet tief ein und lässt sich auf den Stuhl fallen, auf dem kurz zuvor noch Dettaur gesessen hat.

»Geht es dir gut, mein Lieber?« Nyryah eilt an die Seite ihres Gemahls, sie berührt besorgt seine Stirn. Dann huscht ein erleichtertes Lächeln über ihr Gesicht.

Jerial und Lorn sehen sich fragend an, Lorn spürt, dass seine Eltern etwas austauschen. Ein nur angedeutetes Kopfschütteln der jungen Heilerin ist für Lorn Grund genug, sich nicht einzumischen.

»Es geht mir schon besser«, behauptet Kien. »Ich muss mich nur hinsetzen. Wir mussten Ersatzzellen auf die *Ozeanflamme* schicken und hatten nicht genug junge Magier zur Verfügung.«

»Dann hast du dich ins Zeug gelegt, als wärst du zwanzig Jahre jünger, stimmt's?« Nyryah hebt die Augenbrauen.

»Was hätte ich denn sonst tun sollen? Wenn alle Zellen entladen sind … es hätte den Turm des Schiffes kosten können … und wir hätten ein weiteres Feuerschiff verloren.« Kien fuchtelt mit den Händen in der Luft herum. »Was hätte ich tun sollen?«

»Du hast genau das Richtige getan«, meint Nyryah beschwichtigend. »Nur hättest du nicht die Treppen heraufstürmen sollen wie ein junger Stier, als du nach Hause kamst.«

»Frauen …«, brummt Kien.

Lorn und Jerial lachen laut heraus. Nyryah lächelt nachsichtig.

LII

Mit der blauen Kleidung eines Buchhalters unter einem grauen, wasserdichten Umhang wandert Lorn den schmalen Weg entlang, der gut eine halbe Meile südwestlich der Hafenmauer verläuft. Ein Nebel, der beinahe schon an Nieselregen grenzt, überzieht die Weiße Stadt Cyad und färbt sie fast grau. Wie immer bei Regen, beschert auch dieses Wetter Lorn ein leichtes, nagendes Kopfweh. In dem langen Bündel, das ebenso in grauen Stoff gepackt ist und zusätzlich noch in geöltes Leder, steckt ein Säbel, allerdings kein Säbel wie ihn die Spiegellanzenkämpfer für gewöhnlich tragen.

Schließlich entdeckt Lorn das schimmernde, ovale Schild über der Werkstatt der Cupritschmiede, das durch den nebligen Regen leuchtet. Unter dem Dachvorsprung angekommen, der eine kleine Veranda entstehen lässt, streift er sich die Stiefel auf der Pferdehaarmatte ab und öffnet die Tür. Drinnen erwartet ihn so etwas wie ein kleiner Flur, in dem eine halbe Tür den Zugang zur hinteren Werkstatt versperrt. Hinter der Tür erspäht Lorn Chaos-Zellen, Tauchbecken und auch die spezielle Esse. Ein Hammerschlag dröhnt durch das Gebäude.

Die beißende Luft reizt Lorns Nase, der bittere Geruch kratzt auch in Hals und Rachen. Mit tränenden Augen öffnet er den Umhang so weit, dass das Blau darunter zum Vorschein kommt. Er tritt an die Halbtür, an der man waagerecht ein glattes Brett mit der Breite der Tür montiert hat, um eine kleine Theke zu erhalten.

Lorn weiß nicht genau, wie lange er wartet, aber es dauert eine ganze Weile, bis ein stämmiger Mann, noch ziemlich jung, seinen Arbeitsplatz an einem der Tauchbecken verlässt und sich zur Tür bemüht.

Lorn verneigt den Kopf vor dem Gesellen, als dieser vor ihm steht.

»Ja, Oberbuchhalter?« Der Geselle wartet auf Lorns Antwort.

Lorn holt die gestohlene Plakette des Hauses Dyjani heraus. Ryalth hat nicht gefragt, wozu er sie braucht, aber es hat ihre Helfer fast zwei Achttage gekostet, sie zu beschaffen; länger als Lorn geplant hat, aber doch noch rechtzeitig, so hofft er. »Wir haben einen … besonderen Auftrag … von einem ausländischen Händler.«

Der Geselle betrachtet die Plakette und zieht verwundert die Augenbrauen hoch, als Lorn den Säbel samt Scheide auspackt, der nur etwas mehr gekrümmt ist als eine Lanzenkämpferklinge, aber ganz klar erkennen lässt, das es sich nicht um eine Waffe aus Cyad handelt. Er verliert kein Wort über die geschärfte Spitze. »Ja?«

»Der Handelsmeister hat gehört, dass ihr dieses Schwert mit einer dünnen Schicht aus bestem Cupridium überziehen könntet, sodass ein Meisterhändler aus Brysta die Waffe in Cyad tragen kann und sie auch noch ihren Zweck erfüllt.« Lorn pendelt seine Stimme gezielt ein, sodass sie mehr als besorgt klingt und gerade noch nicht flehend.

Der Geselle runzelt die Stirn. »Das … das muss Meister Wanyi entscheiden.«

»So soll es sein. Wir können nur anfragen«, sagt Lorn mit der höflichen Stimme eines Buchhalters.

Lorn wartet. Der Geselle zieht sich ein Paar schwere Lederhandschuhe an, bevor er die dunkle, geordnete Eisenklinge nimmt und sie in die Werkstatt zu dem weißhaarigen Mann trägt, der schließlich von seiner Chaos-glänzenden Schmiedearbeit aufblickt. Der Geselle hat auch die Plakette mitgenommen, die er dem Meister noch vor dem Säbel zeigt.

Es dauert eine Weile und der junge Cupritschmied kommt zurück – ohne die Klinge. Die Plakette gibt er Lorn zurück. »Für das Haus Dyjani werden wir das machen, aber es kostet fünf Goldstücke. Und eine Vertrauensgebühr von fünf weiteren Goldstücken.«

»Dem hohen Handelsmeister ist es das wert.« Lorn hat schon mit solch einer Summe gerechnet, obwohl ihn dieser Betrag beinahe in den Ruin treibt. Nur noch einige wenige Goldstücke verbleiben ihm in seiner Börse. Beides zusammen, die Plakette und die Gebühr – der gesamte Jahreslohn eines Lanzenkämpferhauptmanns – werden verlangt, damit das Cupridium nicht in die Hände der einfachen Leute gelangt. Nur die Spiegellanzenkämpfer und Reichen sollen es tragen. »Ich zahle gleich die Hälfte an, die andere Hälfte bringe ich mit, wenn ich die Waffe abhole.«

»Einverstanden.«

Lorn legt die Goldstücke auf die Theke und erhält dafür eine Marke.

»In drei Tagen wird die Klinge fertig sein.«

»Danke.« Lorn verneigt den Kopf. »Ich werde es dem Handelsmeister ausrichten und in drei Tagen wiederkommen.« Er dreht sich um und knöpft den Umhang zu, bevor er die Werkstatt verlässt.

Draußen hat sich der Nebel in gefrierenden Regen verwandelt, der so heftig vom Westmeer herübergepeitscht wird, dass es beinahe weh tut, wenn die Tropfen auf die ungeschützte Gesichtshaut trèffen. Doch nach der schlechten Luft und dem Chaos-Nebel in der Cupritschmiede tut der Eisregen Lorn richtig gut, während er bedächtig nach Osten wandert. Dieser Regen dürfte alle Magier davon abhalten, seinen Weg zu verfolgen, obwohl natürlich nichts Verbotenes darin liegt, einen geordneten Eisensäbel beschichten zu lassen. Es ist zwar teuer und die Schmiede wundern sich, das ja …

aber Lorn benötigt die Waffe aus mehr als nur einem Grund.

Der Lanzenkämpferhauptmann schüttelt den Kopf und macht sich auf den Weg zurück in den Hafen. Er schaut kurz im Haus seiner Eltern vorbei, aber nur um die blauen Buchhalterkleider gegen die Arbeitsuniform der Lanzenkämpfer auszutauschen, denn er hat vor, seiner Schwester Myryan noch einen Besuch abzustatten. Als er den Dreiundzwanzigsten Weg erreicht, hat sich der Eisregen bereits in Schneeregen verwandelt und prallt von Umhang und Gesicht ab. Die Lanzenkämpferkappe ist klatschnass, genau wie sein Haar, und das Wasser läuft ihm in kalten Bächen den Rücken hinunter.

Myryan muss ihn beobachtet haben, denn sie öffnet die Tür, bevor er läuten kann, und winkt ihn ins Haus. »Du bist ja völlig durchnässt, Lorn. Wie lange bist du denn schon unterwegs? Ciesrt ist erst vorhin gegangen. Du weißt doch, dass du bei so einem Wetter nicht kommen musst.« Abwesend streicht sie sich eine dicke, schwarze Haarsträhne aus dem Gesicht.

Lorn befreit sich aus dem Umhang und versucht, den glänzenden Fliesenfußboden im Flur nicht zu schmutzig und nass zu machen. »Ach, ich muss nicht? Wie viele Tage bleiben mir denn noch, bevor ich meinen Dienst wieder antrete?«

»Weniger als vierzehn Tage«, gibt sie zu. »Wenn ich richtig gezählt habe.«

Er grinst. »Also muss ich doch herkommen.«

Sie verzieht das Gesicht. »Du kommst doch nicht ohne Grund.«

»Ich bin nur durch Eisregen und Schnee gelaufen …«

Das Stirnrunzeln verschwindet. »Vielleicht doch. Komm in die Küche. Ich habe Brot gebacken heute Morgen – mit Käse darin.« Sie geht voraus.

»Das wäre lecker.« Lorn fühlt, wie ihm das Wasser im Mund zusammenläuft, als er Myryan folgt.

LIII

Der *Silberkelch* ist in einem zweistöckigen Haus untergebracht, das sich im Schatten des zweiten Lagerhauses des Spuryl-Klans versteckt und etwa hundert Ellen hinter dem Zweiten Hafenweg West in einer namenlosen engen Gasse steht, die zwischen der Straße des Fortwährenden Lichts und der Straße des Lauteren Handels verläuft. Hinter den zwei Torbögen, die einen kleinen Säulengang formen, stehen die beiden alten Doppeltüren zum *Silberkelch* offen.

Lorn schreitet durch die rechte Doppeltür, wobei er sich bemüht, nicht zu steif zu gehen, denn der Säbel steckt unter der Hose im Stiefel. Er wünschte, er hätte den brystanischen Säbel dabei, doch dieser wird erst in zwei Tagen fertig sein. Wenn er jedoch vorsichtig ist, wird niemand den Unterschied bemerken. Den Dyjani-Dolch hat er sorgsam hinter dem breiten blauen Ledergürtel versteckt.

Der geflieste Eingangsbereich bietet drei Torbögen zur Auswahl. Hinter dem mittleren Bogen halten sich die meisten Gäste im *Silberkelch* auf: Kaufleute und Händler in blauer Kleidung, ausschließlich Männer. Links befindet sich ein fast leerer Raum, nur ein bärtiger Händler mittleren Alters sitzt dort mit einer Frau, die ebenfalls Blau trägt, vielleicht seine Gemahlin oder Base.

Der muskulöse Wächter mit dem Schlagstock in der Hand deutet nur mit dem Kopf nach rechts und kümmert sich nicht weiter um Lorn. Lorn betrachtet zuerst prüfend den beinahe leeren Seitenraum, wo drei junge Buchhalter an einem Tisch in der Mitte sitzen und ein grauhaariger Buchhalter und eine Frau in Gelb in einer Ecke. Dann bewegt er sich langsam auf einen Zweiertisch gleich hinter dem Bogen zu, der so steht, dass sein

Gesicht vom gedämpften Licht der Öllampen unbehelligt bleibt und von wo aus er die Händler in dem großen mittleren Raum und die Neuankömmlinge im Flur beobachten kann.

Die Schankmaid – in grauer statt wie sonst üblich in gelber Kleidung und bestimmt nicht einmal so alt wie Myryan – blickt auf ihn herab. »Dasselbe wie gestern Abend?«

Lorn nickt und sie wendet sich ab. Niemand, auf den auch nur annähernd Shevelts Beschreibung passt, befindet sich in der Schenke. Genauso ist es Lorn bei seinen letzten zehn Besuchen ergangen, die er dem *Kelch* während der vergangenen zwei Achttage abstattete. Seine anderen Untersuchungen und Beobachtungen haben glücklicherweise mehr Früchte getragen.

Eine Frau, die das gelbe Kleid einer Unterhaltungskünstlerin trägt, springt plötzlich auf und rafft das zerrissene Kleid über ihrer Brust, anschließend schüttet sie dem Mann an ihrem Tisch den Inhalt ihres Humpens ins Gesicht. Der Mann springt auf, setzt sich jedoch sogleich wieder, als der Hüne vom Eingang sich mit dem Schlagstock – nahezu fünf Ellen schweigsame Muskeln – vor ihm aufbaut.

Lautes Gelächter dröhnt aus dem Mittelraum und der Händler setzt sich kleinlaut wieder hin.

»... hat's dir gezeigt, was, Fysl, ... Wosyl bekommt ein Silberstück für ihr Kleid und noch mehr, wenn du nicht auf deine Börse aufpasst.«

Die Schankmaid kommt zurück zu Lorn, der sich zurücklehnt und zusieht, wie sie das Kelchglas mit einem dumpfen Schlag auf den Tisch stellt. Er drückt ihr drei Kupferstücke in die Hand, worauf sie lächelnd an ihre Arbeit zurückgeht.

Lorn hebt den Kelch an die Lippen, doch er nippt nur an dem billigen roten Gesöff, das hier als Tafelwein verkauft wird. Seine Augen erblicken einen weiteren Händler im Flur, aber der Mann ist sehr schlank und steuert zielsicher nach links, wo er sich zu dem wartenden Pärchen setzt.

»He, du ... dich hab ich doch schon mal gesehen ... du bist doch der zweite Buchhalter von dem roten Miststück«, ruft der braunhaarige, rundgesichtige Buchhalter vom anderen Tisch.

»Ryalor, meinst du?«

»Ryalor, genau. Glaubst du, dass es da wirklich noch einen Mann im Haus gibt?« Das Mondgesicht lacht. »Sie und zwei Buchhalter – sonst bekommt man niemanden zu sehen.«

»Und was ist mit all den Händlern, Bercatl?«, fragt der Mann, der links von dem Rundgesicht sitzt. »Viele sogar, sie würden nicht handeln, wenn kein Geld da wäre.«

Lorn zuckt die Schultern und wartet, bis die Männer am anderen Tisch sich beruhigt haben. »Habe ihren Partner nur einmal gesehen. Er spricht nicht viel, aber sie hört auf ihn. Viel mehr weiß ich auch nicht.«

Der rundgesichtige Buchhalter fragt: »Ist das dein Ernst?«

Lorn nickt. »Er hat gesagt, dass ich nichts verraten soll, aber es kann ja nicht schaden, wenn die Leute wissen, dass es ihn wirklich gibt. Er ist sehr viel unterwegs.«

Die anderen beiden nicken ihrem Gefährten zu. »Siehst du. Hab's dir doch gesagt, Bercatl. Deshalb sind sie so gut im Geschäft. Sie ist hier in Sicherheit und er kümmert sich um die Geschäfte mit den Außenhäfen.«

»... kann doch nicht ...«

»... Eileyt behauptet auch, dass das Haus größer ist, als alle ahnen ...«

»... weil er für sie arbeitet ...«

»Wer sonst könnte es wissen?«

Lorn blickt an den dreien vorbei, bis diese langsam wieder in Schweigen versinken. Ein zweites Mal fällt Lorns Blick auf den Torbogen und auf die älteren Händler im Mittelraum.

Nach einer unbehaglichen Schweigeminute nehmen die Buchhalter das Gespräch wieder auf.

»… Hamoraner würden nicht fair handeln, gäbe es die Feuerschiffe nicht …«

»… ziemlich fair … die Münzen sprechen für sich.«

Nach einer Weile steht Lorn auf, lässt einen Kupferling neben dem Kelchglas liegen und nickt den Buchhaltern zu, als er sich aufmacht, den *Silberkelch* zu verlassen. Einige geflüsterte Worte folgen ihm.

»… mehr als ein Buchhalter. Geht wie ein Verbrecher …«

»Er sucht jemanden …«

»… möchte nicht der sein, den er vielleicht findet.«

»Möchte auch nicht in seiner Haut stecken, wenn er findet, was er sucht …«

»Für so ein kleines Haus … haben sie schon ein paar unheimliche Gestalten dort …«

Lorn hofft, dass sie auch weiterhin so denken, und verlässt den *Silberkelch*.

Er geht zum Haus seiner Eltern, schleicht sich jedoch nur in den unteren Garten, um den Säbel und den goldenen Dolch zu verstecken, bevor er zurückeilt auf die Straße des Fortwährenden Lichts und von dort hinunter zu Ryalths Wohnung. Der westliche Himmel leuchtet noch immer grünlich rot, als er das Haus der Händlerin erreicht und die kleine Glocke läutet.

Ryalth bemüht den Sichtschlitz nicht, sie öffnet einfach die Tür und nimmt seine Hand. »Du bist spät heute Abend.«

Lorn lächelt verlegen. »Vater ist nicht mehr der Alte seit der Explosion auf der *Ozeanflamme*. Ich bin noch etwas geblieben und habe mich mit ihm unterhalten. Er hat sich beschwert, dass ich so wenig zu Hause bin.« Alles, was Lorn erzählt, entspricht zwar der Wahrheit, aber er ist sich durchaus bewusst, wie gefährlich nahe den Fingern die Klinge kommt, die er gerade schärft; besonders da Ryalth viel feinfühliger ist als die meisten Händler.

Sie schließt die Tür und zusammen gehen sie zum Tisch. »Ich habe Emburhka gekocht. Sie ist noch warm.«

»Danke. Die wird mir jetzt gut tun.« Er lächelt und setzt sich. »Ich wäre wirklich gern früher gekommen. Ehrlich.«

»Das weiß ich.« Sie erwidert das Lächeln. »Manchmal kann ich spüren, was du fühlst.« Sie hält inne und das Lächeln verschwindet. »Und manchmal kommt es mir vor, als würdest du eine Wand aufstellen, damit ich nichts sehen kann.« Sie füllt sein Kelchglas mit einem bernsteinfarbenen Wein. »Probier den.«

»Reine Gewohnheit ... wenn du im Viertel der Magi'i aufwächst ... versuchst du, so viel wie möglich zu verbergen. Die Leute wissen ohnehin zu viel und finden viel zu viel heraus.« Er nimmt das Kelchglas, riecht daran und lächelt. »Alafraan! Woher hast du ihn?« Das Lächeln verschwindet. »Du hast doch hoffentlich nicht ein Vermögen dafür ausgegeben, oder?«

Sie schüttelt den Kopf und ihre Augen glänzen. »Lass ihn dir munden. Es gibt hier nicht einmal einen annähernd so großen Markt, wie du vielleicht vermutest.«

Lorn nimmt einen kleinen Schluck und genießt diese Mischung aus verschiedenen Wohlgerüchen und den klaren Geschmack, der einem den Frühling und den Herbst gleichzeitig ins Gedächtnis ruft.

Ryalth folgt seinem Beispiel. »Ohne dich hätte ich von diesem Wein niemals erfahren. Ich denke, wir könnten auch damit ein paar Münzen verdienen.«

»Aha? Und wie?«

»Für die Magi'i ist er zu gut ...«

Lorn runzelt die Stirn.

»... für die Lanzenkämpfer zu teuer und für die Händler zu vornehm.«

»Dann gibt es wohl niemanden, der ihn sich leisten kann unter denjenigen, denen er schmecken würde«, sagt Lorn. »Ich bin nicht sicher, ob ich dich verstanden habe.«

»Die Magier hätten zwar die Goldstücke, werden aber von zu viel Chaos umgeben, was wiederum das Bukett zerstört. Das hat Esydet zumindest behauptet.«

»Was führst du also im Schilde?«

»Den Wein mit einem Küstenschiff nach Lydiar schicken. Die Lydier werden ihn sich leisten; wahrscheinlich können wir drei gute Frachten verkaufen, zwei, wenn wir Pech haben, bevor die großen Häuser das Geschäft wittern.«

»Aha … und nach zwei Ladungen gehst du zu ihnen und fragst, ob sie Anteile kaufen wollen, große Anteile, als Geldanlage.«

»Ich wollte bis jetzt nicht, dass die größeren Häuser zu viel über uns wissen …«

»Es wird ohnehin schon geredet«, weicht Lorn aus. »Lass sie ruhig denken, du seist die Fassade für jemand anderen.«

»Das ist gefährlich … besonders weil Shevelt mich unter Druck setzt.«

»Ich weiß.« Lorn seufzt. »Ich weiß. Vielleicht können wir in den nächsten Tagen einmal an etwas anderes denken. Auf alle Fälle kannst du mit dem Alafraan noch ein paar Goldstücke mehr verdienen, bevor … tja … was auch immer …« Er lacht bitter. »Ist das das Leben? Das Beste daraus machen, bevor … was auch immer?« Seine Gedanken wandern zu Jerial, Myryan und seinen Eltern.

»Du siehst so traurig aus.« Ryalth schöpft etwas von der Emburhka auf Lorns Teller und stellt den kleinen Brotkorb auf den Tisch.

»Ich habe gerade über meine Eltern nachgedacht.«

»Du kannst nicht alle glücklich machen, Lorn. Du kannst nicht nur für sie allein leben.«

Er seufzt erneut und fühlt sich auch so, wie sich dieser Laut anhört. »Ich weiß. Das will ich ja auch gar nicht. Das weißt du. Aber … ich glaube, Vater wird nicht mehr lange leben. Mutter hält zwar das Alters-Chaos in Schach, sie ist Heilerin, aber …«

»Sie werden beide zur gleichen Zeit sterben, meinst du?«

»Das weiß ich nicht. Solange der Körper im Gleichgewicht bleibt, kann man viel ausgleichende Ordnungs-Chaos-Kraft geben.«

»Aber will sie das überhaupt?«, fragt Ryalth mit weicher Stimme.

»Das weiß ich auch nicht.« Lorn schnaubt. »Es gibt so vieles, was ich nicht weiß.«

»So geht es uns doch allen.«

Lorn nickt und lächelt in ihre warmen Augen; er hebt das Kelchglas hoch.

Sie erhebt ihres ebenso.

LIV

Der Magier in schimmerndem Weiß mit der versilberten Cupridiumnadel am Kragen, die nur von den drei höchsten Oberlektoren getragen wird, steht neben dem Hauptmann-Kommandanten der Spiegellanzenkämpfer in einer Nische, etwa zwanzig Ellen von den dreistöckigen Türen entfernt, die in die Große Halle führen – den Großen Audienzsaal im Palast des Lichts. Die glatten, weißen Bodenfliesen spiegeln die zwei Gestalten fast ohne Zittern wider und stellen Luss'alt und Kharl'elth fast so deutlich dar, wie es ein Glas täte.

Sogar Kharls rote Haare und Luss' buschige, schwarze Augenbrauen büßen in den Spiegelbildern nichts von ihren kräftigen Farben ein. Die Mauern des Palastes schützen die zwei Männer vor der kalten Brise, die von Norden her weht und kleine weiße Schaumkronen auf das Wasser im Hafen zaubert und größere auf das Westmeer weiter draußen.

»Ich gehe davon aus«, beginnt Kharl, »dass Ihr mit

dem Major-Kommandanten über die Verstärkung der Spiegelinfanterie-Truppen gesprochen habt?«

»Warum sollten die Spiegellanzenkämpfer so etwas erwägen?« Luss'alt legt die Stirn in Falten. »Gibt es neben dem Marine- und Wachdienst eine weitere Verwendung für diese Truppen?«

»Nicht direkt, würde ich sagen«, antwortet Kharl. »Obwohl …« Er schüttelt den Kopf und lächelt entschuldigend.

»Wenn Ihr wollt, dass ich eine Frage stelle, geschätzter Zweiter Magier, dann müsst Ihr mir einen Hinweis zum Inhalt dieser Frage geben, die ich stellen soll. Raten werde ich nämlich nicht.«

»Entschuldigt, Hauptmann-Kommandant.« Kharl lächelt weiter. »Einige Gewohnheiten verschwinden mit den zunehmenden Problemen.« Er zuckt die Schultern. »Man sollte nicht zu deutlich sprechen im Viertel der Magi'i.«

»Ihr drückt Euch nie sonderlich deutlich aus, verehrter Zweiter Magier.« Luss' raue, aber herzliche Stimme birgt eine Spur von Belustigung. »Aber wenn Ihr Euch dazu durchringen könntet, würde ich eine kleine Hilfestellung nicht abweisen.«

»Aha, ja, eine kleine Hilfestellung.« Kharl schürzt übertrieben die Lippen und seine grünen Augen sprühen nur so vor Amüsement, was ihn jung wirken lässt.

Luss nickt, um ihn weiter zu ermutigen.

»Gab es nicht ein Feuer auf der *Ozeanflamme* vor einem Achttag?«

»Das stimmt.« Luss wartet und will damit zum Ausdruck bringen, dass er noch immer nicht gewillt ist zu raten.

»Und es wurde, wie Ihr vielleicht zufällig gehört habt, durch eine Schwachstelle in der Sperre in einer der Chaos-Zellen verursacht, die die Feuerkanonen zünden.«

»So hat man es mir erklärt.«

»Ihr wisst, dass Salzwasser das Metall schwächt, und die Grundordnung des Meeres steht in ständigem Widerspruch zur Chaos-Verstärkung. Angenommen ... nur angenommen, es werden noch mehr schwache Chaos-Zellen gefunden ... oder die Chaos-Türme auf den Schiffen erfahren eine ebensolche Schwächung ...«

»Hmmm«, grübelt Luss. »*Wenn* die Zukunft Derartiges bringt, dann müssen wir unsere Kriegsschiffe nach dem Vorbild der Hamoraner bauen. So wie Rynst es bereits plant.«

»Kanonen nach alter Bauart *wären* denkbar«, fährt Kharl fort, »aber ohne das Drohmittel der Feuerkanonen könnten fremde Kriegsschiffe versuchen, unsere zu entern ... und Ihr könnt Euch ausmalen, was das bedeutet.«

»Ihr seid ein schlauer Magier ...«

»Und Ihr seid zuständig für die Spiegelinfanterie. Sie werden in der Nähe von Cyad ausgebildet, wenn ich mich recht erinnere. Die Truppen *könnten* auch in den leeren Baracken an der östlichen Seemauer stationiert werden. Wenn es notwendig werden sollte ... nun ja ... ich bin sicher, Ihr versteht mich.«

Luss schürzt die Lippen. »Ich werde nachdenken über Eure ... Denkgebilde.«

»Natürlich, mein Freund. Natürlich.« Kharl presst die Hände aneinander. »Mehr verlange ich nicht von Euch.«

»Was es auch genau ist, das wird noch nicht alles sein, was Ihr von mir wollt.« Luss schnaubt laut. »Niemals.«

Kharl zuckt elegant die Schultern, so gelenkig, als wäre er noch immer zwanzig.

LV

Lorn sitzt in den blauen Kleidern eines Oberbuchhalters an einem Seitentisch im *Silberkelch.* Ein Glas mit saurem roten Tafelwein steht vor ihm und er beobachtet durch den Torbogen die aufgeblähte Gestalt, die Shevelt sein muss – er beobachtet und lauscht.

Die Buchhalterstube des *Silberkelchs* ist leer bis auf ein Pärchen in der Ecke: ein blutjunger blonder Buchhalter, viel jünger als Lorn, und ein dunkelhaariges Mädchen, das aufreizend und viel zu oft kichert.

»… Isyt … sag doch so was nicht …«

»… du bist hübsch … sonst würde ich es doch nicht sagen …«

»… das sagst du sicher zu allen Mädchen …«

»… aber keine ist wie du.«

Lorn starrt durch den Torbogen auf den mittleren Raum der Schenke, wo Shevelt steht.

»Einen noch! Muss gehen und nett zu meinem lieben Bruder sein!«, bellt der große Händler. »Nur noch einen!«

Lorn schüttelt den Kopf, dann steht er auf und legt drei Kupferlinge für die Schankmaid auf den Tisch. Er kann nur hoffen, dass Shevelt nicht allzu lange braucht, um diesen einen Letzten noch zu trinken.

Ohne sich umzublicken, geht Lorn hinaus – ein Lanzenkämpfer verkleidet als Buchhalter – und nickt dem Türsteher im Vorraum im Vorbeigehen noch zu. Der Hüne schenkt Lorn keinerlei Beachtung, sondern blickt durch Lorn hindurch zu den lauten Händlern im Mittelraum.

»Bei dir ist es immer der letzte, Shevelt. Immer.«

»Du würdest dich sicher mehr beeilen, wenn die Gemahlin deines Bruders rote Haare hätte …«

Tosendes Gelächter schallt durch den Raum.

Lorn tritt hinaus in die Nacht vor dem *Silberkelch* und wendet sich nach Osten, da legt sich eine eisige Kälte um ihn. Er müsste eigentlich stehen bleiben, so sehr betäubt ihn das Gefühl, durch ein Chaos-Glas beobachtet zu werden. Aber statt anzuhalten oder sich erst einmal neben den zerzausten Baum zu stellen, der zweimal so hoch ist wie er und der ihm schon vorher aufgefallen war wegen seiner guten Eignung als Versteck, geht er weiter zu Ryalths Wohnung.

»Chaos-Licht«, schimpft er leise.

Jetzt ist es ihm endlich gelungen, gleichzeitig mit Shevelt im *Silberkelch* zu sein, und der Mann will auch noch früh gehen und sich nicht die ganze Nacht lang betrinken, und nun muss er die Gelegenheit ungenutzt verstreichen lassen. Und das nur, weil irgendso ein Magier vor Neugier platzt. Warum nur? Lorn hat schließlich nichts getan – noch nicht –, außer seine Pflicht als Lanzenkämpfer zu erfüllen und ein Auge auf eine äußerst attraktive Händlerin geworfen zu haben.

Er schenkt der Nacht ein grimmiges Lächeln und wandert zielstrebig weiter.

Ryalth wird sich zwar freuen, ihn früher als sonst zu Gesicht zu bekommen, doch Lorn findet, dass Shevelt ihn viel zu viel Zeit kostet. Schließlich kann er seinen Plan nicht ausführen, solange ihn ein unbekannter Magier durchs Chaos-Glas beobachtet. Wenn Jerial Recht hat, dann wissen alle wichtigen Magi'i, dass er sich als Händler herumtreibt … aber mehr sollen sie nicht erfahren.

Er nähert sich dem Zweiten Hafenweg West und versucht, nicht zu humpeln oder sonst irgendwie den Säbel zu verraten, der in seinem Stiefel steckt.

Wenigstens Ryalth wird sich freuen, ihn zu sehen. Lorn hofft nur, dass sich derselbe Magier nicht wieder genau dann dazu entschließt, ihn zu beobachten, wenn Lorn Shevelt erneut auf den Fersen ist.

Die Kälte begleitet Lorn bis weit hinter den Vierten Hafenweg Ost.

LVI

Drei Nächte nach der ersten Begegnung mit Shevelt sitzt Lorn wieder am selben Seitentisch im *Silberkelch*. Er nimmt einen kleinen Schluck aus dem Kelchglas, das halb gefüllt ist mit säuerlichem Rotwein, und beobachtet gleichzeitig den stämmigen Shevelt. Ihm bleibt nur noch wenig Zeit in Cyad, und er kann nur hoffen, dass der unbekannte Magier ihn diese Nacht nicht beobachten will.

Rechts neben ihm sitzen zwei grauhaarige Buchhalter am Tisch und reden mal leiser und mal lauter, manchmal kann Lorn ihr Gespräch trotz des Lärms aus dem Hauptraum verfolgen.

»… kein Winterregen in Hydlen … wenig Schnee …«

»Aber … Osthörner und Westhörner …«

»… weiß, dass die Lanzenkämpfer Ekyon einen Auftrag über hundert Säbel erteilt haben …«

»… wird ihm gefallen …«

Der Hüne im Vorraum bleibt scheinbar unbeeindruckt vom Lärm in der mittleren Schenke, nur seine Finger scheinen den Schlagstock aus Goldeiche von Zeit zu Zeit fester zu umklammern.

Lorn trinkt noch einen winzigen Schluck vom Wein und schüttelt den Kopf, als die Schankmaid erneut auf ihn zukommt. Zusammen mit ihr strömt der Gestank nach verbranntem Fett aus dem hinteren Raum. Als die junge Frau die Stirn runzelt, holt Lorn einen Kupferling hervor und legt ihn lächelnd auf den Tisch.

Sie nickt freundlich und geht zu den zwei Buchhaltern.

»Noch einen? Warum nicht?«, fragt der Ältere der beiden.

Lorn lächelt abwesend, als die Schankmaid die Buchhalterecke verlässt, ohne sich noch einmal umzudrehen.

»… und er musste Wosyl das Kleid bezahlen? Das geschieht ihm recht!«

Shevelts Lachen klingt laut, rau und störend in Lorns Ohren, aber er trinkt gelassen noch einmal von dem sauren Rotwein – nur einen winzigen Schluck.

»Du kommst doch ohnehin nicht oft hierher, Shevelt! Dann geh doch nicht schon so früh …«

»Soll ich herkommen, um mich beleidigen zu lassen?« Das dröhnende Lachen des großen Händlers schallt erneut durch das Gebäude und trampelt die Unterhaltung der zwei Buchhalter nieder.

»… lass dir nichts gefallen …«

»Kann nicht zu lange bleiben … habe noch was vor …«, verkündet Shevelt.

»Wer ist sie? Wieder eine Rothaarige?«

»Nein … Shevelt betritt Neuland. Sie ist blond … überall.« Ein tiefes Lachen erfüllt den Raum.

Das Gelächter verstummt, als Shevelt mit einem Ruck aufsteht und zum Nachbartisch schwankt. »Wenn ich mir nicht zufällig gerade überlegt hätte zu gehen … dann hättest *du* jetzt gehen müssen. Nämlich den Weg ins Jenseits … Wäre eine lange Reise.«

Lorn legt zwei Kupferstücke auf den Tisch, nickt dem Schankmädchen zu, das gerade mit zwei Humpen zurückkommt, und deutet auf die drei Kupferlinge auf dem Holz.

Die Geste bringt ihm ein scheues Lächeln ein.

»… war doch nur ein Scherz, Shevelt …«

»Jetzt auf zu deinem Rotschopf, Shevelt … wer es auch sein mag.«

»Wenn ich ausgetrunken habe …«

Ohne sich umzusehen, verlässt Lorn den *Silberkelch*, er geht zügig, als hätte er noch etwas vor. Er behält das Tempo bis zum Zweiten Hafenweg West bei, wo er sich im Schatten der späten Abenddämmerung versteckt. Im Verborgenen läuft er etwa fünfzig Ellen zurück in den dunkleren Schatten eines dichten, struppigen Nadelbaums. Er zieht das linke Hosenbein hoch und holt den Säbel heraus, der im Stiefel steckt – es ist noch immer der Lanzenkämpfersäbel, was bedeutet, dass er einige Hiebe mehr brauchen wird. Dann wartet Lorn neben dem struppigen Baum, der etwa doppelt so hoch ist wie er selbst und nur etwa zwanzig Ellen von den Torbögen entfernt steht, die zu den Doppeltüren des *Silberkelchs* führen.

Der Geruch von verbranntem Fett verschmilzt mit der salzigen Luft und anderen Gerüchen aus dem Hafen. Nur noch ein schmaler roter Streifen hängt über den niedrigen Hügeln im Norden und Westen und die Luft der jungen Nacht ist wärmer als in den letzten Achttagen; die Feuchtigkeit erinnert mehr an den Herbst als an den Winter. Lorn verhält sich still, als ein Mann in Blau langsam von Westen auf den *Silberkelch* zu marschiert.

Die rechte Doppeltür öffnet und schließt sich wieder.

Lorn wartet, aber Shevelt lässt sich noch Zeit.

Stimmen ertönen hinter ihm und verstummen wieder, ein Pärchen geht weiter zum Hafen.

Schließlich stößt jemand die Tür auf und eine große, breite Gestalt in Blau – Shevelt – kommt heraus; er streckt sich und geht unmittelbar auf Lorn zu. Lorn wartet, bis der Händler fast neben ihm steht, bevor er sich bewegt.

»Händler, Ser ...« Lorn duckt sich, geht fast in gebückter Haltung auf Shevelt zu. »Händler, Ser ... wartet. Bitte, so wartet doch.«

Shevelt dreht sich um, seine Gesichtszüge wirken verzerrt.

Lorn tritt zurück, aber nur einen Schritt. »Ser ... ein guter Buchhalter, das bin ich. Gut für alle Arten von Waren und Geschäften ...«

»Gut? Betteln auf der Straße? Du ekelst mich an, Bursche.«

»Ich bin besser als alle anderen ...«, jammert Lorn

und tritt noch einen Schritt zurück. »Ich kann es Euch zeigen …«

Der große Händler springt plötzlich nach vorn und packt den viel kleineren Buchhalter an den Schultern. »Wer glaubst du eigentlich, wer du bist? Wenn ich einen Buchhalter brauche … dann stelle ich einen ein. Aber der muss schon zu mir ins Handelshaus kommen.« Shevelt schüttelt den kleineren Lorn, aber der jüngere Mann kann sich befreien und krümmt sich, als hätte er Schmerzen.

»Abschaum …«, murmelt Shevelt. »Wertloses Gesindel … fort mit dir.«

»Genau wie du.«

Die Kälte in Lorns Worten, die in so krassem Gegensatz zu der unterwürfigen Person steht, die er noch einen Augenblick zuvor gespielt hat, lässt den Riesen für eine Sekunde erstarren. Genug Zeit für Lorn, um den Chaos-verstärkten Säbel in Shevelts Hals zu stoßen.

Der Händler reißt nur den Mund auf, er kann nicht einmal mehr blinzeln oder auch nur ein einziges Wort hervorstoßen, als das glänzende Cupridium und funkelnde Chaos ihm den Hals durchschneiden. Kopf und Oberkörper fallen zu Boden, zwei dumpfe Schläge auf den weißen Steinen ersticken in der kalten Abendluft, Blut verteilt sich um den noch zuckenden Rumpf.

Lorn holt flink die goldene Scheide mitsamt dem Dolch heraus und rammt ihn dem toten Mann in den Rücken, ohne den Körper umzudrehen. Er bestreut die Dolchscheide mit Chaos und legt sie neben den Kopf. Dann läuft er schnell fort, vorbei an den verlassenen Lagerhäusern. Irgendwo im Dunkeln bleibt er schließlich stehen, um den Säbel zu säubern und wieder einzustecken. Das Tuch, das er zum Reinigen verwendet hat, verbrennt in einem Chaos-Feuerstrahl und Lorn geht nun langsamer weiter zum Zweiten Hafenweg.

Gut zweihundert Ellen hat Lorn schon zurückgelegt, als er zwei entgegenkommenden Spiegellanzenkämpfern zunickt. Dann wandert er weiter den Hügel hinunter, vorbei an drei Häuserblöcken, bevor er sich nach Osten wendet und in die Straße des Lauteren Handels einbiegt.

Die Sterne blinken hell am Himmel und jeglicher Dämmerungsschimmer ist vom westlichen Himmel verschwunden, als er schließlich bei Ryalths Wohnung ankommt.

Sie muss ihn gehört oder gespürt haben, denn sie öffnet ohne Aufforderung die Tür. Kurz runzelt sie die Stirn. »Ich habe gehofft, du würdest früher kommen.«

Lorn lächelt trocken. »Meine Eltern wollten noch mit mir reden, und dann wurde ich von einem widerwärtigen Händler aufgehalten, der nicht mit einem Buchhalter auf dem gleichen Gehweg gehen wollte. Mit ihm fertig zu werden dauerte eine Weile.«

»Du erledigst immer alles in aller Stille.« Nachdem sie die Tür geschlossen hat, geht sie zum Tisch.

»Wenn ich kann.« Er lächelt leicht gequält und folgt ihr. »Ich kann mich erinnern, dass ich einige Male nicht so still war und auch die Ergebnisse waren dementsprechend laut.«

Sie lächelt, ein Ausdruck, der Humor, Erinnerung und Wehmut ausdrückt. »An eine Gelegenheit kann ich mich erinnern. Irgendwann musst du mir auch von den anderen erzählen.«

Lorn zuckt beinahe verlegen die Schultern. »Ich habe einem Mitschüler einmal einen Finger gebrochen, das war bei einer Prügelei …«

»Was?«

»Bei einer Rauferei beim Spiel – Korfal. Der Betroffene ahnte zwar, wer es war, konnte aber nichts beweisen.« Lorn lacht. »Vor ein paar Tagen war er bei uns zu Hause zu Besuch, um Jerial zu umgarnen. Er ist Sub-Major bei den Lanzenkämpfern und hat unterschwellig anklingen lassen, dass meine Schwester nicht mehr über ihm steht, oder zumindest dann nicht mehr, wenn Vater gestorben ist.«

Ryalth schüttelt den Kopf. »Irgendwie scheint die Vergangenheit uns einzuholen.«

»Hoffen wir nur, dass auch die guten Dinge zurückkommen.« Lorn macht eine kurze Pause. »Das bedeutet auch, dass er mich nicht so schnell im Grab liegen sehen möchte.«

»Aha … weil dein jüngerer Bruder ein Magier ist?«

»Genau.«

»Hast du schon gegessen?«

»Nein … seit heute Morgen nichts mehr, glaube ich. Am Nachmittag habe ich einige getrocknete Birnäpfel verspeist, aber nicht sehr viele.« Er grinst. »Kysia meidet mich noch immer.« Das Grinsen verschwindet. »Ist wahrscheinlich auch besser so.«

»Warum setzt du dich nicht? Ich habe so lange gewartet und gehungert.«

Lorn muss aufpassen, dass er nicht zusammenzuckt bei der Schärfe in ihrer Stimme. »Tut mir Leid.« Er wirft einen Blick auf die zugedeckte Schüssel in der Mitte des kleinen, runden Tisches.

»Es gibt Armenak … Rindfleischstreifen mit Sahnesoße und Nudeln nach austranischer Art.«

Lorn nimmt die Schöpfkelle und bedient erst Ryalth und dann sich selbst und hält ihr anschließend den Brotkorb hin. Das Armenak-Gericht ist stark gewürzt, schmeckt aber mehr nach Trilia als nach Chili oder Pfeffer, und Lorn ist bereits fertig mit seiner Portion, während Ryalths blauer Steingutteller noch nicht einmal halb leer gegessen ist.

»Ich war ganz schön hungrig.«

»Das bist du doch immer.« Sie stellt das Kelchglas ab, an dem sie gerade genippt hat, und sieht ihn über den Tisch hinweg an. »Du musst bald wieder fort, habe ich Recht?«

»Noch bevor dieser Achttag zu Ende geht. Ich kann es nicht riskieren, mich zu spät zum Dienst zu melden. Nicht als Lanzenkämpferhauptmann mit Magierblut in den Adern.« Er verzieht den Mund. »Und nicht, wenn höhere Offiziere nur auf einen Fehler warten.«

Ryalth neigt wissend den Kopf zur Seite.

Lorn nickt schuldbewusst. »Ich weiß, ich weiß. Aber du bist kein Fehler. Deshalb brauche ich eine Jahreszeit, um alles vorzubereiten.«

Ryalth sagt nichts.

»Ich versuche immer, mein Wort zu halten, Händlerin, und in diesem Fall ganz besonders. Es ist mir mehr daran gelegen, als du glaubst.« Er blickt ihr in die Augen und wiederholt die Worte. »Mehr, als du glaubst.«

»Das freut mich.«

Sie lächeln beide.

LVII

Cyad ist eingehüllt in Grau, die Sonne bringt bloß ein düsteres Licht über der Stadt zu Stande. Der Nebel vor der Werkstatt des Cupritschmieds birgt nicht nur Feuchte und den Geruch von Salz, sondern auch den beißenden Gestank von Säure und Chaos. Das Geräusch der Schmiedehämmer hallt lauter, je näher Lorn der Veranda kommt, wo er sich schließlich die Stiefel abstreift.

Er betritt die Werkstatt, schließt die Tür hinter sich und geht zur Halbtür, die als Ladentisch dient. Als der junge Geselle ihn schließlich bemerkt und zu ihm kommt, zeigt Lorn ihm die Marke, die er von ihm bei seinem letzten Besuch erhielt, und die Dyjani-Plakette. »Ich komme wegen des brystanischen Schwertes.«

Der Geselle nickt. »Der geänderte Säbel ist fertig, der Meister möchte ihn so schnell wie möglich loswerden, so meisterhaft die Arbeit auch gelungen ist.«

Lorn legt die Marke und fünf Goldstücke auf das schmale Brett – und zwei zusätzliche Silberstücke.

Der jüngere Mann nimmt die Marke, die Münzen lässt er auf dem polierten Holz liegen, und geht zu einem Regal an der Seite, das Lorn nicht vollständig sehen kann. Er kommt zurück mit dem Säbel und der Scheide und zieht die Waffe heraus, damit Lorn sie begutachten kann.

Lorn betrachtet die neue Waffe, wie ein Buchhalter sie betrachten würde, arglos und ohne sich der Kompliziertheit einer Klinge bewusst zu sein. »Sieht gut aus.«

»Der Meister hat die Klinge wieder ausgerichtet und die Scheide geweitet, weil der Säbel samt Spitze dicker geworden ist. Dazu haben wir ein paar neue Nieten benötigt.«

Lorn lächelt mühsam und legt noch ein Goldstück zu den anderen.

»Wir danken dem Hause Dyjani«, antwortet der Geselle.

»Das Haus Dyjani dankt dir und Meister Wanyi.« Lorn verbeugt sich, packt die Waffe in den grauen Stoff und das Öltuch und verlässt die Werkstatt.

Während er, eingehüllt in seinen grauen Umhang, Richtung Osten durch den dichten Nebel zum Hafen wandert, hofft er, dass der Einsatz von mehr als einem Jahreslohn das zu bewirken vermag, was er beabsichtigt.

LVIII

Lorn steht im Nachmittagsschatten im obersten Säulengang des Elternhauses. Der Wind weht ihm vom Westmeer her ins Gesicht, während er auf den Hafen und das Gerüst hinunterschaut, das man um die *Ozeanflamme* aufgebaut hat, und auch auf die anderen Feuerschiffe, die an derselben Pier, nur ein Stück weiter draußen liegen. Soweit er das von seinem Standpunkt aus beurteilen kann, stammen die zwei aufgetakelten hochseetüchtigen Schiffe an der Nachbarpier aus Brysta, während die drei Schoner an der Küstenpier aus Lydiar, Hydlen und Gallos kommen, wenn die Farben auf den Flaggen hinten an den Schiffen nicht täuschen. Ein anderes Schiff mit aufgeblähten Segeln läuft gerade aus südwestlicher Richtung in den Hafen ein.

Der Wind hat sich gedreht und ist stärker geworden, sodass er den schweren Morgennebel fortwehen kann. Weiße Schaumkronen schmücken das Wasser, das wegen der dunklen Wolken mehr grau als blau wirkt. Weitere Böen, die vermutlich kälteres Wetter mit sich bringen werden, drücken die Wolkenbank Richtung Westen. Lorn fühlt, dass jemand hinter ihm steht, aber er dreht sich nicht um.

Als er sich schließlich doch umwendet, wartet seine Mutter hinter ihm, die einen schweren grünen Wollumhang um die Schultern trägt.

»Ich gehe heute nicht zur Heilerstation, nur am zweiten und vierten Tag. Eine kleine Annehmlichkeit, die Alter und Erfahrung mit sich bringen«, sagt sie. »Ich habe gehofft, wir könnten vielleicht noch ein paar Worte wechseln, bevor du wieder abreist.«

»Möchtest du ins Wohnzimmer gehen?«, fragt Lorn, den Blick auf den Umhang gerichtet. »Dort ist es wärmer.«

»Nein. Ich mag den Wind. Das heißt, nur wenn ich richtig angezogen bin.« Die feinen weißen Augenbrauen wandern nach oben bis unter das kurz geschnittene Haar, das nichts mehr von der Mahagonifarbe besitzt, die Lorn noch immer vor Augen hat. »Der Umhang wärmt mich.« Sie geht zum südwestlichen Ende des Säulengangs.

Lorn folgt ihr und rückt zwei Stühle zurecht, sodass sie in einer geschützten Ecke sitzen können, wo die Familie bei warmem Wetter oft zu Abend isst und wo nun der Wind um sie herum raschelt und murmelt.

Nyryah zieht den Umhang fester um sich und heftet den Blick auf ihren ältesten Sohn.

Lorn wartet und weiß, dass seine Mutter ohne Umschweife reden wird.

»Ich habe den jungen Dettaur nie sonderlich gemocht«, beginnt Nyryah schließlich, »auch als du noch klein und mit ihm befreundet warst. Er war größer als du und hat dich manchmal geschlagen, wenn er glaubte, dass niemand ihn sah, aber du hast nie geweint. Seine Mutter war meine beste Freundin, als wir jung waren. Sie war eine Magi'i, aber ihr Vater nur ein Adept der dritten Stufe, der sehr jung starb. Töricht wie sie war, hat sie Pyeal genommen, aber wir alle tun törichte Dinge, wenn wir unter Druck stehen.«

»Du hast niemals davon erzählt.«

»Es gab auch keinen Grund dafür, zumindest nicht als du klein warst. Wir waren damals idealistischer, glaube ich.« Sie lächelt, als würde sie sich an etwas Erfreuliches erinnern. »Es ist schwierig, in Cyad jung und idealistisch zu bleiben. Es ist fast nicht möglich, mein Alter zu erreichen und all seine Ideale zu bewahren.« Sie runzelt die Stirn. »Vielleicht sollte man besser sagen, es ist gänzlich unmöglich, nach diesen Idealen zu leben.« Sie runzelt die Stirn.

»Du und Vater habt es bestimmt versucht«, meint Lorn sanft.

»Vielleicht ...« Sie hält inne und schüttelt den Kopf. Dann zupft sie den Umhang zurecht. »Ich fühle mich alt und töricht, wenn ich von diesen großen Ideen spreche.«

»Weshalb?«, fragt Lorn freundlich.

Nyryah schürzt die Lippen.

Lorn wartet.

»Deine Vater wäre nicht damit einverstanden. Wir sind überhaupt nur selten derselben Meinung. Und doch ...« Sie hält noch einmal inne, bevor sie fortfährt. »Cyad stützt sich auf die Macht der Chaos-Türme. Alle Länder stützen sich auf irgendeine Macht. Die Anzahl der Türme ist gering im Verhältnis zur Größe Cyadors ...« Die letzten Worte trägt der Wind fort.

»Es gibt zehn Feuerschiffe, jedes wird von einem Turm betrieben, und dann sind da noch etwa zehn um den Verwunschenen Wald herum verteilt, und die, die hier in Cyad stehen«, zählt Lorn auf. »Das ist wenig für ein Land, das sich über mehr als eintausendfünfhundert Meilen von Osten nach Westen erstreckt.«

»Fünf in Cyad«, bestätigt Nyryah. »Am Anfang waren es zumindest fünf. Das ist eine sehr dürftige Grundlage für die Macht. Nur eine Hand voll Männer kontrolliert diese Macht. Dadurch entsteht ein guter Nährboden für Unredlichkeit und Bestechlichkeit, und genau aus diesem Grund entfernen die Magi'i auch alle aus ihren Reihen, die den Dienst am Chaos nicht über sich selbst stellen. Deshalb kennt auch niemand die *Hand* und alle außer dem Kaiser treffen sie oder ihn nur in der Dunkelheit. Es war schon immer ein Kampf.« Nyryah lächelt gequält. »Dein Vater erinnert mich Tag für Tag aufs Neue an diese Tatsache.«

»Auch mich erinnert er daran«, meint Lorn. »Und das nicht selten.«

»Es gibt da noch etwas, mein Sohn«, sagt Nyryah langsam. »Es ist etwas so Gewöhnliches, dass es dir vielleicht noch nicht aufgefallen ist.«

Wieder wartet Lorn.

»Du und Vernt und auch Myryan und Jerial, ihr blickt oft hinab auf die Lanzenkämpferfamilien, vielleicht weil es dreimal so viele Lanzenkämpferoffiziere gibt wie Magi'i.« Nyryah lächelt traurig. »Die Anzahl der Lanzenkämpferoffiziere, die es zu Majoren oder Kommandanten gebracht haben, ist niedriger als die Gesamtheit der Magi'i und beide Geschlechter sind nicht gerade zahlreich im Volk von Cyad vertreten. Du bist mit Lanzenkämpfern groß geworden, aber wie viele Lanzenkämpfer- oder Magi'i-Familien gibt es hier in Cyad überhaupt?«

»Zweihundert Magi'i-Familien?«, rät Lorn.

»Beinahe dreihundert und genauso viele noch einmal in ganz Cyador verteilt, der Großteil davon in Fyrad und Sommerhafen. Und … wie viele Menschen leben in Cyad?«

Lorn zuckt die Schultern. »Die Ergebnisse der Volkszählung, die der Kaiser durchführen ließ, wurden nicht veröffentlicht. Ich würde sagen, Cyad zählt etwa zwanzigtausend Einwohner.«

»Mehr als zweimal so viel.« Nyryah hustet. »Denk daran, ein Lanzenkämpferoffizier sticht aus dem gemeinen Volk von Cyador genauso heraus wie ein Magier, auch wenn es unter denen, mit denen du aufgewachsen bist, nicht so scheint. Die Macht liegt immer in den Händen von wenigen, so ist es schon immer gewesen, und wenn man unsere Welt so betrachtet, dann glaube ich, wird es auch immer so bleiben.« Sie schüttelt den Kopf. »Was wäre, wenn die Grundlage der Macht dem Volk zugänglich gemacht würde? Würde dadurch das Regieren einfacher und die Verführung kleiner werden für die Bestechlichen? Ich weiß es nicht. Früher dachte ich, es wäre so.« Sie lächelt. »Ich schweife vom Thema ab. Ich kann auch nicht ewig weiter darüber nachdenken. Du vielleicht schon.«

»Ich? Ich glaube nicht, dass ich so ein Idealist bin wie du oder Vater.«

»Du?« Ein Kopfschütteln folgt der einsilbigen Frage. »Du hast deinen Idealismus auf eine schreckliche Weise bewahrt, mein Sohn. Du glaubst, dass die Menschen in Cyad etwas Besseres sind, weil die Stadt selbst großartiger ist als die anderen Städte in Cyador.«

Lorn weiß nicht so recht, was er auf diese Behauptung antworten soll.

»Die Menschen werden immer die bleiben, die sie sind. Einige kann man ignorieren. Einige kann man vielleicht überzeugen und wieder andere kann man beeinflussen. Die Grenzen sind – auch in Cyad – in Sonnenstein gemeißelt.«

Lorn nickt.

»Wenn du nur mehr ...« Nyryah hustet einige Male heftig.

Lorn will sich erheben, aber Nyryah hält ihn mit einer abwehrenden Handbewegung davon ab.

»Keine Anzeichen von Chaos-Fluss«, sagt sie schließlich. »Das kannst du auch selbst fühlen.«

Lorn kann keinen Chaos-Fluss im Körper seiner Mutter aufspüren, aber der Ordnungs-Chaos-Pegel ist viel niedriger als früher. »Du musst dich ausruhen«, sagt er.

»Ich tue mein Bestes, mein Lieber. Sich immer nur auszuruhen kann schwieriger sein, als man denkt.« Ein rätselhaftes Lächeln umspielt für einige Augenblicke ihren Mund und verschwindet wieder. »Wie schon gesagt, du hast Schwierigkeiten, Grenzen zu ziehen. Es wird Menschen geben, die dir das vielleicht einmal abnehmen. Andere wiederum werden wie du handeln.«

»Ja?«

»Es wird eine Zeit kommen – sehr bald sogar –, wo nur noch ein Weg vor dir liegt. Das geht uns allen so. Auch deinem Vater. Und ich glaube, das trifft jetzt schon auf Jerial zu. Von diesem Weg abzuschweifen bedeutet einen früheren Tod, als wenn man ihn weiterginge.« Nyryahs Augen verengen sich. »Verstehst du mich?«

Lorn nickt langsam.

»Gut. Nun ... dir bleiben nur noch wenige Abende in Cyad und die verbringst du besser mit deiner Freundin.«

»Ihr seid nicht damit einverstanden?«

Nyryah lächelt. »Du machst dir viel zu viele Gedanken um unsere Zustimmung. Du musst das Leben, das du dir gestaltest, selbst leben, und du weißt – im Gegensatz zu deinem Bruder – viel besser, wer dir bei dieser Gestaltung helfen kann. Dein Vater kann Vernt führen, was das Magiertum anbelangt, so wie er auch dich hätte führen können, aber es gibt auf dieser Welt niemanden, der den Weg kennt, den du eingeschlagen hast.« Nyryah verlagert das Gewicht auf die andere Seite. »Ich spüre den Wind und du musst jetzt gehen.«

Lorn steht auf und reicht seiner Mutter eine helfende Hand; er fühlt Stärke und zugleich Zerbrechlichkeit in ihrem Griff.

»Sie muss reizend sein, sonst hätte Jerial ihr Missfallen schon längst geäußert.«

»Das ist sie ... aber dieser Reiz geht weit über Schönheit hinaus.«

»Da bin ich sicher, Lorn. Du hast dich niemals nur auf Äußerlichkeiten verlassen.« Daraufhin begibt sich Nyryah über den Säulengang hinunter in ihre Gemächer.

Die Wolken im Südwesten sinken tiefer herab und der Wind ist feucht, was für später wohl Regen bedeutet – und Kopfschmerzen für Lorn, die aber inzwischen so zur Gewohnheit geworden sind, dass er sie einfach nicht mehr beachtet.

Nachdem er seine Mutter hinunterbegleitet hat, kehrt Lorn in seine eigenen Räume zurück, wo er eine Zeit lang nachdenkt ... aber schon bald kreisen seine Gedanken allein um ihn selbst. Schließlich nimmt er das kleine silberne Buch zur Hand und schlägt eine Seite auf; leise liest er daraus vor.

Reife

Wie eine Dämmerung ohne Wolken,
ein Blatt ohne Baum,
eine Muschel ohne Meer ...
wächst die Birne heran
und fällt.
Kluger Baum,
du weißt, wie ... wo ...
Ach könnten wir
deinem Beispiel folgen,
Blatt für Blatt,

jede Sekunde des Jahres,
um die sonnigen Tage festzuhalten,
um die Früchte unseres Tuns zu erwarten
... die Früchte unseres Tuns zu erwarten.

Lorn runzelt die Stirn. Birnen sind selten in Cyad und wieder beinhalten die Worte mehr als nur die eckigen Buchstaben.

Er lächelt. Es gibt keine andere Möglichkeit, er kann nichts tun als zusehen, wie die Früchte heranreifen in den Jahreszeiten und Jahren, die vor ihm liegen. Um die Zeit bis dahin totzuschlagen, setzt er sich auf die Bettkante und liest in dem außergewöhnlichen alten Buch.

Als sich der Nachmittag dem Ende zuneigt, streift er die blauen Buchhalterkleider und den Umhang wieder über und steigt die Hintertreppe hinab in den Garten, um zum hinteren Gartentor zu gelangen.

»... wer dir bei dieser Gestaltung helfen kann«, murmelt Lorn leise, während er auf dem Gehweg der Straße des Fortwährenden Lichts Richtung Osten wandert. Der Regen will einfach nicht aufhören, der Wind zerzaust sein Haar und zerrt an dem grauen Umhang, der die buchhalterblauen Kleider verbirgt. »... niemanden, der den Weg kennt, den du eingeschlagen hast.« Diese Worte könnten bedeuten, dass niemand seine Ziele kennt, was er inständig hofft, doch die weniger offensichtliche Bedeutung ist die, die seine Mutter damit ausdrücken wollte.

Lorn hofft, dass Ryalth schon zu Hause ist, und die Erleichterung ist groß, als sie ihm die Tür öffnet. Ihre Augen wirken tiefgründig und gleichzeitig undurchdringlich, während sie ihn ansieht. Sie sagt kein Wort, bedeutet ihm aber einzutreten. Lorn geht hinein und um den Wandschirm herum; dabei versucht er den freundlichen Ausdruck auf dem Gesicht beizubehalten.

Ryalth schließt sachte, aber bestimmt die Tür und blickt Lorn anschließend in die Augen. »Man hat gestern Abend Shevelts Leiche gefunden … mit einem Dyjani-Dolch im Rücken. Es war heute das Tagesgespräch auf dem Händlerplatz.« Ryalth sieht Lorn eindringlich an.

»Man sagt, er hätte die Dyjani verärgert …«, äußert Lorn vorsichtig.

»Die Plakette?«

»Sie ist in Sicherheit. Willst du sie zurück?«

»Nein.« Ihre Augen befinden sich beinahe auf gleicher Höhe und so sehen sich Ryalth und Lorn an. »Du weißt, dass Tasjan böses Blut verleugnet. In der Öffentlichkeit jedenfalls. Vermutlich muss er das. Er ist das Oberhaupt des Dyjani-Klans. Shevelts Vater, Fuyol, hat angedroht, alle Erben Tasjans zu töten.« Ryalth schüttelt den Kopf. »Fuyol ist genauso hitzköpfig wie sein Sohn. Damit er zu schreien aufhörte, mussten vier Oberhäupter von anderen Häusern beschwichtigend auf ihn einreden. Sie alle warnten ihn, dass derartige Drohungen unklug wären, und es geht das Gerücht, dass einer der Männer Fuyol im Vertrauen davon unterrichtete, dass nicht wenige Händler insgeheim über Shevelts Tod jubeln. Sie alle haben ihm einstimmig vorgeschlagen, Veljan zum Erben zu ernennen. Veljan ist viel vernünftiger.« Die rothaarige Händlerin blickt Lorn an. »Er ist auch gefährlicher, aber das liegt daran, dass seine Gemahlin ausgesprochen klug ist. Sie ist die mittlere Tochter von Liataphi.«

»Dem Dritten Magier?« Lorn zieht die Augenbrauen nach oben.

»Liataphi hat vier Töchter und keine Söhne. Eine Tochter ist schon vor einigen Jahren gestorben. Syreal war viel zu jung, als sie drohte, sie würde weglaufen, wenn sie Veljan nicht heiraten könnte. Es wurde ein Übereinkommen getroffen …« Ryalth hält inne und sieht Lorn eisig an. »Du weißt das alles bereits, nicht wahr?«

»Ich wusste, dass Liataphi keine Söhne hat und er

jüngere Magi'i sucht, mit denen er seine Töchter verheiraten kann. Ich habe auch gehört, dass Syreal einen Händler geheiratet hat, ich wusste nur nicht mehr, wer das ist, und ich wusste auch nicht, dass ein besonderes Übereinkommen getroffen wurde.« Lorn denkt nach. »War es teuer?«

Ryalth nickt. »Teurer als gewöhnlich.«

»Dann sind also die Magi'i nicht unerfreut über Veljan.«

»Einer von Veljans und Syreals Söhnen kam mit Chaos-Talenten zur Welt und wird bereits an der Akademie unterrichtet«, erzählt Ryalth. »Es geht das Gerücht, dass er als Magierschüler aufgenommen werden soll.«

»Solange Liataphi und Fuyol noch mächtig sind.«

»Das werden sie auch weiterhin sein.« Ryalth umarmt Lorn. »Du musst bald wieder weg und hast mich noch nicht einmal umarmt.«

»Nein …« Seine Arme umschlingen die Händlerin.

»Du hättest es nicht tun müssen«, flüstert sie ihm ins Ohr. »Wirklich nicht.«

»Ich habe es aber getan«, murmelt er leise zurück. »Du hättest ohnehin etwas unternehmen müssen. Dir wäre es zwar sicher auch gelungen, aber so … kannst du deine Fähigkeiten für andere Gelegenheiten aufheben, wenn ich nicht da bin.«

»Ich mache mir Sorgen …«

»Ich auch.« Lorn tritt einen Schritt zurück und lächelt etwas schief.

Auch Ryalth versucht zu lächeln. »Wir haben nicht mehr viel Zeit. Heute Nacht wirst du etwas Besonderes bekommen.«

Beide erröten.

LIX

Lorn hebt die zwei grünen Taschen hoch, in denen die sauberen Uniformen liegen, die die stets unsichtbare Kysia gewaschen hat, und auch der alte brystanische Säbel, der jetzt mit einer schimmernden Cupridiumschicht überzogen ist und über eine Schneide verfügt, die dem Lanzenkämpfersäbel am grünen, gewebten Gürtel in nichts mehr nachsteht. Er hat die brystanische Waffe ausprobiert und sie hat sich besser angefühlt als sein eigener Säbel – nun nennt er beide sein Eigen.

Ein letztes Mal sieht sich Lorn in seinen Gemächern um, damit er auch ja nichts vergisst, dann verlässt er die Räume. Mit einem nachdenklichen Kopfschütteln tritt er hinaus ins graue Licht vor seiner Tür und steuert auf die Haupttreppe zu. Weit kommt er nicht, denn seine Eltern gehen ihm vom Ende des Flurs entgegen. Beide tragen schwere weiße Wollgewänder, die gesäumt sind mit feinster hamorischer Baumwolle.

»Ich weiß, dass du keine Verabschiedungen magst«, sagt seine Mutter, »aber du wirst wieder länger als ein Jahr weg sein.« Sie umarmt ihren Sohn.

»Mindestens zwei«, berichtigt Lorn und stellt die Taschen ab, um die Umarmung erwidern zu können. Er fühlt die Tränen auf ihren Wangen und schluckt. »Ich komme zurück.«

»Ja, ganz bestimmt, mein Lieber.« Nyryah drückt ihn noch einmal an sich, bevor sie ihn loslässt.

Kien'elth packt Lorns Unterarm mit beiden Händen. »Es war schön, dich zu sehen und festzustellen, wie sehr du dich verändert hast in den letzten vier Jahren.« Er lächelt. »Ich hätte nicht gedacht, dass es so kommen würde, aber du hast dich prächtig entwickelt, und ich glaube auch, du bist glücklicher mit dem, was du nun tust.«

Sogar Vernt ist aufgestanden, er wartet bereits vollständig angezogen – im Schimmertuch der Adepten der dritten Stufe – hinter seinen Eltern. »Pass auf dich auf, Lorn.«

»Das werde ich, aber sei auch du vorsichtig.« Lorn tritt vor und klopft Vernt auf die Schulter, wobei er mit leiser Stimme hinzufügt: »Das Viertel verzeiht genauso wenig wie der Verwunschene Wald.« Lorn spürt das Stirnrunzeln, das der Vater nur fühlt und nicht zeigt, aber er verzichtet darauf, die Worte zu erklären, denn Vater und Bruder haben bereits verstanden, was er meint. Er nennt auch seine Gründe nicht, warum er ausgesprochen hat, was sie auch ohne sein Zutun wissen.

Schließlich tritt Lorn einen Schritt zurück und sieht sich um.

»Du hast Myryan gestern Abend besucht …?«, fragt Nyryah.

»Ja.«

»Jerial hat gebeten, dich allein hinunterbringen zu dürfen«, fügt Nyryah hinzu.

»Das können wir doch gemeinsam tun«, beharrt Kien. »Sie sollte nicht …«

»Sie bat darum, mein Lieber, das tut sie sonst nie.« Nyryah blickt ihren Gemahl ausdruckslos an. »Wir sollten ihr diesen kleinen Gefallen gewähren.«

»Wenn Lorn dann nicht schlecht von uns denkt«, meint Kien beinahe lachend.

»Nein, natürlich nicht. Wir können uns auch hier verabschieden«, antwortet Lorn, doch insgeheim fragt er sich schon, warum Jerial wohl darum gebeten hat.

Nach einer weiteren Umarmung seiner Mutter und ausgiebigem Händeschütteln mit Vernt und dem Vater schreitet Lorn schließlich die Marmortreppe hinunter; unten trifft er auf Jerial, die, wie die anderen schon angekündigt haben, allein an der Vordertür wartet. Ihr Gesicht wirkt beherrscht, fast ausgezehrt, und die Augen zucken nach oben auf die leere Treppe hinter Lorn.

»Ich wollte dich nicht gehen lassen, ohne … aber … ich möchte mich auch nicht aufdrängen …« Lorn stellt die grünen Taschen ein zweites Mal ab.

»Ich weiß, dass du nicht mehr viel Zeit hast.« Jerial umarmt ihn – eine lange und warmherzige Umarmung, herzlicher als alle Umarmungen, an die Lorn sich seit seiner Kindheit erinnern kann. Dann löst sie sich und hebt etwas hoch, das in beigefarbenes Schimmertuch eingewickelt ist – passend zum Stoff des Uniformkleides, das sie trägt. Jerial legt das Paket in Lorns Hände. Das Ding misst etwa zweieinhalb Spannen im Quadrat und fühlt sich hart an. Lorn kann das polierte Holz deutlich unter dem Stoff fühlen.

»Es gehörte Vater«, murmelt Jerial. »Er denkt, er hat es vor einigen Jahren verlegt. Ich weiß, dass du es früher oder später brauchen wirst. Vielleicht solltest du es erst benutzen, wenn du deinen Dienst angetreten hast – weit weg von Cyad. Vernt braucht es nicht; er hat sein eigenes und wird es auch nie so gut beherrschen wie du … oder wie du es beherrschen solltest … wenn du eines Tages nach Cyad zurückkehren willst.« Ihr Lächeln wirkt einerseits sehr einstudiert und andererseits auch warm – und irgendwie beunruhigend. »Auch wenn sie es mir nicht gestattet hätten, dich allein zu verabschieden … hättest du es bekommen.«

Lorn verbeugt sich, er weiß, was sie meint. »Danke. Ich kann dir gar nicht sagen, wie dankbar ich dir bin.«

»Jeder rät dir, du sollst vorsichtig sein.« Ihre Augen glänzen, aber die Wangen bleiben von Tränen verschont. »Auch ich rate dir das, aber vor allen Dingen … glaub an dich selbst, Lorn.«

Mit dem Spähglas in der Hand umarmt Lorn seine Schwester noch einmal, bevor er sich losreißt und das Glas schnell in die linke Tasche packt; der brystanische Säbel liegt in der rechten Tasche verborgen.

»Ich habe dir eine Kutsche bestellt. Der Fahrer wartet schon. Du sollst die Reise zum Verwunschenen Wald nicht damit beginnen müssen, die schweren Taschen quer durch Cyad zu schleppen.« Sie zieht die dunklen Augenbrauen hoch. »Das soll dir eine Lehre sein, kleiner Bruder. Spar dir deine Kräfte für das auf, was du selbst vollbringen kannst.«

»Ja, ältere Schwester.«

Beide lächeln.

Lorn nimmt die Taschen und trägt sie um den Wandschirm herum, dann geht er die Treppe hinunter zur wartenden Kutsche.

»Feuerwagenhaltestelle, Ser?«, fragt der Kutscher.

»Ja, im Hafen«, bestätigt Lorn, während er die schweren Taschen in der Kutsche verstaut.

»Ist gut, Ser.«

Während die Kutsche in Richtung Westen zum Hafen rollt, dessen Piere in einen dünnen, unregelmäßigen Nebel eingehüllt sind, blickt Lorn noch einmal zurück zum Haus seiner Eltern, aber im Geiste ist er bei Myryan, die am Nachmittag zuvor weinte, als er sie noch einmal besuchte, um auf Wiedersehen zu sagen – und bei der rothaarigen Händlerin und den Tränen, die sie – und er – in der letzten Nacht vergossen haben.

Er presst die Lippen aufeinander, die Augen blicken starr geradeaus.

Die Chronik von Recluce

1. *Magische Insel* Band 06/9050	*Mitte des 15. Jh.s*	Lerris, ein angehender Schreinergeselle, langweilt sich auf Recluce und ist gezwungen, der Hochburg der Ordnung den Rücken zu kehren. In Candar begegnet er dem Grauen Magier Justen und sein Leben nimmt einen dramatischen Lauf.
2. *Türme der Dämmerung* Band 06/9051	*Beginn des 6. Jh.s*	Creslin, der Sohn der Marschallin von Westwind, flieht vor einer arrangierten Ehe mit Megaera, doch er gerät dabei in die Fänge der Weißen Magier. Als es ihm gelingt zu entkommen, fällt er wiederum Megaera in die Hände. Um ihrer beider Leben zu retten, heiraten sie und fliehen nach Recluce. Creslin, der sich zu einem gefürchteten Sturm-Magier entwickelt hat, ist bald gezwungen, seine Kräfte im Kampf ums Überleben einzusetzen.
3. *Magische Maschinen* Band 06/9052	*Beginn des 8. Jh.s*	Dorrin wird wegen seiner Leidenschaft für Maschinen von Recluce vertrieben. In Candar lernt er das Schmiedehandwerk und verwirklicht Erfindungen, die seiner Zeit weit vorauseilen. Doch die Weißen sind dem Ordnungs-Schmied bald auf den Fersen und er wird in ihre Kriege verwickelt. Ihm gelingt die Flucht zurück nach Recluce, aber auch der Schwarzen Insel droht der Untergang.

4. *Krieg der Ordnung* Band 06/9053	*Spielt 200 Jahre vor Band 1*	Die Weißen Magier haben ihre Herrschaftsgebiete auf Candar weiter ausgedehnt. Ohne Verbündete sind ihnen die restlichen Länder schutzlos ausgeliefert. Recluce schickt Justen, einen genialen Ingenieur, zu Hilfe. Doch seine Waffen vermögen vor der Übermacht der Weißen nichts auszurichten. Justen flieht in die Steinhügel und wird von einer Druidin gerettet – eine Begegnung, die letztendlich machtvolle Auswirkungen auf das Gefüge von Chaos und Ordnung hat.
5. *Kampf dem Chaos* Band 06/9054	*Spielt 5 Jahre nach Band 1*	Das überseeische Reich Hamor schickt sich an, Candar und auch Recluce zu unterjochen. Als die feindlichen Truppen sich nähern, entschließt sich Lerris, inzwischen ein mächtiger Magier wider Willen, das Chaos tief aus der Erde zu holen und mit Hilfe der Ordnung zu bündeln, um seine Heimat zu retten.
6. *Sturz der Engel* Band 06/9055	*Im Jahre 1*	In einer Weltraumschlacht gegen die Dämonen stürzt das Raumschiff der Engel in ein anderes Universum. Die eisigen Gipfel der Westhörner werden zur neuen Heimstatt. Unter dem Kommando Rybas entsteht bald eine eigene Kultur, die geprägt ist vom Kampf gegen die unwirtlichen Lebensbedingungen und die Einwohner im Tal, die mit einem großen Truppenaufgebot ihr Land zurückerobern wollen.

7. *Der Chaos-Pakt* Band 06/9056	*Im Jahre 3*	Nylan und Ayrlyn kehren Ryba und Westwind den Rücken. Sie begeben sich nach Lornth, doch dieses wird von Cyador, dem ersten Reich der Weißen, angegriffen. Nylan offenbart sich das Geheimnis des Großen Waldes und mit Hilfe seiner Kräfte werden er und sein Sohn gerettet.
8. *Weiße Ordnung* Band 06/9057	*Spielt 10 Jahre vor Band 3*	Der Waisenknabe Cerryl, Sohn eines abtrünnigen Weißen, wird sich mehr und mehr seiner besonderen Fähigkeiten gewahr. Nachdem er Onkel und Tante verloren hat, gelangt er schließlich über die Arbeit in einer Sägemühle als Schreiberlehrling nach Fairhaven, wo die Weiße Gilde bald auf ihn aufmerksam wird – und nach seinem Leben trachtet.
9. *Die Farben des Chaos* Band 06/9097 und 10. *Der Magier von Fairhaven* Band 06/9098	*Spielen zur gleichen Zeit wie Band 3*	Cerryl ist zum vollwertigen Weißen Magier geweiht worden. Er entwickelt seine außergewöhnlichen magischen Fähigkeiten im Geheimen weiter, denn er traut insbesondere dem Obermagier Jeslek nicht über den Weg. Als Jeslek Erzmagier wird und Cerryls Mentor Myral stirbt, zieht sich das Netz aus Intrigen immer enger um den jungen Magier zusammen. Doch dann droht der Krieg mit Recluce.

11.	*Sturm der Barbaren* Band 9099	*Spielt ca. 400 Jahre vor Band 6*	Im alten Kaiserreich Cyador herrscht ein strenges Kastensystem. Lorn, dem vielversprechenden Spross eines alten Magiergeschlechts, mangelt es an Ergebenheit und so muss er sich fortan als Spiegellanzenkämpfer verdingen. Doch er kennt das Geheimnis der Chaos-Türme, die zu versagen drohen, und weiß sich gerissen zu wehren.

Weitere Romane in Vorbereitung